KB236629

한국 고전문학의 의식지향

손대오 지음

국학자료원

책머리에

이 책에 실린 두 편의 논문은 꽤 오래 전에 쓰여 진 나의 석사·박사 학위 논문이다. 이 두 논문을 새삼스레 한 권의 책으로 묶어내는 데는 상당한 용기가 필요했다. 주변의 知友들이 여러 차례 권면할 적마다 전공한 학문의 영역을 계속해서 천착, 연구하지도 못한 사람이 새삼스레 이 논문을 책으로 출판한다는 것이 쑥스럽기조차 해서 좀처럼 마음을 정하기가 쉽지 않았다.

이런 정황 속에서도 내게 와 닿는 고민은 근래에 와서 더욱 실감되었다. 다름 아닌 세계화라는 피할 수 없는 시대적인 조류는 날이 갈수록 우리 한민족의 정체성(Identity)을 확인하지 않으면 안 된다는 절박감으로 작용하는 것이다.

나이가 들어가면서 이웃나라와 세계 여러 나라들에 대한 견문이 축적될수록 '우리는 무엇인가?' 라는 질문을 하지 않을 수 없게 된다는 것을 새삼 느끼게 된다.

이런 관점에서 나는, 오래 전에 내가 관심을 가지고 학위논문으로 썼던 두 편의 논문이 지금의 시점에서 한국인의 정체성 확립을 위한 연구의 한 시안이 될 수 있으리라는 생각을 가지게 되었다.

한국인이라면 누구나 다 알고 있는 이름들, 우리 고전 속의 주인공인 춘향, 심청, 홍길동, 흥부, 놀부 등이야말로 우리 한국인의 정체성을 드러내는 자화상들이라 생각된다. 이러한 인물들의 꿈과 소망이 드러나고, 또한 고난과 불행을 극복하고자 노력하는 몸부림 가운데 나타나는 권선징악이나 혹은 행복한 결말은 우리 민족이 수난의 역사 속에서도 연면히 내일의 꿈을 향해 참고 또 참으며 인류 공생·공영의 평화세계 구현을 위한 待望意識을 내포하고 있는 것이다. 이와 같은 측면에서 볼 때 우리 고전문학의 주인공들은 우리 한민족의 심성이 기저로부터 온축되어 민족의식의 지향으로 표출된 형상화인 것이다.

이러한 의식지향은 조선조 말 동학을 필두로 하여 수많은 민족종교들이 창도됨으로써 우리 민족의 꿈과 저력이 지난 날 우리 고전문학에 등장했던 주인공들의 모습과 더불어 한민족의 묵시록을 펼쳐 보였다고 생각된다. 단군신화가 한민족의 창세기라면 춘향전, 심청전, 흥부전, 홍길동전은 그 묵시록이 될 수 있기 때문이다.

아무튼 이 책을 접하는 분들에게 이 책이 세계화시대를 개척해 나가야 할 우리 한국인의 모습을 다시 한번 생각할 수 있게 된다면 뒤늦게나마 이 글을 묶어내는 보람이 더 크리라 생각되어 이와 같이 감히 머리말을 부친다.

끝으로 이 책을 출판하도록 물심양면으로 지원을 아끼지 않으신 국학자료원의 정찬용 사장님께 특별히 감사드리고, 아울러 원고의 교열과 편집에 함께 도움을 주신 이길연 선생에게도 거듭 감사의 말씀을 드린다.

2005년 11월 손대오

목 차

1부 : 한국 고전소설의 의식지향 연구

2부 : 국문학에 나타난 巫覡思想 연구
-영혼불멸사상을 중심으로-

한국 고전소설의 의식지향 연구

Ⅰ. 서론

1. 연구목적 및 의의

한국문학의 흐름은 그 역사만큼이나 오랜 연원을 가지고 있다. 檀君이 나라를 세우면서부터 신화가 창조되어 우리 문화의 유산으로 전승되었는가 하면, 三國, 高麗, 朝鮮時代를 거치면서 이루어진 역사 발전은 고대적 의미의 문학성을 띤 神聖性 내지 呪術性이 점차 소멸되는 과정을 보여주고 있다. 그럼에도 불구하고 우리의 문학적 유산에 내재된 초월적 삶의 모습들은 그 본질을 잃지 않고 연면히 이어져 내려옴을 볼 수 있다.

문학의 기원은 흔히 제천의식으로부터 시작되었다고 말해지고 있다. 모울톤(R.G. Moulton)의 지적대로, 어느 국가나 민족의 상고시대에는 제천의식에 飮酒歌舞가 뒤섞인 발라드 댄스(Ballad Dance)가 있었고, 운문과 음악, 무용이 결합된 원시종합예술의 문학적인 원천에는 실생활의 효용을 목적으로 한 藝術的 審美性이 표백되어 있다.[1] 이러한 생활행위로서의 문학이 가지는 의미는 바로 인간 생활에 있어서 해결하지 못하는 문제들을 '하늘'에 의지하여 풀고자 하는 인간 심성의 본질적 측면을 드러내주는 것이라고 할 수 있다. 특히 우리 민족 고유의 敬天思想이 우리 문학에 있어서 사상적 전통을 이루고 있는 것을 볼 때, 한국문학의 전통적 특질을 재조명하는 데 이러한 측면은 매우 의미 있는 요소가 될 수 있는 것이다. 인간의 삶은 곧바로 역사를 이루는 근간이 된다. 역사의 온갖 시련은 인간에게 주어진 삶의 고통이며, 이러한 시련의 극복 의지는 스스로 해결하지 못하는 현실적 고통을 해결하고자 하는 노력이자 갈구이다. 우리 민족의 역사를 두고 고난의 역사, 혹은 은근과 끈기의 역사라고 한다. 이러한 관점이 우리 민족에게 피상적으로 받아들여질 경우 우리의 역사는 침체와 패배의 역사라는 인식을 갖게 된다. 그러나 이것이 일제하의 피지배적 경험에 의해 타의적으로 형성된 논리이고 보면, 역사의 올바른 인식과 전통에 입각한 미래를 향한 새로운 지평의 확립을 위해 한국문학의 흐름 속에 담겨있는 우리 민족의 사상적 원형을 새롭게 탐구해 볼 필요성이 절실히 요구된다.

근대 이전의 국가에서는 인간 생활의 계층적 현상이 필연적으로 사회 구조에 의해 지배되었다. 이것은 중세봉건사회의 성격을 뜻하는 것이기도 하지만, 우리나라의 경우, 고려시대의 왕족중심사회가 조선시대로 넘어오면서 봉건국가의 기반을 확립하지 못한 채, 과거

---

[1] R. G. Moulton: The Modern Study of Literature. 本多顯彰 譯, 『現代文學 の研究』(岩波書林, 1957), P.10.

제도의 도입으로 관료사회적 성격을 지니게 됨으로써 양반과 상민의 二元的 對立이 오랫동안 우리 역사를 지배하였다는 점에서 독특한 의미를 지닌다. 이러한 계층의 구분에 의한 내적 갈등과 함께, 사대부 계층 내의 당쟁과 사화, 임진왜란이라는 민족 전체의 수난이 뒤섞여진 조선왕조의 사회적 양상은 현실의 고통을 초월할 수 있는 새로운 세계에의 지향이 민족 전체의 내적 응집력으로 축적되고 발현되는 기반을 형성하였다. 그 구체적 양상은 다를지라도 이러한 기반은 역시 고대로부터 우리 민족의 역사를 꿰뚫어 온 종교적 사상이라고 할 수 있다. 우리 민족의 전래적인 민중종교가 있었고, 삼국의 정립 이래로는 중국 영향 하에 불교, 유교, 도교 및 서구의 기독교 등의 종교가 유입됨으로써 국가와 민족, 사회를 이끄는 정신적 지주역할을 하였던 것이다. 그러나 실제로 한 국가가 어떤 특정한 종교를 國是化하여 나라를 이끄는 기반으로 삼았던 사실은 하나의 정치적인 차원의 문제라고 볼 때, 그 시대의 민중 전체의 생활로부터 流露되는 문화적 내용 영역에 있어서는 그들이 가지게 되는 일상적 믿음과 소망으로서의 종교적 내용이 주가 되어 있기 때문에 위와 같은 외래종교가 수용됨으로써 하나의 민족종교사상으로서 발전하게 되었음을 볼 수 있다.

이러한 외적 요인이 조선시대의 문학적 흐름의 성격을 뒷받침하는 하나의 기반이 되었다면, 문학의 내적인 특징적 요인 역시 보다 구체적인 특성을 제시해 준다. 즉 한국 고전 소설사를 일별해 볼 때, 비록 소설의 태동이 한문문화권의 영향에 의해 이루어졌다지만, 그 이전부터 우리 민족 고유의 유산으로 내려오던 수많은 설화적 전통이 그 기반을 이루어 수용되고 있음을 간과할 수 없다.[2] 이러한 전통은 우리 민족의 생활의식이 소설이라는 하나의 문학적 장치를 통해 형상화될 수 있었음을 의미한다. 특히 조선시대에는 우리말을 기록할 수 있는 문자가 만들어짐으로 인해서 민중들의 구체적 생활 모습과 그 의식의 지향성은 한글 소설작품을 통해서 보다 절실히 들어나게 된 것이다.

이런 의미에서 본 연구는 민중들의 생활을 통한 의식의 지향이 고전소설 작품을 통해 어떻게 형상화되고 있는가를 살펴봄으로써, 그 속에 담겨있는 우리 민족의 종교적 심성의 지향성을 하나의 사상적 체계로서 확립하는데 그 목적을 두고자 한다. 이러한 시도는 결코 종교의 문학에 대한 단순한 대입 내지 비교 연구로써는 그 본래적 의미를 획득할 수 없다. 사상이란 하나의 논리이어야 하지만, 한편 그것을 초월해서 인간 본연의 심성이 전달되어 시대를 통해 논리화되는 것이 종교적 사상이라고 볼 때, 작품 속에 살아 있는 인간의 행동을 통해 그들의 삶 속에 내재된 종교적 지향성이 어떻게 작품의 지향성으로 변용되어 형성되는가를 추출해내는 작업이 필요한 것이다.

이와 같은 작업을 통하여 얻어지는 결과를 바탕으로 하여 우리 민족 심성의 근저와 그 미래를 향한 꿈인 민족적 사상과 그 정체성을 이해할 수 있는 새로운 의식의 지평을 발견할 수 있을 것이다.

---

2) 張德順, 『韓國說話文學硏究』, 서울대출판부, 1970.
　이 저서는 한국 고전소설 작품들의 연원을 전래 설화와의 관련을 통해 밝힘으로써 說話小說化 과정에 대한 체계적 탐구 가능성을 모색하고 있다.

2. 연구대상 및 연구방법

본 연구가 위에서 설정한 연구목적과 의의를 전제한 것이고 보면, 한국 고전소설 작품 가운데 주된 논의의 대상으로 삼을 수 있는 작품은 다음과 같은 두 가지 조건에 합당한 내용을 구비한 것이라야 한다고 본다.

첫째는 해당 작품이 우리 민족 전체로부터 시대성을 초월하여 가장 널리 읽혀지고, 깊이 수용된 것이어야 한다는 점이다. 우리 나라 사람이면 남녀노소, 빈부귀천을 막론하고 모든 사람들에게 친밀한 작품이어야 한다는 것이다. 우리 민족에게 오래도록 변함없는 사랑을 받고 있는 작품일 때에, 그 작품은 민중의식의 지향을 탐색할 수 있는 요소와 가능성이 높을 것으로 기대할 수 있는 것이다. 시대와 역사의 상황적인 浮沈과는 상관없이 시간의 한계성을 뛰어넘어 끊임없이 민중에게 읽혀지고 감동과 애환을 함께 나누게 하는 작품이어야 함은 본 연구가 '意識志向'의 탐구를 그 중심에 두고 있기 때문이다. 「금오신화」로부터 시작된 한문소설과 「홍길동전」에서 비롯된 한글소설을 총망라한다면 한국 고전소설의 양은 엄청나리라 여겨진다. 그 모든 작품이 우리 민족의 생활과 의식의 반영이라고 하더라도 오랜 역사를 통하여 그 작품이 창작 또는 생성된 이래 줄곧 읽혀짐으로써 우리 겨레의 자기신원(Sellf-Identity)을 되새기게 하는 작품이야말로 진정한 민족의 의식 지향성을 극명하게 드러낼 수 있으리라 판단되는 것이다.

둘째 조건은 귀족이나 지배계층을 위주로 하는 문학이 아닌 민중지향적인 작품이어야 한다는 점이다. 즉 그 내용이 중세지향[3]의 작품보다는 근대지향[4]의 작품이어야 한다는 것이다. 왜냐하면 근대지향을 우리는 소수의 지배계층이나 귀족 중심의 봉건적, 보수적 신분질서 사회로부터가 아닌 다수의 일반민중, 피지배계층, 서민을 위주로 하는 가치관이나 사회변동을 추구하는 민중들의 의식적인 경향성이라고 볼 때 본 연구에서 '意識志向'으로서의 연구대상에 적합한 작품은 바로 이와 같은 내용을 가진 것이어야 한다고 본다. 즉 현실고착(Status quo)이나 현실 안주의 보수 이데올로기가 지배하는 작품에서는 민중의식의 근대지향성은 뚜렷이 드러나지 않는다. 중세지향적인 것으로부터 근세 민중지향으로 나아가는 과정에서는 필연적으로 현실 타파의식[5] 또는 현실 구원의식이 표출되게 된다. 작품속에 이와 같은 현실 타파의식이나 현실 구원의식이 선명하게 드러난 것일수록 보다 근접된 민중의식의 지향을 발견할 수 있는 것이다. 또한 이와 같은 민중의식은 현실의 고통을 극복하기 위한 미래

---

3) 金興圭, 「申在孝改作 春香歌의 판소리 史的 位置」, 『韓國古典小說 硏究』(이상택·성현경 편, 1983, p.139) 와 「판소리의 敍事的 構造」(창작과 비평 제35권, 1975, p.139)에서 중세지향의 작품으로서 영웅 소설을 들고 있다. 영웅 소설들은 중세적 질서지향의 소설인데 반하여 판소리 및 판소리계 소설은 중세적 질서 -儒敎的인 保守性- 에 별로 집착하지 않고 오히려 적대적이며, 하층민의 對抗文化的지향을 띠고 있다고 보고 있다.

4) 洪一植, 『韓國開化期의 文學思想硏究』(悅話堂, pp.17~38)에서 저자는 근대지향성의 개념을 대체로 필자의 견해와 같은 의미로 사용하고 있다. 또한 '保守儒學에서 그처럼 唯一神聖視하던 正德보다 實事求是나 利用厚生을 앞세운 실학의 근대지향성을 인정하면서도 실학사상이 본질적으로 민중의 사상일 수 없다'는 점을 지적하고 진정한 민중 중심의 근대지향의식은 동학과 같은 민종 종교 및 민간신앙, 고유 신앙 사상관의 접맥에서 드러난다고 보고 있다.

5) 韓昇助, 「민족종교에 담긴 한국의 미래상」, 『역사와 민족종교』, 主流, pp.12~13 참조.

지향적인 이상의 갈구를 보여주게 되며, 자유롭고 행복한 이상을 현실화하고자 하는 민중의 갈구는 종교적인 구원의식과 직결될 수 있는 動因이 된다.

이와 같은 두 가지의 기준을 전제할 때 필자는 고전소설 작품 가운데 본 연구의 대상에 가장 적합한 것으로 「홍길동전」, 「춘향전」, 「심청전」, 「홍부전」의 네 작품으로 한정하였다.

이 네 작품은 앞에 말한 두 가지의 조건인 普遍・通時的인 민중적 수용성과 근대지향의식 및 현실개혁, 구원사상이 가장 집약적으로 담겨져 있다고 여겨지기 때문이다. 물론 이들 작품 외에도 이와 같은 내용을 찾을 수 있을 것이다.[6] 그러나 지금까지 필자가 조사한 바로는 위의 조건을 충족시킬 수 있는 작품으로 앞서 말한 네 작품이 가장 적합하다고 판단된다.

「홍길동전」, 「춘향전」, 「심청전」, 「홍부전」은 사실상 한국 고전소설의 '古典'이라고 할 만큼 대표적인 것들이다. 바로 이 '대표적'이라는 말 속에 우리 민족의 심성을 대변해 줄 수 있는 근거가 담겨 있다. 당대에는 물론이고 개화기의 새로운 서구문화 유입의 홍수속에서도 六錢小說이라 하여 실질적인 독자층과의 역학관계를 확립하여 개화기소설의 외면적 근대성을 압도하며 널리 읽힌 점이나[7] 현대까지도 그 소설적 원형으로서의 모티브가 일반화된 인식으로서 잠재되어 있는 점 등을 감안할 때, 시대적 감수성을 초월하여

---

6) 「토끼전」, 「콩쥐팥쥐」, 「허생전」 등도 논의의 대상이 될 수 있는 가능성은 배제할 수 없다고 보지만 역시 위의 조건을 흡족 시키기에는 미흡한 점이 많다고 판단되었다.

7) 金允植, 『韓國近代文學樣式論攷』, 亞細亞文化社, 1980, p.217 참조.

민중의식 지향에 대한 검토 가능성을 확보할 수 있다고 본다.

「홍길동전」은 무엇보다도 최초의 한글소설이라는 점에서 강력한 민중 중심의 근대지향의식을 보여주고 있으며, 또한 현실타파 및 구원의식을 드러내고 있다. 한문소설에서 한글소설로의 이행은 우리 문화에 큰 의미를 보여주고 있다. 保守儒家體制의 신분차별 사회를 개혁하려는 계급타파의식을 지향한 그 내용은 말할 것도 없고, 그 표현 형식에 있어서도 종래의 사대부 중심의 한문소설이 아닌 평민과 민중들에게 활짝 열린 한글소설[8]이라는 점으로 볼 때 「홍길동전」은 개방사회지향적인 근대지향소설의 효시라고 볼 수 있겠다. 더구나 오늘날 우리가 읽고 있는 「홍길동전」은 허균이 지은 원본 그대로의 것이 아니고 후세의 독자층에게 수용되면서 일종의 積層文學形態로 생성되었다는 견해가[9] 있는 만큼, 민중의식의 流露의 농도가 보다 더 짙으리라는 판단을 내릴 수 있을 것이다. 간혹 「홍길동전」을 영웅소설로 보아 다른 군담류 영웅소설과 같은 범주로 보려고 해도[10] 위에 제시한 두 가지 조건에 있어서 여타의 것들과는

---

8) 林熒澤은 「洪吉童傳의 新考察」(『창작과 비평』 43호, 1977)에서 허균은 자실을 보수적인 유교의 규범에서 묶어두기를 거부하고 감정을 해방시켜서 방종 하는 가운데 문학예술로 자기의 개방적인 생활을 영위했던바 그 가운데서 유교에 종속되지 않는 새로운 문학세계를 창조 할 수 있었는데 그것이 바로 「홍길동전」이었다고 주장한다.(p.137), 또 「홍길동전」은 조선전기 사대부문학으로부터 조선후기 서민문학으로 발전하는 과정에서 하나의 가교적인 문학사적 위치를 갖는다고 하고 있다.(p.138)

9) 林熒澤, 前揭論文 참조(『창작과 비평』 42호, p.475)

10) 金烈圭, 「民譚과 李朝小說의 傳記的 類型」, 『韓國文學과 民俗硏究』, 一潮閣, 1971.

　　趙東一, 「英雄의 一生, 그 文學史的 展開」, 『東亞文化』 V, 10. 1971.

　　林熒澤은 前揭論文에서 위의 두 논문이 민속학의 類型理論에 집착하여 「홍길

비교가 되지 않는다고 여겨진다.

　다음 「춘향전」, 「심청전」, 「홍부전」은 대표적인 판소리계의 소설들로서 민중지향적인 성격이 매우 짙은 작품들이다. 판소리 수용층은 양반이나 평민 모두에게 해당된다 하더라도 판소리는 기본적으로 민중지향의 노래이며[11] 판소리계소설 또한 그러하다. 그 스토리가 민중들에게 전파된 수용도로 보아 이 세 작품은 「홍길동전」과 더불어 우리 민족에게 있어서는 가장 친밀한 작품들임에 틀림없다. 그 내용 또한 위에서 제시한 두 가지의 기준에 가장 적합하다고 여겨진다. 그 작품의 주인공들은 吉童, 春香, 沈淸, 興夫 등으로 우리 민중들을 지칭하는 상징적인 모습이요, 민중을 형상화하고 있다고 볼 수 있을 것이다. 따라서 우리 민족은 춘향, 심청, 홍부 또는 길동과 같은 심성을 지녔다고 말할 수 있다. 그 작품들을 읽거나 혹은 표현하는 형식을 통해서 민중들이 그처럼 쉽게 정서적인 동화를 경험하는 이유도 여기에 있는 것이다. 고난과 시련을 극복하면서 개혁과 구원을 갈망하는 등장인물들은 바로 우리 민중들의 자화상이라고 말할 수 있을 것이다. 이런 관점에서 본 연구의 중심 개념인 '意識志向'에 가장 근접하는 작품들로서 위의 네 작품을 선정하게 된 것이다.

　지금까지의 「홍길동전」과 「춘향전」, 「심청전」, 「홍부전」에 대한 논의는 개별적인 작품론에서나 계열화된 類型論의 차원에서 많은

동전」의 해석을 신화나 민속에 머물게 하고 있음을 비판하고 작품이 산출된 역사현실로 시각을 돌려야 할 것을 강력히 주장하고 있다.

[11] 金興圭, 「판소리의 二元性과 社會史的 背景」, 『창작과 비평』 42호, 1974, pp.70～73 참조.

연구 업적이 나와 있다. 이들 작품들에 대한 기존 연구는 대체로 세 가지 영역으로 나누어진다. 그 첫째가 서지적 연구이고, 둘째가 제재적 근원과 형성과정에 관한 연구이며, 셋째가 해석학적 연구이다.

서지적 연구는 물론 원전 및 이본연구가 중심이 되며, 이러한 일차적이고 실증적인 연구는 시간적으로 거리가 있는 과거의 문학적 사실을 다룸에 있어서 선결되어야 할 문제라는 점에서 고전소설 연구의 우선적 위치를 차지해 왔다. 金台俊의 『朝鮮小說史』(1939)에서부터 다루어지기 시작한 異本에 관한 문제는 이본의 존재 확인과 해제의 작성, 그리고 이본에 대한 대비적 고찰과 선후관계의 확정 과정을 거치면서 어느 정도 정리되었다.[12]

한편 제재적 근원과 형성과정에 관한 연구는 작품의 창작적 영향의 문제와 근원설화에 대한 탐색에 초점이 맞추어져 왔다. 특히 前者의 문제는 「홍길동전」의 경우 그 소재적 측면에 있어서 중국의 「水滸傳」과 비교[13] 그 모방적 측면을 강조하기도 했으나 이러한 식민문화사관적 연구 경향은 구조주의 주체적 문화사관에 입각한

---

12) 이 방면의 연구로는 다음과 같은 것이 대표적이다.
   朴魯春, 「홍길동전 本板本片考」, 『가람 李秉岐博士 頌壽論文集』, 1966.
   丁奎福, 「洪吉童傳 異本r攷」(一·二), 『국어국문학』 48, 51호.
   金東旭, 『增補 春香傳 研究』, 延世大 出版部, 1976.
   李在秀, 「春香傳異本考」, 『杏丁 李商憲先生回甲紀念論文集』, 1968.
   최 철, 「춘향전 이본간의 내용 비교연구」, 『文友』 2호, 연세대문과대, 1961.
   조윤제, 「春香傳 異本考」, 『震檀學報』, 통권 11~12호, 1939, 1940)
13) 이봉린, 「水滸傳이 洪吉童傳에 미친 영향」, 대구대 대학원, 1967.
   李相翊, 「홍길동전과 수호전과의 비교연구」, 『국어교육』 4호, 한국국어교육연합회, 1962.

연구로 극복되어지고 있다.[14) 또한 근원설화의 탐색은 「춘향전」, 「심청전」, 「흥부전」 등의 소설이 판소리계 소설로서 민간전승의 구전적 문학요소를 수용하는 문제와 관련이 있다.[15) 이러한 연구는 사회·문화적 배경과 연관되는 측면이 있기 때문에 구체적인 사실성과 함께 총체적 眺望이 요구된다.[16)

마지막으로 해석학적 연구는 서지적 연구에 대한 간략한 해제로부터 주석을 시도하고, 그것을 토대로 주제 연구 및 사상적 배경 연구로 확산되어 이어져 왔다.[17) 특히 이러한 연구는 고전문학 작품

14) 金東旭, 「洪吉童傳의 國內的 溯源」, 『心岳 李崇寧 博士 頌壽論文集』, 1968.
15) 李相翊, 「說話小說論」-기원설화의 고찰을 중심으로-, 서울대 대학원, 1961.
　　金東旭, 「춘향전 근원설화고」, 『최현배선생환갑기념논문집』, 1954.
　　印權煥, 「흥부전의 설화적 고찰」, 『語文論集』 16집, 고려대국어국문학연구회, 1974.
　　金泰坤, 「심청전의 근원설화」, 『文理學義』 4집, 경희대, 1967.
　　張德順, 「심청전의 민간설화적 시고」, 『思想界』 31호, 1956.
　　金宇鍾, 「심청탄생 설화고」, 『현대문학』 83, 84, 85호, 1961, 1962.
　　신동익, 「심청전 형성에 관한 연구」, 『陸士論文集』 8집, 1970.
　　李能雨, 「홍길동전과 허균의 관계」, 『국어국문학』 42, 43 합병호, 1969.
16) 金興圭, 註3) 과 11)의 논문들은 좋은 참고가 될 수 있다.
17) 趙東一, 「沈淸傳'에 나타난 비장의 골계」, 『계명논총』 7집, 계명대, 1971.
　　史在東, 前揭論文.
　　印權煥, 「沈淸傳 研究史와 그 問題點」, 『한국고전소설연구』, 새문사, 1983.
　　印權煥, 「淨化와 救援의 悲歌」-沈淸傳-, 고대신문, 1977.5.
　　李相澤, 「春香傳 研究」, 『국어국문학』 3호, 1966
　　趙東一, 「葛藤에서 본 春香傳의 主題」, 『啓明論叢』 6집, 계명대, 1970.
　　催珍源, 「춘향전의 합리성과 불합리성」, 『國文學과 自然』, 成大出版部, 1977.
　　催珍源, 「판소리 文學攷」, 『大東文化研究』 2집, 1966.
　　金東旭, 「春香傳연구는 어디까지 왔나」, 『창작과 비평』 40호, 1976.
　　姜東燁, 「洪吉童傳의 主題攷」, 『東岳語文論集』 8집, 동국대, 1972.
　　林熒澤, 「洪吉童傳의 新考察」, 『창작과 비평』 42, 43호, 1996, 1977.
　　林熒澤, 「興夫傳의 現實性에 대한 研究」, 『문화비평』 4호, 1969.

을 현대적 의미에서 재조명해 볼 수 있는 시각을 마련해 줄 수 있는 바, 문예미학적 연구 방법의 도입으로까지 그 영역이 발전되고 있다.[18] 그런데 이러한 해석학적 연구의 다양성은 방법론적 확산에 의한 일종의 부작용으로 한계를 드러내기도 한다. 그것은 현대 서구적 문학이론의 작품 분석 기준에 의해 고전소설을 분석함으로써 부정적 평가 일변도로 몰고 가는 태도를 보이고 있다.[19] 또한 주제에 관한 검토도 대부분 내용적 측면에 있어서의 경향 내지는 소재적 측면의 논의로 국한되는 까닭에 그 작품이 위치하는 시대적 문맥에 대한 확인이 불가능하게 되는 결과를 낳기도 한다.

「홍길동전」이 창작된 시기는 대체로 宣祖 4년인 1606년부터 光海君 5년인 1612년으로 보여지며,[20] 「춘향전」, 「심청전」, 「홍부전」 등의 판소리계소설은 18세기 후반 판소리의 전성과 함께 정착된 작품들이다. 이러한 시대적 배경은 임진왜란 이후의 사회적 혼란기라는 측면에서나, 실학사상의 영향 하에 조선 후기의 사회·경제적 변혁기라는 측면에서 모두 시대적 의미가 부각되게 된다. 따라서 시대상

___

趙東一,「興夫傳의 兩面性」,『啓明論叢』 5, 1969.

[18] 金炳國,「文學的 관습에서 본 春香傳의 人物考」,『古典文學研究別集』 1호.
宋孝變,「文學的 탐색담의 構造」,『西江語文』 2집, 서강대, 1983.

[19] 흔히 지금까지 고전소설의 'Happy Ending'과 '권선징악' 등을 들어 천편일률적인 고대소설의 특징이라고 규정하여 부정적인 평가로 일관되고 있음을 염두에 둘 필요가 있다.

[20] 鄭鉒東,『洪吉童傳研究』, 文潮社, 1961, p.10 참조. 그러나 林熒澤은 그의 「洪吉童傳의 新考察」에서 오늘날 우리가 읽고 있는 「홍길동전」은 허균이 지은 본래의 원본은 아니며, '원작에 공감한 후세의 서민들이 자기들의 생활경험을 거기에 합치시킴으로써 내용을 서민적으로 풍부하고 생생하게 만들었다. 그러므로 이 작품을 이해하는데, 우리는 원작자의 의식과 함께 거기 합치된 서민의식과 민간적 표현방식에 유의해야한다.'고 말하고 있다.

황에 대한 검토가 작품 연구의 필수불가결한 조건으로 부수되어야 하며, 이러한 검토가 민중의 종교적 지향과 그 사상 연구의 보다 확실한 기반이 될 수 있다고 본다.

한편, 대상 작품들은 위의 창작 시기적 측면에서 두 차원으로 분리됨을 볼 수 있다. 이 문제는 작품의 창작 주체의 측면과 연관지어 볼 때 또 하나의 시대적 의미에 대한 고찰의 영역을 부여한다. 許筠이라는 한 개인의 창작물이 가지는 의미와, 민중들의 집단적 구비전승의 과정에서 형성된 집단 창작물이 가지는 의미의 상이점이 작품이 지향하는 바의 사상적 측면에 어떤 특성을 부여하는가에 대한 고찰이 필요하다.

이러한 몇 가지 문제점을 바탕으로 하여 본 연구는 우선 작품들에 대한 검토에 앞서 민중 생활의 精神的 動力으로서 이어져 내려온 민중종교의 전개양상과 그 본질을 고찰하여 추출되는 민족 심성의 기저를 이루고 있는 내용이 무엇인가를 의식지향의 관점에서 정립해 볼 것이다. 그 다음으로 이러한 民衆宗教的인 기반이 고전소설 작품에 수용되게 되는 배경을 社會史 및 精神史的 견지에서 조명해 봄으로써, 구체적인 작품 속에 드러나는 민중들의 意識志向을 통한 민중종교적사상의 양태에 대한 내적 분석으로 나아갈 수 있을 것이다. 이 과정에서 본 논문은 특히 우리 민중종교의 默示的 性格[21]에

---

[21] '默示'(Apokalyptik)라는 개념은 본래 종교사적 개념이며 그것은 동시에 한 문학 유형에 속한다. 묵시문학이 곧 그것이다. 그런데 묵시문학은 동서고금을 막론하고 어느 민족에게나 볼 수 있는 보편적인 것으로서, 기독교만의 전유물이라는 오해를 갖지 않아야 할 것이다. 묵시문학의 특성은 ① 어떤 집단이 위기에 부딪쳐서 수난을 당할 때, 그 수난을 극복하는 힘이 초자연적인 것으로부터 도래하여 악한 세력을 넘어뜨리고 구원을 받게 된다는 희망을 말하며 ② 고난

관심을 가질 것이며, 본론인 작품 분석과 논의에 있어서도 이러한 민중종교의 默示性과의 관계 하에서 다루게 될 것이다.

이렇게 이루어지는 작품분석은 단순한 제재론의 차원을 극복하고 하나의 거시적 관점으로서 문학연구를 위한 해석체계 정립이 어느 정도 가능하리라고 보며, 한국문학의 연구 방향성 확립에도 기여할 수 있으리라 여겨진다.

본 연구가 그 방법에 있어서 實証主義的 고찰을 넘어서 작품에 나타난 사상성을 추적해 보려는 입장이지만, 일단 논의에 앞서 연구 대상이 되는 작품의 臺本을 구체적으로 확정할 필요가 있다.

고전소설의 판본은 대체로 坊刻에 의해 간행된 木版本과 개인의 필사에 의해 전수된 筆寫本, 그리고 개화기에 이르러 출판사에서 간행한 活字本 등 세 가지가 형태로 전해진다. 또한, 각 판본에 따르는 이본도 다양하게 존재하고 있다. 그러므로 이러한 판본 간의 상이성은 시기적인 특성 물론, 그 내용 및 문체에 따라 다르게 나타나고 아울러 그에 따르는 작품의 평가도 달라질 수 있다.

이러한 문제를 고려하여, 여기서 우선 「홍길동전」, 「춘향전」, 「심청전」, 「홍부전」의 대본이 되는 판본의 位相과 그것을 선택한 의미를 제시하고자 한다.

「홍길동전」의 이본은 대체로 本版本으로서 翰南本, 漁靑橋本, 安城板本, 完板本 등과 活版本, 筆寫本이 각기 전하고 있다. 물론, 「홍길동전」의 원본 자체는 한문본이었으리라는 주장도 있으나[22] 이러한 주장은

받는 민중들에게 꿈을 주어 좌절하지 않게 하는 설화체로서의 민중 문학적 성격을 갖고 ③ 대부분 상징언어로 되어 있으며 ④ 강렬한 민중의 신앙이 반영되어 있다고 한다.

[22] 鄭鉒東, 『洪吉童傳硏究』, p.141.

金東旭에 의해 부인되고 있는 바,[23] 위의 한글본이 원본에 가까운 주된 것이라고 볼 수 있다.

현존하는 活版本으로는 世昌書館本, 文言社本, 六造社本, 德興書林本, 禮和出版社本, 翰南書舘本 등이 있으나 그 내용은 거의 동일하며 다만 張數가 출판사에 따라 다를 뿐이다. 이들 활판본은 한남본 및 어청교본과 같은 경판본을 바탕으로 각색된 것들이다. 한편, 필사본은 李家源이 소장하고 있는 것으로, 독창적인 원본 계열이 아니라 어청교본과 구성 및 문구에 있어서 동일한 것이다.

활자본과 필사본을 제외한 본판본 중에서는 시대적으로 한남본이 가장 선행하는 판본으로 보여진다. 丁奎福은 한남본과 기타 본판본들 간의 표기법, 어휘의 시대성, 내용의 누락, 誤記로 인한 상관성 등을 통해 판본의 전후관계를 밝힌 바 있다.[24] 그에 따르면 어청교본은 한남본을 대본으로 하여 이루어진 것으로, 같은 京板 계열이므로, 사실상 「홍길동전」의 판본은 한남본(경판본)과 완판본의 두 텍스트로 대별된다고 하겠다. 안성본은 일단 내용적인 면에 있어서 결말부의 율도국 건설 부분이 생략되어 미완의 모습을 보이고 있으므로 중심적 판본에 속하지 못한다.

한남본과 완판본의 핵심적 차이는 사상적 배경에 있어서의 대립관계이다. 즉, 전자는 불교사상이 옹호되고 있는 반면, 후자는 척불

---

23) 金東旭, 「洪吉童傳의 國內的 溯源」, 『李崇寧 博士 頌壽論文集』 乙西文化社 1968, p.131.

　　丁奎福, 「洪吉童傳異本攷」(一), 『국어국문학』 48, p.2.

24) 丁奎福, 「洪吉童傳異本攷」 (一) (二), 『국어국문학』 48, 51호 1970.5, 1971.1. 그러나 林熒澤은 前揭 「洪吉童傳新考察」에서 丁奎福교수와 의견을 달리하여 문제를 제기하고 있다.

사상이 드러나고 있다. 한남본이 시기적으로 가장 선행하는 것이고, 줄거리 면에 있어서는 완성되어 있음에도 불구하고, 본 연구의 대상으로 완판본을 택한 까닭은 바로 이점과 관련된다. 해인사 약탈 장면에서 보이는 부패한 僧徒社會에 대한 吉童의 투쟁은 許均 개인의 사상적 측면을 넘어서 민중 전체의 意識志向으로서의 개혁의지가 융해된 것으로 볼 수 있다.

「春香傳」은 처음 판소리부터 소설로 이행·정착되었으므로, 그 판본은 대체로 판소리 唱詞本이나, 판소리에서 소설로의 移植本이 한말까지 대종을 이루었다. 英祖 30년 간행된 柳振漢의 「晚華集에」 실린 한시 춘향가가 타령본을 한역한 것으로서, 수많은 판본 가운데 시기적으로 가장 오래된 것이라는 점을 고려할 때, 판소리 문학으로서의 특성은 「춘향전」의 이본을 점검하는데 있어서 중요한 관건이다.

金東旭에 의해 제시된 「춘향전」의 이본은 목판본과 필사본이 38종, 활자본이 38종에 이르고 있다.[25] 역시 개화기 이후의 활자본을 논외로 할 때, 대표적인 판본으로는 京板 春香傳. 安城版 春香傳, 完版 別春香傳, 完版 春香歌(烈女春香守節歌), 申在孝本 春香歌, 高大本 春香傳 등이 꼽히고 있다. 이 가운데 대체로 그 내용 및 문학적 수준에 있어서 가장 완성된 것으로 평가되는 것은 경판 춘향전과 완판 춘향가이다. 이 두 판본은 전자가 스토리 위주이며, 후자는 가곡 위주인 점에서 본질적으로 대조된다.

그런데, 이미 밝힌 것처럼 「춘향전」의 판소리 문학적 성격을 염두

---

25) 金東旭, 『增捕春香傳硏究』, 연대출판부, 1976, pp.70~72.

에 둘 때 경판본보다는 완판본이 보다 원본의 본질에 부합된다고
본다. 서두의 출생담에서 춘향의 신분에 관한 제시나, 결말 부분
御史의 행동 등에 착색된 민중들의 의식지향, 그리고 수절가에서
두드러지는 판소리 사설로서의 문체적 특성은 적층문학으로서의
「춘향전」이 가지는 문학 및 문학사상적 의미를 밝히는데 중요한
요건이 된다. 따라서 본 연구에서 「춘향전」의 텍스트로는 완판 「열
녀춘향수절가」를 택하기로 한다.

「심청전」 역시 「춘향전」과 마찬가지로 수십 종의 이본이 전해지
고 있다. 「심청전」의 이본을 가장 체계적으로 연구한 崔雲植에 의하
면 목판본으로 翰南本系, 宋洞本系 및 完版本系로 나누어 11종을
제시하고 있고, 필사본으로 가람본, 申在孝本, 高大本 등의 10종을,
활자본으로 신소설 「江上蓮」과 新文館本, 傳文書館本 등 11종을 제
시하고 있다.[26] 여기서 목판본인 한남본과 송동본은 모두 경판으로
서 완판과 대비된다. 이 대비적 성격의 핵심도 물론 판소리 문학으
로서의 특징 유무에 있다.

완판은 판소리 사설을 소설화하여 삽입가요가 풍부하며, 비록 결
말 부분에 장황한 뒷이야기가 첨가되어 있으나, 풍부한 내용과 민중
의식에 결부된 통속성, 화려한 문체 등이 판소리 문학으로서의 성격
을 보여준다. 이것은 작품의 형식 및 내용뿐만 아니라, 그 속에 내재
된 세계관적 특성에 이르기까지 독자적인 변별성을 부여한다. 경판
본이 줄거리 전체를 초인간적인 질서에 의존하고, 생활과 역사의

---

[26] 崔雲植, 「坊刻本 ‘沈淸傳의 書誌 및 特色과 系列」, 『陶南學報』 5집 1982.
　　「筆寫本 沈淸傳의 書誌 및 特色과 系列」, 國際大 『人文科 學硏究』 1집 1982.
　　「活字本 沈淸傳의 書誌 및 特色과 系列」, 國際大 論文集』 10집 1982.

時空에서 일탈한 자족적인 세계를 드러내어 합리적이고 안정된 정적인 세계관을 보이는데 반하여 완판본에서는 양반적인 윤리질서의 숭고함을 강조하기보다는 일상적 평민의 현실성을 드러내어 동적인 세계관이 표출되어 있다는 것이다.[27]

한편, 「興夫傳」의 경우 활자본 이전의 목판본에 있어서는 경판 2종 이외에는 보이지 않는다. 활판본으로는 世昌書館本이 있으며, 申在孝本의 필사본과 여타의 판본이 몇 가지 있지만 [28] 본 연구에 있어서 그 텍스트로는 世昌書館本으로 하였다. 경판과 그 외의 몇 가지 판본에는 전체적인 구성과 세부적인 면에서 결여된 부분이 많고, 신재효본 또한 의도적인 개작이 문제시 되었다. 필요한 경우 경판 방각본을 참조하기로 한다.

이상에서 확정된 본 연구의 텍스트를 제시하면 ① 完版本 洪吉童傳, ② 完版本 烈女春香守節歌(具滋均 校注, 民衆書館, 1970), ③ 完版本 沈淸傳, ④ 世昌書館本 興夫傳 등이다.

---

27) 金興圭, 「판소리의 二元性과 社會史的 背景」, 『창작과 비평』 31호, 1974, pp.95~98.
28) 逍東一, 「홍부전의 兩面性」, 註 12) 前揭 논문 참조.

Ⅱ. 한국 고전소설의 민중종교적 기반

1. 민중종교사상의 유형 및 특질

민중종교사상을 알아보기 위해서는 먼저 그 기반이 된다고 볼 수 있는 민간신앙에 대하여 언급하는 것이 필요할 것 같다.

일반적으로 종교현상이란 초월적인 힘에 의해 인간의 삶의 문제를 해결하고자 하는 일체의 행위라고 간주된다. 특히 모든 인간 속에 내재하는 미래지향의 理想希求라는 측면에서 볼 때, 현실적 존재를 초월하고자 하는 인간의 욕망은 이러한 종교적 성향과 결부된다. 이것은 종교의 보편적 특성을 뜻하는 바, 이러한 보편성의 기반은 인류 전체가 창조하고 향유하는 모든 문화양태가 인간의 존재적 상황이 머금고 있는 有限者로서의 한계에 대한 인식이자 극복의지라는 데에 있다.

그런데, 한편으로 이러한 보편적 인간의식은 집단적인 생활영역에서 역사적으로 형성되는 사회·문화적 특수성에 의해 각기 다른 유형으로 독자적 전개를 보이게 된다. 각 민족 나름으로 일정한 종교적 내용이나 종교적 심성이 존재하는 것은 이러한 종교의 역사적 구속성을 드러내 준다. 종교가 초월적인 본질을 지니고 있음에도 불구하고, 그것이 관련을 맺고 있는 인간의 구체적 생활 현실 속에서 실천적 전개를 요구받기 때문에 '초월성의 현실적 실현'이 전제

되지 않을 수 없다는 사실은 민족 고유의 신앙형태를 그 역사적 현실 속에서 추측할 수 있는 기반을 마련해 준다.

우리 민족의 종교적 심성의 실체는 고대로부터 민간전승의 형태로 이어져 내려온 민간신앙으로부터 추출 될 수 있다. 민간신앙은 가장 원초적인 종교 형태라는 점에서 신앙의 무의식성이라는 성질을 지니고 있으나, 그만큼 민중들의 일반적인 생활 속에 깊숙이 뿌리박고 그들의 생활의식을 지배하는 측면을 내포하고 있다는 점에서 특정한 制度宗敎의 구속성을 탈피하는 곳에 그 종교적 본질을 형성할 수 있다.

우리 민족 고유의 민간신앙은 크게 세 가지 흐름으로 유형 지어진다. 첫째는 神靈이 인생의 길흉화복을 지배한다고 보는 무속신앙이요, 둘째는 사주팔자로 인생의 운명이 결정된다고 믿는 점복·예언 신앙이며, 셋째는 풍수지리가 인생의 흥망성쇠를 결정한다고 믿는 風水·讖緯信仰이다.[29)]

이들 각 유형의 민간신앙은 역사적인 전개를 거치면서 사회적 현실 속에 변모 발전하는 바, 이로부터 형성되는 민중종교사상은 민중들의 현실적 삶과 초월적 삶을 동시에 받쳐주는 지주의 역할을 담당한다.

고대 원시사회에 있어서 종교적 심성은 그들의 생활문화로부터 자연스럽게 형성되었다. 즉 인지가 발달하지 못한 관계로 자신들이 접하게 되는 자연현상에 대한 적절한 대응이 어려웠고, 따라서 자연에의 공포를 물리치고 현실의 행복과 안락을 추구하기 위한 방편으

---

29) 柳東植, 「韓國의 民俗·宗敎思想儲說」, 『韓國의 民俗·宗敎思想』, 三省出版社, 1977, p.21.

로써 일종의 신앙형태가 나타나게 된다.

우리 민족의 경우 신앙형태는 샤머니즘(Shamanism)에 기초하는 바, 이것은 영계와의 교섭을 개입해 준다고 믿는 샤만(Shaman)에 의해 天神의 의사를 지상의 인간이 전달 받음으로써 天空界와 地上界의 정신적 합일을 실현시키려 한 것이다. 金錫夏의 다음과 같은 설명은 이러한 고대신앙의 기반을 명확히 밝히고 있다.

天空思想은 한민족의 고유한 원시신앙이었다. 그리고 이 천공사상은 원시인의 자연숭배사상의 핵을 이루었던 太陽思想에서 유래한 한민족의 광명(밝음)의 사상과 연결지어졌다. 광명한 <天空>의 세계야말로 한민족이 추구했던 이상향의 상징표상이다.

原始祭政一致時代의 Shaman은 인간의 天空回歸를 유도하는 중개자이다. 그리하여 천공은 곧 낙원으로 관념화되었고, 광명한 천공의 세계를 지상으로 실현하기를 기원했으며 이는 즉, 낙원을 지칭하는 천공의 地上投射이다. 원시인들의 낙원의식은 바로 이 <천공계>로의 복귀와 그 現世投射로 표현되고 관념화되었던 것이다. 광명한 천공의 세계를 낙원으로 관념화하는 동시에 이를 현실에 투사하고자 한 의식은 <天>과 <地·人>의 대응이며 合一思想이다.[30]

일종의 원시종교 현상으로서의 샤머니즘은 이렇게 우리 민족의 종교적 바탕을 이루면서 이후 외래종교와의 혼합을 통하여 스스로 변모되기도 하면서 민간신앙으로서의 무속신앙을 형성하였다. 부족국가시대의 제천의식에서 행해졌던 巫敎儀禮가 바로 그 근원적 유형이다. 夫餘의 迎鼓, 高句麗의 東盟, 濊의 舞天 등은 모두 음주가

---

30) 金錫夏, 『韓國文學의 樂園思想研究』, 日新社, 1973, p.34.

무의 행위를 통해 하늘에 기원함으로써 현실의 재액을 없애고 복을 가져오고자 하는 종교적 심성의 구체적 실현인 것이다.

우리 민족 고유의 민간신앙적 바탕을 형성하는 이러한 무속신앙은 역사적으로 몇 가지 유형을 이루면서 전개되었다. 고대로부터 마을 단위의 共同祭禮 형식으로서 부락공동제가 열렸는데, 이는 풍년이나 부락 전체의 평안을 비는 제사의식의 성격을 띤다. 이러한 풍습은 왕조의 변동이나 외래종교의 지배 하에서도 특별한 변화 없이 전승되어 山神祭나 洞神祭의 형태로 남아있음을 볼 수 있다. 또 하나의 무속신앙 형태로 무당굿을 들 수 있다. 신라 말기에 이르러 불안한 사회현상이 사람들로 하여금 개인의 안락과 除災招福을 비는 신앙형태를 낳게끔 한 바, 三國遺事의 處容에 관한 설화는 그 전형을 보여주는 것이다. 이외에 혼합종교 형태의 무속신앙도 있다. 신라시대의 화랑도나 고려시대의 八關會 등이 대표적인 것으로, 외형상 불교라는 외래종교의 성격을 지니지만 내면적으로는 원시종교로서의 무속신앙의 민간성을 바탕으로 하고 있다.

이러한 무속신앙은 기본적으로 현세에서 풍요한 생명과 재물을 소유하고 탈 없이 평안을 누리자는 데에 그 주된 관심이 놓인다. 이는 민간신앙의 본질적 성격이 현실을 외면한 초월적 세계에서만의 희구가 아님을 드러내주는 측면인 것이다.[31]

한편, 무속신앙과 함께 우리 민족의 민간신앙적 바탕을 형성하고 있는 것에 점복신앙과 풍수도참신앙이 있다.

점복이나 예언은 광의의 무속신앙에 포함되는 것이기는 하지만

---

31) 催吉城, 『韓國巫俗論』, 螢雪出版社, 1981, p.180 참조.

歌舞祭禮를 통한 행사와는 달리 독립된 행위로서의 성격을 지닌다. 점복은 삼국과 고려조를 거쳐 조선시대에 이르면, 이 방면을 관리하는 觀象監이라는 직책이 생길 정도로 널리 유포되었다. 특히 조선시대에는 作卦占이 발전하였는데, 그 대표적인 것이 <土亭秘訣>이다. 이것은 16세기 宣祖 때 사람인 土亭 李之菡이 지은 것으로 되어있는 책으로 太歲·月建·日辰을 숫자적으로 따져서 상·중·하의 卦를 만들고 周易의 음양설에 비추어 인간의 길흉화복을 설명하는 일종의 예언서의 성격을 띤다. 그런데 이 <토정비결>은 비록 주역에 의탁하고 있다고는 하지만 결코 유교의 정통적 경학과는 거리가 먼 것으로,[32] 이것을 매개로 점치는 행사가 민간에서 하나의 歲時風俗化된 것은 바로 민간전승의 신앙적 속성을 그 자체에 내포하고 있음을 입증해 준다.

　風水思想 및 讖緯思想 역시 미래의 길흉화복과 흥망성쇠의 운명에 대한 예언으로서의 성격을 지니고 있다. 점복신앙이 주로 개인의 운명에 관련되는 데 반해 이 風水讖緯信仰은 집단의 운명을 제시한다. 이 신앙의 본질적 원리는 음양오행에 의거한 생기와 감응의 사상으로, 부모와 자식간의 감응의 원리를 따라 조상의 뼈를 통해 땅의 생기를 얻자는 것이다. 이러한 한 가족의 번창을 기원하는 신앙이 한 나라 또는 마을 전체의 번영에 작용하는 데에까지 확산되는데, 고려조의 건국에 있어서 수도를 松岳으로 정하게 된 것도 여기에 그 기반을 두는 것이다. 그런데 이러한 풍수참위설이 민간신앙으로서 유행하게 된 것은 임진왜란과 병자호란 이후에 이르러서이다.

---

32) 金容德, 「土亭集解題」, 『韓國의 民俗·宗敎思想』, 三省出版社, 1977, p.317 참조.

애초에 국운이 기울고 세상이 불안해지면 지배층에서 이것을 地德의 쇠함으로 여겨 천도나 정권교체의 수단으로 삼았으나, 17세기 이후 극도로 피폐한 사회적 상황 속에서 反王朝的 사상으로 까지 변모된 것이다. 이러한 사상을 전형적으로 보여주고 있는 것이 <鄭鑑錄>이다. 이 책은 풍수설을 기반으로 李氏朝鮮이 망하고 鄭氏朝鮮이 새로 선다는 예언을 담고 있는 바, 사회적 불안이 야기하는 사대부와 관리들의 부정부패, 양반계층의 횡포로 인한 민중들의 현실적 고난을 새로운 세계의 도래를 말함으로써 해소시키는 역할을 한 것이다. <정감록>류의 참설은 반왕조적인 민중사상이요, 待望의 민간신앙이라고 할 수 있다.[33]

이상에서 설명한 세 가지 유형의 신앙 상태들은 민중들의 일상적 생활 유지를 위한 사상적·종교적 기반으로서 뿐만 아니라 현실의 극복을 위한 정신적 지주로서 작용하였고, 특히 이러한 민간신앙은 구체적인 역사적 상황과의 접촉에서 조선 중기 이후의 사회적 현실 속에 민중들의 적극적인 현실인식과 고난의 극복의지를 형성케 하는 기반이 되었다. 이렇게 민간신앙이 민중들의 의식에 역사적으로 작용한 것은 그 종교적 속성이 운명론적인 세계관과 현실주의 인생관 사이의 교량역할을 담당하고 있기 때문이다. 즉 무속이나 점복, 참위예언 등이 지니는 종교의례로서의 초월적 힘을 통해 민중들은 자신의 운명을 조절할 수 있다는 신념을 부여 받으며, 동시에 이러한 신념은 현실세계의 새로운 국면으로서 이상적 세계로의 초월을 의식 속에 내재화시키는 것을 가능케 할 수 있는 것이다.

---

33) 申一澈,「鄭鑑錄 解題」,『韓國의 民俗·宗教思想』, 三省出版社, 1977, p.280 참조.

2. 민중종교사상의 역사적 배경과 그 黙示的 성격

우리 민족 고유의 신앙형태로서의 민간신앙은 역사적으로 외래 종교의 유입과 그에 따르는 종교의 國是化로 인해 그 존재 영역이 침해되어 민중들의 생활의식에 있어서 대립·갈등하는 모습을 드러내게 된다. 한편 임진왜란을 겪고 당쟁이 격화됨으로 인해 사회의 구조적 변화와 지배층의 체제 분열 현상이 나타난 조선 후기의 역사적 상황은 민중들의 고유한 종교적 심성의 질적 변모에 자극을 가하는 현실적인 촉매가 되었다.

즉, 초역사적인 보편적 종교현상으로서의 민간신앙이 사회의 계기적인 변동의 방황 속에서 역사적 변화에 부응하여 민중이라는 집단을 통합하는 기능을 수행하게 되었다. 그럼으로써 자연적 생활양식으로서 민중의 종교적 심성은 일종의 목적성을 띠고 보다 총체적이고 적극적인 현실문제의 해결을 위한 근본적 행위기반으로서 그 본질이 확산되게 된 것이다. 18세기 이후 광범위하게 전개된 민중운동은 이러한 민중적 신앙 형태의 질적 변모와 관련되어 그 사상적 기반을 획득하게 되며, 이로 인해 민간신앙은 민중종교의 형태로까지 발전하게 된다.

여기서 조선 후기 민중들의 의식 속에 형성되게 된 민중종교사상의 본질이 무엇인가 하는 점을 검토해 볼 필요성이 있다. 민중종교사상이 가지는 사상적 특질의 해명은 당시의 사회상이 민중들에게 부여한 종교적 심성의 현실적 내용을 밝혀줄 수 있으며, 이는 또한 조선 후기 사회상의 반영으로서 민중들의 意識志向과 慾望體系를 구체적인 소설작품 속에서 추출하는 기반이 되기도 할 것이다.

黃善明에 의하면 민중종교의 특질적 요건은 다음 다섯 가지로 설명된다.

첫째로, 제도적인 열성이나 조직의 성숙도가 미흡하다는 점을 들 수 있다. 일반적으로 종교집단의 전개 과정은 敎祖의 신비 내지 계시 체험으로부터 합리화의 경과를 거쳐 일상화(routinization)가 진전되고 따라서 조직이나 성립된 교단을 갖추어 가며 사회체계 안에서 제도로 정착하는 것이 상례이다. 그런데 민중종교의 경우 조직의 성숙성이 미흡해서 잠정적이면서도 지속적인 운동으로 전개되어 간다.

둘째로, 가치변혁을 도모한다는 점이다. 전통이나 기성질서에 과감히 도전하며 이를 타파하고 구성원으로 하여금 신선한 새로운 가치 체험을 갖게 한다. 이것은 특정의 기성교단의 도그마에 대한 도전일 수도 있고, 경우에 따라서는 광범위한 기성질서에 대한 가치 변혁을 도모하기도 한다. 민중종교가 혁신 내지 혁명적 성격을 갖는 것도 여기에서 연유한다. 그러나 이처럼 가치변혁을 도모하면서도 민중종교가 어째서 보수적인 전통성을 고수하는 경우가 있는가 하는 의문이 생긴다. 그것은 합리화를 성취하지 못한 데서 오는 敎祖의 신비체험이나 계시현상에의 맹신이라든지 카리스마적인 권위주의에 종속되고 또 주술성을 극복하지 못하는 까닭이다. 물론 종교는 근본적으로 합리적이라거나 불합리하다거나 하는 속성을 부여할 수가 없다. 다만 종교의 문화적인 표현인 종교 신앙의 실천이나 사회적 표현인 종교의 조직이 합리화에 바탕을 둘 뿐이다.

셋째로, 민중종교는 이론적인 성향보다는 행위적이고 정서적인 표현에 의해 압도된다. 민중종교가 흔히 狂懼的(orgiastic)인 성향을 띠는 것도 이 때문이다.

넷째로, 민중종교는 종말관을 종교상징의 구심점으로 삼고 있다. 천년왕국 운동과 같은 경우는 구체적으로 시간과 공간적인 종말을 지적하지만 대체로 내면화된 종말의 임재를 암시한다.

다섯째로, 민중종교는 '절박한 의미의 문제'를 갖는 무리들을 구성원으로 한다. 모든 종교의 의미의 문제와 관련이 있다. 즉 무엇 때문에 어떻게 살아야 하는가 하는 근본적인 물음에서부터 가난·불운·질병과 같은 현실적이고 직접적인 문제, 또 노력하는 데 비해서 돌아오는 보상이 만족한 상태가 되지 못한다든지 하는 不正義의 문제 등은 이 세계가 불완전하다는 데서 연유하며 이것의 해결을 보다 더 초월적인 의지에 가탁함으로써 해결을 도모하고자 한다. 그런데 상대적 박탈감(deprivation)이 정도가 매우 심한 경우 이러한 의미의 문제는 절박하게 된다.[34]

이상의 설명에서 민중종교 사상이 형성되는 배경적 요인을 고려할 때 가장 중요시될 수 있는 것은 네 번째와 다섯 번째 특성이다. 민중종교의 사상적 구심점으로서의 '종말관'은 현세의 고난이 극복되는 새로운 세계의 도래에 대한 예언을 담는다. 그리고 이러한 새로운 세계에 대한 기원은 무엇보다도 현세에 있어 고난의 직접적 담당자인 민중에 의하지 않을 수 없는 바, 민중들의 '상대적 박탈감'은 임진왜란 이후의 조선사회라는 변혁기 속에서 부각되고 그로부

---

34) 黃善明, 「한국 民衆宗敎의 형성과 발전」, 『月刊朝鮮』, 1982.2, p.55.

터 민중종교로의 사상적 방향성이 형성된 것이다.

임진왜란 이후의 사회상과 그에 관련된 민중들의 정신적 상황은 곧 바로 위와 같은 민중종교 사상의 확립을 위한 배경적 요인으로 작용한다. 전쟁으로 인해 국토는 황폐되어 경지 면적이 줄어들었고, 이로 인해 가중된 국가의 재정난은 관리들의 苟斂誅求를 초래했으며, 농민들은 땅을 버리고 유민이 되어 거지와 도적이 늘게 되는 등 이러한 사회적 혼란은 민중들의 물질적 궁핍과 정신적 결핍을 더욱 심화시켰다. 한발이나 홍수 등 자연재해로 인한 기근, 질병 등이 무력한 지배층에 의해 충분히 구제되지 못하고, 관리들의 부정부패와 이에 따르는 三政의 문란이라는 인위적 재난이 현실적 고통으로서 민중들의 생활을 항시 위협함에 따라 이에 대한 초월의지는 민중들의 불만감이 폭발로 구체화된다.35)

임진왜란 중 義州를 향한 몽진길에 노비들이 노비문서가 보관되어 있던 掌隸院을 불살라 벌이는 일이 일어났고,36) 이는 민중들의 박탈감에 대한 극복의지가 우선적으로 계층적으로 신분을 초극하려는 움직임으로 나타난 것이라 볼 수 있다.

하층민의 신분 해방을 위한 노력으로부터 전개되는 조선후기 민중운동은 17세기에 들어서면서 사상적 측면의 기반을 갖추게 되는데, 肅宗初에 불교의 미륵신앙에 바탕을 두고 일어난 민중들의 저항 사건이나, 純祖代에 西都人心을 선동하기 위하여 관서지방의 민간 전승인 鄭將軍이야기를 <鄭鑑錄>과 결부시켰던 홍경래난은37) 모

---

35) 趙 珖, 「19世紀 民亂의 社會的 背景」, 陳德奎外, 『19世紀 韓國傳統社會의 變貌와 民衆意識』, 高大民族文化研究所, 1982, pp.183~235 참조.
36) 姜東燁, 前揭論文, p.235.

두 현실적인 질곡과 고통을 극복하는 방향으로서 그들 속에 내재된 민간신앙적 요소가 표면화되어 행동으로 나타날 수 있게끔 되었음을 보여준다.

이러한 민란의 사상적 배경으로서 특히 <정감록>의 영향은 18세기 이후 천주교가 전래되고 동학이 성립되는 등 민중종교적 기반이 확립되는 과정 속에서 절대적인 부분을 차지하고 있다. 이는 <정감록>에 담긴 사상적 특성이 민중들의 물질적·정신적 박탈감을 구제해 주는 새로운 지평으로서의 예언적 구실을 하고 있기 때문이다. <정감록>의 사상적 특징을 요약해서 살펴보면 대체로 다음 다섯 가지로 정리된다.

① 現實否定 …… 현사회가 운이 쇠진했으므로 멸망할 운수라는 것. 도덕과 질서가 문란하여 말세가왔다는 것.
② 救世主主義 …… 따라서 말세에 대신하여 행운을 타고 李氏 대신에 鄭氏, 즉 정도령이 나타난다는 것. 이는 난세가 극진해서 나타나는 '메시아'로 기대되고 있다.
③ 遷都說 …… 漢陽都의 지덕이 길처가 못되어 국운이 쇠한 것이므로 계룡산 하의 길처로 새 도읍을 옮겨야 한다는 것.
④ 隱遁主義 …… 민심의 불만이 동란의 도래에 대한 공포로 나타나서 十勝之地의 피난처를 구해야하며, 불가피하게 다가오는 액운 앞에 굴복하여 도피해야 한다는 것.
⑤ 樂觀的 運命觀 …… 衰運이 지극하면 盛運이 온다는 極卽通의 주역적 운명관을 믿고 길운의 도래를 고대하는 것[38]

---

37) 鄭奭鍾,「洪景來亂의 性格」,『韓國史研究』 7집, 韓國史研究會, 1972, p.205.
38) 申禛庵,「鄭鑑錄의 思想的 影響」,『韓國思想』 2집.

여기서 볼 수 있듯이 <정감록>에는 재래의 민간신앙에서의 묵시적 요소가 지니는 말세사상, 역성혁명관 등이 그대로 수렴되어 있는바, 이것이 현실고에 부딪힌 조선 후기 민중들에게 때가오면 '眞人'이 나타나서 그들을 이상향으로 인도하여 현세의 고통을 해결하리라는 신앙이 부여되게끔 한 것이다. 이러한 메시아니즘(messiahnism)의 형성은 민중들로 하여금 새로운 세계로의 현재화의 믿음을 가지게 하여 초월자로서 내세에 존재하는 것이 아닌 현세에 顯現할 수 있는 자로서의 메시아 관념 즉 구세주 待望思想을 확보하게끔 한다.

한편, 민중들의 의식 성장의 원천으로서의 종교적 사상은 18세기 이후의 사회 변동과 지배층 내의 당쟁의 결과로 형성된 몰락 양반층이 매개가 되어 전개됨을 볼 수 있다. 이들은 당시 농업 기술의 향상으로 대규모 농장이 출현되고, 기업농의 확대로 땅을 잃고 쫓겨나는 빈농층의 유민화현상이 나타남으로 인해 마땅한 생업이 없는 부랑집단으로서 나타난 향도, 상두꾼, 무뢰배 등과 결속되어 농민들의 불만을 수렴, 기성질서에의 저항과 사회개량을 목표하는 일종의 結社를 형성하게 된다. 이들 몰락 양반층은 유교적 질서의 허상을 직접 깨달을 수 있는 위치에 있었기 때문에 민중들의 잠재적인 정신지평에 숨어 있는 낙원의 이상에 대한 대망사상을 일깨워 줄 수 있었던 것이다. 여기에 상공업의 발달에 의해 성장된 상공인 세력이 하층 민중이나 몰락 양반층과 결합하여 민란의 배경세력이 되기도 하였다.[39]

결국, 이러한 민중운동의 연결선상에서 민중종교 형태의 신앙 형

---

39) 鄭奭鍾, 「朝鮮後期 民衆運動史 序說」,『淸州女師大 論文集』7집, 1978, pp.8~11 참조.

성이 가능했다는 것은 무엇보다도 당시 사회상황으로부터 종말론에 입각한 지상천국이 도래에의 요구가 상징적 구심점으로 확보될 수 있었기 때문이다. 당시 민중들의 사회개혁의지가 구원자의 출현을 대망하는 민중종교로까지 승화되고 성숙된 것으로 보아야 할 것이다.

그러므로 조선 후기의 민중운동을 주도한 동학을 위시한 각종 신흥민족종교에서는 예외 없이 이와 같은 구세주 대망사상과 현실타파 및 개혁사상이 예언과 참위의 형태로 혼융되어 나타나고 있는 것이다. 대부분의 민중종교에서 믿고 있는 '眞人出現說', '彌勒下生', '後天開闢' 또는 '萬國活計南朝鮮' 사상 등도 다 이와 같은 맥락에서 이해되어야 한다고 본다. [40] 이와 같은 것들은 한국 민중종교사상의 묵시적 성격을 잘 드러내는 요소라고 하겠다. 尹聖範은 <정감록> 사상의 입장에서 볼 때 한국인에게는 일종의 고향상실(Heimatlosigkeit)과 같은 역사인식의 측면이 있으며 이러한 실향성은 참다운 메시아의 출현을 통해서 회복되리라는 주장을 하고 있다.[41] 또한 그는 위에서 논한 <정감록> 사상의 다섯 가지 특징을 요약하여 한마디로 '종말론적 메시아니즘'으로 명명하면서 <정감록>은 현실적인 질곡 속에서 벗어나려는 민중의 몸부림을 반영시키고 있고, 어떻게 하면 이러한 질곡과 족쇄에서 벗어날 수 있을까 하는 울부짖음이 반영되고 있다고 했다. 또한 이러한 현실극복에

---

[40] 李康五, 「新興宗敎 I」, 『韓國民俗大觀』 제3권 民間信仰・宗敎編, 高大民族文化研究所, pp.618~619 참조.
[41] 尹聖範, 「鄭鑑錄의 입장에서 본 韓國의 歷史觀」, 『韓國的神學』, 宣明文化社, 1972, p.254.

관한 의지는 한국 사람의 공통적인 신념이요, 고난의 한국역사를 극복하려는 신앙이 되었으며 따라서 한국인은 메시아적 대망을 언제나 마음에 간직하고 있었다는 것이다.[42] 이러한 양상은 한국 민중종교가 가지고 있는 묵시적 성격의 주요한 측면이라고 볼 수 있을 것이다.

3. 민중종교사상의 소설적 수용과정

민중들의 인생관, 세계관, 종교관의 지표가 되어 그들의 생활을 이끌어 왔던 민간신앙은 불교 및 유교 등의 외래종교의 유입으로 인해 상호 대립·갈등 현상을 야기하게 된다. 이는 외래종교가 지배자의 통치이념으로 고정됨에 따라 발생되는 종교의 체제내적 제도화 성향 및 사회통합의 기능적 속성의 오류에 기인한다. 體制敎學으로서의 유교는 양반관료국가인 조선왕조 유지의 기본이 되는 강령이었던 만큼 禮典의 실시와 보급이 강력히 시행되었고 불교나 여타의 신앙행위를 淫祠로 몰아 철저히 탄압하였다. 특히 제도종교의 속성을 지닌 家禮는 사대부의 계층적 우위성을 기반으로 한 봉건적 신분계층 질서를 강조하는 가족 중심적 의식의 성향을 지니고 있음을 볼 때, 조선왕조의 유교는 완벽한 제도화로 일체의 이단적인 신앙형태를 추방하여 종교의식의 철저한 통제를 수행하였다기보다는, 왕권의 상대적인 축소와 함께 사대부 계층만의 배타적인 家禮의 형태로 정착한 것이고, 따라서 민중적인 종교의 요청을 충분히 수렴할 수 없게 된 것이다.[43] 이러한 문제는 사회 현실의 혼란 상황 속이

---

42) 尹聖範, 前揭論文, p.242 참조.

나 사회구조 자체의 변혁기에 있어서 표면으로 드러나게 되는 데, 임진왜란과 병자호란의 양란을 겪는 과정에서의 민중의 생활상이나 18세기 이후 경제적 질서의 변모와 이에 따른 전통적 신분질서 체계의 혼란이 민중들의 의식 구조에 민중종교적 본질이 담긴 새로운 지향성을 부여하게 된다.

이러한 민중의식의 형성이 고전소설 작품 속에 수용되는 양상은 두 가지 측면에서 살펴볼 수 있다. 첫째는 외래종교가 민중종교화 되면서 작품에 나타나는 속성이며, 둘째는 민간신앙이 지닌 민중종교적 성격이 형상화되는 성향이다.

우선 전자는 부정적 방향과 긍정적 방향의 양면적 양상을 띠는 바, 부정적 방향이란 지배층 내지 상층 엘리트의 종교에서 민중적 종교로의 전환과정에서 일어난 갈등이 작품으로 표출되는 경우를 말한다. 이는 국가적 권력과 결부된 종교의 國是化에 대한 민중들의 잠재의식의 발로에 의한 것으로, 작품 속에서 지배적 인간상에 대한 거부와 평민적 영웅의 탄생을 회구하게 된다. 유교의 국시화에 따른 양반관료 및 유학자 또는 유교적 가치관에 부합하는 인물군들은 민중과 친밀한, 또한 민중이 창출한 영웅으로 이전되는 것이다. 이러한 평민적 영웅의 형상화 유형은 대체로 세 가지로 나타난다. 첫째, 피지배층에서 지배층으로 신분이 변화됨으로써 영웅이 탄생되는 경우로 과거제도나 전쟁을 매개로 신분 상승 · 노력을 동반한 사건이 전개된다. 조선중기 이후 군담소설류가 그의 대표적인 예이다. 둘째, 기존 질서 내의 인물이 민중의 영웅이 되는 경우로 상층계

---

43) 黃善明, 前揭論文, p.57.

층에 속하는 문제적 개인(problematic individual)[44]이 상층사회의 질서, 가치관을 타파하고 민중화되는 내용이 담긴다. 「홍길동전」이나 「춘향전」에서 洪吉童과 李夢龍이 이러한 인물이다. 셋째, 피지배계급으로서의 속성을 유지하면서 평민의 영웅으로 기존 질서에 정면으로 대결하는 경우로, 이 경우는 천민이나 상민 출신이 여러 과정을 통해 영웅화됨으로써 평민의 지배계급에 대한 갈등을 직접적으로 대변한다.

이러한 부정적 방향의 양상은 그 본질을 유교적 질서 내에서의 갈등에 두고 있다. 따라서 민중종교적 사상은 유교적 질서에 대항하는 대변자적 기능을 수행하여 일종의 대결적 성격을 띠게 된다.

한편 토착화된 외래종교가 민중종교화 되는 과정을 통해 긍정적 방향으로 민중종교적 사상이 수용되기도 한다. 이것은 일종의 무의식적 수용이며 현실과의 강한 관련성을 내포하게 된다. 즉 실제적인 생활에 있어서 祈福的인 역할을 담당함으로써 존재하는 현실세계와 지향하는 이상세계를 이어주는 것이다. 이 경우 민중의 현실적 욕구는 계층적·계급적 질서에 순응되면서 새로운 현실 유형을 작품에서 창출하게 되는 데, 그 유형은 다음 몇 가지 양상으로 나타난다. 첫째, 강한 미래지향성을 표출하는 경우로 불교의 말세관이나 도교의 이상향 등의 사상이 민중의 의식 속에 수용되면서 현실의 상황을 뛰어넘어 가상적 세계로서의 미래 그려낸다. 둘째, 민중적 삶의 대변자가 초월적 삶을 엮어나가는 경우로 초자연적 인간이 등장하여 민중의 욕구를 충족시키게 된다. 셋째, 강한 민중성을 띠

---

44) Lucien Goldmann, Towards a Sociology of the Novel. A. Sheridom trans, Taristock Publications, 1977. pp.12~13 참조.

는 외래 종교의 인물이 형성되는 경우로 작품 내에서 직접적으로 그 종교적 색채가 드러나지는 않지만 결말 부분에서 세계관으로 표출되게 된다.

이러한 긍정적 방향의 수용은 한국 고전소설의 사상적 흐름의 기반으로서 민중종교 사상과 맥을 같이 하는 것으로 볼 수 있다. 우리 민족 고유의 민간신앙은 그 조직적·이론적 판도에 있어서 외래종교와 대립적 본질을 지니고 있으나, 조선후기의 사회적 여건과의 관련 속에서 제도종교의 속성을 뛰어 넘을 수 있는 독특한 영역을 마련함을 볼 때, 그 연결점을 찾을 수 있다.

민간신앙이 갖는 민중종교적 성격은 특히 판소리계 소설에서 두드러지게 나타난다. 꿈, 치성을 드림, 天에의 기원, 善에 대한 강한 가치 부여, 작은 사건들의 해석 등에 있어서 민간신앙의 역할은 매우 크며, 이러한 무속적 측면과 주술적 측면의 표출은 사건 진행의 추진력과 같은 기능을 수행한다. 특히 민간신앙의 작품 내적 수용의 강점은 그것이 바탕이 되어 각 작품의 구조적 기반을 이루게 되는 점인데, 이는 작품에 등장하는 민중으로서의 인물들이 민간신앙의 토대에서 견고한 위치를 부여받기 때문이다. 즉 인물의 행동, 의식, 방향 결정이 이러한 사상적 기반을 기준으로 전개되는 것이다.

결국, 고전소설 작품의 사상적 기반으로서 외래종교와 민간신앙은 그 구조적 측면에 있어서 기본적으로 갈등·대립의 양상을 보이기도 하나, 현실적 문제의 해결이라는 점에 있어서 민중들의 종교적 심성은 민간신앙을 바탕으로 한 민중종교 사상을 수렴됨으로써 작품의 주제적 틀을 형성하게 된다. 이러한 사상적 틀은 국가권력 및 계층적·계급적 측면에서의 유교적 질서와 대립하는 피지배적 민중의 질서가 그 갈등·대립을 넘어서 민족 전체의 종교적 심성으로 정립되는 변모를 보인다.

본 장에서 관심을 갖고 분석하려고 하는 것은 바로 이러한 민중의 현실 극복의지로서 초월적 세계의 지향성 내용을 밝히려는 것이다. 「洪吉童傳」, 「春香傳」, 「沈淸傳」, 「興夫傳」에 각기 나타나는 민중적 인간상이 표상하는 바와 그들의 행동과 가치관은 사건전개에서 드러내는 민중종교적 사상의 구체적 발현, 그리고 이러한 작품의 전체적 구조의 의미를 분석함으로써 그 지향성이 드러날 것이다.

Ⅲ. 한국 고전소설의 구조 및 인물의 지향성

1. 고난과 극복의 갈등상 - 사건구조

먼저, 하나의 소설작품은 몇 가지의 사건들이 모여지며 그 사건들은 각각 어떤 갈등 구조를 지니고 있다는 면을 생각한다면, 작품의 줄거리 전개가 그 갈등 양상에 따라 이루어지리라 본다. 본고에서는 갈등의 원인으로서 고난을 제시하고 그 고난들을 극복해 나가는 과정을 작품전개로 상정하여 작품들을 분석하고자 한다. 본고의 논지에 비추어볼 때 이러한 관점이 매우 유용한 것이라고 여겨진다.

(1) 개혁의지와 율도국 -「홍길동전」

홍길동전에서 보면 길동의 고난은 그가 서출이라는 사실에서부터 근본적인 장애가 놓이게 된다. 그럼에도 불구하고 길동 자신이 서출에 대한 사회적인 억압, 그에 따른 사회적 모순의 인식을 강하게 드러내 보이고 있다는 점이 중요하다. 초란의 박해를 받아 특자에게 습격을 당할 것을 도술로 모면한 후 洪判書에게 이별을 고한다.

소인이 디감의 졍긔를 타 당당ᄒ 남ᄌ로 낫ᄉ오니 이만 질거ᄒ
일이 업ᄉ오디 평셜위ᄒ옵난 아부를 아부라 부르지 못ᄒ옵고 형
을 형이라 못ᄒ와 상하노복이 다 쳔이보고 친쳑보구도 손으로

가르쳐 아모의 천성이라 이르오니 이런 원통흔 일이 어더 잇스오
릿ㄱ[45]

(完板 3장, 띄어쓰기, 필자)

위 글을 보면 자신이 賤生이라는 사실, 그로 인해 노복과 친척들에
게 능멸당하고 있는 처지를 원통하게 여기어 출가를 결심하게 되는
것이다. 이러한 주인공의 면모는 다른 고전소설들의 주인공들과 같
은 맹목적인 충효의 유교 윤리에 매여 자아를 깨닫지 못하는 성격과
는 아주 다른 면모를 보이고 있다. 이러한 주인공의 의식 자체가
사회적인 모순을 타파하고자 하는 적극적인 행동으로 발전하는 기
틀을 마련해 주고 있는 것이다.

이렇게 자신의 처지와 그로 인한 모순 관계를 파악한 길동은 비록
홍판서에게 "조선국 병조판셔 인슈를 쯰고 상장군이 되지 못홀진더
ᄎ라리 몸을 산중의 붓쳐 세상영욕을 모르고져" 한다는 이유로 출가
동기를 말하지만 그는 곧 산중으로 들어가 活貧黨의 당수가 되고
이어서 여태껏 도적질로 사람들을 약탈하여 하루하루 살아가는 당
원들에게 어떤 명분을 제시하여 그들로 하여금 의적의 사명을 수행
할 수 있게 인식을 개혁시키는 혁명가 내지 문제적 개인[46]의 모습으
로 변모하게 된다. 즉 그가 당수가 되고서 도적들에게 했던 첫 번째
말을 보면 다음과 같다.

---

45) 完板本 홍길동전, 『景印古小說叛版刻本全集』(延世大人文科學硏究所) 이하 「홍
길동전」 인용은 이 대본에 의하고 띄어쓰기와 필요에 딸 방점을 사용한다.
46) '問題的 個人'이란 용어를 루카치(G. LuKacs)와 같이 '타락한 세계에서 타락한
방법으로 진정한 가치를 추구하는 인물'로 규정짓는다면 洪吉童이 이 개념에
정확히 들어맞지는 않는다. 그러나 헤겔식의 '世界史的 個人'이라는 보다 보편
적인 의미를 감안한다면 넓은 범주로 포함될 것이다.(L.Goldmann:op.cit)

우리 비록 녹남의 몸을 븟쳤시나 다 나라 빅셩이라 세귀로 이
나른 슈통을 먹으니 만일 위틱흔 시졀을 당흐면 맛당이 시셕을
무릅씨고 인군을 도을지니 엇지 병법을 쓰지 아니흐리요(完板
3장)

이는 단순한 도적떼로서가 아니라 나라를 위해 어떤 일이든지 해
보자는 다짐을 하게 되는 것이다. 위의 인용문에서 주의를 요하는
부분은 윗점을 친 부분이다. 즉 길동은 당대를 위태한 시절로 파악
하고 있는 것이다. 이 작품의 배경이 작품 초두에 나오듯이 '도선국
세동디왕 즉위 십오연' 이라는 구절에서 알 수 있듯이 흔히 世宗朝
라면 태평성대로 이해하고 있는 것이 일반적인 통념이다. 또한 작자
가 그린 작품상의 배경을 무시하고 자기 당대를 지적하고 있다면
그 시대는 宣祖年間이 되겠는데 그 때는 우리 민족사의 최대 격동기
인 임진왜란이 있었던 때이다. 물론 작자 許筠은 임진왜란으로 인해
부인과 자식을 잃고 피난살이의 고초를 당했다는 것은 익히 알려진
사실이다.[47] 그런데 작품 가운데 왜란에 의한 위태한 시대상은 나타
나 있지 않다. 다시 말해 길동이 위태하다고 의식하고 있는 당대는
임란과 같은 전쟁의 위험이 아니라는 것이다. 그럼 그가 의식하고
있는 위태한 시절은 무엇이겠는가? 그것이 작가의 의식과 함께 생각
할 수 있는 바, 곧 사회적 모순의 극성기라고 말해질 성질의 것이다.
탐관오리의 횡포, 寺院의 폐해, 궁핍한 민중, 이러한 여러 제반 사회
현상이 길동으로 하여금 자신의 원통한 처지와 동일한 선상에서
의식하게 하였던 위기의식인 것이다.

---

[47] 李離和, 『허균의 생각』, 뿌리깊은나무사, 1980, P.32.

다시 말해 탐관오리의 횡포, 사원의 폐해, 궁핍하여 도적질로 연명할 수밖에 없는 민중들, 이것들은 고난이며, 한편 극복해야 할 대상이기도 한 것이다. 이러한 고난들을 극복대상으로 의식하여, 이를 革罷하고자 하는 의욕이 곧 함경감영과 해인사 습격으로 나타난다. 이것은 행동적인 주인공의 면모이다. 길동은 사회적 모순을 행동으로서 타파하려고 노력했던 것이며 이러한 행동은 대부분 민중의 지지를 받게 된다. 그는 곧 그 시대에 사회를 개혁하려는 하나의 영웅상으로 부각되는 것이다.

그러나 길동의 행동이 도술에 의지하고 있다는 점은 여러 가지로 의미 있는 대목이다. 그는 백성을 구휼하고 탐관오리를 징벌하는 대업을 도술에 의지하여 행하거나 草人의 활동으로 나타난다.

> 각각 팔도의 횡힝하며 불의흔 스롬의 지불아셔 불상흔 스롬을
> 구졔ᄒ고 슈령의 뇌물을 탈취ᄒ고 창고을 열어 빅셩을 진휼ᄒ니
> 각유 소동ᄒ여 창고직킨 군ᄉ 잠을 이르지 못ᄒ고 직키ᄂ 길동의
> 슈단이 흔변 움ᄌ기며 풍우더작ᄒ여 운무 옥ᄒ야 천지를 분별치
> 못ᄒ니
>
> (完板 15장)

이러한 길동의 활약은 그대로 민중의 의식을 보여주고 있는 것이다. 사실 허균 당대는 길동과 같은 문제적 개인이 그 역할을 완수하기에는 아직 사회적 기운이 무르익지 못하였다. 그러므로 길동의 행동은 이러한 도술에 의지할 수밖에 없었고 이것은 홍길동전의 한계이자 당대 사회의 한계이기도 한 것이다.

길동이 활동을 개시하여 八道가 소란하게 되니 이것은 곧 조정의 큰 걱정거리며, 조정 자체에서 보면 고난을 당하는 꼴이 된다. 그리하여 왕명에 의해 여러 장군들이 길동을 잡으려 하였으나 번번이 실패하게 된다. 드디어 최후의 수단으로 길동의 아버지와 형 길현으로 하여금 길동을 회유하는 것이다. 길동은 자신의 행동으로 아버지가 병이 들고 나라가 어지럽다는 형 길현의 말에 고개를 숙인다.

> 이 불초흔 동싱 길동이 분리 부형의 훈계을 듯지말고져 ᄒ미 아니오라 팔ᄌ귀박ᄒ여 천싱피믈 평싱 ᄒ일쑨더러 ᄀ중의 시귀ᄒ는 ᄉ름을 피ᄒ여 정쳐없이 다니다ᄀ 천만 몽미밧긔 몸미 격당의 석껴 잠시 성희을 붓쳣슙더니 죄명이 이예 밋쳐쓰오니 명일에 쇼졔ᄌ분 연유를 함꼐ᄒ옵고 쇼졔를 결박ᄒ여 나라의 밧츠옵소서
>
> (完板20장)

위의 내용으로 보아 다소곳이 복종하는 듯 하나 길동은 초인으로 대신 잡히게 하였고 이후에도 그는 잡히지 않는다. 그러다가 그는 병조판서를 제수 받고서 임금 앞에 나타나 조선을 떠날 것을 말한다.

길동이 조선을 떠나는 것은 결국 그가 현실의 커다란 장벽을 뛰어넘지 못할 것을 스스로 깨닫고 자신의 이상을 펼치기 위해 조선이 아닌 새로운 세계를 찾아 떠나는 것이다.

그는 이제 이상향 건설사업에 전력하게 된다. 그는 자신에게 주어진 고난은 그 고난을 제공한 현실에서가 아니라 외부에서 해결하고자 하는 것이다. 이런 변모는 길동 자신이 현실을 명확히 의식하고 자신의 행동에 한계를 깨달았다는 증거일 것이다. 그런데 길동은 이미 조선 민중의 영웅으로 활약했고 그를 따르는 군중들은 그를

통해 자신들의 이상을 실현하고자 할 것임을 쉽게 이해할 수 있을 것이다. 그렇다면 길동의 硉島國 건설사업 자체가 민중들의 의식을 대변해 주고 있는 것이며, 이런 면에서 율도국은 손쉽게 민중들의 지향성과 同軌에 서있는 실체로 드러난다.

그러한 율도국은 어떻게 건설되는 것인가? 먼저 길동은 삼천의 군사를 이끌고 셩도라는 장소에다 나라를 세운다.

> 망망디히로 써ᄀ더니 셩도라 ᄒᄂ 도즁의 이르러 창고을 지으며 궁실을 지여 안돈ᄒ고 군ᄉ로 하여곰 농업을 심쓰고 각국의 왕닉ᄒ야 물활을 통ᄒ며 무예를 숭상ᄒ야 병법을 ᄀ르치니 삼연 지닉예 군괴군량이 뫼갓고 군ᄉ 강ᄒ야 당적ᄒ리 업슬네라
>
> (完板 26장)

여기서 주의할 것은 '셩도'에 세운 나라는 農本國家이며 또한 이웃 나라들과 무역으로 부강하게 되며, 무예를 숭상한다는 점이다. 이러한 국가건설은 지극히 합리적이고 계획된 건설사업이다. 이러한 합리적인 계획에 의해 세워진 국가는 대적할 나라가 없을 정도로 강해져서 드디어 정복사업에 나선다. 그것이 율도국인 것이다. 그런데 여기서 줄거리 전개는 설화적 세계 속으로 몰입하게 된다. 즉, 大賊退治說話에서 차용된 내용이 펼쳐지면서 율도국이라는 이상향이 성립되게 되는 것이다.

율도국 건설의 경위는 지하국대적퇴치설화와 동일한 경로를 밟아 성립된다. 만석군 부자인 박용의 딸 박소저가 괴물에 납치를 당하고, 길동이 괴물이 사는 지하로 들어가 박소저의 도움으로 약을 먹

여 괴물을 퇴치한 후 박소저와 결혼하여 왕가를 이루는 것이다. 이렇게 이상국이 설화에서 차용되어 이루어졌다는 것은 이 작품이 허균 개인의 작품인 한계를 훨씬 벗어나 독자인 민중들의 삶에 보다 밀착된 세계관을 보여준다고 하겠다.

이상의 줄거리 전개에서 보듯이 작품 「홍길동전」은 현실의 불합리를 타파하려는 주인공의 의지와 그에 대한 장애요소 그리고 그 극복으로서의 율도국이라는 이상향 건설로 전개되고 있다.

우리가 여기서 간과할 수 없는 것은 이러한 줄거리 전개가 이미 예언자에 의해 예고되어 있다는 사실이다. 여타의 고전소설과 마찬가지로 예언자의 점괘가 등장하고 있고 이것이 여실히 들어맞는다는 사실이다. 즉, 觀相女가 길동의 얼굴상을 보고서 "소녀ㄱ 열읍의 쥬류ㅎ며 천만인을 보외시되 공ㅈ의 상갓튼 이는 쳐음이연이라 아지 못게라"(完板 5장)며 놀랜 후 대감과 부인의 권유에 못이기는 체하고서 거짓으로 고하는 것이지만, 그러나 관상녀가 비록 초란의 흉계에 빌빚춰 실봉을 얼들고자 하는 말이긴 하나, 관상녀의 말은 하나의 예언으로 그대로 작품 전개의 뼈대를 이루어 있다. "공ㅈ의 니두ㅅ는 여러 말슴 발이옵고 군왕지상이요 퓌 즉 충양치 못홀 환이 잇는이다."(完板 5장)는 예언은 작품 말미에 가서 길동이 율도국 왕이 되고 활빈당을 이끌어 활약하게 되는 전개를 그대로 압축해서 제시하고 있다는 점에서 관상녀의 예언은 곧 작품의 중요구조를 이루고 있다.

이렇게 본다면 「홍길동전」은 관상이라는 전래의 민간신앙이 표백되어 작품의 뼈대를 형성하고 있고, 그와 함께 설화라는 보편적인 이야기 거리가 착색되어 있는 민중의식의 지향성을 대변해 주고 있다 할 것이다. 그런 반면, 주인공의 개혁의지라든가 합리적인 국가건설 등은 작자 허균의 작가의식을 드러내 주고 있음을 보면, 「홍길동전」의 전체 구조는 민중의 의식지향과 개인인 허균의 작가의식이 융합되어 이루어졌다고 볼 수 있다.

(2) 구원의 이중적 양상 - 「심청전」

「沈淸傳」을 들어 보면, 위의 홍길동전에서 분석해 보았듯이 이 작품 역시 고난과 극복의 양상을 드러내 보이고 있다. 그런데 심청전에서는 가장 큰 고난이 봉사 아버지, 산후증으로 죽은 어머니, 어린 나이에 구걸 다니는 딸 등 이상의 가족관계에 의해 규정되는 고난이 근간을 이루고 있다. 먼저 심봉사의 아내 郭氏夫人이 죽기 직전에 내뱉은 사설을 보면 다음과 같다.

> 교구한 살임사리 압 못보난 가장 범연ᄒ면 노음찌기 습기로 아모조록 뜻슬바다 가장 공경ᄒ랴 ᄒ고 풍한서십 가리잔코 남촌 북촌 품을 파라 밥도 밧고 반찬도 어더 식은밥은 너가 먹고 더운 밥은 가군 들려(…) 천명이 그뿐인지 인연이 끗쳐진지 ᄒ릴업쇼 눈을 엇지 ᄀᆷ고 갈가 뉘라셔 헌 옷 지여주며 맛진 음식 뉘라셔 권ᄒ릿가 너가 한번 죽어지면 눈 어두운 우리 가장 사고무친 혈혈 단신 의탁홀 곳 업셔 박아지 손의 들고 집팡막디 부여잡고 쎠맛추워 나가다가 구렁의도 ᄲᅡ져 돌의도 치여 업푸러져셔 신세 자탄으로 우난 양은 눈으로 곳 보난 듯 가가문젼 차져가셔 밥 달나는 실푼 쇼리 귀여 징징들이난 듯[48]

(完板上 5~6장)

---

48) 「沈淸傳」 完板本(金東旭소장), 『景印 古小說板刻本全集』 二, 延大人文科學硏究所, 1973. 이하 「심청전」 인용은 이 대본에 의함 인용문의 출전 표시는 完板上, 下, 장으로 함.

위의 사실로 볼 때 고난을 예상하여 통곡하고 있는 것이다. 더군다나 젖먹이 아이가 있고 그를 살리려면 그 고생이야 오죽하랴, 그런데 여기서 주의할 것은 이러한 고난이 동네 사람들과, 특히 張丞相夫人과 같은 사람의 도움을 받아 어느 정도 극복되고 있다는 사실이다. 그들의 도움은 나름대로 이유가 있으니, 그것은 곧 죽은 곽씨 부인의 현숙함과 심청이의 出天之孝에 의한 것이다. 이러한 작품상의 내용은 전래의 상부상조하는 미덕에 힘입고 있는 것으로, 이것 역시 민중의식의 일면과 상통하고 있는 것이다.

하지만 보다 근본적인 고난은 심봉사가 봉은사 주지승에게 은혜를 입고서 공양미 삼백석을 시주하겠다고 약속한 데서 보다 강한 시련의 의미를 띠고 나타난다. 찌들게 가난한 봉사 부녀에게 공양미 삼백석이란 어마어마한 금액인 것이다. 하지만 이미 언약을 해놨으니 어찌할 도리가 없다. 이 고난을 극복하는 방도는 물론, 심청이 皇城商人에게 희생물로 드려짐으로 해결되는 것이나 여기서 주목할 것은 황성상인들이 마을에 오기 전에 심청은 뒤뜰에 황토로 단을 모셔 정화수를 떠놓고 천지신명께 비는 장면이다.

이렇게 천지신명께 기도하는 장면은 곽씨 부인이 자식이 없어 고민하다가 祈子精誠을 드리는 장면에도 나타나고 있는데, 이러한 기복 신앙적인 측면은 민중종교와 결합되어 널리 유포되어 있는 儀式인 것이다.

그리하여 심청은 공양미 삼백석을 몽은사에 바칠 수 있게 되고 자신은 희생물로 나서게 된다. 이러한 희생의 의미는 어찌 보면 심청의 孝에 대한 시험이기도 하며 이러한 효에 힘입어 그는 재차 구원을 얻게 된다. 再生을 얻게 되는 것이다. 심청의 재생은 재생 자체로 끝나는 것이 아니라 황후라는 최고의 지위까지 획득하게 되는 엄청난 비약을 예비해 두고 있는데, 이러한 구원은 옥황상제의 배려에 의한 것이다. 여기서 심청전이 지니고 있는 神聖小說的인 측면이[49] 부각되어 나타난다. 아직까지 심청전은 초월적 존재의 막강한 힘에 의해 구원이 이루어지며 이것은 곧 善에 대한 초월자의 보상행위인 것이다. 흔히 「심청전」의 주제를 悲壯에서 찾는 많은 논지들이 있다.[50] 이러한 비장의 성격 자체도 초월자의 개입에 의해 화해되면서 그 비장이 작품 뒷부분에 나타나는 심봉사와 뺑덕어미의 골계적인 면모와 결합한다는 면에서 이 작품은 그 엄숙함이 민중적인 기지에 의해 변모를 겪고 있다.

이렇게 본다면 「심청전」은 그 고난의 측면이 초월자에 의해 극복되어지는 구조를 지니고 있으면서도 한편으로는 뺑덕어미로 인한 당시 민중들의 해학적인 측면을 반영하고 있는 것이다. 다시 말해 '효'라는 기존 윤리의 엄숙성에 비교되는 골계적 측면이 혼합됨으로써 민중들의 의식을 표출하고 있다고 하겠다. 심봉사를 따라 황성의 맹인잔치에 참가하러 올라가다가 뺑덕어미는 심봉사를 버리고 도망친다.

---

49) 李相澤, 「古代小說의 世俗化過程試論」, 『韓國古典小說의 深究』, 中央出版, 1981.
　　이 論文에서는 우리 古代小說을 神聖社會的 作品과 世俗社會的 作品으로 체계화 시키려 하고 있는바, 「沈淸傳」은 이 試論에 비추어 볼 때 前者의 성격이 강하게 드러난다.
50) 趙潤濟, 『韓國文學史』, 探究堂, 1981.
　　金起東, 『李朝時代小說論』, 二友出版社, 1983. 이들 論者는 「沈淸傳」을 道德小說로 보아 印唐水에 빠져 孝를 실행하는 그 悲壯의 측면을 강조하고 있다. 이러한 논지를 비판한 것으로는 趙東一 : 「沈淸傳에 나타난 悲壯과 滑稽」,(『啓明論叢』 7집, 1971)가 있다.

막상 니가 짜러가드리도 잔치의 참예ᄒ기 젼이 업고 도라온들
셩세도 젼만 못ᄒ고 살길리 젼혀 업셔쓰니 차라리 황봉사를 짜바
쓰면 말연신세는 가장 편안ᄒ리라

(完板下 22장)

이와 같이 아주 현실적인 계산 하에 도망치는 것이다. 이러한 뺑덕
어미의 성격은 고통 속에서 획득된 왜곡된 실리주의의 부정적인
민중의식의 한 측면을 극명하게 부각시켜 나타내는 것이고, 작품
전반에서 보여준 초월자에 의한 고난 극복과 대조되는 일면이다.
이렇듯 「심청전」은 민중들의 두 가지 현실극복 양상을 보여주는
바, 그 하나는 초월자에 의한 구원이라는 막연한 의식지향, 즉 善에
대한 민중들의 확고한 신념과 다른 하나는 실리주의적인 해결양식
을 보이고 있는 것이다.

여기서 하나 더 생각할 대목은 심봉사가 뺑덕어미를 잃어버리고
혼자 올라가다가 목욕을 하고 나와 보니 옷이 없어지는 등 몇 가지
해학적인 역경을 거처 여자 봉사인 安氏를 만나는 장면이다. 여기서
우리는 안봉사가 점복을 하며, 그 점복이 심봉사의 장래에 그대로
해당됨을 볼 수 있는데, 이는 「홍길동전」에서 보았던 관상녀를 상기
하게 된다.

일젼의 꿈을 쮜니 흔 우물의 희와 달리 쩌러져 물의 잠기거늘
첩이 건져 품의 안어뵈이니 흐날의 일월은 사롬의 안목이라 일월
리 쩌러거니 날과 갓치 밍인인줄 알고 물의 잠겨쓰니 심씬줄 알고

(完板下 31장)

심봉사를 맞아들이고 또한 심봉사의 꿈을 해몽한다.

신입화중ㅎ니 회로올가이요 거피작고ㅎ니 고난궁셩이라 궁의
드러갈 증조요 낙엽이 귀군ㅎ니 자손을 가봉이라 더몽이오니 더
단 반갑사오니다

(完板下 32장)

위의 내용은 앞날에 관한 예언을 하는 장면으로 그녀의 말대로
이루어지는 것이다. 이런 면에서 볼 때 「심청전」에서는 정화수라는
민중 전래의 의식과 함께 卜者라는 형태의 주술적인 예언이 작품
전개상 기본적인 구조를 이루어 사건들이 성립되고 있음을 보여주
고 있다. 이런 변모는 「심청전」이 민중종교의 여러 측면 중 점복과
정화수라는 형태를 취해 왔음을 보여준다는 점에서 역시 민중종교
적인 측면을 그 바탕에 깔고 있음을 알 수 있다.

(3) 민중의식의 지향점 - 「춘향전」

「春香傳」에 관해 흔히 말해지듯, 「춘향전」의 주제를 신분갈등에
서 연유하는 계급타파의 의지라든가, 또는 貞烈이라든가 하는 것들
이 그 고난의 의미로 부각되어질 수 있으리라 생각한다. 이러한 양
면적인 주제를 기생인 춘향과 기생이 아닌 춘향으로 나누어 그 표면
적 주제와 이면적 주제를 논하기도 하는데[51] 본고에서는 이들 두
가지 주제를 모두 고난이란 측면에서 살펴봄으로써 주제를 보다
심화시켜 보고자 한다.

---

51) 趙東一, 「葛藤에서본 春香傳의 主題」, 『啓明論叢』 6집, 1970.

무엇보다도 「춘향전」의 갈등은 신분차이에서 연유하는 것이라 판단되며, 이 점은 이도령이 춘향이를 광한루에서 얼핏 보고 房子로 하여금 춘향을 부르는 대목에서부터 확인된다. 이도령이 춘향이가 기생의 딸이라는 말을 듣고 분부한다.

통인아 예 져 건네 화류중의 오락가락 힛쓱힛쓱 얼는얼는 ᄒᄂ 겨 무어신지 자셔이 보와라 통인니 살피보고 엿자오되 다른 무엇 안이오라 이 골 기싱 월미 ᄯ알 춘향이란 게집아히로소이다 도련임 이 엉겹결의 ᄒᄂ 말이 장이 좃타 흘융하다 퇴인이 알외되 졔 어미는 기싱이오나 춘향이ᄂ 도도하야 기싱구실 마다 하고 빅화 초엽의 글ᄌ도 싱각하고 여공지질이며 문장을 겸젼하야 여렴쳐 자와 다름이 업ᄂ이다 도령 허허 웃고 방자을 불너 분부하되 들 은즉 기싱의 ᄯ알이란이 급피 가 불너올라[52]

(完板 p.22)

이는 곧 이도령이 춘향을 기생으로 여겨 그녀를 쉽게 생각한 것이다. 그런데 방자가 갔을 때 춘향은 자신이 기생이 아니라 여염집 처녀라며 청을 거절하는 것이다.

춘향이 이 말 듯고 감짝 놀니 ᄒᄂ 말리 너더러 춘향이니 안양 이니 네 미이 네 할미이 종조리시 열씨 ᄭᅡ듯 조랑조랑 ᄒ라던야 업짜 이 이야 ᄉᄭᅩ 즈졔 분부여던 네 어니 거역ᄒ리 셜혹 니 말을 할지라도 니가 지금 시사가 아니여듬 여염 사람을 호러칙거로 부른 이도 없고 부른디도 갈이도 없다.

---

52) 完板本 춘향전, 「열녀춘향수절가」, 具滋均校注, 民衆書館, 1970. 이하 「춘향전」 인용은 이 대본에 의하고 페이지는 인용된 면을 말한다.

(原板 P.24,26)

이렇게 춘향은 자신이 기생이 아님을 주장하는데, 벌써 여기서부터 신분간의 갈등을 보이고 있다. 이런 점은 月梅가 이도령을 사위로 허락하는 대목에서도 누차 강조하고 있는 바, 그로 인해서 단단히 언약까지 받아두는 것이다.

이도령이 아버지를 따라 서울로 올라가게 되어 춘향과 이별할 때 처음에는 춘향이 그 소식을 반겨하며 다음과 같이 말한다.

> 도련임 먼져 올나가시면 나는 예서 팔 것 팔고 추후에 올나갈 거시니 아무 거정 마르시오 닌 말더로 ㅎ엿스면 군속잔코 졸 거시오 너가 올나가드리도 도련임 큰딕으로 가셔 살 수 업슬 거시니 큰딕 각가이 조구만한 집 방이나 두엇 되면 족하오니 연탐하여 사 두소셔 우리 권구 가더리도 공밥 먹지 아니할 터이니 그령겨령 지닉다가 도련님 날만 밋고 장기 안이 갈 수 잇소 부귀영총 지상가의 요조숙여 가리여서 혼졍신셩할지라도 아주 잇든 마옵소셔

(完板 p.92,94)

이렇게 춘향은 자신의 신분에 대해 확고한 인식을 하고 있다. 이러한 인식은 월매에게서 더욱 철저하게 나타난다. 따라서 이도령과 자기 딸 춘향과의 이별에 관해 아주 철저한 반발을 보이면서 자기의 신세를 한탄하게 된다. 그녀는 먼저 자기 딸 춘향에게 화를 낸다.

> 이연 이연 썩 죽거라 사러셔 쓸디업다 너 죽은 신체라도 저

양반이 지고 가게 전 양반 울나가면 뉘 간장을 녹일난야 인연
인연 말 듯거라 늬 일상 이르기을 후회되기 쉽는이라 도도한 마
음 먹지 말고 여렴사람 가리여서 형세지체 네와 갓고 재주 인물
리 모도 네와 갓한 봉황의 짝을 어더 늬 압푸 노난 양을 늬 안목으
보와쓰면 너도 좃코 나도 좃체 마음이 도고하야 남과 별노 다르
더니 잘 되고 잘 되얏다.

(完板 98.100)

이렇게 월매는 신분에 대한 의식을 지니고 있으면서도 한편 춘향
의 다른 신분상승의 의지를 끝내 묵과함으로써 그 자신도 신분타파
의 춘향전 주제에 한 몫을 거들고 있음은 사실인 것이다.

그러나 이별이 명확해 지고, 춘향이 이를 순순히 받아들이고 나서
부터 그녀의 守節은 시작된다. 이 수절의 의미는 신분갈등에서 오는
고난의 가장 소극적이면서도 또한 가장 치열한 투쟁으로써의 극복
의지로 보여진다. 이에 새로운 사또의 부임으로 인한 또 다른 고난
이 시작된다. 이 고난은 卞學道 개인의 사욕이기 이전에 사회적 모
순의 억압상태이며 신분타파의지를 묵살하려는 당대사회의 압력인
것이다. 그와 같은 논리는 변학도의 입과 중매에 나선 會計生員의
말을 통해 극명히 드러난다. 곧 회계가 춘향을 달랜다.

사도게읍셔 너를 추왕하여 하시난 말삼 이제 너갓튼 창기비게
수절이 무어시며 정절이 무어신다 구관은 전송하고 신관사
또 연접하미 법정으 당연하고 사례으도 당당커든 고히한말 늬지
말아 너의 갓턴 쳔기비게 충열이 쓴 웨 잇시리

(윗점은 필자, 完板 p.136)

위 점친 부분에서 명백히 드러나듯이 이들이 보고 있는 춘향은 기생인 춘향 내지는 기생이기를 강요하는 춘향인 것이다.[53] 그렇기 때문에 변학도는 자연스럽게 다음과 같은 논리로 춘향의 항변을 묵살하고 있는 것이다.

> 이연 드러라 모반디역ᄒ난 죄는 능지쳐참하여 잇고 조롱관장 하는 죄난 겨셔율의 율 써 잇고 거역관장하난 죄는 엄형졍비 하 는이라
>
> (完板 p.138)

이러한 사회적인 압력, 다시 말해 기초질서의 억압 아래 춘향이 자신을 변호할 길은 인간의 보편적인 善에 의지할 수밖에 없다. 그런데 이런 보편적인 논리가 공허한 것이 되지 않고 아주 강렬한 반발인 동시에 당시 민중의 공감을 얻고 처절한 투쟁을 수행하는 인간주의적인 극복의지로 승화되고 있는 것이다.

> 충효열여 상하잇소 자상이 돗조시요 기성으로 말합시다. 충효 열여 업다 ᄒ니 낫낫치 알외리다 ᄒ셔 기생 농선이는 동셜영으 죽어 잇고 셔쳔 기성 아히로되 칠거학문 들어 잇고 진쥬 기성 논기는 우리나라 충열노셔 충열문의 모셔놋코 쳔추 힝사하여 잇 고 쳥주 기성 화월리난 삼칭각의 올나 잇고 평양 기성 월션이도 충열문의 드러잇고 안동 기성 일지홍은 셩열여문 지은 후의 졍경 가자 잇싸온니 기성 히폐 마옵소셔
>
> (完板 p.136)

---

53) 趙東一, 前揭論文 참조.

忠孝烈에는 아래위가 없다는 춘향의 항변은 우리 나라 기생들의 선례를 들어 입증하는 가운데 그 정당성을 주장한다. 그런데 춘향의 이와 같은 항변은 뒤에 옥에 갇혀 있을 때 꿈을 꾸어 黃陵廟에 오르는 장면이 나오는 바, 단순히 조선 기생들의 선례뿐만 아니라 중국 고대의 열녀들까지도 冥府에서 춘향을 적극 지지하는 모습을 보이고 있다. 이러한 구성은 곧 춘향의 항변이 극히 정당하다는 작가, 즉 집단적 의미로서의 민중과 글을 읽는 독자들의 의지가 함축되어 있음을 알 수 있는 것이다. 다시 말해 춘향이 수청을 거절하여 절개를 지키고자 하는 의지는 만인이 공감을 받고 있다고 할 수 있다. 여기서 우리가 주목하고자 하는 것이 공감에 관련된 부분이다. 달리 말해 민중들의 신분차별에 대한 항변을 대신해 주고 있는 춘향과 그녀를 통한 민중 자신들의 의지를 암묵적으로 인정하는 것으로, 마치 월매가 신분차별의 시련을 예견했으면서도 춘향과 이도령의 연분을 성사시켜주는 점이다. 한편 민중 전체의 이름으로 이에 관해 같은 심정과 생각을 함께 지니고 있는 것이다. 민중들의 이러한 모습은 춘향이 매를 맞는 장면을 지켜보던 구경꾼들이나 또한 이도령이 남원으로 내려오다가 만난 농부들, 그리고 빨래터의 여자들이 하는 말에게 자세히 나타난다.

　　모지구나 모지구나 우리 골 월님이 모지구나 져런 형벌리 웨 잇시며 져런 미질리 웨 잇슬가 집장사령놈 눈 익켜 두워라 삼문 밧 나오며 급살을 주리라

(完板 p.142)

게난 눈콩알 귀꽁알리 업나 지금 춘향이를 수청 아니 든다 하
고 형장맛고 갓쳐쓰니 창가의 그런 열여 세상의 드문지라

(完板 p.180)

이고 이고 불상터라 춘향이가 불상터라 모지더라 모지더라 우
리 골 사쏘가 모지더라 졀기놉푼 춘향이를 우럭겁탈하려 한들
철셕갓튼 춘향마음 죽난 거슬 셰아릴가 무졍터라 무졍터라 이도
령이 무졍터라

(完板 p.186)

이도령이 남으로 내려오다가 만난 농부들과의 대화나 빨래터 여
자들이 나누는 대화를 통해 춘향의 투쟁이 곧 민중들 자신의 항쟁임
을 알 수 있다. 이러한 민중의 의지까지 떠맡은 춘향은 十杖歌에서
보듯이 그 절개를 끝까지 사수하고 있으며, 거지 차림으로 옥을 방
문한 이도령을 보고 자신이 지녔던 일말의 희망이 물거품처럼 사라
져버린 순간에도 죽어 귀신이 될지라도 그 뜻을 굽힐 수 없음을
거듭 확인한다. 암행어사로서의 이도령이 춘향의 마음을 떠보려 자
신의 수청까지 거절하라 묻는 말에도 그녀는 결사코 자신의 절개를
지킨다.

여기서 춘향의 고난이 자신의 분수에 맞지 않는 수절행위에 연유
되고 있음과 동시에, 그 수절행위에 의해 결국은 구원을 얻는다는
역설이 성립되는 것이다. 그만큼 처절한 투쟁이 있었기에 춘향은
정절부인이라는 가장 찬란한 영예를 누리게 되는 것이다.

「춘향전」 속에 보여 지는 고난과 그 극복의 양상이 처절할수록
그 대단원의 암행어사 출도 장면은 카타르시스의 역할을 유감없이

수행하는 것이며 이 암행어사 출도 장면이야말로 춘향 민중의 열망이 성취되는 순간이며 결국 구원에 이르는 장면인 것이다. 따라서이 구원의 현장은 바로 해학의 모습 모습으로 드러나는 것이다.

남문의셔 출도야 북문으셔 출도야 동셔문 출도 소리 쳥쳔으진동ᄒ고 공형들나 웨난 소리 육방이 넉슬 이러 공형이요 등치로휘닥싹 이고 즁다 공방 공방 공방이 보젼들고 드러 오며 안할나던 공방를 하라던이 져 불속으 엇지 돌야 등치로 휘닥싹 이고박 터졋네 좌수 별감 넉슬일코 이방 호장 실혼ᄒ고 삼시나졸 분주하네 모든 수령 도망할 제 거동보소 인권 일코 과졀들고 병부일코 송편 들고 탕근 일코 용수 쓰고 갓 일코 소반 쓰고 칼집쥐고 오촘 뉘기 부셔진니 거문고요 씨지나니 북 장고라. 본관이똥을 싸고 명셕 궁기 시양쥐 눈 쓰듯 ᄒ고 니아로 드러가셔 어추워라 문 드러 온다 바람 다더라 물 마른다 목 되려라

(完板 p.208, 210)

이와 같은 민중들의 탐관오리에 관한 응징과 구원의 장면은 해학적이다. 이 장면에서 암행어사의 의젓한 호령과는 판이하게 다른민중들의 응집된 모습이 엿보이는 것이다. 여기에서 보여 지듯 해학자체는 하나의 힘이고 세계관이며 나아가 치열한 투쟁의 마지막보상인 것이다. 이것은 민중의 건강성과 통하는 일맥상통하는 것으로, 쓰러져도 다시 일어나는 민중의식의 문학적 형상화인 것이다.위의 암행어사가 등장하는 장면은 춘향의 고난이 처절함에 비해너무나 해학적인데, 바로 이런 면모가 작품 「춘향전」에 독자인 민중이 공감하는 것이라고 여겨진다.

물론 「春香傳」 속에도 「홍길동전」이나 「심청전」에서 보았던 민중

종교의 침투현상을 목도할 수 있다. 자식을 얻으려는 월매의 기자정성은 물론이려니와 이도령이 남원 땅에 다시 내려와 장모댁을 찾았을 때 정화수를 떠놓고 천지신명에 기도하는 월매의 모습을 보고서 "이번 급제흔 거시 선형 지체 덕분인ㄱ 하야던이 춘향 어멈 발원흔 덕이로고"(完板 P.188)라고 중얼거리는 이도령의 모습에서도 그 인과적인 맥락을 엿볼 수 있다. 또한 「춘향전」에서도 「홍길동전」의 親相女나 「심청전」의 안씨 맹인과 같은 유형의 인물이 등장하는데, 옥 앞을 지나가다 춘향이 불러 점복을 쳐주는 봉사이다. 그런데 「춘향전」에서는 앞의 두 작품과는 달리 동일유형의 인물이 심각한 면보다는 해학적이고 희극화되어 나타나는 점이 특이하다. 그 봉사가 춘향에게로 오다가 개천에 빠지는 해학적인 정면에 이어 춘향의 신세한탄이 이어지고 봉사가 해몽하는 장면이 나온다.

그 꿈 장히 좃타 화략한이 능셜실이요 파경한이 기무셩가 능이
열미가 여러야 쯔시쩌러지고 거울이 쩨여질 쩨 소리가 업슬손가
문상의 현우인한니 만인이 쩨앙시라 문우의 허수이비 달여쩨면
사람마닥 우려려볼 거시오 산이 문어지면 평기가 될거시라 좃타
쌍가미 탈 꿈이로세 걱정마소 머지 안네

(完板 p.168)

이와 같은 해몽이 「심청전」에서와 같이 이후에 벌어질 행복한 결말을 그대로 예언하고 있어서 「춘향전」에서도 점복의 도입으로 복선이 이미 깔려있는 것이다. 이러한 민간신앙적인 요소를 찾을 수 있지만, 그러나 「춘향전」은 앞에서 보았듯이 보다 강렬한 민중의지

가 전개되고 있음이 주목을 요한다. 이것은 「춘향전」이 「심청전」에 비해 훨씬 진전된 민중의식을 대변해 주고 있음을 의미한다.

(4) 현실주의의 승리 - 「흥부전」

「興夫傳」에 있어서는 앞의 세 작품에서 나타났던 고난 극복이라는 측면과 아울러 밀접히 연관되어 있는 민중의식으로서의 민중신앙적인 측면을 고찰하기로 한다. 그렇지만 「흥부전」은 다른 작품들보다 전자의 면에 훨씬 강조점을 두고 있는 작품으로 여겨지는 바, 「흥부전」을 마지막에 다루게 된 것도 여기에 연유한다.

「흥부전」에서는 흥부의 고난에 초점을 맞출 수 있을 것이다. 그는 욕심 많은 형 놀부에게 유산의 전부를 빼앗기고 식솔들과 더불어 쫓겨나 갖은 고생을 다 하게 된다. 작품에 묘사된 흥부의 고난상은 그 극심한 고난에 반해 아주 해학적으로 묘사되어 있다는 것이 큰 특징이거니와, 이는 「심청전」이나 「춘향전」에서의 해학이 고난 장면, 예컨대 심봉사의 젖 구걸이나 춘향의 옥중탄식 등에서는 그 빛을 잃고 아주 비장한 분위기를 자아내게 하는데 반해 고난 자체를 회화시키려는 의식을 내보이고 있다. 흥부가 사는 집을 보면 다음과 같다.

슈슈대 쩨대를 모조리 비여 질머지고 도라와셔 집을 짓난대 비슷한 언덕의다 집터를 광이로 싹가놋코 집한채를 짓난다 안방 대청 행랑 몸채를 말집으로 하나절의 지어 필역하고 도라보니 수숫대 반집이 그져 남앗구나 안방을 볼작시면 엇지 너르던지 누어 발을 쩌드면 발목이 벽밧그루 나가니 착고 찬놈도 갓고 방에서 맛모르고 이르서면 목가지가 집웅밧그로 나가니 휘쥬잡기

의 잡히여 칼슨 놈도 같고 잠결에 게지개를 켜량이면 발은 마당
밧그로 나가고 두쥬먹은 두벽으로 나가고 엉덩이난 울타리 밧그
로 나가 동리사람들이 출입시에 것친다고 이 궁덩이 불러 드리
라[54]

(世昌館本 흥부전 pp.3~4)

위와 같이 기지개를 켜면 머리와 엉덩이가 문밖으로 나가는 아주
초라한 집이다. 그런데 수수대로 만든 옹색한 집을 있는 그대로 묘
사했어도 그 고난의 의미가 부각되었을 터이나 이것을 오히려 해학
적으로 묘사하여 독자로 하여금 웃음과 함께 그 비참상을 동시에
느끼게 하는 효과를 자아내고 있다. 옷이 없어 큰 멍석 하나에 온
식구가 들어가 얼굴만 내밀고 있다가 그 중 한 사람이 변소에 가게
되면 모두가 따라가야 하는 희극까지 연출해 내고 있다.

이렇게 가난에 찌들은 민중의 고통이 희극적으로 묘사될 수 있다
는 사실은 곧 「흥부전」이 민중들의 발랄한 면모, 다시 말해 현실이
아무리 각박하다 할지라도 그것을 참아내면서 웃음으로 극복하려
는 의지를 보여주고 있다고 할 것이다. 그렇지만 웃음으로만 고난을
무마시킬 수는 없다. 「흥부전」은 웃음으로 착색되어 있으면서도 구
체적인 현실극복의 행동들을 보여주고 있다는 면에서 보다 심화된
민중의식을 표출해 내고 있다. 즉 가난에 쪼들리던 흥부네 부부는
그 가난을 극복하기 위해 여러 가지 품팔이에 나서게 된다.

용경하야 방아찟기 술집에 가 술거르기 쵸상난 집 계복짓기
긔고 잇난 집 그릇닥기 굿하난 집 쩍만들기 시궁발치 오좀치기

---

54) 흥부전, 世昌書館本 이하 「흥부전」 인용은 이 대본에 의한다.

해빙하면 나물캐기 츈모가라 보리놋키 왼가지로 품을 팔고 홍보
난 이월동풍 가래질하기 삼사월에 붓침질하기 일등전답 무논갈
기 이집져집 이영역기 날 구진 날 멍셕 맥기 시장갓해 나무비기
무곡쥬인 역인서기 각음쥬인 삭길갈기 술밥먹고 말짐실기 오푼
밧고 마철박기 무푼밧고 똥재치기 한푼밧기 비매기 식젼이면 마
당쓸기 이웃집 물깃기 젼주감영 돈짐지기 대구감영 태젼지기 집
에 드러오면 아해 맨들기

(世昌本, pp.10~11)

이와 같이 여러 가지의 품을 팔면서 연명해 간다. 심지어는 매품까
지 팔려고 했으나 나라에서 사면이 내려 뜻대로 되지 못하기도 한
다. 그렇지만 이렇게 가지각색의 다양한 품을 팔아도 끼니가 간데
없다. 현실의 고난을 극복해 보려고 최선을 다하지만 끝내 현실을
극복될 수 없게 되는 것이다. 따라서 본고에서는 그와 같은 좌절을
강조하려는 것이 아니라 다만 작품에 나타난 민중들의 의식지향에
주목해 보고자 한다. 그렇게도 각박한 현실 속에서 그들이 지향했던
것은 우선 작품상에서 드러나듯이 가난한 생활로부터의 탈출이다.
놀부에게 식량을 꾸러간 홍부를 기다리면서 보채는 아기를 달래는
홍부 아내의 말을 보면 다음과 같다.

아가아가 우지마라… 너의 부친이 건너편 큰아버니집의 가섯
스니 돈이 되나 쌀이 되나 양단간의 어더오면 밥도 짓고 국을
쓰려 너도 먹고 나도 먹고

(世昌本, p.9)

이와 같이 우선 다급한 굶주림을 임시나마 해결해 보고자 하는 욕망이 드러나 있다. 그러나 그 의식지향은 이러한 일시적인 만족으로는 충족될 수 없는 것인 바, 여기서 제비라는 존재의 등장과 함께 가난한 현실을 어떤 초월적인 힘에 기대어 극복해 보고자 하는 의도를 내보이고 있다. 그러나 비록 초월적인 존재의 도움이라 할지라도 그 저변에는 善에 대한 가장 일반적이며 건강한 민중의식이 깔려 있음을 간과해서는 안 된다. 이러한 선에 대한 믿음은 이 작품의 전체구조가 민담 형식에 근거하고 있다는 사실과[55] 밀접하게 관련되어 있으며, 그 선에 대한 보상은 곧 박을 타는 장면과 연관되어 있다. 따라서 박씨가 가져다 준 행복들을 살펴봄으로써 그것에 담긴 지향점을 추출할 수 있을 것이다.

제비가 물어다 준 보은 박은 네 개가 달린다. 첫째 박에서는 청의 동자 한명이 나와 名藥들이 가득 담긴 병을 놓고 사라진다. 곧 죽은 사람을 살려내는 還魂酒, 소경의 눈을 뜨게 하는 약인 開眼酒, 벙어리가 말하게 하는 약인 開言酒, 죽지 않게 하는 약인 不死藥 등이다. 병이란 인간에게 있어서 가장 친근하고도 심각한 재앙이며, 특히나 가난에 쪼들리는 민중들의 삶 가운데서는 커다란 고난인 것이다. 따라서 박 속에서 명약이 나왔다는 것은 병으로부터 해방되고자 하는 보편적인 인간의지가 투영되었다고 할 수 있겠다. 그런데 한 가지 주의를 요하는 것은 그 약들이 소경이나 벙어리와 같은 불구자를 고치는 데에 역점을 두고 있다는 것이다. 소경이나 벙어리는 具足하게 태어나 핍박 받고 살 수 밖에 없는 민중의 모습을 육체적

---

55) 張德順 外, 『口碑文學槪說』, 一潮閣, 1971, pp.48~74.

상징으로써 드러내고 있는 것이다. 이와 함께 유의해야 할 점은 약병들을 설명한 후 이어지는 청의동자의 말이다. "갑스로 의론하면 억만냥이 넘사오니 매매하여 쓰옵소셔"(世昌本, p.23)라고 하는 이 구절이 지니는 중요한 의미는 작품이 창작될 당시 이미 화폐경제에 의한 교역이 매우 활발하게 이루어지고 있음과 아울러 모든 가치들이 화폐에 의해 결정되고 있다는 시대적 상황이다. 또한 이 말 속에는 병을 고치는 기막힌 약도 돈으로 환산해서 가치를 논할 수 있으며 약보다는 돈이 훨씬 중요하다는 민중들의 의식이 반영되어 있다. 그렇기 때문에 홍부 아내는 약이 나온 것을 보고서 "우리집에 약국을 버렷스면 조겟네"(世昌本, p.24)라고 말하게 되는 것이다.

두 번째 박에서는 온갖 세간이 나온다. 장롱, 이불, 동몽선습을 위시한 여러 서적들, 부엌살림들이 쏟아져 나온 것이다. 그리고 세 번째 박에서는 집과 오곡이 나온다. 또한 온갖 비단과 수많은 노복이 나온다. 여기서 알 수 있듯이 두 번째와 세 번째 박에서 나오는 모든 물건들은 살림살이에 필요한 것들이며 모두 富에 관계되는 재화들이다. 가난을 청산하는 길은 이와 같이 휘황찬란한 세간들과 농사를 지을 수 있는 논과 밭을 얻어 부자가 되는 것으로, 이와 같이 가난함을 청산하고자 하는 의지를 작품 가운데 형상화되었던 것이다.

그리고 마지막 네 번째 박에서는 절세의 미녀 양귀비가 나와 강남 황제의 명으로 홍부의 첩이 되겠다고 한다. 이 마지막 박은 그저 얘깃거리에 불과한 것으로, 이렇다면 결국 박에서 나온 대부분의 물건은 富와 관계되는 것으로 볼 수 있다. 따라서 「홍부전」은 화폐

경제 하에서 자기들의 처지를 극복하기 위해서는 재물이 최우선이라는 것을 인식한 민중의식을 드러내고 있는 것이다.

반면, 「흥부전」의 후반부에서는 또한 놀부에 대한 보수박의 응징이 길게 장식하고 있다. 놀부의 몰락은 잘못 착각한 모방에 연유된 것이며 또한 악인에 대한 응징이 기본사상으로 되어 있다. 본고의 논지와는 다른 놀부의 몰락 장면에서도 우리는 민중의식의 침투를 엿볼 수 있다. 보수박에서 나온 인물들을 열거해 보면, 노승, 喪制, 등짐군, 초랑이, 양반, 사당거사, 왈자, 소경, 장비 등인데, 이들 대부분의 인물들은 백 냥 혹은 오백 냥 오천 냥씩 돈을 요구하여 놀부에게서 모든 것을 빼앗다 싶이 한 후에 사라진다. 이들 인물들은 또한 실제 사회에서는 최 하층민이나 가장 나약한 유랑민들이다. 물론 양반과 장비는 이외의 인물에 속하는 데. 이는 그 권위의 힘에 의해 끼어든 것으로 이해된다. 이렇게 소외된 계층이 욕심 많고 죄 많은 놀부를 응징한다는 것은 흥미로운 일이다. 그 응징이 비록 보수박이라는 비현실적인 수단을 매개로 이뤄진 것이지만 이들 소외계층의 응징자체가 그들 스스로의 처지와 입장을 자각하여 힘을 발휘했다고 보여진다.

「흥부전」에서 주의를 요하는 것은 앞의 세 작품 속에서 추출할 수 있었던 점복술 , 주술, 기자정성 등과 같은 민중종교적 요소들을 찾기 힘들다는 사실로, 그만큼 「흥부전」은 진보된 의식에서 나온 보다 리얼한 작품이라고 보여 지며, 따라서 근대적인 작가의식이 내재되어 있는 것으로 보인다. 그렇지만 위에서 언급했듯이 박을 타는 장면에서 환희와 같은 구원을 갈망하는 민중의식을 고려한다면 이 작품 역시 이미 언급한 다른 작품들과 동궤에 놓여진다고 여겨진다. 그것은 곧 고통과 극복의 과정이 작품 전체의 근간을 이루고 있다는 점을 들 수 있겠다.

이상에서 우리는 「홍길동전」, 「심청전」, 「춘향전」, 「홍부전」 네 작품을 분석하여 그 작품구조를 밝혀 보았다. 이들 작품들은 민중종교적인 요소들을 많이 포함하고 있으며, 특히 점복의 경우 복자의 말이 그대로 적중되어 작품 전개에 일익을 담당하고 있어 그 자체가 작품구조의 뼈대를 이루고 있음을 밝혀 보았다. 그와 함께 작품의 줄거리 전개가 고난의 극복과정이라는 점에서 하나의 구원에 대한 待望을 대변해 주고 있음을 살펴보았다. 그 구원의 모습들이 형상화되어 작품의 클라이막스를 형성하고 있는 바, 「춘향전」의 암행어사 출도장면, 「홍부전」의 박타는 장면, 「심청전」의 開眼장면 등이 그것이다. 이들 작품에 비해 「홍길동전」은 고난의 원인이 되는 현실 즉 조선을 등지고 율도국 건설의 새 사업으로 모순 극복의지를 전환시키고 있다. 이러한 「홍길동전」의 다른 면모는 이 작품이 허균이라는 개인의 창작물이라는 사실에 연유된 듯 보이는 데, 이는 「홍길동전」이 다른 작품보다 논리적이어서 율도국이라는 이상향이 완벽한 설계에 의해 짜여졌다는 것이다. 이는 당시 지식인으로서의 허균이 자신의 유토피아적사상을 작품 속에서 실현시켜 놓은 것으로 보여진다.

이상에서 살펴본 바와 같이 이들 작품들은 구원에의 갈망, 즉 민중의 유토피아 사상을 고난극복이라는 사건전개로서 형상화되어 있음을 알 수 있는 것이다.

2. 구원자의 의미 - 인물의 성격

이제까지 살펴보았던 작품구조를 근거로 하여, 여기서는 작품에 등장하는 등장인물들의 성격을 고찰함으로써 그 작품이 갖는 구조의 의미를 좀더 명확히 살펴봄과 아울러 민중신앙과의 접맥상태를 살펴보기로 한다.

본고에서 선택한 네 작품은 그 인물구성에 있어서 크게 두 가지 유형으로 나눠볼 수 있다. 그것은 매개자, 즉 구원받을 자를 구원으로 이끈다는 의미로 구원자의 존재 여부에 의한 구분이다. 이는 홍길동전과 나머지 세 작품과의 구별이 된다는 점에서도 알 수 있다.

(1) 성격분열의 한계 - 길동의 경우

우선 「홍길동전」의 인물들을 살펴보면, 흔히 인물분석은 주인공 대 적대자, 즉 프로타고니스트 대 안타고니스트의 대립형태로 이루어진다.56) 이러한 이원론적 분석은 작품 전개의 갈등양상을 노출시키는 데에 그 목적이 있는 것이다. 「홍길동전」에서는 길동을 중심으로 그에게 동조하는 인물들과 반면 적대인물들이 등장한다. 이는 작품의 공간 변화에 따라 인물들이 번갈아 나타나고 있는데, 홍길동전의 공간은 처음에는 가정 내부에서 산중으로 옮겨지고, 이어서 조선이라는 국가의 전 영토로 확장된 후 결말에 가서는 조선 밖의

---

56) 이러한 二元論的 對立項을 설정하는 것은 구조주의자들에게 익숙한 방법이다. (R. Scholes:Structuralism in Literature, Yale University, 1974, pp. 103~111의 人物分析論 참조) 또한 R.F. Dietrich &R.H. Sundell:The Art of Fiction.(London, 1967), pp.84~86에 의하면 人物分析의 類型으로 이러한 主動人物과 反動人物의 대립 외에 주인공(hero)와 패배자(foil)의 대립을 설정하고 있기도 하다.

공해상에 있는 섬, 즉 율도국으로 공간이 옮겨져 대단원에 이른다. 각 공간에 따른 인물들의 성격을 도식화해 보면 아래와 같다.

길동-춘섬이(홍판서의 시첩, 길동의 어머니)-홍판서
초낭-觀相女-特者(가정)길동 대 도적(산중)
길동-활빈당-일반민중
탐관오리-부패한 절승-토벌하려는 관군-조정 (조선)
길동 대 괴물(율도국)

이상에서 보면 길동이 대적해야 하는 인물들은 가정 내에서는 초낭을 중심한 모해자들이고 산중에서는 물건을 약탈하려는 도적떼들이며, 길동이 대의를 내세워 사회 부조리를 혁파하려는 의지를 관철하기 위해서는 탐관오리와 부패한 절승 등으로 그와 함께 관군들과의 싸움이 중요하게 대두된다. 또한 율도국을 건설하기 전단계로서의 장애가 지하국 괴물인 것이다.

그런데 길동은 이렇게 적대자에 대한 투쟁으로 일관하는 것은 아니다. 그는 적대자를 동조자로 바꾸어 놓기도 하며, 적대자로 설정되지 않은 인물이 적대자로 모습을 바꿔 드러내기도 하며 싸워서 부수어야 할 적대자의 논리에 설득되어 나약하게 변하기도 하는 것이다. 따라서 이와 같은 길동의 성격상 난점들을 살펴 볼 필요가 있겠다.

먼저 가정이라는 공간에서는 초낭을 중심으로 한 시기배들이 길동을 모함하여 해치려고 한다. 길동은 이들 적대자들을 도술로써 물리치게 되는데, 그는 초낭이나 특자만을 적대자로 지목하지 아니하고 이러한 시기와 모략의 근저에는 嫡庶差別이라는 사회적 모순

이 내재해 있음을 간파하고 있다. 그가 특자를 죽이고 집을 떠나고
자 하여 대감께 나아가 하직인사를 한다.

> 목숨을 도망ᄒ와 천지로 집을 슴고 나ᄀ오니 엇지 졍쳐 잇스오
> 릿ᄀ 평싱 원혼이 ᄀ숨의 밋쳐 셜원홀 날이 업스오니 더옥키 셜워
> ᄒ나이다
>
> (完板 9장)

거기서 그는 위와 같이 말하며 자신의 출가가 다만 초낭 등의 모함
에만 있는 것이 아닌, 평생을 呼父呼兄하지 못한 'ᄀ숨에 밋친' 恨임
을 밝힌다. 그리고 드디어는 대감에게서 호부호형할 것을 허락받고
집을 떠나게 된다. 그런데도 길동이 자신의 평생 한을 풀고 난 후에
활빈당의 당수가 되어 나라에 우환을 일으키는 것은 대감의 허락이
바로 문제를 해결할 수 없음을 깨달은 것이다. 즉 개인이나 가정적
인 문제가 아닌 사회적 모순관계로, 길동은 이미 스스로의 체험으로
이를 깨닫고 있었고, 그에 관한 극복방법은 행동에 의한 것이어야
한다는 의식이 명확히 확립되었던 것이다. 길동은 자신의 독백 장면
에서 소원을 드러낸다.

> 디장부 세상의 나미 공밍의 도학을 비화 츌장입상ᄒ여 디장인
> 슈를 요하의 ᄎ고 디장단의 노피안ᄌ 쳔병만마를 지워중의 너허
> 두고 남으로 초를 치고 북으로 중원을 평ᄒ며 셔으로 촉을 쳐
> 스업을 일운 후의 얼골을 긔린각의 빗닉고 일홈을 후셰예 유젼ᄒ
> 미 디장부의 쩟쩟ᄒ 일이라
>
> (完板 2장)

위의 내용을 볼 때 立身揚名이 대장부가 할 바라고 인식하고 있다. 그러나 위의 인용문에서 보이는 바와 같이 길동은 武를 숭상하는 무인의 기질이 역력히 드러난다. 그가 바라는 것은 국토를 평정하는 것으로, 이런 대의를 완수하기 위해서는 무술이 필요한 것이다. 하지만 지상에는 나쁜 무리들로 가득 차 있어서 자신의 의지를 관철할 수 없고 그 자신 또한 서자로서 세상에 쓰이지 못하는 것이다. 여기서 그는 자기가 숭상하여 단련한 힘과 도술을 사회개혁을 위해 사용할 수 있음을 인식하고 자신의 방향 전환을 시도하는 것이다. 이렇게 볼 때, 길동은 이미 처음부터 두 가지 성격을 내재하고 있는데, 곧 국가의 큰 동량으로서 대장군이 되어 나라를 굳건히 하고자 하는 희망과 반대로 사회개혁가의 입장에서 자신의 활약으로 인해 국가의 질서에는 심한 타격을 가져올 수 있다는 사실이다. 애초에 길동은 국가의 막중한 대사를 짊어지고 위로는 왕과 아래로는 백성들의 여망에 부응하는 대장군이 되고자 하였던 것인데, 자신이 처해진 처지로 말미암아 오히려 왕에게 염려를 끼치고 사직을 어지럽히는 반란군 대장으로 낙인찍히게 되는 역설이 야기되는 것이다.

出將八相과 혁명적 반역아, 이러한 성격의 분열은 전도에 관한 자신의 의지와 직접적인 관련이 있어 그는 갈등을 겪게 된다. 그가 평생 소원하던 것이 "죠션국 병죠판셔 인유를 씌고 상장군이 되"(完板 3장)는 것인 반면 또한 "각읍 슈령과 방빅의 준민고틱ᄒᆞ는 재물을 노략ᄒᆞ야 혹 불상ᄒᆞᆫ 빅셩을 구제"(完板 14장)하려는 의지인 것이다.

전자는 입신양명이라는 기존 윤리의 옹호자가 됨을 의미하고 후자는 기존 윤리의 모순을 개혁하려는 의지를 뜻하는 것이다. 여기서

길동은 한계에 봉착한다. 형 길현이 관찰사로 부임하여 길동에게
말한다.

　　대법 스룸이 복재지한의 나미 오륜이슈 오륜중의 군뷔 웃듬이
　라 스룸되고 오륜을 바리면 스룸이 아니라ᄒ니 이졔 너는 지혜와
　식견이 범스룸두곤 더ᄒ되 이룰 모로니 엇지 이답지 아니ᄒ리오
　우리 셰디로 군은을 입어 ᄌᄌ 숀숀히 녹을 바드니 망근ᄒ 마음
　이 갈츙보국ᄒ더니 우리의게 밋쳐는 널로 말무야마 연명을 장ᄎ
　어니 곳듸 밋츨 줄 모르게 되니 엇지 흔심타 ᄲᆞᆫ이며 난신과 젹ᄌ
　어니 디의 업스리요마난 우리문호의셔 날 쥴은 진실로 뜻ᄒ지
　못ᄒ엿도다
(完板 19장)

이는 충효의 條理에 위배된 행동을 하고 있는 길동을 질책한다.
이에 길동은 다음과 같이 말한다.

　　이 불초흔 동싱 길동이 본리 부형의 훈계을 듯지말고져 ᄒ미
　아니오라 팔ᄌ긔박ᄒ여 천성되믈 평싱 흔일 ᄲᆞᆫ더러 ᄀ즁의 시긔
　ᄒ는 스룸을 피ᄒ여 졍쳐업시 다니다ᄀ 천만 몽미 밧긔 몸미 젹
　당의 셕껴 잠시 셩희를 붓쳣습더니 죄명이 이예 밋쳐쓰오니 명일
　의 쇼졔 귀분 연유을 장계 ᄒ옵고 소졔를 결박ᄒ여 나리의 밧츠
　옵소셔
(完板 20장)

이와 같이 길동은 자신의 활빈당을 敵黨이라 규정지으며 자신의
모든 행동을 죄로 치부하여 용서를 비는 나약한 모습으로 변모한다.

그의 이러한 성격 분열은 주인공 길동이 기존 윤리의 압력에서 자유롭지 못하다는 것이다. 그와 함께 그의 개혁행위는 한계를 지닐 수밖에 없음을 보여주고 있다. 따라서 앞서 논한 작품구조에서 밝혔듯이 조선이라는 무대를 떠나 다른 세계에 자신의 의지를 실현시킬 수밖에 없게 된다.

그런데 율도국을 건설하는 과정에서 가장 큰 적대자로 등장한 지하국 괴물을 퇴치하는 길동의 모습은 이전까지의 분열된 모습과는 달리 오히려 신화적 세계에서의 영웅의 모습으로 변모하게 된다. 여기에서의 적대자는 더 이상 현실적인 어떤 것일 수 없고 괴물이라는 신화적 존재인 것이다. 따라서 그 갈등이 현실적이기 보다는 다분히 기괴한 면이 드러나며 더 이상 현실개혁이라는 주인공의 의지가 결렬된 갈등을 일으킬 수 없게 된다. 또한 길동은 개혁가의 모습이 사라지면서 다른 나라와 전쟁을 하여 승리를 쟁취하고 나라를 세우는 모습을 보여주고 있는 것이다.

이제 길동의 성격 분열이 사라지면서 이상국의 왕으로서 그는 완성되는데, 이러한 길동의 완결된 모습이 무엇을 의미하는지 살펴보아야겠다. 개혁가로서의 길동은 민중들이 대망했던 구원자로서의 의미를 지니고 있다. 수탈과 궁핍에서 벗어나 구원을 얻기를 희구하는 백성들에게 길동의 행위는 곧 바로 구원의 모습인 것이다. 그러나 구원자로서의 길동은 성격이 분열되어 있고 스스로 밝히듯이 자신의 본래 의도가 입신양명에 있음을 감안할 때 참된 구원자의 역할을 제대로 수행할 수 없는 한계를 지니고 있는 인물인 것이다. 따라서 작품의 전체적인 전개는 관군과 길동과의 접전, 길동과 부형, 임금과의 갈등, 속죄 화해의 방식에 주안점을 두면서 개혁가로서의 모습이 점차 사라지게 된다. 그러나 길동의 의지는 이상향 건설로 이어져 새로운 사회를 건설하게 됨으로써 민중의 의식을 반영했던 것이다. 그런 과정에서 변모된 길동의 모습이 신화적 세계의 주인공으로 그 영웅적 모습이 드러나고 급기야는 입신양명의 대장부 모습으로 변모되어 대단원을 마치게 된다.

이러한 길동의 성격변화는 「홍길동전」이 가진 한계를 보여주게 되는 것이며 작가 허균의 한계이기도 하다. 그러나 개인으로서의 작가자신이 양반출신으로서 비록 그 시대의 반역아의 모습으로 살다갔으나 기존의 봉건사회 및 그 윤리를 개혁하고자 하는 그의 근대적 자각은 새롭게 평가할 수 있으리라 여겨진다.

(2) 민중의식의 體顯者 - 심청, 춘향, 흥부의 경우

여기서는 「홍길동전」에 등장하는 인물의 고찰과는 달리 그와 대비되는 측면에서 「심청전」, 「춘향전」, 「흥부전」을 살펴보기로 한다. 「심청전」에서는 주인공 심청의 성격이 시종일관 효녀의 전형적인 인물로 묘사되고 있다. 「춘향전」에서의 춘향 역시 한결같이 烈을 사수하는 입장을 견지하고 있고, 「흥부전」에서의 흥부는 어질고 착한 인물, 놀부는 심술궂고 惡한 인물로 그려지고 있다. 이러한 주인공들의 고정된 성격은 「홍길동전」에서 나타나는 길동의 변모된 성격분열과는 그 양상을 달리하고 있다. 그러나 한편 이렇게 보는 것이 피상적일 수 있다. 이들 세 작품은 작자가 일정치 않고 개인의 창작이기 보다는 공동작으로서의 성격이 강한, 소위 적층문학으로

일컬어지는 판소리계 소설로, 발생연대를 대략 18C경으로 잡고 있는 게 통례이다.[57] 이와 같은 성격의 작품은 여러 가지 복합적인 요인들을 내포한 원인이 작용하여 성립되었다는 사실을 의미하며, 따라서 보다 치밀한 분석이 요구되는 것이기도 하다. 그래서 이들 작품들의 주제를 고찰한 여러 학자들의 견해를 종합해 보면 다음과 같다.

첫째, 부분적인 독자성이 특징을 이루는 경향이 두드러지며,

둘째, 이와 같은 상황에서 발생한 모순 된 내용들은 대부분 표면적 주제와 이면적 주제의 양면성에 연유한 것이고,

셋째, 표면적 주제는 기존의 윤리 즉, 孝, 烈, 友愛 등을 보여주며, 이면적 주제는 신분해방, 민중의식, 당대사회의 비판 등을 내용으로 담고 있음을 알 수 있다.[58]

이상의 논의를 근거로 본고에서는 각 작품에 나타나는 의식의 지향성이라는 측면을 자세히 검토해 보고자 하는 것이다. 이를 위해 등장인물들의 성격분석을 시도하는 것으로, 여기서 간과할 수 없는 것은 소위 앞서 규정한 매개자의 역할 문제이다. 다시 한번 이 매개자에 관한 개념을 규정한다면 이들 세 작품의 지향점이 이미 앞에서 밝혔듯이 고난의 극복의지와 갈등양상의 표현으로, 그것은 민중들의 구원의식과 상통하는 내용이다. 그러나 개인 창작물인 「홍길동

---

57) 趙東一·金興圭 編, 『판소리의 理解』, 創作과 批評史, 1978.
58) 趙東一, 「興夫傳의 兩面性」, 『계명논총』 5집, 1968.
　　趙東一, 「葛藤에서본 春香傳의 主題」, 『啓明論叢』 6집, 1970.
　　趙東一, 「沈淸傳에 나타난 비장과 골계」, 『계명논총』 7집, 1971.
　　趙東一, 「토끼 傳의 構造와 諷刺」, 『계명논총』 8집, 1972.
　　金興奎, 「판소리의 敍事的 構造」, 『創作과 批評』 35호, 1975.3.

전」과는 대조적으로 이들 작품에서 구원 받을 자를 위해 매개역할
을 할 수 있는 인물이 미리 설정되어 있다는 특징을 지니고 있다.
다시 말해 구원자로서의 배역 설정을 정해 놓은 것이다. 춘향이 신
분의 속박에서 벗어나기 위해서는 암행어사로 내려온 이도령이 필
요했고, 심청이 극심한 가난과 희생물로 맞게 되는 죽음에서 구원을
위해 황후가 될 수 있도록 용궁행차와 옥황상제의 배려가 있었으며,
흥부의 고난극복을 위해서는 강남황제의 덕을 입은 제비의 보은이
준비되었던 것이다.

이와 같이 이도령이나 옥황상제 혹은 제비를 매개자적인 성격으
로 규정지어 놓고 각 작품들의 성격을 고찰하는 것이 유익하리라
여겨진다. 그러나 한편 주의를 요하는 것은 매개자가 아닌 소위 표
면적 주제라고 여겼던 孝나 烈, 우애와 같은 덕목도 매개의 구실을
담당하고 있다는 사실이다. 이와 같은 추상적 도덕관념이 구원을
지향하는 민중의식에 중요한 몫을 차지하고 있으며 그에 따르는
문제들도 민중들의 의식지향을 살피는 데 없어서는 안 될 중요한
역할을 하고 있다는 것이다. 이렇게 볼 때, 이들 세 작품은 각각
그 특징을 지니고 있음을 알 수 있다.

먼저 「심청전」을 살펴보면, 심청은 出天之孝女로 성격이 시종 일
관된 양상을 보이고 있다. 심청의 효는 심청과 그의 아버지 沈鶴奎
가 구원에 이르는데 있어서 절대적인 역할을 하고 있으며, 심청의
효에 대한 민중들의 공감에 기인하여 가난한 가운데에서도 연명해
나갈 수 있음을 보여주고 있다.

모친은 세상 바리시고 우리 부친 눈이 어두워 옵 못보신 줄
뉘 모르시릿가 십시일반이오니 밥 흔 술 덜 잡수시고 주시면 눈
어두운 너의 부친 시장을 면흘것소 보고 듣난 사롬드리 마음이
감격흐야 그릇밥 짐치장 앗기지 안코 주며 혹은 먹고 가라하면

(完板上 12, 13장)

이렇게 이웃사람들은 청의 효성에 감동되어 아낌없이 그녀를 도와주
게 된다. 이들 가운데 대표적인 등장인물은 장승상 부인으로, 청의 효성
에 관한 소문을 듣고 청을 양녀로 삼으려고까지 한다.

네의 신세 성각흐니 양반의 후예로 져럿탓 궁곤흐니 엇지 안이
불상흐랴 너의 슈양쌀 되면 녀공이며 문산을 학십흐야 기출갓치
길너너여 말연 재미 보려흐니 네 쯧시 엇더흐요

(完板上 15장)

그러나 심청은 혼자계실 아버지 생각에 이를 승낙하지 않고 다만
모녀의 義를 맺어 굳게 지킬 것에 약속한다. 심청의 효는 이렇게
인간들을 감동시킬 뿐만 아니라 옥황상제를 감동시켜서 인당수에
빠진 심청을 보고는 四海龍王에게 분부한다.

명일의 출천효녀 심청이가 그곳슬 갈거스니 몸의 물 흔점 뭇잔
케 흐되 만일 모시기를 실수흐면 사희용왕은 천벌을 주고 지부왕
은 손도를 줄 거스니 수정궁으로 모셔드려 심연공궤 단장흐여
셰상으로 환송흐라

(完板下 7장)

그렇다면 심청의 出天之大孝는 그녀와 심봉사를 구원하는 데에 핵심적 위치를 차지하고 있다. 그런데 문제는 「춘향전」과는 달리 그와 같은 구원이 非人間界 즉, 초월계의 막강한 힘에 의해 이루어지고 있다는 점이다. 옥황상제라는 등장인물은 민중종교에서 흔히 말하는 하늘세계 내지는 저승세계의 우두머리 神格이고 그의 힘이 미치면 무엇이든지 이루어질 수 있는 것이다. 이와 함께 고려해야 할 점은 이미 작품 서두에서 심청을 적강한 선녀로 설정해 놓았고, 특히 水晶宮에서 선녀가 된 어머니 곽씨부인을 만남으로써 자신이 초월계에서 어떤 위치에 있었던가를 확실히 알게 된다. 이렇게 천상의 질서가 세속세계에 영향을 미치고 있으며, 심청이 죽지 않고 연꽃으로 떠올라 황후가 되는 줄거리 전개는 「심청전」이 神聖小說[59]의 성격을 다분히 지니고 있음을 보여주고 있다. 다시 말해 초월적인 세계가 꿈이나 기타 변용을 통해 작품 속에 형상화되었다고 보기보다는 하나의 구체적인 실체로 묘사되었고 죽음의 의미가 퇴색하면서 인당수에 빠지는 장면 또한 悲壯美가 감소되고 있다.

그러나 이와 같은 현상은 「심청전」을 대하는 민중들의 의식이 착색된 것으로 보여 지며, 선한 자는 승리하기 마련이라는 믿음에 천상세계의 질서까지 도입하여 고난을 타개하게끔 이끌고 있는 것이다. 그런데 이렇게 천상계의 질서가 그대로 현실계에 도입되는 것은 작품 자체의 성격에 비추어 아주 자연스럽게 받아들여지는 있다. 그것은 바로 앞서 언급한 바와 같이 정화수를 떠놓고 기원하는 대목이 의미를 지니게 된다. 공양미 삼색석을 구하기 위해 걱정하던 청

---

59) 張德順, 「沈淸傳의 民間說話的 試考’, 『思想界』 31호, 1956.2.

은 뒤뜰을 정히하고 황토로 단을 모아 좌우로 禁줄을 매고 정화수를
소반에 떠 놓고 기도를 한다.

천지 일월성신이며 하지후토산영성황 오방강신 하빅이며 제
일의 셔가여러 삼금강 칠보살 팔부신장 십왕영군 강임도령 슈차
공양ᄒ옵소셔 ᄒ날님이 일월두미 사롬의 안목이라 일월이 업사
오면 무삼 분별 ᄒ오릿가 아비 무자성신 삼십 안의 안밍ᄒ야 시
물을 못ᄒ오니 아비 허물을 너 몸으로 디신 ᄒ옵고 아비 눈을
발켜 쥬옵소셔

(完板上 21장)

또한 印唐水에 몸을 던지기 전을 보면 다음과 같다.

비난이다 비난이다 하날임젼의 비난이다 심쳥이는 죽난 일은
추호하도 셥지 안이ᄒ여도 병신 부친의 집푼 훈를 셩젼의 풀야
ᄒ옵고 이 죽엄을 당ᄒ으니 명쳔은 감도하옵셔 침침한 아비 눈을
명명ᄒ게 씌여주옵소셔

(完板下 6장)

이와 같이 천지신명께 기원하는 심청의 모습은 이미 그 기원 자체
가 천상계의 질서를 믿고 그 힘이 현세에 임할 것을 예견하며, 다음
에 올 천상계의 모습을 예비하고 있다고 보겠다. 이렇게 민중종교에
대한 믿음이 작품의 기조를 이룸으로써 초월계의 실력행사는 당연
시 감행되어지며 구원의 약속과도 같은 역할을 감당해 내고 있다.
그러나 「심청전」은 아직 그 신비적 속성에서 벗어나고 있지 못하

고 있다는 한계와 작품 전반의 배경이 무릉촌, 도화동, 황궁 등과 같이 비현실적으로 설정됨으로써 아직까지 민중의 구원의식을 리얼하게 반영하지 못하고 있다. 이런 「심청전」의 한계는 「춘향전」에서 해소를 보게 된다.

어쨌든 「심청전」은 앞 못 보는 봉사와 극심한 가난이라는 두 가지 현실적인 상황이 어둠으로 표상되어 나타나고 이 어둠이 광명으로 발전하기 위해서는 죽음과 재생이 개입되면서[60] 하나의 구원된 모습으로서의 황후가 된 심청과 맹인잔치에서 開眼 장면이 말미를 장식하고 있다. 바로 이와 같은 구조가 민중들의 지향의식을 대변하고 있으며, 판소리계 소설로서의 생명력이 끊임없이 우리 민중들에게 감명을 일으키고 있는 것이다.

이제 「춘향전」을 살펴보면, 춘향의 성격은 심청이가 효로 일관하듯이 烈로 일관하게 된다. 춘향의 열녀의식은 이도령이 춘향의 집을 방문했을 때 춘향의 방에 붙은 족자 속에서 이미 암시되어 나타나는데, 이것은 한편 복선의 역할을 감당하게 된다.

> 춘향이 일편단심 일부종사 하려 하고 글 한 슈를 지여 칙상
> 우의 붓쳐스되 디운츈풍죽이요 분향야독셔라 기특하다. 이 글
> 쓰슨 목난의 결기로다
>
> (完板 p.54,56)

---

60) 金烈圭, 「韓國文學과 悲劇的인 것」, 『韓國民俗과 文學研究』, 一潮閣, 1971. 이 論文에서는 비록 「沈淸傳」을 직접 다루고 있지는 않지만 죽음과 再生에 대한 한국문학적 原型을 제시하고 있다. 「沈淸傳」의 이러한 再生 모티브와의 관련을 탐구한 것으로 吳慶福 : 沈淸傳」과 「달아달아 밝은 달아」에 나타난 再生原型 研究」,(梨大 大學院, 1980)로 들 수 있다.

이로부터 춘향은 이미 수절의 의지를 나타내고 있으며, 이런 절개를 끝까지 사수하고 있는 것이다. 이미 앞에서 보았듯이 十杖歌를 위시하여 옥중 탄식, 걸인의 모습으로 옥을 찾은 이도령 앞에서 보이는 의연한 태도, 어사또의 수청까지를 거절하는 춘향의 모습이 그것을 나타낸다. 그리고 「심청전」에서는 청의 출천지대효가 인간과 신을 모두 감동시켰던 것과 마찬가지로 춘향의 절개는 인간과 신을 모두 감동시키는 것이다. 그러나 여기서 중요한 점은 그 절개가 신에게 감동을 주었다는 내용의 이야기로 꿈으로 형상화되어 있으니, 곧 옥중에서 춘향이 꿈에서 黃陵廟에 다녀오게 되는 대목이 그것이다.

> 이고이고 셜이 운다 호련이 잠이 든이 비몽사몽간으 호졉이
> 장주 되고 장주가 호졉 되야 셰우갓치 나문 흔빅 바람인 듯 구름
> 인듯 한 곳슬 당도 한이 쳔공지활ᄒ고 산영수려한되 은은한 죽임
> 간의 일층 화각이 반공의 잠겨거늘 디쳬 귀신 단이난 법은 디풍
> 기ᄒ고 승천입지ᄒ니 침상편시춘몽중의 힝진강남수쳘이라 견면
> 를 살펴보니 황금디자로 만고졍열황능지묘라 두려서 붓쳐거늘
> (完板 P.156)

황능묘에서는 만고정열들을 차례로 만나는데, 그들이 말하기를 "네가 춘향인다 기특하도다. 일젼의 조회차로 요지연의 올라가니 네 마리 낭자키로 간져리 보고 시퍼 네를 쳥하여시니 심히 불안토다"(完板 p.156,158) 라며 諸神이 감동함을 보여주고 있다. 그리하여 여러 千古의 貞女들을 두루 만나보게 된다.

이고시라 하난 더가 유명이 노수하고 항오재별하니 오릭 유치 못할지라. 여등 불너 하직할 시 동방 실솔성은 시르렁, 일쌍 호졉 은 펄펄, 춘향이 깜짝놀너 씨여 보니 꿈이로다. 옥창 잉도화 써러 져 보이고 거울 복판이 씨여져 뵈고 문 우의 허수이비 달여 보이 거늘 나 죽을 꿈이로다.

(完板 p.160)

인용문에서 알 수 있듯이 이를 꿈으로 돌려 그 입몽과 각몽을 확실히 하고 있다. 더군다나 황릉묘를 다녀온 후에도 춘향은 자신의 처지가 비참한 것이어서 죽을 꿈으로 생각하여 그 비참한 감정을 억제하지 못하고 있다. 그만큼 초월계의 설정이 명확히 꿈속에서 설정해 놓았고 이후의 줄거리에는 그 어느 곳에서도 초월계가 드러나지 않고 있으며, 더구나 그 초월적인 힘은 행사할 여지가 없게 되어 있다. 이런 점은 「춘향전」이 「심청전」에 비해 훨씬 현실 가운데 직면한 모습을 띠고 있다는 사실을 알려주고 있으며 구원자 또는 매개자가 비현실적인 신적존재일 수 없게 만들고 있다.

이제 「춘향전」에서 춘향을 구원해 줄 인물이 이도령이라는 구체적인 설정은 비록 이도령이 논리적으로 너무 불합리하게 장원급제에 이르고 있다는 사실, 즉 남원에서 서울에 올라가서 그 짧은 기간에 급제를 하고, 남원지방에 암행어사로 내려온다는 사실은 불합리한 것이다.[61] 남원고을로 암행하게 되지만, 구원자로서 이도령이

___

[61] 崔珍源, 「春香傳의 合理性과 不合理性」, 『國文學과 自然』, 成大出版社, 1977. 이 논문에서는 춘향전의 줄거리 전개상 모순되는 면들을 상세히 분석하여 제시한 후 그 불합리성은 공동제작에 의한 분비물이며 이는 오히려 독자에게 흥미를 유발하고 있다고 보고 있다.

설정되었다는 것은 그만큼 현실적인 의식이 진전되었다는 것을 의미한다. 그렇기 때문에 「심청전」에서 빈번히 정화수를 떠놓고 기도하는 장면이 등장하는 반면 「춘향전」에서는 월매의 축원 대목만이 아주 간단하게 드러나 있을 뿐이다. 그것조차 어떤 비장한 내용이라기보다는 그저 의례적인 모습, 다시 말해 고난 속에 있을 때, 민중들이 흔히 해 보이는 기원 정도로 그쳐있는 것이다.

구원자로서 이도령의 성격을 살펴보면, 그는 남원부사의 아들로, 춘향을 보고 홀연히 반하여 그 날 밤으로 월매 집으로 행차하여 백년가약을 맺는다. 그러나 이 백년가약을 맺는 행위 자체는 뒤에 변학도의 사설에서 밝히듯이, 당시 양반들의 시선으로 본다면 그것은 일시적인 사랑 행위로 잠깐 路柳墻花하였을 뿐인 것이다. 그리고 이도령이 춘향과 이별한 후 같이 데려가지 못하는 연유를 들고 있다.

> 그게 일를 마린야 사정이 그려켜로 네 말을 사쏘게난 못엿주고
> 딕부인젼 엿자오니 꾸중이 딕단하시며 양반의 자식이 부형 짜라
> 하힝의 왓다 화방작첩하야 다려 간단 마리 젼경으로 고이하고
> 조졍으 드려 벼살도 못한다 던구나 불가불 이벼리 될 박그 수
> 없다
>
> (完板 p.94)

이도령이 춘향을 데려가지 못하는 핑계를 대는 것이다. 위의 내용을 근거로 한다면 이는 곧 남의 이목이 두렵고 출세길이 막히기 때문이라는 것이다. 어찌 생각하면 이러한 이도령의 성격은 옹졸하

기 그지없다. 그러나 이렇게 나약하고 치졸한 것 같은 이도령의 성격에 한 가지 변화를 가져오게 하는 것으로, 다음 춘향이 하는 말에 주목을 요한다. "우리 모녀 평생 신세 도련님 장중의 미여쓰니 알어 하라 당부나 ㅎ오"(完板 p.104) 라며 월매와 춘향의 평생신세가 이도령에게 달려있다는 것이다. 그렇게 때문에 이도령은 떠나기 직전에 다음과 같이 언약을 하는 것이다.

> 그런 이별 만하여도 소식 드를 쩌가 잇고 성면할 나리 잇셧스니 너가 이졔 올라 가셔 장원급졔 출신하야 너를 다려 갈 거시니 우지 말고 잘 잇거라
>
> (完板 p.108, 110)

위의 내용 가운데에서 바로 이도령이 춘향의 구원자의 역할을 감당해야 할 사명이 있음을 알 수 있다. 따라서 이도령은 춘향이 옥중에서 하는 탄식을 하며 가장 待望하는 존재가 되며 고통 가운데에서 구원해 줄 유일한 인물인 것이다.

> 우리 낭군 겨신 디 무삼 물리 믹켜난지 소식조차 못 못난고 사라 이리 기루난이 아조 죽어 잇고지거 차라리 이몸 죽어 공산의 뒤건이 되야 이화월빅 삼경야의 실피 우러 낭군 귀의 들이고져…셔울 게신 우리 낭군 벼살 길노나려와 이러타시 죽거 갈 졔 니 목심을 못 살인가 하운는 다기봉하니 산이 놉파 못 오던가 금강산 산상봉이 평지 되거든 오랴신가 병풍의 기린 황게 두 나리를 툭툭 치며 사경 일졈으 날식라고 울거던 오랴신가
>
> (完板 p.152, 154, 156)

이제 이도령은 춘향의 구원자로서의 성격이 뚜렷해진다. 이는 춘향만이 그렇게 느끼는 것이 아니고 빨랫가 여인들이나 농부들, 그리고 그 지방 대부분의 사람들이 이도령의 來臨을 기다리며 그가 오지 않음을 원망하게 된다. 그런데 이도령의 내림은 비단 춘향의 冤情을 해결하는 데에 그칠 뿐만 아니라 변학도의 학정에 시달리는 민중들을 해방하는 감당하는 의미를 지니고 있는 것이다. 그러므로 이도령은 과거의 나약한 모습은 전혀 사라지고 잔치자리에서는 이미 널리 알려진 詩 구절을 읊게 되는 것이다.

　운봉이 반겨 듯고 피련을 너여 준니 좌중이 다 못하야 글 두 뒤를 지어쓰되 민젼을 싁각ᄒ고 본관 정체를 생각하야 지어것다 금준미주는 천인혈리요 옥반가효는 만셩고라 촉누락시 밀누락이요 가셩고쳐 원셩고라

(完板 p.206)

이에 이르러 이도령은 근엄한 구원자의 모습을 드러내며 작품의 대단원을 장식하는 것이다. 이렇게 변모된 이도령의 성격은 춘향을 중심으로 한 민중 전체의 여망이 압력을 가한 결과이며, 이로 미루어 볼 때, 이도령은 민중종교에서 대망하는 鄭道令과 비슷한 성격을 지니고 있는 것이다. 또한 그 구원자의 모습도 「심청전」에서 나타난 초월자적 존재가 아니며 그 구원 방식도 초월적인 힘이 아닌 암행어사라는 현실적인 직책에 의거한 가장 실현가능한 방법에 의존하고 있는 것이다. 이렇게 볼 때, 민중들은 「춘향전」속에서 표출된 바와 같이 암행어사로 상징된 의미 그대로의 올바른 관리를 갈망했음을

알 수 있다. 그런데 문제는 민중들이 자기들의 문제를 양반계층의 관리가 정당하고 올바르게 해결시켜 줄 것이라는 갈망은 사회가 부패하면 할수록, 그리고 반면 민중의 자기의식이 성장하면 할수록 그 현실성이 감소된다는 데에 있다. 이런 한계를 극복하는 것은 민중 스스로의 힘에 의한 개혁이어야겠으나 그와 같이 민중의 역량에 의한 개혁이나 축적된 의지의 표출을 작품화한 것은 고전소설에서 거의 찾아보기 힘들 뿐만 아니라 그런 역사적 사건들을 형상화한 것 역시 대단히 적다.

그렇지만 마지막으로 살펴 볼 「흥부전」에서는 비록 앞에서 언급한 방향의 작품 전개가 이뤄지지 않았으나 나름대로 현실적 고통을 민중의식에 결부시켜 이를 극복해 보고자 하는 의식을 엿보이고 있다. 이 작품 가운데서는 흥부의 구원과 놀부의 몰락이라는 두 가지 사건이 함께 어우러져 형상화되고 있다. 본고에서 관심을 갖고 살펴보고자 하는 것은 흥부의 구원이라는 면에 놓인다. 앞서 언급한 바와 같이 흥부 부처가 박을 타는 장면은 이 작품에 나타난 의식지향을 그대로 함축하여 보여주고 있는데, 이는 주로 富에 대한 욕망이 두드러짐을 알 수 있다. 따라서 이 작품의 등장인물로서 중요한 매개자 역할을 담당하는 제비의 성격에 관하여 고찰해 보기로 한다.

이 작품에서 구원자의 역할을 직접적으로 담당하고 있는 것은 네 통의 박이며, 그 네 통의 박이 달리게 된 것은 제비가 몰고 온 보은박 씨 한 알이다. 그 제비는 흥부의 도움을 받아 목숨을 건졌던 것으로 제비가 제비황제에게 고하여 보은박 씨를 전달할 수 있었던 것이다. 그렇다면 최종적인 구원자는 제비황제가 된다. 그런데 주의할 것은 보은박 씨를 물고 오는 장면에서는 제비황제로 표기되어 있어 그 황제의 꼴이 제비모양일 것이라 짐작된다. 뒤에 박 속에서 나온 양귀비는 '강남황뎨'의 명을 받들어 홍부의 부실로 왔다고 하며(世昌本 p.27) 놀부에게 보은박 씨를 물고 오는 과정에서도 江南皇帝로 바뀌어 표기되어 있어(京板 13장) 강남황제라고 명명해 보면, 제비와의 관계보다는 강남이라는 세계, 곧 초월계로 보아 무리가 없으며 따라서 강남황제는 「심청전」의 옥황상제와 비슷한 성격의 소유자임을 알 수 있다. 그리고 그는 절대적인 존재로 군림하면서 선과 악에 대한 보답과 징벌을 행하고 있다. 또한 그는 보은박이나 보수박에서 나온 것들로 보아 인간의 욕망을 만족시킬 온갖 재화를 마련해 놓고 있으며, 그가 다스리는 인물도 아래로는 왈짜, 사당패, 봉사 등으로 양귀비, 장비와 같은 역사적 인물과 양반이라는 권위 있는 세력까지 통괄하고 있는 것이다.

그러면 이러한 강남황제가 구원자로서 작용하는 홍부전이 옥황상제가 등장하는 「심청전」과 그 민중의식의 측면에서 동궤에 놓일 수 있는 것인가 하는 물음은 보류할 필요가 있다. 왜냐하면 강남황제의 존재 자체는 초월적 세계의 설정, 초월적 힘의 행사 등으로 생각될 수 있지만 구원자로 설정한 대상이 제비와 박이라는 데에서 「심청전」과는 다른 양상으로 표현하고 있다고 볼 수 있다. 다음의 두 인용문을 보자,

삼월삼일 다다르니 소상강 쩨기럭이 가노라 하직하고 강낭셔 나온 졔비 왓노라 현신할졔 고대광실 다 바리고 비거비래 넘노다가 홍보를 보고 반겨라고 조흘 호짜 지져귀니 홍보 졔비를 보고

경계하난 말이 고당화각 만컨마난 수슈대로 지은 집에 와셔 네집
을 지었다가 오륙월 장마시에 집이 만일 문허지면 그 아니 낭패
되랴

(世昌本P.18)

그해 동지섯달부터 제비를 기다린다 그물막대 드러메고 제비
를 후리러 나간다…그렁져렁 둥지섯달 다 지내고 춘절이 도라오
니 놀보놈의 거동보소 제비를 후리러 나간다 복희씨 매진 그물을
후로처 둘너메고 제비만 후리러 나간다 이어챠 제비야 백운을
무릅쓰고 흑운을 박차고 나간다 너난 네 어대로 가랴느냐 내집으
로만 드러오소 허다한 제비중에 팔자 사나운 제비 하나이 놀보집
에 이르러 의막하고 흙과 검불을 무르다 집을 짓고 알을 나셔…

(世昌本 pp.32~33)

첫 번째 인용문은 흥부네 집 오막살이에 제비가 집을 짓는 장면인
데, 삼월이 되어 기러기가 떠나고 제비가 온다는 것은 아주 자연스
러우며, 또한 제비가 고대광실이나 오막살이집을 가리지 않고 집
처마 아래에 집을 짓고 산다는 것도 자연스럽다. 여기서 주목할 것
은 이렇게 제비의 존재가 민중들의 삶과는 아주 자연스럽고 친근한
것이며 그러한 제비의 다친 다리를 고쳐준다는 것도 자연스럽다.
즉 매개자로서 제비를 설정한 것은 가장 친근한 동물이며 그렇기
때문에 민중의 생활상을 매일 같이 목격할 수 있다고 생각되어진다.
제비가 거의 매일 민중들을 만나게 되고 그들의 생활을 내보이게
되는 것은 또한 그들의 희망도 드러내는 것이며 그러한 민중들의
모습을 지켜보는 제비가 그들의 기대를 충족시킬 수 있다는 이입된
사고방식은 오히려 현실적이다.

두 번째 인용문에서는 놀부가 이와 같은 자연스러움을 깨뜨리면서 억지로 제비를 몰아들이는 것으로 표현되고 있는데, 이러한 놀부의 욕심 자체가 화를 몰고 오는 것이다.

한편, 전반적인 내용 가운데 제비가 박씨를 몰고 왔다는 것은 극히 자연스럽다. 특히 박이 농촌에 가면 어디서나 지붕 위에 탐스럽게 달려있는 것을 볼 수 있고, 박 자체가 제비와 같이 민중들의 의식에 아주 친근한 것으로 비춰지고 있다. 이와 같이 제비와 박을 매개의 중요한 역할자로 설정한 것에서 「심청전」의 초월자 설정과는 다른 성격임을 간파할 수 있다. 제비와 박에 의한 구원은 비록 그 배후에 강남황제라는 초월적 절대자가 설정되어 있지만, 나름의 리얼리티를 획득하고 있다고 보겠다.

그렇다면 報讐瓢에서 나온 왈자, 초란이, 사당패, 봉사, 노승, 양반, 장비 등의 인물들을 다른 각도에서 보게 되면, 이들도 가난한 민중들과는 뗄 수 없는 관계를 이루고 있음을 간과할 수 없다. 비록 이들은 본고에서 설정한 구원자로서의 성격이 역전된 膺懲者로서 나타나는 것이나 넓게 보아 이들 역시 매개자의 구실을 하고 있는 것이다. 여기서 주목을 요하는 것은 악인으로 규정된 놀부를 응징하는 인물들이 아주 미천한 하층 계급의 인간들이라는 점이다. 이미 앞서 살펴본 바와 같이 이런 작품의 전개 구도는 소외 계층의 징치형태로, 더욱 통쾌한 징벌의 효과를 나타내려는 의도가 담겨있다. 따라서 그들 소외된 계층의 응징자들에게 절대자에 의해 부여된 강력한 힘이 확인될 때 더욱더 그들의 응징이 강한 위력을 발휘한다는 것이다. 그러므로 이를 민중의식의 성장과 연관시켜 보아도 큰 무리가

없을 것이다.[62]

또한 양반과 장비의 존재가 주목된다. 양반은 놀부를 賤奴로 몰아세우면서 그 권위를 과시한다.

이놈 놀보야 네아비 개불이와 네에미 괴똥녀가 댁종으로 도난
하다가 모야무지 도망한지 슈십년에 인졔야 차잣구나 네 어미
아비 몸갑이 삼쳔냥이니 당장에 바치렷다

(世昌本 p.37)

위 인용문에서는 문서를 찾아 삼대부터 양반의 종이었다는 사실을 들추어내는 것이다. 종에 대한 양반의 권위는 절대적인 것이고 그 위력 앞에는 여지없이 복종해야 하는 것이다. 또한 인용에서 보인 구절 가운데서는 속량의 문제가 대두된다. 즉 당시에는 종이 양반에게 돈으로 자기 몸값을 지불하면 종의 신분에서 벗어날 수 있게 되었음을 의미하는 것이다. 그렇지만 이것은 아직까지 양반의 권위에 대한 무의식적인 생각이 권위의 상징물인 양반을 설정하였다고 보여진다. 장비 또한 그런 권위와 위력의 상징물로 설정된 것이다. 마지막에 등장하는 장비의 위력은 여지없이 놀부를 압살하기에 충분하다. 그렇게 장비를 내세운 것도 민중들 사이에서 권위를 상징하는 대신자로서의 존재라는 점에 기인하는 것이다.

이와 같이 「흥부전」에서는 매개의 역할을 맡은 것이 제비와 박으로 민중과 친밀한 것들이며 그와 함께 응징자이긴 하지만 역시 하층민들이 매개의 역할을 맡아 민중의 의지를 대변해 주고 있다.

---

62) 林熒澤, 「흥부전의 現實說에 關한 硏究」, 『문화비평』 4호, 1969.

이상의 논의를 정리해 보면, 「홍길동전」의 길동은 改出將入相家와 혁명적 반역아의 성격을 공유하여 갈등하다가 후자의 성격인 병조판서 또는 대장군의 모습으로 나타나 작품 후반부의 율도국 건설 때를 기하여 여실히 드러난다. 이것은 길동의 개혁의지가 현실적인 장벽에 부딪쳐서 결국에는 이상향을 향한 전환으로 기울었다는 의미를 내포하고 동시에 기존윤리의 압력에서 벗어나지 못한 작가의식의 한계를 드러내고 있다고 보여진다.

이와는 달리 「심청전」, 「춘향전」, 「흥부전」은 매개자(구원자)의 도움에 의해 현실에서 고난을 극복하고 있는데, 이런 매개자의 존재 자체가 적층문학으로서 작품에 반영된 메시아 待望의 민중의식이라 볼 수 있다. 그러나 민중의식이라는 측면에서 보면 이들 세 작품은 각각 다른 특징을 드러내고 있다.

「심청전」은 옥황상제나 용궁인 水晶宮이라는 초월세계의 설정과 그 초월적 힘의 직접적인 지배를 보여주는 바, 아직 민중의식의 비현실적 측면을 벗어나지 못하고 있다. 이런 「심청전」의 한계는 춘향전에서 극복되어 구체적인 작중인물인 이도령이 암행어사라는 직책으로서 민중들의 의식지향을 충족시켜 해결을 하고 있다는 점을 들 수 있다. 그렇지만 「춘향전」도 아직 민중 스스로의 힘에 의한 문제해결을 보여주진 못하고 있는데, 이와 같은 점은 우리 고전소설의 전반적 한계라 보여지며, 간혹 한계를 극복된 면들은 민속극이나 판소리와 같이 다른 장르에서 풍자와 같은 수법에 의해 표출된다고 할 것이다. 그러나 「흥부전」에서는 궁핍한 민중의 생활상을 리얼하게 묘사해 주고 있고 또 매개자로서 성립된 제비와 박의 현실성에

비추어 볼 때, 나름대로 민중의식의 진전된 면모를 드러내고 있다고
할 것이다.

이와 같이 작품들에 드러난 매개자로서의 인물들인 「흥부전」에서
의 옥황상제, 이도령, 제비와 박 그리고 「심청전」에서 심봉사에 대
한 몽은사 주지승과 딸 淸의 역할[63] 등의 설정은 민중종교에서 강조
되는 유토피아 사상이나 메시아 주의와 상통하는 면모를 보이는
것이다. 곧 十勝之地나 정감록의 정도령 또는 민중종교에 있어서의
미륵하생사상 등의 이상적 장소나 인물의 한 변형들로서 이들 매개
자 즉, 구원자가 등장하고 있는 것이다.

---

[63] 史在東은 前揭 「沈淸傳硏究序說」에서 京板本에 나타난 地名의 상징적 해석을
통하여 沈淸은 관세음보살이나 지장보살의 化身으로 具象한 것으로 보고 있으
며 印權煥도 前揭 「淨化와 救援의 悲歌」에서 심청을 관세음보살의 化身으로
주장하고 있다. 이와 같은 해석은 彌勒下生 사상과도 상통하는 바가 있다고
생각된다.

Ⅳ. 한국 고전소설의 묵시문학적 성격

1. 고난과 구원에의 갈망 – 묵시문학의 可能態

조선후기 국문소설에 나타난 민중적 생활의식의 표백은 리얼리즘의 발전적 성과라는 측면에서 민중의 생활상을 사실적으로 그려내고 있다. 그러나 이 작품들에 내재된 이야기와 인물들의 행동이 민중들의 의식적 지주, 즉 당대에 투영된 민중적 삶의 정신적 기반을 소설의 전체적 구조로서 확립시키고 있다는 측면에서 하나의 독자적 의의를 구축한다. 작품을 통해 드러나는 민중의 현실적 고난과 핍박은 그들의 내재적 꿈과 소망이라는 志向的 理想과 함께 연결되어 있는 바, 이는 민중들의 생활을 이끌어 나가는, 그들의 심성 깊이 뿌리박고 있는 종교적 신념이 강력한 힘으로 작용하고 있다는 것이다. 바로 이러한 내용들이 「홍길동전」으로부터 판소리계 소설들로 이어지는 일련의 소설들을 통일된 하나의 체계로 묶게 하는 기반이 되는 것이다. 그러므로 이 '체계'는 소설 문학적 체계이자 동시에 정신적 체계요, 조선 후기사회라는 당대가 지녔던 사회·문화적 성격과 그것을 대상화하고 내면화하는 당대 민중들의 모습이 얽혀지는 삶의 체계라 할 수 있다.

여기서는 이제까지 고찰했던 작품 분석을 토대로 「홍길동전」과 「춘향전」, 「심청전」, 「흥부전」의 각 작품들이 형성하고 있는 통일된

체계의 실상을 구명하고자 한다. 각각의 작품 가운데에는 나름대로의 고난과 극복의 갈등양상을 사건전개를 통해 구조화시키고, 그러한 사건구조 속에 각 작품의 주인공들은 고난의 담당자로 역할을 담당하고 있다. 그리고 극복을 위한 미래적 구원을 지향한 가능성으로서 구조화되었음을 엿볼 수 있다. 이러한 각 작품이 공통적으로 구조화되어 있는 '苦難-克服'의 연계성과 '구원자'의 존재성이 바로 통일적 체계의 검토를 위한 기본적 요소로 설정된다.

소설의 내적인 구조 요소로서의 이들 부분체계는 전체로 통합되는 과정에서 민중 그리고 민족이라는 집단과 만나게 된다. 즉 각 작품의 주인공들이 겪는 고난은 민중 전체의 고난이자 민족의 수난사로 형상화되는 동시에, 민중적 삶이 만들어내는 정신적 체계를 표출하는 것이다. 민중들은 전란, 재해, 질병으로부터 혼란 내지 사회적 변혁의 차원에 이르기까지 항시 물질적·현실적 고통을 받으며 신분적 질곡에 의한 사회구조적 모순의 피해를 감수하고 있다. 이들에게서 자유로운 인간성의 해방과 그 발현을 엿볼 수 있다는 것은 좀처럼 힘든 것이며, 따라서 그 소설적 형상화는 궤를 달리하여 이루어질 수밖에 없다. 민중들의 현실적 고난에의 극복의지는 결국 내면화된 정신적 이상향의 추구를 심적 기저로 하여 형성된다. 이는 민중들이 간직하고 있는 소망의 抽象形式이다. 이들은 이러한 소망을 간직하고 묵묵히 새로운 세계의 도래를 기원하며 기다리며, 이런 待望意識이라는 현세적 극복이 곧바로 내세적 혹은 미래적 지향으로 이루어지고 있다는 점에서 종교적 신념이 그 기저에 깔려 있음을 간과할 수 없다.

따라서 이들 작품은 민중종교적 사상을 근저에 지닌 채 당대의 현실을 투영시키며, 민중의 고난 극복의지가 현실적 행복과 초월적 구원의 표리관계를 이루는 유토피아에의 대망의식으로 체계화되고 있음을 알 수 있다. 조선후기의 혼란한 사회현실 속에서 수많은 민란과 끊임없는 계층이동 내지 신분상승이 역사적으로 전개되었고, 이러한 현실적인 상황은 작품의 내용적 편린을 구성하고 있지만, 결코 민란의 구체적 형상이나 신분상승의 구체적 의미를 추구하고자 하는 방향성을 구축하고 있지는 않다. 이것은 이들 작품이 당대의 현실 속에서 과거와 현재, 미래를 투시하는 초시간적 종교성을 확보하고 있기 때문이며, 이로 인해 구원에의 대망과 그 묵시적 지향이라는 독자적 소설체계를 형성하게 되기 때문이다.

이런 의미에서 한국 고전소설의 한 층위로서 默示文學的 性格을 이들 작품에서 찾아볼 수 있다고 본다. 묵시문학의 의미와 특성에 대해서는 후술하려 하거니와 현실적인 고난을 종교적 대망으로써 지양해 나가는 방식이 하나의 체계로서 묵시문학을 형성하는 핵이라 할 수 있다.

각 작품들에 내재하는 현실적인 고난은 삶의 현상적 단면으로 그치는 것이 아니라 관념화된 추상형식으로서의 수난, 즉 한민족의 역사적 수난에 대한 상징적 의미로까지 확산됨을 볼 수 있다는 점에서 일단 묵시문학적 성격을 밝히는 첫 단계로 설정할 수 있다. 이러한 소설적 상징성의 문제는 일반적으로 고전소설에 내재하는 속성인 초월성, 환상성, 비현실성 등에 대한 보다 적극적인 의미를 부여할 수 있으리라고 본다. 이러한 수난의 양상을 극복하는 방식을 통해 묵시문학으로서의 본격적 의미가 확보될 수 있다고 보여진다. 기본적으로 이들 소설이 민중들의 간절한 미래지향성을 구조적으로 형상화하고 있음을 볼 때, 그 미래지향은 종교적으로 신념화된 대망의식으로 나타나며, 그것은 시대 속에 내재하면서 시대를 뛰어넘는 문학정신의 구현이라 하겠다. 또한 이러한 묵시문학으로서의 본질은 고전소설의 내적구조에 있어서 권선징악의 속성 및 해피엔딩 즉, 행복한 결말의 속성에 대한 새로운 개념을 마련해 줄 수 있는 기반이 될 수 있는 것이다.

2. 민중의 대망의식과 묵시적 미래지향

(1) 수난의 운명적 인식 - 그 상징의 논리

소설이 민중의 이상과 그 지향성을 대변하는 기능을 수행할 때, 그 가운데에는 하나의 운명공동체로서 유전되어 축적된 민족적 심성으로서의 잠재의식이 내재하기 마련이다. 그것은 이러한 민족적 심성이 집단무의식(collective unconsciousness)[64]으로서의 성격을 구축하기 때문이며, 따라서 한민족의 현실적 역사 가운데 형성된 전통으로서의 인생관, 세계관은 작품의 창조와 그 전달의 과정을 꿰뚫는 공통적 가치체계로서 나타난다.

이러한 경우, 소설에 반영되는 민중적 삶의 現實相은 축적된 유무형의 민족사적인 산물이 당대에 부과하는 의미에 의해 채색되기 마련이다. 즉 「홍길동전」이나 「춘향전」, 「심청전」, 「홍부전」 등은

---

64) C.G. Jung: 'Psyche and Symbol, A Selection from the Writings of C.G. Jung(Anchor, 1958), pp.40~48 참조.

모두 당대 민중적 현실을 바탕으로 형성된 것이지만, 그 문학적 형성력 내지 정신적 형성동인은 민중의 무의식 속에 내재해 있는 민족적 운명으로서의 삶과 역사에 대한 인식이라고 할 수 있는 것이다.

고난과 시련으로 점철되어 온 우리의 민족사는 민중들이 그들의 현실적 고통을 보편적인 인간적 수난사로 인식하게끔 하는 근거를 부여하며 이로부터 소설 속에 담겨지는 민중들의 이야기는 어떤 한 개인으로서가 아닌 전체적 집단의 운명을 상징하는 일종의 묵시적 기능을 수행하게 된다. 소설에서 드러나는 민중들의 고통은 부분적이고 개별적인 현실로 국한되는 것이 아니라 하나의 상징체계로서의 민족수난을 표상하게 되며, 그것은 운명적인 회로로 인식되기 때문에 작품구조의 형성 준거이자 전개원리가 되는 것이다.

수난의 현상적 내용은 궁핍한 민중생활에 따르는 고통과 지배층에 의해 행해지는 핍박과 시련이다. 흥부는 놀부에게 물려받은 유산 전부를 빼앗긴 채 비가 새는 한 칸 오막살이집에서 갖은 고생과 고초를 겪으며 단지 연명을 한다. 심청은 어려서 어머니를 잃고 심봉사가 구걸한 젖을 먹으며 성장한다. 비록 「흥부전」이 이러한 고난의 실상을 해학적 표현을 통해 희화화시키고 있지만, "어린 ᄌᆞ식 젖ᄃᆞ라고 자란 ᄌᆞ식 밥ᄃᆞ라니 ᄎᆞ마 서러 못 살겠다"는 흥부의 하소연이나, "모친은 세상 바리시고 우리 부친 눈 어두워 압못보신 줄 뉘 모르시릿가, 십시일반이오니 밥ᄒᆞᆫ술 주옵소서"하는 심청의 구걸은 서러움이나 가련함이라는 개별적 감정을 넘어서 그 자체가 사건 전체의 비극적 성격을 규정짓게끔 유도한다. 춘향이나 길동의 경우도 마찬가지이다. 기생의 몸이라는 사회적 제약이 변학도에게 수청을 거부한 죄로 매를 맞고 옥에 갇혀 모멸을 당하는 춘향이나 서자 출신이라는 이유로 呼父呼兄을 못하고 特者에게 피습까지 당하는 길동은 사회적 삶의 질곡이 가져오는 비극의 담당자로 인식된다. 이러한 현실적 고난의 내용들은 모두 시대적 산물이 되고 있는 바, 이러한 시대성이 수난의 구체성 내지 특수성을 형성한다.

이러한 시대적 참상은 상황에 의해 주어진 것으로, 그 담당자는 하나의 개체가 아닌 집단으로 표상될 수밖에 없다. 따라서 그것은 피할 수 없는 숙명으로 인식되며, 온전히 이를 받아들여 겪으며 집단적 삶의 위치를 확인 받아야 하는 과제가 되는 것이다. 즉, 존재의 구속과 인간성의 억압이라는 존재적 상황이 작품 내에 설정될 때, 그와 같은 집단은 이러한 시련을 겪으면서 진정한 삶을 획득하려는 추구의 과정을 밟게 됨을 말한다.

「심청전」에서는 특히 이러한 수난의 운명적 인식이 확연히 드러난다. 그것은 눈이 먼 인생을 살아가야 하는 고행의 담당자로서 제시된 심봉사라는 인물을 통해서 확인되어진다. 「심청전」의 인물 유형을 대별해 보면, 곽씨부인이나 심청은 神性을 지닌 채 죽음의 극복과 낙원의 회복을 가능케 하는 묵시적 심상(apocalyptic image)의 인물이며, 반대로 뺑덕어미는 인간의 타락과 죄악에 관련된 악마적 심상의 인물로 나타난다. 반면 심봉사는 신적인 심상과 악마적인 심상 사이에서 작중인물로서의 합당한 위치를 확보하지 못하고 방황하는 모습으로 모든 보편적인 인간의 모습을 상징한다. 선비로 살아가던 심봉사는 眼盲으로 인해 책을 빼앗기고 삶의 활력을 잃게 되며, 바랐던 아기가 태어나지만 부인의 죽음으로 더 큰 시련을 당하게 된다. 어린 심청이 의지할 곳은 그런 아버지임을 인식할 때, 심봉사에게는 딸에 대한 책임의식이 형성되며, 이는 '어둠'으로 상징되는 그의 시련에 최초로 던져지는 '빛'의 형상이라 볼 수 있다. 그렇지만 심봉사 자신에게는 유교적 전통이 부과한 순종과 효에 대한 절대적 가치지향이 있기에 심청이 자람에 따라 자신에 대한 봉양을 기대하게 된다. 심청의 이러한 순종은 심봉사의 어둠을 더욱 깊게 하는 결과를 야기한다. 이는 더욱더 큰 시련이 이들 부녀에게 닥쳐오게끔 하는 동기가 된다. 심청은 자신의 희생이라는 엄청난 일을 순순히 받아들이게 되는 것이다. 물론, 심청은 이러한 자기희생을 통해 자유로운 삶을 얻고, 근원적 자아로서의 神的 形象을 되찾게 된다. 그러나 심봉사의 입장에서는 심청의 이러한 희생에도 불구하고 시련은 끝나지 않는다. 그것은 이들 인물을 둘러싸고 있는 여타 인물들이 많은 장애요소로서 기능하기 때문이다. 뺑덕어미는 심봉사의 마지막 재산뿐만 아니라 그의 품위와 명예까지도 철저히 빼앗는다. 또한 황성에 가는 길에 뺑덕어미는 반려자로서의 심봉사를 버리고 달아난다. 이와 같은 처지에도 불구하고 심봉사는 심청의 고귀한 희생을 깨닫는 계기로 삼지 못하고 여전히 눈멀고 가난한 가운데 살아가는데, 이런 불운은 고립되어 의지할 곳 없는 자신을 버리는 것으로만 생각했던 것에 대한 응징으로 볼 수 있다. 이러한 처절한 시련에까지 이르러서야 비로소 한 개인으로서 자각하게 된다.[65] 그것은 존재의 한계상황에 부딪친 자로서의 새로운 실존에의 인식이며, 동시에 모든 시련에서 벗어나 새로운 세계를 자신 스스로

---

[65] 하랄드 쿤츠, 「沈淸, 救援의 現實者」, 『文學思想』 13호, 1973.10. pp.278~279 참조.

구현할 수 있는 계기의 순간인 것이다. 이로부터 심봉사는 내면적 자유를 얻을 수 있는 바, 이러한 심봉사의 개인적 운명은 존재의 위기를 느낄 정도의 처절한 시련을 감내하고서야 비로소 구원에 이를 수 있다는 점을 보여준다. 또한 이것이 민족의 전체적 운명과 결부될 때 요구되는 우리 민족이 감당해야 할 엄청난 수난과 그에 대한 인내의 필요성을 규정해 주는 것이기도 하다.

결국, 우리 민족에 있어서 이러한 사회적, 역사적 시련은 현실적 수난이면서도 그것을 하늘이 내린 시련이라는 운명적 수난으로 인식되어짐을 이들 작품 내의 전개과정을 통해 알 수 있다. 이러한 운명성이 보편적 수난의 의미를 띠며 작품의 구속성으로 작용하는 것이다.

수난의 운명성은 삶 전체의 운명성이며, 그것은 길동이나 춘향, 심청, 흥부 모두에게 적용된다. 이 경우 이들의 출생이 그 대표적 단면이다. 출발은 항시 끝을 예고하는 단서가 되고 있으며, 이는 일종의 계시적 성격을 내포하는 것이다. 길동이 서자로 태어난다거나 흥부가 형제관계에 있어서 복종을 해야만 하는 아우의 입장으로 규정지어지는 것이 그 실례이며, 특히 춘향이나 심청의 출생에 태몽이 동반됨은 계시로서의 운명적 구속을 나타내 준다. 서자나 형제로서 상황적 현실이 극복되어야 할 과제로 부여하고, 이러한 극복과정을 통해 그들은 진정한 자아를 회복하며, 그것은 곧 전민족의 상징으로 전이되어 수난의 극복과 새 세계의 도래라는 의미를 확보하는 것이다.

이러한 수난의 계시적 성격은 「춘향전」의 월매가 춘향을 출생하는 과정에서 그 대표적 양상으로 드러난다.

> 드르시오 전성의 무삼 은혜 짓쳐던지 이성의 부부되야 창기
> 힝실 다 바리고 예모도 숭상ᄒ고 여공도 심슷건만 무상 죄가 진
> 즁ᄒ야 일졈 혀륙 업셔스니 육친무족 우리 신셰 선영 힝화 뉘라
> ᄒ며 사후감장 어이ᄒ리 명산 디찰의 신공이나 ᄒ야 남여간 낫커
> 드면 평싱한을 풀거시니 가군의 뜻시 엇더ᄒ오
>
> (完板 춘향전 P.2,4)

여기서 월매는 자신의 전생의 죄과를 문제 삼아 혈육이 없음을
자책하고 있다. 그는 신에게 기원하면서 자식을 낳을 수 있다는
신념을 보이는 바, 목욕재계하고 제단을 쌓아 神供을 드린 후 꿈으
로 그 응답을 받는 것이다. 이렇게 신의 전능을 믿는 입장에서 꿈이
하나의 계시적인 방법으로 드러남은 춘향의 운명이 시초부터 종교
적 동기와 지시, 사건을 통해 출발하여 이후 춘향의 고난사와 부합
될 수 있는 근거가 된다.[66] 이처럼 고전소설 속에 나타나는 시련의
성격은 외적으로 부여된 수난이면서 인물들의 존재적 상황을 규정
하는 것이기에 이들은 인내로써 이를 극복해야 할 필연성을 소지
하게 되며, 이러한 과정에서 자신의 존재적 상황을 초극하여 진정
한 자아를 확보하는 모습은 그 자체가 하나의 상징체계로서 작용
하여 민중들의 自己同一性(identity)과 志向性을 확보시켜 주게 되
는 것이다.

---

[66] 張炳日, 「春香傳의 聖書的 考察」, 『基督敎思想』 10권 2호, 1966.2. p.105.

(2) 상실과 회복의 변증법 - 구원에의 待望意識

소설 가운데 수난은 현실적·역사적 수난의 반영이며 동시에 초월적 운명적 수난으로서 한 민족의 집단심상(collective imagery)의 상징이었음을 살펴보았거니와, 이러한 수난이 존재의 상실이라면 수난의 극복은 존재의 회복이 되며, 이 회복에의 과정이 수난으로부터 구원받기를 갈망하는 민중의 기원이자 待望意識인 것이다. 수난의 운명이 존재의 발견을 은폐시키는 장애물이기 때문에 운명적인 것에 현실적으로 체념하기 쉬우나 민중들은 그것을 묵시적인 기다림과 인내로 극복한다. 이러한 지양에의 노력을 통해 그들은 은폐된 참 존재를 찾고 한 차원 높은 단계로 승화되는 것이다. 승화는 하늘의 이미지와 닿아 있는 바, 이는 민중 속에 내재된 종교적 심성인 天空思想이 그들로 하여금 하늘의 계시를 받아들이고 그로부터 현실적 구원을 얻게 하는 요인이 된다. 작품의 사건구조에 나타나 있는 시련과 극복의 과정은 바로 이러한 상실에서 회복으로의 道程이며 민중의 대망의식이 확립되는 구체적이자 총체적인 장인 것이다.

작품 속에 나타나는 상실과 회복의 구체적 내용은 시련 및 극복을 위한 구체적인 사건과 동일하므로 재론의 여지가 없다. 단지 구원의 궁극적 경지가 이들 상관적 도정에 부여하는 의미와 민중의식의 지향을 형성하게 된다.

구원을 예비하는 민중의 의지는 시련을 참고 견디는 과정으로 표상된다. 춘향의 이도령에 대한 일편단심과 死境의 막다른 지경에까지 밀리면서 끝까지 인내하는 모습이나 심청의 아버지 심봉사에 대한 헌신적 봉양의 모습, 흥부의 빈곤과 학대를 선으로 인내하는 모습 등은 모두 절망의 몸짓과 체념을 동반하면서도 긍정적인 성격을 지니고 있다. 고난을 무릅쓰고 자신의 삶의 조건을 최악의 상태에까지 몰고 가는 그 순결한 믿음은 세계에 대한 종말론적 묵시의 모습이다. 이러한 묵시는 현재의 조건적 삶에 대해 침묵하면서도, 미래에의 투시에 의해 '빛'의 회복을 갈구할 수 있는 動因이 되는 것이다.

「홍길동전」의 경우 시련의 인내 양상은 길동의 적극적 현실타파 내지 현실개혁의지에 의해 그 묵시적 성격이 가려지고 있지만, 당대 사회의 제도적 모순과 부조리는 전체 사회가 겪지 않으면 안 될 가혹한 시련으로 인식되고 있음으로 해서 체제의 退運兆를 암시하는 분위기를 형성하고 있다는 점이[67] 바로 묵시적이다. <정감록>에서 보여 주는 왕조의 흥망성쇠에 대한 예언이 종말론적 묵시로서 작용하는 것과 같은 의미인 것이다.

그런데 시간적 지속성의 평면적 과정으로서 '시련→극복'의 구조는 구조 속에 놓여지는 각 인물들의 내적 본질과 대비해 볼 때, 현실적 시간구조와는 다른 초월적 계기와의 관련성으로 또 다른 국면을 형성한다. 즉 길동이나 춘향, 심청의 출생이 그들의 神性을 암시적으로 계시하고 있는 바, 현재적 삶의 조건인 시련이 本來性을 상실시킨 것이고 이 본래성인 신성으로의 지향이 또 다른 의미에서 빛의 회복을 갈구하는 動因이 된다. 이러한 측면의 동인은 보다 근본적인 것으로, 민중들에게는 선험적으로 내재된 인식으로 나타나는 것이다.

---

67) 金錫夏, 前揭書, p.240.

그렇다면 회복을 향한 의지는 마치 상실 자체에 내재되어 있는 것처럼 보인다. 그러나 내재된 것을 드러내는 데 있어 구원의 계기가 필요하고, 이를 위해서는 끊임없는 민중 전체의 갈구와 기원이 작품 속에 수렴되어 있어야 한다. 이것이 바로 고난의 극복과 존재 회복이라는 문제에 있어서 민중의 待望意識이 개입되는 근거이다.

「춘향전」은 작품에서 민의의 소재를 직접 민중의 목소리를 통해 제시하고 있다. 그것은 우선적으로 갈등을 야기하는 대표적 인물들에 대한 가치부여에서 나타난다. 변학도의 잘못된 인간성과 학정의 실상은 실제로 구체적 언급이 결여되어 있음에도 불구하고 절대적인 폭군인 양 인식되며, 춘향은 기생으로서의 속성이 다분히 존재함에도 불구하고 위대한 정절의 상징인 여인으로 인식된다. 이는 이미 작품 자체의 지시를 넘어선 집단무의식으로서의 민중적 요구가 하나의 체계로서 채색되고 있음을 의미한다. 이러한 민의가 자기들의 소망을 풀어줄 절대능력의 인물을 갈망하며 이러한 뜻이 이도령으로 화해서 나타나는 것이다. 이러한 민의의 구체적인 모습은 변학도 수하의 관청 관리들의 말과 행동에서부터 엿보이며, 춘향이 매를 맞을 때, 執杖使令의 동정이나 구경꾼들의 규탄으로 제시되거나 혹은 실신한 춘향에 대한 동반의식을 형성시키고 있다. 또한 방자나 향단, 월매 등의 중심인물은 물론, 춘향의 편지를 가지고 이도령을 찾아 한양으로 가는 아이, 오작교 아래에서 빨래하던 여인들, 춘향의 꿈 풀이를 해주는 봉사 등 작품에 등장하는 다양한 민중들은 모두 하나같이 그들의 꿈과 소망이 춘향을 구심점으로 하여 연계되어 있는 것이다. 민중들의 발언은 그들의 삶의 조건을 억압하는 악

에 대한 규탄이면서 하늘이 응징할 때까지 계속 될 수 있는 영원한 기원의 성격을 내포한다.[68]

　민중의 기원은 존재 회복을 실현시킬 수 있는 가능성의 도래이고 그것은 절대능력을 지닌 구원자에의 대망으로 확립되어 드러난다. 이러한 구원을 실현하는 수행자는 불의에 대항하고 정의를 구현시키고자 하는 존재이며, 민중은 이러한 志向의 형성기반이 된다. 「심청전」에서의 심청도 민중과의 유대 속에서 시련의 담당자로 형상화되어 있는 바, 동네 아주머니들에 의해 양육되고 동네 사람에게 구걸하면서 성장하는데, 부모관계에서 존재하는 유교적 도덕율로부터 민중적인 철학과 신앙으로 자아변혁을 이루게 되는 것이다. 바로 이러한 민중과의 유대가 심청이 재생 후 황제에게 불쌍한 사람들을 돕도록 간청할 수 있는 것이다. 황제는 심청으로부터 민중의 고난과 시련을 구원하는 힘을 얻게 된다. 민중들은 황제가 하늘에서 위임받은 정의실현의 권능을 발휘하여 그들에게 복락을 가져다 줄 것을 믿고 또 그렇게 해야 된다고 생각한다. 이를 거역할 경우 민중은 하늘이 황제로부터 그 권능을 박탈할 것으로 믿고 있다. 황제는 이러한 민의에 부응하여 지상낙원이 실현하였고 존재의 회복이 가능하게 된 것이다.[69]

　이렇게 볼 때, 하늘의 뜻은 바로 민중의 뜻이며, 그들의 묵시적 미래지향을 굳건히 할 수 있는 기반도 바로 이러한 종교적 신념 때문이다. 「홍길동전」이 체제의 退運兆의 분위기를 배경으로 하고 있다는 것은 현세적 권위가 하늘의 뜻을 거역하고 있기 때문에, 즉

---

68) 손창수, 「春香傳에 대한 小考」, 『新人間』 281호, 1970.12 참조.
69) 하랄드 쿤츠, 前揭論文, p.283 참조.

민의에 상반되고 있음으로 그것이 박탈되고 응징 받아야 함을 의미한다. 그러므로 길동의 出將入相과 구원은 하늘의 뜻인 동시에 민중의 뜻에 의거하는 것이다. 「흥부전」에서도 이러한 양상은 똑같이 나타난다. 놀부의 報讐박에서 나오는 사람들은 모두 하층계급으로 民聲의 대변자들이다. 박이 지니는 의미가 구원의 매개자라는 점을 생각할 때, 박 속의 민중들은 그 대리인 격이다. 하늘의 뜻을 거역한 악의 요소는 이제 민중의 직접적인 손에 의해 응징되고 있다.

결국, 구원이나 구원의 실현자로서의 구원자는 민중의 대망의식이 스스로 창조해 낸 것이며, 초월적인 것을 현실적인 것으로 전이시켜 궁극적으로 자기구원의 지향성을 완성하는 계기의 역할을 담당할 수 있게끔 형상화된 것이다. 이로써 민중들의 세계는 암흑의 세계에서 광명의 세계로 변화되며, 이것이 하늘과 이어지는 민중적 신앙체계의 후광을 지니게 됨으로써 原初的 還示이라는 상징성을 띠게 되는 바, 종말론적 묵시는 대망의식의 기조이자, 원초적 환원의 계기인 것이다.

(3) 새 세계의 표상 - 묵시적 미래지향의 현실

고난과 시련을 인내하면서 상실된 민중적 광명의 세계를 다시금 회복하고자 하는 갈망은 민중들로 하여금 구원에의 대망의식을 신념화하게 하며, 그 신념의 보답이 구원의 순간으로 구현될 때, 그들은 광명한 세계를 되찾게 된다. 이러한 구원에의 대망은 일종의 묵시적인 미래지향성이다. 따라서 그것은 어느 정도의 현실 초월적 성향을 내포하게 되지만, 이는 그 구원에의 의식지향이 현실에 부재하는 것을 추구하려는 의식임으로 해서 불가피하게 내재되는 환상성일 뿐이다. 오히려 민중들이 원하는 새 세계는 자신들의 삶의 문제를 전적으로 망각할 수 있는 초월적 피안의 세계가 아니라, 그러한 문제가 바로 '지금 여기(here and now)'의 현실 세계에서 실제적 해결을 보여줄 수 있는 것이다. 이는 민중들의 심성에 간직된 종교적 믿음이 그들의 인생관 및 세계관을 현실주의와 운명주의라는 모습으로 형상지어 놓고 있다는 민중종교적 기반에 그 이유가 있다.[70]

이러한 민중들의 미래지향성이 고전소설 속에서 새로운 세계의 성격을 어떻게 표상하고, 또 그것이 작품에 어떤 영향을 미치는가에 관해 고찰하며 그 의식 지향성의 실상을 살펴보고자 한다. 그러나 이들 작품에 드러나는 새로운 세계의 구체적인 내용은 민중적 사고의 실제적 지향성 뿐 아니라 민족적 잠재심성을 드러내는 표상방식까지도 포괄하여 보여준다는 것이다. 「홍길동전」을 비롯한 위의 네 작품에는 새로운 세계의 도래가 구현되어 있다. 작품별로 그에 관한 양상과 문제점들을 살펴보도록 한다.

「홍길동전」에서 제시되는 새로운 세계에 관한 특징은 행동이나 인물 또는 성격이 중심이 되어 형성되는 것이 아니라 공간 혹은 장소적인 측면에의 의미부여에 의존하고 있는 점이다. 즉, 인간의 유토피아 추구의 내면적 노력보다는 사건구조의 필연적 귀결로서 미리 상정되는 어떤 유토피아의 가공적 세계를 그 내용의 특질로 형상화시키고 있는 것이다. 다시 말해서 「홍길동전」의 유토피아는

---

70) 柳東植, 前揭論文 참조.

'理想的 社會狀態가 중심이 되는 문학적 허구의 세계'[71]라는 지적이
시사하는 바와 같이 작품 속에 나타나는 새로운 세계의 성격은 전적
으로 길동 자신의 의식지향의 투영이요, 더 나아가서는 작자 허균의
사상적 표백으로서 기능을 하는 문학적 구조라는 것이다.

길동은 갖은 역경과 싸우면서 민중의 편에서 그들을 돕고, 마침내
병조판서를 제수 받아 평생의 소원을 풀고 나서, 남방 수천리 바다
가운데의 「天賦之國」이라는 율도국을 찾아가게 되는데, 이 새 세계
로서의 한 공간이 지니는 이상적 사회상태는 이상국을 구현하려는
구체적 방향성의 제시와 표리관계적인 의미를 띤다. 「홍길동전」 속
에 제시된 이상국의 성격은 ① 만민이 평등한 생활을 할 수 있는
사회적 기초의 마련, ② 만민이 안거할 수 있는 민생문제의 해결과
사회이탈자의 教化復歸가 가능한 체제로의 개혁, ③ 사회의 기본질
서 존중, ④ 민족적 긍지와 자부심의 확립, ⑤ 애민사상 등으로 요약
설명된다.[72] 길동은 바로 이러한 유토피아 건설의 주체가 된 것이다.
그러나 한편 그가 이러한 결말에 이르게 되는 모든 과정을 살펴보면
서출이라는 신분적인 문제가 개인으로서의 길동에게 일종의 운명
적 제약으로서 주어짐으로 인해 애초부터 길동의 의식지향성의 기
조로서 유토피아 지향을 부여한 것임을 알 수 있다. 길동의 의식을
사건 전개의 추이에 따라 추적할 때 '現實否定→孤立→價値選擇→
理想國에의 志向[73]이라는 원형적 구도가 만들어 진다면, 현실부정
의 입장에 서지 않을 수 없는 길동은 고난 받는 자로서, 새 세계를

---

71) 趙神權, 『韓國文學과 基督敎』, 延大出版部, 1983, p.29.
72) 金錫夏, 前揭書, pp.241~246.
73) 趙神權, 前揭書, pp.22~28.

갈망하는 자로서, 또는 구원을 기다리는 자로서의 민중적 입장을 스스로 구유하고 있다. 고난의 극복이 길동 자신에 의해 이루어지고, 나아가서 그 극복과 구원의 현장을 스스로 보여주고 있기 때문에 이 작품은 민중과의 '同質的 立場'을 취하게 되는 것이다. 곧 고난받는 민중을 구원할 존재는 민중과 같이 동고동락하는 현실적 인물임을 드러내고 있는 것이다.

「심청전」의 경우에 결말구조로서 제시되는 새 세계의 도래는 심봉사의 개안이라는 핵심적 사건전개에 의해 구현되고 있다. 눈을 뜬다는 사실은 '암흑→광명'으로의 전환을 상징하며, 개인의 구원으로서만이 아니라 잔치에 참석한 모든 맹인이 다 눈을 뜨게 된다는 점에서[74] 이 광명의 새로운 세계는 민중 전체가 누리는 복락의 세계인 것이다.

그런데, 이러한 황성에서의 민중적 유토피아의 실현은 심청에 의하여 이루어지고 있음이 주목된다. 심청의 이러한 능력은 인당수에 몸을 던졌던 개인적 희생이 옥황상제와 四海龍王이라는 초월적 절대자의 도움에 의해 환생이란 보답을 받음으로 인해 생길 수 있었다. 한편 심청의 출생은 곽씨부인의 꿈에서 드러나는 바와 같이 西王母의 딸 즉, 천상의 선녀임이 암시되고 있다. 천상계의 절대복락을 상실한 채, 그는 지상의 시련을 겪음에도 불구하고 결국 그 자신의 신성을 회복함으로 인해 지상에 낙원을 건설하는 것이다. 혹자는 심청의 이러한 성격에 중점을 두면서 그것의 사건구도 전체와의

---

74) 실제로 申在孝本을 비롯한 여타 異本들의 대부분은 모든 盲人들이 다 눈을 뜨게 되는 것으로 되어 있다. 이러한 異本의 變異的 形成은 민중들의 집단적 소망의 반영으로 보인다.

관련성을 유추하여 「심청전」의 중심사상을 윤회사상에 두고 있지만[75], 결코 인물의 지향성 자체가 천상계에의 복귀에 있지 않음을 염두에 둘 때, 이는 단지 민중의 현실적 희구가 초월적인 도움에 의해 실현되어지고자 하는 구원의 방법론적 의미로만 인식되어야 한다.

「춘향전」의 새로운 세계는 이도령과 춘향의 재회로 표상된다. 여기서 춘향의 시련은 보답을 받게 되는 데, 그것은 학정에 시달려 온 민중들의 고난을 해결함을 의미한다. 이도령은 암행어사라는 직위로써 정의의 사자가 되어 새 세계를 이루는 주체가 된다. 이 경우 이도령의 행위적 성격은 홍길동의 그것과 흡사하다. 그러나 이 작품은 유토피아의 실현을 철저히 현실적인 인물과 상황, 내용으로 제시하고 있음이 특징적이다. 그것은 그만큼 민중의 대망의식과 그 실현의 의미가 직접적으로 드러날 수 있는 기틀이 된다. 따라서 이러한 직접성은 인물의 전형화에 의해 상황의 상징성을 풍부히 해 주며, 이도령에게 부여된 메시아적 이미지[76]를 합리화시켜 주는 결과가 되기도 한다. 그에 의해 신분적 질곡이 타파되고 인간성의 해방이 주장되는 것은 민중들의 이상세계에 대한 갈망이 구체적으로 표출될 수 있는 효과적 방법인 것이다.

「흥부전」이 여타의 다른 소설들보다 그 현실주의적 성격에 있어

---

75) 李源承, 「沈淸傳의 展開構造와 中心思想」, 『연세어문학』 12집, 1979.12.
76) 吳允台는 『韓國基督敎史』(韓國카톨릭史 Ⅱ編) 惠宣文化社, 1979.
   pp.391∼434에서 「춘향전」은 천주교인들의 所作일 가능성이 크다는 점을 여러 관점으로 언급하고 있고, 춘향을 박해 받으며 재림예수를 기대하는 천주교도들도, 암행어사 이도령을 재림예수로 상징한 것으로 해석하는 견해를 발표한 바 있다.

서 뚜렷한 양상을 보이고 있음은 이미 앞에서 지적한 바가 있다. 특히 「흥부전」에 나타나는 새로운 세계의 내용이 물질적인 보상에 의거하고 있음은 이 작품의 현실주의적 성격을 드러내 주는 좋은 단서가 되고 있다. 구원자로서의 제비의 報恩박이 이루어 놓은 세계는 관념적 이상향이 아닌, 질병이 없고 식량이 넉넉하며 풍부한 세간과 재화가 있는 일상적인 생활세계이다. 이와 같이 현실적인 생활세계에 유토피아를 설정한다는 것은 민중들 자신이 겪고 있는 삶의 고난을 적극적으로 극복하고자 하는 실천적 행위가 성장하여 사회적 현실을 변화시키고 있음을 암시해 준다. 즉, 미래에 대한 묵시적 지향이 현실 속에서 구원의 순간을 창조할 수 있을 만큼 행동화되고 있다는 것이다. 그렇다고 해서, 이러한 현실주의가 결코 민중의 초월적인 세계에 대한 종교적 신념을 결여시키는 것은 아니다. 흥부의 시련이 善을 향한 그의 믿음을 뒷받침함으로 인해 그와 같은 존엄성이 확고히 되는 것을 볼 때, 선의 세계는 곧 민중의 세계요, 도래될 새로운 세계가 될 수 있는 것이다.

이상에서 작품을 통해 살펴본 바, 「홍길동전」에서는 비록 율도국이라는 초월적인 세계의 설정과 더불어 그 가운데 길동의 善政統治가 여타 소설들에서 제시되는 민중적 자유세계의 現實內在的 실현과는 어느 정도 차이를 드러내지만 그것이 시대적인 사회구조 여건에서 빚어진 불가피한 결과라면 「홍길동전」이 지니는 선험적 의미는 충분히 인정될 수 있다. 즉, 한 개인이 스스로가 자각한 문제의식을 통해 시대적인 아픔과 사회의 제도적 모순을 개혁하고자 새로운 세계의 모델을 제시함으로 인해 민중적 각성의 단계로까지 확산될 수 있음이 이후 수많은 판소리계 소설에 나타나는 새 세계의 표상을 통해 확인되는 것이다.

민중이 소망하는 새로운 새 세계는, 결국 단적으로 그들의 현실적 고통이 해결되는 세계이다. 이것은 억압으로부터의 해방을 의미하며, 한편 그로 인한 결실이기도하다. 민중의 선에 대한 믿음은 곧바로 하늘의 뜻과 통한다. 하늘은 악을 반드시 징계하고 민중을 구원한다는 종교적 신념이 그들로 하여금 새로운 세계의 도래를 확산케하는 동인이 된다. 이는 바로 지상에 내려진 하늘의 계시이다. 현실적 인간이 새롭게 창조한 자유의지인 것이다.

3. 묵시문학으로서의 소설적 의미

'默示(apocalypse)'라는 개념은 일종의 종교사적 개념이며 동시에 문학유형에 속한다. 서구에서 啓示文學이라고도 하는 이 문학유형은 후기 유태교 B.C 200~300년간과 조기 기녹교의 A.D 50~350 년간의 시기에 성립된 종교문학으로서, 이는 대개 전화나 박해와 같은 민족적 고난 속에서 씌어진 것이 많으며, 그 내용은 메시아왕국의 도래로 인한 영광된 세상과 심판, 의인의 구원을 묘사한 것이다. 이러한 구원의 양상은 선택된 사람에게 주로 환상을 통해 天使의 告知와 같은 神의 계시로서 나타나는 형식을 취한다.[77] 묵시문학이 한 민족의 운명과 관련을 맺고 있음을 고려할 때, 이것은 동서고금을 막론하고 민족 단위의 문학적 유산 속에 자리 잡은 하나의 유형이라고 볼 수 있다. 묵시문학의 특성은 다음 몇 가지로 요약할 수 있다.

---

77) 『哲學大事典』, 學園社, 1973, p.327 '默示文學'

첫째, 묵시문학은 현실적 위기, 또는 박해에 의한 수난기에 발생한다. 그것은 절망적 상태에 놓여 있으면서 어떤 돌출구를 찾지 못한 사람들이 자동적으로 초월적 힘에 의해서 악한 세력을 쓰러뜨리고 새 세계의 도래를 기다리는 마음의 환상이 신념화된 것이다.

둘째, 묵시문학은 민중적 문학의 성격을 띠고 있다. 무엇보다도 이는 이야기체라는 점과 아울러 例話나 동화를 연상시키는 글로서 고난 받는 자들이 쉽게 이해할 수 있는 환상적 내용을 취하며, 그들이 당하고 있는 시대를 간접적으로 반영하여 스스로 좌절하지 않을 희망을 제시하고 있다.

셋째, 묵시문학은 예외 없이 상징어를 쓰고 있다. '默示'란 말이 뜻하듯이, 그것은 어떤 집단에게는 알지 못하게 하고 특정 집단에게만 알 수 있게 하는 서술법이다. 같은 운명 아래 있는 집단은 함께 당하는 사건, 함께 분노하는 대상이 있기 때문에 이를 반영하는 묵시적 언어는 박해 받는 민중의 원초적 정보소통을 형성하여 일종의 암호 역할을 하는 것이다. <정감록>과 같은, 민중들 사이에 정보소통의 계시적 성격을 띤 것도 이러한 默示學的 原型을 드러내주는 것이라 하겠다.

넷째, 묵시문학에서는 강렬한 민중의 신앙이 반영되어 있다. 아무리 목전에 강한 세력이 난무한다 할지라도, 그럴수록 절대자의 심판과 그에 의한 새로운 세계의 도래가 임박하리라는 믿음이 수반된다는 것이다. 이와 같은 신앙이 민중을 절망에서 체념하지 않도록 구원할 뿐만 아니라 다시금 재기할 수 있는 교두보 역할을 하기도 한다.[78]

이들 묵시문학의 성격은 바로 앞에서 이미 언급한 바와 같이 민족 수난의 운명성이나 그것의 지양 극복으로서 민중의 대망의식을 통해 드러나는 묵시적 지향성에 견주어 볼 때 똑같은 맥락임을 알 수 있다. 한국 고전소설에 나타나는 이러한 묵시적 지향성은 소설유형으로서 일종의 묵시문학으로 정립될 수 있는 데, 그와 같은 의미정립의 방향은 선에 대한 강한 가치부여와 새로운 세계의 도래를 통한 행복한 결말의 제시가 작품 전체를 어떻게 규정지을 수 있는가를 보여주게 된다.

(1) 권선징악과 대립의 논리

민중은 선을 지향하고, 그러한 민중의 삶에 장애요소로 작용하는 양반층 내지 집권층은 악을 표상한다는 이원적 대립은 한국 고전소설에 있어서 하나의 주제적인 틀로서 권선징악의 개념을 형성시켰다. 이것이 현실적 윤리의 제시라는 교훈성을 내포한다는 점에서 작품의 가치를 규정하게끔 한 것은 타당한 것이다. 한편으로 이러한 결정론적 사고가 작품의 리얼리티를 감소한다는 점에서 한국 고전소설의 결함으로 지적되어 왔음도 사실이다. 그러나 이러한 선악의 대립적 인식이 한민족에 내재된 상징적 심상이고 보면, 그것이 형성될 수 있었던 고유한 배경이 밝혀질 때 비로소 한국 고전소설 고유의 위상이 정립될 수 있다.

선악대립의 고정체계가 가장 확연히 드러나는 작품이 「흥부전」이다. 가난으로부터의 시련은 물론 兄 놀부로부터 받는 학대까지 인내

---

78) 安炳茂, 『歷史와 解釋』, 대한기독교 출판사, 1982, pp. 293~295.

하는 흥부는 선의 표상인 인물이다. 흥부의 선은 사리사욕의 부재가 심성에 기인하는 바, 놀부의 악도 실은 이런 無慾에 대한 대립적 의미로서 욕심을 바탕에 두고 있다. 부러진 제비의 다리를 고쳐주는 흥부의 선행은 인간에 대한 것이 아닌 自然衆生에 대한 것이며, 따라서 흥부의 선은 사회적·역사적으로 형성된 것이라기보다는 自然性에서 우러나는 인간의 본성으로 볼 수 있다. 우리 민족 고유의 선에 대한 관념은 바로 이러한 자연성, 즉 자연인 본성과의 합치였던 것이다. 이 자연성이란 바로 神性과 통하는 것이다. 그리고 악이 선에 궁극적으로 굴복하는 것은 非自然性 내지 非神聖性으로 가리어졌던 자연성인 본성과 神性이 회복됨을 뜻한다.

이러한 선의 지향과정에서 필연적으로 겪게 되는 시련이란 대립적 존재로서의 악에 대한 응징으로서보다는 선의 자기 확인을 위해 부여된 과제적인 성격을 지닌다. 신성과 자연성은 그 기원이 초월적인 것이므로 지상적·현실적 인간이 그것을 받아들이려면 그에 대한 자각의 과정이 필요한 것이다. 심청이 四海龍王의 제물로서 바쳐진다는 것이나, 춘향이 관가에서 매질을 당하는 것, 흥부가 놀부아내에게 뺨을 맞는 것 등은 모두 육체적 희생의 의미가 담겨져 있다. 이것은 일종의 통과의례에서 드러나는 제의적 성격과도 연관되는 바, 선이 긍정적 가치로서 표상되는 것은 이러한 종교적 성스러움을 자체에 지니고 있기 때문인 것이다.

실제로 고전소설에서 선악의 대립은 하나의 지양을 위한 상대적 구성요소의 성격을 띠며, 그 자체가 절대적인 단절을 의미하지는 않는다. 작품의 마지막에는 반드시 구원자에 의한 악의 징계가 이루어진다. 여기서 선악의 대립에 관한 고유한 논리를 찾을 수 있다.

> 안씨를 모셔들려 부친과 홈긔 게시게 ᄒ시고 천자 심학규를
> 부원군을 봉ᄒ시고 안씨는 졍열부인을 봉ᄒ시고 또 장송상부인
> 을 특별히 금은을 만이 상사ᄒ시고 도화동 촌인을 연호잡역을
> 물시하시고(…) 자사의게 분부ᄒ야 황봉사와 뺑덕어미를 직각
> 칙뎌ᄒ라 분부지엄ᄒ시니
>
> (完板下 35장)

「심청전」의 결말에서 보여주듯이 황제의 손에 의해 악인이었던
뺑덕어미와 황봉사는 응징을 받고, 반면 심청과 유대를 맺었던 모든
민중들이 다 보상을 받는다. 특히 이 보상의 내용은 물질적 부로
되어있는 바, 이는 민중들의 현실적 소망의 반영이라고 할 수 있다.

악의 징계를 가장 핵심적으로 보여주는 「홍길동전」에 있어서도
길동이 율도국의 왕이 되기 전 망탕산으로 들어가 요괴를 퇴치하는
장면과 대군을 거느리고 율도국을 정벌하는 장면이 모두 영웅으로
서의 길동이 선을 구현하기 위해 치르는 통과의례임을 보여주고
있다. 소위 영웅소설의 신화적 구조에 있어서 상실된 낙원을 찾기
위해 주인공은 전사가 되고 있는데, 이러한 싸움이 악과 대결하여
승리하는 사실과도 상통하며 율도국 정벌을 돕는 장군들이 길동의
기도에 대한 응답으로 하늘에서 내려왔다는 점은 묵시록적 천군
파견에 비길 수 있다는 견해도[79] 악의 징계가 낙원회복의 구체적
단면으로서 선의 실험을 위한 도정이라고 할 수 있다.

---

79) 趙神權, 前揭書, pp.32~34.
　　吳允台,『韓國基督敎會史』I, 209~209. 惠宣文化社 1979.

「춘향전」의 경우는 선악의 대립 구조로서 춘향과 변사또의 대결이 그 중심을 이루고 있다. 변사또로 대표된 악이 현실적인 권위와 힘을 가지고 비자연적인 질서 곧 춘향의 수청을 요구한다. 수청이라는 인간본연의 질서를 파괴하고자 하는 현실적인 악에 대하여 춘향은 목숨을 건 항쟁으로써 자연적인 질서를 지키려 하는 것이다. 그러나 이 현실은 비자연적인 것이고 악이 승한 곳이어서 춘향 개인의 힘만으로는 초극할 수 없는 것이다. 여기에 춘향으로 대표되는 선은 고난 받는 현실을 구원해 줄 힘과 정의의 실현자로서 구원자를 갈망하게 되는 바, 이것은 작품구조상으로 보아 춘향과 백년가약을 맺은 이도령이 암행어사로 출도케 됨으로써 악한 변사또를 심판하고 춘향을 구원하는 행복한 결말로 나아가게 되는 것이다.

요컨대, 악의 징계는 선의 구현을 위한 과정으로서 의미를 갖기 때문에 소설 내에서 선악의 대립은 근원적이면서도 결코 영원한 지속성을 갖지 않으며 상대적인 성격으로 존재한다. 한편 이러한 선의 구현은 지상의 인간에게 행복을 가져다주는 바, 이러한 선의 성격이 자연적인 것이고 신성한 것이기 때문에 그것을 향유하게 되는 민중적 현실은 하늘의 계시로부터 인도되어진 것이다. 이런 점에서 권선징악의 개념은 수난 속에서 민중이 선이라는 가치를 통해 유토피아에 이르는 방법론적 인식이라고 할 수 있고, 따라서 묵시문학으로서의 한국 고전소설이 구유하고 있는 특성이라고 할 수 있다.

(2) 행복한 결말과 통합의 논리

한국 고전소설에 있어서의 묵시문학적 성격은 사건에 있어 시련이 극복되는 결말에 와서 완벽하게 형상화된다는 점에서 작품의 結末構造가 지니는 의의는 크다. 대부분 소설의 결말은 사건의 해결과 더불어 행복한 결실을 맺고 있는 바, 이러한 '행복한 결말(happy ending)'을 한민족의 의식 속에 있는 낙천성이라고 보기도 하지만,[80] 시련으로 점철된 역사적 배경을 지닌 민족으로서는 이 행복이 하나의 指向的 心象이고 신념인 것이지 결코 민중의 성격적 속성이 반영된 것만은 아니다. 이러한 행복한 결말은 구원자를 통해 이룩되는 구원의 양태이며, 그 현실적 내용이 새 세계 혹은 유토피아의 도래였음은 이미 앞에서 밝힌 바 있다. 여기서는 이 종말구조가 가지는 소설의 내적 의미가 무엇이며 한국 고전소설에서 보이는 행복한 결말의 그 구조성으로부터 추출할 수 있는 정신사적 의미가 어떻게 묵시문학과 관련되는가를 살펴보고자 한다.

소설에 있어서 결말이란 자아와 세계의 갈등이 구조적으로 귀결되는 양태를 뜻한다. 그리고 그 양태는 ① 자아가 세계에 승리하여 갈등이 끝나는 경우와 ② 자아가 세계에 패배하여 끝나는 경우 ③ 자아와 세계의 갈등이 해결되지 않는 경우로 생각할 수 있다.[81] 이렇게 볼 때 「홍길동전」, 「심청전」, 「춘향전」, 「홍부전」의 행복한 결말은 ①의 양태에 속하는 바, 이러한 '완결형'의 결말은 사건전개의 측면에 있어서 갈등의 해결과 작품의 내적 질서의 측면에 있어서의 구조적 성취를 함께 포괄한다. 「홍길동전」의 경우 길동은 자신을 고립시키는 사회제도에 대한 비판적 거리를 병조판서를 제수받고

---

80) 徐大錫, 「古典小說의 幸福한 結末과 韓國人의 意識」『冠岳語文研究』 3집, 서울大, 1979.
81) 徐仁錫, 「古典小說의 結末構造와 그 世界觀」, 서울대 대학원, 1984. pp. 27∼28.

율도국의 왕이 됨으로써 갈등이 해소되고, 또한 자아와 세계의 조화를 회복하게 된다. 여기에는 작품 전체를 통해 지속적으로 전개되었던 욕망의 체계는 성취되어 사라지고 없다. 이러한 해결과 성취는 결말구조가 작품 전체를 통합시키는 기능을 하게 된다.

이 통합의 의미는 실상 복합적이다. 우선 사건을 통해 드러나는 결말의 통합양상을 보면, 위에서 제시된 것처럼 「홍길동전」에서의 통합은 길동의 율도국 지배, 즉 통치의 의미를 지닌다. 국가의 통치란 모든 이질적 요소나 계층의 통합을 뜻하며, 동시에 세계의 조화를 의미한다. 「심청전」과 「춘향전」에서 제시되는 통합의 논리는 남녀의 결합이다. 심청은 皇城皇帝의 황후가 되며, 춘향은 암행어사가 되어 돌아온 이도령과 재회한다. 이 결합은 황제나 이도령으로 하여금 민중에게 선정을 베풀게 하는 계기가 될 수 있음도 주목된다. 이러한 내용은 주인공으로서의 심청이나 춘향이 본래적인 자아로 환원되게끔 하는 바, 악에 의해 파괴되었던 세계와의 조화를 달성함을 뜻한다. 「흥부전」의 경우 동생 흥부와 형 놀부 사이의 선악대립과 갈등은 흥부의 아량을 통해 형제의 화해를 도모함으로써 종식된다. 물론 이러한 결말이 흥부의 복종의식과 놀부의 지배의식을 해소시키지 못하고 있음을 지적할 수 있지만, 작품에서의 성취가 흥부의 물질적 보상을 통해 완결되고 있음을 감안하면 결말구조의 통합성은 확인될 수 있다.

이상에서 살핀 내용적 측면에서 통합성은 구조의 완결성에 의해 뒷받침되는 것이었다. 그러면 그 결말이 행복하다는 것은 어떤 지향성을 내포하고 있는지 살펴 볼 필요가 있다.

작품 내에서 행복한 결말의 내용은 현실적 삶의 영화로 나타난다. 그런데 실상 이 현실적 삶은 구원을 통해 얻어진 것이므로 여기에는 초월적 삶에 대한 인식이 기반이 되어 있다고 할 수 있다. 물론 구원 자체가 초월적인 힘에 의한 것이라 하더라도 그 실현을 위한 민중적 대망의식이 초월적인 것을 현실화하게끔 만들고 있는 것도 사실이다. 이는 고전소설의 결말구조를 통해 찾을 수 있는 세계관이 초월적 삶의 관련 속에서 드러나고 있음을 말해 주는 것이다. 그러나 민중은 결코 궁극적 초월을 바라지 않는다. 그들은 삶의 현실적 문제의 해결을 위해 초월성의 효력을 待望했을 뿐이며, 이러한 대망이 조선 후기라는 역사적 시간과 사회적 현실의 구체성을 통해 나타난 것이므로 소설의 세계관은 오히려 이들 당대 민중의 의식지향을 반영한 내용으로서의 현실적 초월이라고 보는 것이 타당할 것이다. 소설 양식의 발전이란 直線史觀과 관계가 있는 바, 소설의 구성은 단순한 시간적 연속성을 넘어 시간과 시간 사이의 의미 있는 연관을 이룬다. 이런 점에서 소설의 개별적 사건들은 결말 하에 내적으로 연관됨은 기독교의 默示文學的 전통과 흡사하다.[82] 시련의 과정과 주인공의 인내가 구원에 이르는 연관을 내포하고 있음을 볼 때, 한국 고전소설의 행복한 결말이 갖는 의미는 새 세계에 대한 민중의 갈망이 최종적으로 구현되는 장이라 할 수 있는 것이다.

한국의 고전소설에 담긴 묵시문학적 본질은 근본적으로 작품의 지향점이 구원의 문제를 다루고 있다는 데에 있다. 그리고 이들 작

---

82) F. Kermode, The Sense of an Ending(Oxford Univ Press. 1967, pp.5~6. 우리는 묵시문학의 전통이 기독교적이라고만 판단해서는 안 되며, 이것은 세계 모든 민족이 가지고 있는 종교에 보편적으로 드러나는 공통요소로 보아야 할 것이다.

품이 당대 민중들의 꿈과 소망을 반영하며, 더 나아가서 그들이 가지고 있는 종교적 신념이 표백되어 있기 때문에 민중문학으로서의 기반을 형성한다는 점도 관련을 맺는다.

「홍길동전」과 「심청전」, 「춘향전」, 「홍부전」에는 모두 민중들의 현실적 고난이 운명적으로 인식됨으로 인해 보편적 수난이 상징화되어 있었다. 한편 이러한 수난을 극복하는 계기는 민중의 대망의식을 수반하게 되는데, 이는 고난의 인내를 통해 묵시적 미래지향의 성격을 띠고, 神의 계시로 인해 구원이 실현된다. 이러한 구원은 초월성을 내포한 현세적인 것으로서 전이되며, 광명한 새 세계의 회복이라는 의미를 지니고 있음을 살펴보았다. 이렇게 새로운 세계는 민중들의 소망이 신념화된 것이기에 유토피아적 성격을 갖는다.

이들 작품이 갖는 묵시문학적 의미는 소설적 구조의 특성과도 관련이 있음을 상정하여, 권선징악의 주제와 행복한 결말이라는 결말구조를 통하며 악을 징계함으로써 선의 성취 내지 회복을 이룬다는 점에서 묵시적 심상이 강조됨을 확인하였다. 또한 하나의 완결적인 결말구조는 사건 및 인물을 포함하는 모든 내적, 외적 구조를 통합하는 원리가 작용함으로 해서 자아와 세계의 조화 내지 일치로서의 행복을 달성시킨다는 것을 알 수 있었다.

이러한 작품의 총체적 본질은 조선 후기의 사회적 모순 속에서 배태된 민중문학으로서의 문학사적 의의를 지닌다. 그것은 무엇보다도 민중종교적 사상이 소설적으로 수용, 형상화됨으로써 초월적 존재에 의한 구원을 갈구하는 당대의 민중적 현실을 여실히 드러내주는 것이라고 하겠다.

V. 결 론

본 연구는 한국의 고전소설이 한국의 역사적 축적물로서 갖는 독
자적인 정신적 영역이 있으리라는 전제 아래 출발되었다. 문학이란
인간이 살아가는 삶의 조건과 관련을 맺고 있으며, 따라서 작품 속
에 제시되는 인물과 환경 즉, 자아와 세계는 바로 현실적 삶의 반영
인 것이다. 동시에 그 삶이 가지는 志向性의 표출이라는 것을 고려
할 때, 한국 고전소설은 우리 민족의 삶이 전통으로 구축한 정신적
지향성을 내포하고 있다고 볼 수 있다. 이러한 의도는 고전소설의
연구가 서구적 문학연구 방법론의 맹목적인 대입에 의해 작품을
분석하는 차원에만 국한되는 경향에 대해 문제를 제기하는 의미를
갖는다고 생각된다. 논의를 위한 대상으로 「홍길동전」과 「춘향전」,
「심청전」, 「흥부전」을 택했던 것은 우리 민족에게 널리 알려진 만큼
겨레의 정신적 지향이 뚜렷하게 드러나는 작품이기 때문이었다. 이
러한 전제 하에 전개된 논의를 요약하면 다음과 같다.

  (1) 한국 고전소설에 나타난 정신적 지향성을 탐색하기 위해서는
민족 고유의 종교적 심성이 무엇인가를 찾아야 할 것이기에, Ⅱ장에
서 예비적 단계로서 한국의 민중종교사상을 그 유형 및 특질, 역사
적 배경과 그 묵시적 측면에서 살펴보았다. 우리 민족의 종교적 심
성을 꿰뚫고 있는 것은 구원사상인 바, 절대적이고 초월적인 것에

인간으로서는 불가항력적인 상황을 의지하고자 했던 것이다. 구체적인 민간신앙의 유형은 巫俗信仰, 占卜 및 豫言, 風水讖諱信仰으로 분류되며, 이들은 현실적 행복을 추구하는 인생관과 삶을 속박하는 관념의 세계관 사이에 교량역할을 한 것이다. 이러한 초월적인 힘에 의해 자신의 운명을 조절할 수 있으리라는 신념은 조선 후기의 사회제도적 모순의 철폐와 전란 및 재해로 인한 궁핍한 민중생활의 현실 속에서 새롭게 전개될 미래에 대한 待望을 희구한 바, 「鄭鑑錄」에서 표출된 종말론적 지향은 민중들의 꿈과 소망을 묵시적으로 내재시키고 있음을 살펴보았다.

(2) Ⅱ장에서는 민중종교사상의 소설적 수용을 통해 고전소설의 내적구조에서 드러나는 지향성이 무엇인가를 해명해 보았다. 우선 사건의 구조적인 측면에서 작품들은 모두 고난→극복의 줄거리 전개를 지니고 있었다. 이 고난의 극복과정이 구원에 대한 대망을 대변해 주고 있는 바, 「춘향전」의 암행어사 출도장면, 「흥부전」의 박타는 장면, 「심청전」의 開眼 장면 등을 들 수 있으며, 「홍길동전」의 경우 이상세계로서의 율도국 건설로써 스스로 구원을 성취하고 있음을 살펴보았다. 특히 이들 작품 가운데 점복과 예언의 민중종교적 요소가 사건전개의 뼈대를 이루고 있음을 밝힐 수 있었다.

(3) 소설의 다른 구조적 지향성은 인물과 그 성격을 통해 살펴보았다. 이들 작품 가운데 일종의 매개자로 설정된 옥황상제, 이도령, 제비와 박, 심청 등은 구원의 실현자로서, 이들은 理想的 장소나 인물의 변형적 의미를 지니고 민중의 유토피아 사상 내지 메시아주의와 흡사함을 볼 수 있다.

(4) 이런 분석을 전체적으로 종합해 볼 때, 한국의 고전소설이 하나의 체계를 지니고 있음을 파악할 수 있었다. 작품 속에는 수난을 운명적으로 인식하고 묵묵히 인내하며 미래의 새 세계의 도래를 대망하고 있는 민중들의 삶의 모습이 표상되어 있었다. 민중들은 삶의 고난을 선을 향한 지향으로 극복하고, 이는 하늘의 뜻과 통하는 계시로 민중에게는 광명을 회복해 주며, 그로 인해 민중은 진정한 구원과 해방을 얻는 것이다. 이러한 정신적 지향성으로부터 한국 고전소설이 하나의 묵시문학적 체계를 이루고 있음을 추출해 낼 수 있었다.

(5) 한국 고전소설에 내재된 묵시문학적 성격은 소설 자체에 있어서 권선징악적 주제와 행복한 결말의 결말구조를 새롭게 해석할 수 있는 기틀이 되었다. 즉 선을 향한 지향은 악의 징계라는 과정 속에서 이루어지는 것으로, 그것은 근원적인 대립의 모습이 아니며, 따라서 선의 실현은 곧 구원의 실현이자 새 세계의 도래로서 완결된 통합을 보여주며 현실적 행복으로 마무리 짓는다는 것이다.

이상의 요약에서 살펴보았는데, 한국 고전소설의 정신적 지향성이 민중의 집단무의식 속에 자리 잡고 있는 종교적 심성에 그 기반을 두고 있음을 알 수 있다. 모든 인간이 미래를 희구하는 것은 본원적 속성이지만 그 구체적인 실현이 역사적, 사회적으로 제약된다고 할 때, 조선 후기라는 시공간 속에서 창출된 고전소설은 시대적 성격의 본질을 드러내면서 우리 민족 고유의 유토피아 지향의식을 형상화시키고 있다. 더 나아가 고난을 참고 견디며 삶의 구원을 실현시키는 순간이 오기를 대망한 묵시적 심상의 표백은 민족문학으로서의 한국 고전소설의 한 독자성을 구축하고 있다고 하겠다.

이러한 시도를 기반으로 하여 여타 소설들을 수용할 수 있는 보다 큰 체계를 설정할 수 있겠으나 이러한 가능성은 동양의 제반 종교사상의 총체적 검증과 적용이 요구되며, 또한 한국 고전소설의 층위와 진폭을 염두에 둔 계층적 문제가 세계관의 표출과 관련성을 맺는 것에 대한 考究가 수반되어야 하리라고 본다.

¶ 참고 문헌

I. 자료

완판본 홍길동전 『경인고소설판각본전집』(연세대인문과학연구소).

완판본 심청전 『경인고소설판각본전집』(연세대인문과학연구소).

완판본 춘향전(열녀춘향수절가, 구자균교주, 민중서관 1976).

세창서관본 흥부전.

이민수 옮김, 『춘향전』, 서문당, 2000.

이상보 주해, 『춘향전·심청전』, 범우사, 2000.

한국고전편집위원회 엮음, 『춘향전』, 장락, 2000.

김진영, 김현주 등 편, 『춘향전 전집』 10, 박이정, 2001.

성현경 풀고 옮김, 『옛 그림과 함께 읽는 李古本 춘향전』, 열림원, 2001.

김문, 『춘향전』, 이텍스코리아, 2002.

II. 단행본

간호윤, 「광한루기의 소설 비평론 연구」, 『고소설연구』 8, 한국고소설학회, 1999. 12.

고대민족문화연구소, 『한국민속대관』 3권(민간신앙종교편), 1982.

김기동, 『이조시대소설론』, 이우출판사, 1983.

김동욱, 『춘향전연구』, 연세대출판부, 1965.

김동욱, 『증보춘향전연구』, 연세대학교출판부, 1976.

김석하, 『한국문학의 낙원사상연구』, 일신사, 1973.

김시태, 박철희 엮음, 『문예비평론』, 탑출판사, 1996.

김열규, 『한국민속과 문학연구』, 일조각, 1971.

김윤식, 『한국근대문학양식논』, 아세아문화사, 1980.

김일열, 『조선조소설의 구조와 의미』, 형설출판사, 1984.

김진영, 『한국 서사문학의 연행 양상』, 이회, 1999.

김학성, 『국문학의 탐구』, 성균관대 출판부, 1987.

박일용, 『조선시대의 애정소설-사실과 낭만의 소설사적 전개양상-』, 집문당, 1993, 38-47면

박태상, 『조선조애정소설연구』, 태학사, 1996, 9-14면.

박문임, 『춘향의 딸들-한국여성의 반쪽자리 계보학』, 책세상, 2001.

서대석, 한국무가의 연구, 문학사상사, 1980.

설성경, 『춘향예술의 역사적 연구』, 연세대 출판부, 2000.

설성경, 『춘향전의 비밀』, 서울대 출판부, 2001.

설중환, 『꿈꾸는 춘향 - 판소리 여섯마당 뜯어보기』, 나남출판, 2000.

소재영, 『임병량란과 문학의식』, 한국연구원, 1980.

안병무, 『역사와 해석』, 대한기독교출판사, 1982.

오윤태, 『한국기독교회사』(한국가톨릭사 Ⅰ, Ⅱ편), 혜선문화사, 1979.

윤성범, 『한국적신학』, 선명문화사, 1972.

이이화, 『허균의 생각』, 뿌리깊은나무사, 1980.

이상택, 『한국고전소설의 탐구』, 중앙출판사, 1983.

장덕순, 『한국설화문학연구』, 서울대출판부, 1970.

정종대, 『염정소설구조연구』, 계명문화사, 1990.

정주동, 『홍길동전연구』, 문조사, 1961.

정하영, 『춘향전의 탐구』, 집문당, 2003.

조신권, 『한국문학과 기독교』, 연세대출판부, 1983.

조동일·김흥규 편, 『판소리의 이해』, 창작과비평사, 1978.

_____, 한국문학통사, 지식산업사, 1982.

_____, 한국 문학 이해의 길잡이, 집문당, 1996.

_____, 문학연구방법, 지식산업사, 1980.

조동일, 『한국문학통사 3』, 지식산업사, 1994(제3판).

정종대, 『염정소설구조연구』, 계명문화사, 1990.

조윤제, 『한국문학사』, 탐구당, 1981.

진덕규 외, 『19世紀 한국전통사회의 변모와 민중의식』, 고대민족문화연구소, 1982.

차봉희, 『수용미학』, 문학과지성사, 1993.

최길성, 『한국무속론』, 형설출판사, 1981.

최진원, 『국문학과 자연』, 성대출판사, 1977.

한채화, 『개화기 이후의 춘향전 연구』, 푸른사상, 2002.

홍순일, 『판소리 창본의 희극정신과 극적 아이러니』, 박이정, 2003.

홍일식, 『한국개화기의 문학사상』, 열화당, 1980.

III. 논 문

강진모, 「<고본 춘향전>의 성립과 그에 따른 고소설의 위상 변화」, 연세대 석사학위논문, 2002.

강헌규, 「춘향전에 나타난 어사또 이몽룡의 남원행 경유지명의 고찰」, 『웅진 문화』 13, 공주향토문화연구회, 2000. 12.

강헌규, 「춘향전 어사또의 노정 '널티'·'문엄이'에 대하여」, 『웅진문화』 14, 공주향토문화연구회, 2001. 12.

간호윤, 「광한루기의 소설 비평론 연구」, 『고소설연구』 8, 한국고소설학회, 1999. 12.

곽봉재, 「'사랑'·그리움의 시적 변용 : 춘향에 관한 두 가지 시적 해석」, 『불 멸의 춘향전』, 문학사연구회, 청동거울, 1999.

김문희, 「완판 춘향전의 계열과 위상에 관한 연구 : 완판26장본·완판29장 본·완판33장본·완판84장본을 중심으로」, 『서강논집』 13, 서강대 학교대학원 총학생회, 1999. 12.

김문희, 「완판 춘향전의 계열과 위상 : 완판26장본·완판29장본·완판33장 본·완판84장본을 중심으로」, 『고소설연구』 10, 한국고소설학회, 2000. 12.

김미란, 「춘향 서사의 낭만성」, 『불멸의 춘향전』, 문학사연구회, 청동거울, 1999.

김석배, 「완판 방각본 별춘향전의 성격」, 『한국문학논총』 26, 한국문학회, 2000.

김석배, 「문학적 층위에서 본 춘향가의 자력」, 『문학과 언어』 24, 문학과언어학회, 2002. 5.

김석배, 「김창환제 춘향가에 끼친 신재효의 영향」, 『판소리연구』 13, 판소리학회, 2002.

김석배, 「김창환제 판소리의 형성과 전승」, 열상고전연구회 제21차 학술대회 발표논문집, 2003. 10.

김수이, 「춘향전에 나타난 가치관의 이중성」, 『불멸의 춘향전』, 문학사연구회, 청동거울, 1999.

김재국, 「춘향전의 현재적 변용양상에 대한 연구」, 『현대소설연구』 11, 한국현대소설학회, 2000.

김종철, 「신재효 춘향가에서 구술성의 실현양상」, 『고전문학연구』 15, 한국고전문학회, 1999.

김종철, 「춘향전 교육의 시각」, 『고전문학과교육』 1, 청관고전문학회, 1999. 6.

김진영, 『한국 서사문학의 연행 양상』, 이회, 1999.

김창화, 「한국에서의 창극연희방식 -춘향전을 중심으로-」, 『고전희곡연구』 6, 한국고전희곡학회, 2003.

김현양, 「옥중화의 계보」, 『동방고전문학연구』 1, 동방고전문학회, 1999. 8.

김현양, 「장자백 창본 춘향가의 텍스트적 연원」, 『판소리연구』 10, 판소리학회, 1999.

김현주, 「춘향전 담화의 회화성」, 『판소리연구』 10, 판소리학회, 1999.

김현주, 「춘향전의 회화적 상상력」, 『한국고전연구』 5, 한국고전연구학회, 1999. 12.

노귀남, 「북한 <춘향전>과 만남」, 『불멸의 춘향전』, 문학사연구회, 청동거울, 1999.

류준경, 「한문본 춘향전의 작품세계와 문학사적 위상」, 서울대 박사학위논문, 2003.

문홍구, 「춘향전 창극본의 문체적 특성 연구」, 『국어국문학』 123, 국어국문학회, 1999.

문홍구, 「춘향전 창극본의 인물 분석」, 『새국어교육』 57, 한국국어교육학회, 1999. 1.

민병욱, 「신극 춘향전의 공연사회학적 연구」, 『한국문학연구』 31, 한국문학회, 2002.

박병도, 「창극의 무대화에 관한 연구 : 춘향전 공연의 경우를 중심으로」, 『언론연구논집』 27, 중앙대 신문방송대학원, 1999. 3.

박진태, 「춘향가 발생설화를 통해 본 춘향가의 수용양상」, 『비교민속학』 24, 비교민속학회, 2003.

백현미, 「창극 춘향전의 공연사와 양식상의 특징」, 『고전희곡연구』 6, 한국고전희곡학회, 2003.

설성경, 「춘향전의 원작가에 대하여」, 『비교한국학』 8, 국제비교한국학회, 2001.

설중환, 『꿈꾸는 춘향 - 판소리 여섯마당 뜯어보기』, 나남출판, 2000.

성기련, 「완판 84장본 <열녀춘향수절가>의 김세종제 춘향가 수용과 개작」, 『판소리연구』 11, 판소리학회, 2000.

성현경, 「<춘향신설>과 <광한루기> 비교 연구」, 『고소설연구』 8, 한국고소설학회, 1999. 12.

신익호, 「현대시에 수용된 춘향전의 패러디 양상」, 『한국언어문학』 50, 한국언어문학회, 2003.

양명학, 「한국소설의 주역적 해석 Ⅱ : 중지곤괘와 춘향전의 서사 구조를 중심으로」, 『어문학』 68, 1999. 10.

양회석, 「월극(越劇) 춘향전 초탐(初探)」, 『고전희곡연구』 6, 한국고전희곡학회, 2003.

원명수, 「춘향가에 나타난 깨달은 자의 희극적 세계관-신재호의 남창본을 중심으로-」, 『한국학논집』 26, 계명대 한국학연구소, 1999. 12.

유응구, 「한역 춘향전」, 『인문학연구』 5, 경상대 인문학연구소, 1999. 12.

윤덕진·임성래, 「남원고사연구(1)·(2)」, 『열상고전연구』 13·15, 열상고전연구회, 2000 · 2002.

이문성, 「방각본 춘향전의 <농부가>와 민요 <상사소리>의 상관성」, 『한국
　　　민요학』 9, 한국민요학회, 2001. 6.

이미원, 「현대극의 춘향전 수용」, 『고전희곡연구』 6, 한국고전희곡학회,
　　　2003.

이영미, 「북한 민족가극 춘향전의 공연사적 위치와 특징」, 『고전희곡연구』
　　　6, 한국고전희곡학회, 2003.

이윤석, 「세책 춘향전에 들어 있는 바리가에 대하여」, 『세책 고소설 연구』,
　　　이윤석 · 大谷森繁 · 정명기 편저, 혜안, 2003.

이창헌, 「경판방각소설 춘향전의 순차단락 고착화 양상 연구」, 『고소설연구』
　　　15, 한국고소설학회, 2003.

이혜경, 「문학작품의 영화로의 전환 방식 : 춘향전을 그 한 예로」, 『어문연구』
　　　35, 어문연구학회, 2001. 4.

임승빈, 「춘향전의 희곡적 수용 양상 1 : 유치진의 희곡 춘향전의 의도를
　　　중심으로」, 『청주대인문과학론집』 19, 1999. 1.

장원석, 「구성주의 이론을 적용한 춘향전 교육의 실제」, 『국어교육연구』 32,
　　　국어교육학회, 2000. 12.

전상욱, 「세책 계열 춘향전의 특성」, 『세책 고소설 연구』, 이윤석 · 大谷森
　　　繁 · 정명기 편저, 혜안, 2003.

전상욱, 「홍윤표 교수 소장 춘향전 (154장본)에 대하여」, 『동방고전문학연구』
　　　5, 동방고전문학회, 2003. 12.

전신재, 「춘향가의 극적 아이러니」, 『고전희곡연구』 6, 한국고전희곡학회,
　　　2003.

전영선, 「춘향전에 대한 북한의 인식과 접근 태도」, 『민족학 연구』 4, 한국민
　　　족학회, 2000.

정대성, 「춘향전 일본어 번안 텍스트(1882-1945)의 계통학적 연구 : 원전의
　　　전이양상과 다성적 얽힘새」, 『일본학보(한국)』 43, 1999. 12.

정병헌, 「춘향전 서사의 성격과 역사적 전개」, 『고전희곡연구』 6, 한국고전희

곡학회, 2003.

정　양, 「춘향유언의 아이러니- 옥중상봉가 연구」, 『지구문학』 5, 지구문학사, 1999.

정　양, 『판소리 더늠의 시학』, 문학동네, 2001.

정하영, 『춘향전의 탐구』, 집문당, 2003.

정충권, 「춘향전 결연대목 서술방식의 연원과 변모」, 『구비문학연구』 10, 한국구비문학회, 2000. 6.

조광국, 「법제적 질서와 사회경제적 변화의 충돌 측면에서 본 춘향전 완판84 장본의 작품적 가치」, 『국어교육』 108, 한국국어교육연구학회, 2002. 6.

최동현, 「판소리 춘향가의 사적 전개와 양식적 특징」, 『고전희곡연구』 6, 한국고전희곡학회, 2003.

최정락, 「판소리계 소설에 나타나는 제시형식의 고찰 : 완판 84장본 춘향전을 중심으로」, 『어문학』 68, 1999. 10.

최진형, 「신재효 판소리 사설의 개작 지향」, 『반교어문학회지』 14, 반교어문학회, 2002.

한규섭, 「춘향전의 정서연구」, 『어문논총』 14, 동서어문학회, 1999. 9.

한정미, 「판소리사설의 민요수용 양상과 연창자들의 민요수용에 대한 인식- 춘향가, 심청가, 흥부가를 중심으로」, 『한국민속학』 35, 한국민속학회, 2002.

한채화, 「1990년대의 춘향전 재생산 연구」, 『어문논총』 14, 동서어문학회, 1999. 9.

한채화, 「춘향전의 생산적 수용 연구」, 청주대 박사학위논문, 2000.

한채화, 『개화기 이후의 춘향전 연구』, 푸른사상, 2002.

황혜진, 「춘향가 수용자의 즐거움」, 『선청어문』 28, 서울사대, 2000.

홍순일, 『판소리 창본의 희극정신과 극적 아이러니』, 박이정, 2003.

Ⅳ. 구미서

Eliade, M. Shamanism, Princeton University Press, 1974.

Freud, S. Totem and Toboo, W. W. Norton & Company Inc. 1956.

Gaster, T. H. The New Golden Bough, New American Library, 1964.

Harrison, J. E. Prolegomena to the Study of Greek Realigion, Cambridge University Press, 1922.

Haydon, G. Introduction to Musicology, The University of North Carolina Press, 1941.

Jung, C. G. Psychology and Alchemy, Routledge & Kegan Paul, 1986.

Neumann, E. Art and Creative Unconscious, Princeton University Press, 1974.

Plato, The Republic, Penguin Books, 1990.

Read, H. The Meaning of Art, Faber and Faber, 1974.

Goldman, Lucien : Tomards a Sociology of the Novel, Tavistok Publication, 1977.

Jung, C.G. : A Selection from the Writing of C.G. Jung, Anchor, 1958.

Kermode, F. : The Sense of an Ending, Oxford Univ. Press, 1967.

Scholes, R. : Structualism in Literature. Yale Univ. Press, 1974.

Moulton, R.G. : The Modern Study of Literature.

(本多顯彰 譯 : 『現代文學の研究』, 岩波書林, 1957)

루시앙·골드만, 송기형·정과리(역), 『숨은신』, 도서출판연구사, 1986.

모렌 그리센바흐, 장영태 옮김, 『문학 연구의 방법론』, 홍성사, 1982.

아놀드 하우저, 최성만 옮김, 『예술의 사회학』, 한길사, 1994.

장, 보테르 지음, 최정란 옮김, 『메소포타미아』, 시공사, 1998.

테리 이글튼, 이경덕 옮김, 『문학비평 : 반영이론과 생산이론』, 까치, 1986.

* 기타 引用論文 자료는 생략함(脚註 참조)

국문학에 나타난 巫覡思想 연구

-영혼불멸사상을 중심으로-

I. 서론

　한국인의 생활에는 불교, 도교, 기독교 등 고등종교에서 말하는 영혼과 신령의 세계, 그리고 巫覡的인 것에 바탕을 둔 영혼과 신령의 세계가 융합되어 있음을 알 수 있다. 이와 같은 요소가 현대와 같이 과학과 물질문명이 고도로 발달된 시대에도 뿌리 깊게 잔존하고 있으며 우리의 생활 가운데서도 찾아보기가 그다지 어렵지 않은 것으로 미루어 보아 우리 先人들의 생활에 그것이 얼마나 큰 부분을 차지하고 있었을까 하는 것을 추측하기란 그다지 어렵지 않다.

　그렇다면 우리 민족의 문화와 생활을 반영하는 민족문학에 역시 그러한 면이 많이 나타나 있을 것은 사실이다. 그와 같은 내용이 현대적인 의미에서 가치가 있느냐 하는 것은 차치하고 그것이 우리 문학사의 한 줄기를 형성하고 있었던 것이 분명하다면 그에 관한 연구는 의미 있는 일이라고 생각된다. 그러나 전적으로 사상적인 측면에서 문학작품을 고찰한다는 것은 순수한 문학연구에서 다소 벗어날 수 있다는 점이 있다. 본고의 주제 상 書誌的인 고찰이나 역사적인 실증이 어려운 것은 물론 엄격한 의미에서 심리학적 연구나 사회학적 연구 역시 현 단계에서 어려운 실정이다. 따라서 본고는 문제 중심의 연구방법을 중심으로 하는데, 이는 한국 문학사에서 특정한 현상을 추출하여 그와 같은 현상이 나타나는 작품을 집중적으로 고찰하는 방법을 의미한다.

잠정적으로 이와 같은 연구방법론을 설정한다 해도 이 방면에 연구 논문이 그다지 많지 않다는 점이 연구를 어렵게 하는 요인이다. 따라서 본고에서는 박성의의 「한국문학 배경연구」를 연구의 단서로 삼고자 한다.

巫覡思想은 고대인의 신앙사상이요 그 주요사상은 神에 관한 사상, 영혼불멸의 사상이 주가 되기 때문에 이 두 개의 사상이 국문학에 어떻게 나타나 있는가를 보고자 하는 것이 본 논문의 취지이다.

Ⅱ. 巫覡思想의 개념과 유형

1. 개념

영혼불멸사상의 가장 큰 특징은 物活論的이며 그것은 소위 샤머니즘(巫覡思想)에 가장 직접적으로 표현된다. 물론 여러 고등종교에서도 영혼불멸은 공통적으로 주장되고 있지만 여기서는 고등종교 출현 이전부터 선인들에 의하여 신앙으로 받아들였던 영혼불멸에 관한 내용이 주가 되므로 편의상 샤머니즘에 나타나는 것을 설명하고 있다. 왜냐하면 이것이 가장 포괄적이기 때문이다. 物活論이나 영혼불멸사상은 원시적인 思惟一般에 공통된 것으로 萬有를 살아 있는 존재로 의식하는 것이다. 나무와 돌, 산, 새, 별 기타 모든 존재는 영혼을 가지고 있으며 살아 있다고 본다. 일명 Animism이라고도 하는 이러한 사유방식은 각기 독특한 이원론으로 전개되는데, 물질의 세계와 영혼의 세계에 대한 것이다. 이는 인간에 있어서도 역시 육체와 영혼의 이원론으로 육체는 죽음과 함께 소멸하지만 영혼은 영원히 불멸한다. 이때 영혼은 그 인과응보에 따라 하늘로 올라가나 그렇지 못한 영혼은 이 세상을 떠돌며 귀신이 된다. 그러므로 무격사상의 근본적인 이원론은 하늘세상과 인간세상으로 구분된다. 하느님과 기타 영혼들의 거주지인 하늘과 인간의 세상 사이에 있어 그 양자를 매개하는 것이 곧 무격인 것이다.

중국의 고전『國語』의 楚語에서는 무격을 "女曰巫 男曰覡"라고
말하고 있다.[1] 이러한 무격은 곧 司祭者와 醫巫, 예언자의 세 가지
직능을 가지고 있다. 이 세 가지 직능 가운데 사제자로서의 직능은
무격사상의 중심이 되는 것이다. 천계와 인간세계, 귀신계와 인간세
계를 매개하는 것이다.

천계와 귀신계와의 구별은 좀 막연하나 고대인은 神明을 믿어 그
를 이 우주의 주재자로 상정하였으며 인간 만사의 근본적인 결정은
그에게 있고, 죽은 사람의 영혼도 厄禍가 없는 한 신명의 세계로
飛入한다고 생각하였다. 티베트 같은 곳의 鳥葬은 그러한 생각의
대표적인 것으로 시체를 들에 내다 놓아서 새들이 파먹게 한다. 영
혼은 새들이 내려와 시체를 파먹으면서 떨어뜨린 깃을 타고 하늘로
올라간다는 것이다.[2] 반면 우리 고대인의 무격적인 사유는 천계를
매우 인간화하여 본 듯 하다.[3]

우리 고대인에게 잘 드러나는 諸神에 대한 신앙에서 수많은 제신
은 다 이 천계에 속하는 것이다. 제신에는 우선 자연신이 있으니
靈星과 老人星 등의 星宿, 風, 雲, 雷雨의 자연현상 등이며 山川瀆神
이 있으니, 대부분의 모든 산천에는 신이 있다고 하여 그들을 수호
신으로 섬기어 왔다. 조선말에는 이러한 산천 瀆神 중에도 으뜸이
되는 것을 선정하였다.[4]

---

1) 觀射父曰 在男曰覡 在女曰巫 是使制神之處位次主 而爲之牲器時服란 말이 있다.
2) R Riegler, Worterbuch d dt Aberglaubens, Bd 8 3,822 三國志 魏誌 東夷傳
   弁辰條에도 '辰韓以大鳥羽途死 其意欲死者 飛場'이란 말이 있다.
3) 이는 「三國志」, 「魏書」의 東夷傳 馬韓條에 보면, "其葬 有棺無槨 刻木如生形
   墮死者爲數 又有互鑼 置米其中 編懸之於槨戶邊"이라 하였다.
4) 그것은 智異山, 三角山, 松岳山, 白山 등의 四嶽山, 雉岳山, 木覓山, 鷄龍山, 竹嶺

다음에는 動植物神으로 호랑이, 두꺼비, 뱀, 蜈蚣, 龍, 老樹, 巨木 등이 대부분이다. 고대인의 세계관은 시시로 인간의 능력을 압도하는 초인간적인 靈能에 대한 감정적인 구성인 것으로 엄밀한 논리에 있어서만이 錯綜되어 있다. 특히 귀신계에 대해서는 대부분이 죽은 자의 영혼이 귀신이 된 것으로 보지만, 그 종류에 있어서 천계내지 제 신계와 혼동되어 있다. 일례로 安肇煥의「萬言詞」를 보면 다음과 같다.

아모리 魂魄인들 무엇이 되려시나
돌에 가 依支하여 石鬼가 되려시나
물에 가 依支하여 水鬼가 되려시나
흙에 가 依支하여 土鬼가 되려시나
여기 저기 依支하여 뜬 鬼가 되려시나
이것 저것 일흠없어 雜鬼가 되려시나
이렁 저렁 빌어 먹어 乞鬼가 되려시나
아모것도 못 먹어서 餓鬼가 되려시나
두억신이 되려시나 독갑이가 되려시나

위의 작품에는 많은 귀신의 이름이 나와 있다.[5] 그러나 고전 문학 작품에 나타나는 대부분의 귀신은 억울하게 죽은 혼백이거나 한이 많은 怨鬼가 많다.

神明界와 鬼神界를 인정한 것은 이미 영혼의 불멸을 가정하고 있

山, 無弗山, 錦城山, 漢拏山, 五冠山, 牛耳山, 紺岳山, 義館嶺, 白頭山 등의 山神, 揚津溟所 외 辰山串, 河斯津松串, 九津弱水의 德津溟所, 沸流水 등의 川神, 東海의 套陽, 南海의 羅川, 西海의 豊川 등의 三海神, 龍津, 伽倻津, 豆滿江, 漢江, 德津, 平壤江, 鴨綠江 등의 七瀆神이다.

[5] 朴晟義 編,『韓國 古典文學全集』, 省音社, 1972, p.318.

는 것이라 하겠는데 사제로서의 무격이란 바로 이러한 세계와 인간의 세계를 매개하는 것이다. 무격의 둘째 기능인 醫巫는 악령을 祓除하고 역질과 災殃을 구축하는 것이다. 고대인은 질병이 귀신의 작용에 의한 것이며, 이것을 치료하려면 외부에서 침투한 귀신을 퇴치하여야 한다고 생각하였다.

원시인들은 모든 물체에는 신령이 있다고 생각하는 만물유신관의 우주관을 가지고 있어서 이것이 생물의 생성이나 인간의 길흉화복에 작용한다고 믿어 왔다. 따라서 소극적으로는 供物을 올려 제사를 지내고 기도를 하여 타협하는 소극적 마술을 하거나 적극적으로는 화근이 되는 精靈 악귀를 驅逐하는 적극적 마술이 행하여 졌으니 이것이 바로 의무의 행위가 된다.[6]

무격의 세 번째 기능인 예언자의 기능은 소위 점술법으로, 인간에게 공통적으로 속해 있는 미래에 대한 불안을 해결하는 한 방편이다. 특히 占卜巫에 관해서는 조선조에 觀象監을 두어 그 안에 占籌를 담당하는 命題學의 敎授와 訓導을 두었다. 명제학이란 陰陽科의 분과로서 점복과 무는 깊은 관련을 가지고 있었다.

박성의는 1962년 10월 10일자 동아일보의 <횡설수설>란을 참조하여 무격사상이 한국인의 의식구조를 지배하고 있는 비중을 논하였는데,[7] 굿집이 아직까지 서울 한 복판에 자리잡고 있으며 그 중에서 유명한 집만 들어도 무학고개와 녹번고개의 중간에 있다는 '할미집'을 비롯해서 남산 꼭대기 삼청동 막받이, 자하문, 나루터, 驚染津 등 여러 곳에 있다. 말하자면 醫巫가 죽은 사람을 구하고 산 사람을

---

6) 『한국문화사대계』 VI, 「종교 철학사」, 고려대 민족문화연구소, 1970. p.47.
7) 朴晟義, 『韓國文學背景硏究』, 현암사, 1972, p.284.

제도한다면 卜者는 흉사를 피하게 하고 吉事를 마련하는 까닭에 招復除禍를 바라는 백성의 迎合함을 얻게 된 것이다.

위와 같은 무당의 세 가지 기능이 모두 영혼불멸사상에 깊이 관련되어 있는 것이나, 영혼불멸사상에는 또 하나 고찰해야 할 측면이 있다. 그것은 변신(Metamorphosis)이다. 변신의 논리는 인간의 원초적 사유에 토대하고 있다. 원초적 사유에는 우리가 사는 정상적인 체험의 세계 외에 또 다른 세계, 자연에 선행하는 세계가 있다는 믿음이다. 그러한 세계는 언제든지 모든 것이 일어 날 수 있는 가능성을 가지는 가변적 세계이다. 그러한 자유로운 시공에서는 현실적인 논리 전개로는 불가능한 것이 가능하게 된다. 그곳에서는 현대를 살아가는 우리가 기적이나 변이라고 말하는 것이 일상적인 사실이 된다. 원시적인 사유에서 발상되는 세계에서는 모든 것이 가능해지며, 그것이 인간을 둘러싸고 전개될 때는 변신의 형태적 변화가 가능하게 된다. 한국의 무격사상을 고찰하면 변신의 과정이 무질서하게 전개되고 있으나 그런 속에서도 초월자의 본질은 일정한 변신의 형태를 지지고 있다. 피묻은 빗자루가 도깨비가 되고 죽은 처녀의 혼백이 귀신이 되거나 나비로 변하는 것과 같은 것이다. 이러한 변신사상 중에서도 특이한 것은 祖靈의 변신능력이다. 이것은 말하자면 Totem적 祖靈觀으로 반드시 Totem 종족이 아니더라도 씨족적인 혈연관계를 구성하고 있는 인간집단의 내면적인 관계를 형성하는 것으로 이는 일정한 동물적, 식물적, 무생물적인 의미망에 해당된다. 이들 Totem 祖靈의 특성은 인간인 동시에 동물, 혹은 식물, 광물이라는 데 있다. 인간의 모습을 지니면서 동시에 여우이기도 하고 여우로 나타나면서 인간이기도 한 것이다. 卵生誕生說話, 「金鰲新話」, 閼英의 닭 부리, 景文王의 당나귀 등이다. 여기서는 Totem적 조령의 흔적이 보이는 것이다. 원시적인 사유로 동물은 여러 가지 점으로 보아 인간보다 더 신령적인 것에 가깝다. 그러므로 동물변신은 권위나 품위를 손상시키는 것이 아니라 오히려 반대로 그것들을 유지시켜 준다.

고대사회의 원시적 사유 속에 혼재해 있던 Animism, Animation, Spritism, Manism, Totemism적인 요소들은 變身觀을 통해서도 다채롭게 전개되고 있는 것이다.

2. 유형

1) 강신술(降神術 Spiritualism, Spiritism)

이것은 특수한 방법으로 신령을 불러 그의 힘으로 물체를 不動시키거나 신령의 말이 들리게 하는 것으로 이를 心靈術 혹은 交靈術이라고도 한다. 또한 死靈이나 먼 곳에 사는 사람들의 생령을 불러들이는 수도 있는데 이런 능력을 가진 사람을 영매라 한다. 대개 영매의 自動運動(自動記書, 自動言說) 등을 통해 영혼의 존재를 우리에게 보이게 하는 것으로서 이러한 것을 믿는 신앙은 고대로부터 시작되었다. 기독교적 표현을 빌리면 영통이란 말에 해당된다.

서양에서는 근세 강신설(Modern Spritualism)이란 이름으로 널리 알려져 있는데 1848년 미국의 영매 폭스 姉妹(Catharine Fox, Margaret Fox)에 이어 많은 이름난 영매가 나타나서 交靈現象을 보급시켰는데 그중에서도 특히 인도의 싼다싱과 스웨덴의 스웨덴브로그 등은 세계적으로 유명한 영매들이다. 이와 같은 교령현상의 보급 결과 마침내 이를 학술적으로 연구하는 心靈現象研究會를 건립하기에 이르렀다. 이와 같이 일반적으로 샤머니즘적인 것과는 달리 강신술에는 과학적인 설명이 붙여지고 이것을 조직화시킨 것이 心靈科學인 것이다. 이 심령과학은 소박한 Animism 위에 시작되어졌다고 볼 수 있다. 근대 자본주의 사회의 분열과 퇴폐로 말미암아 19세기 중엽부터 社交界에 표현된 好奇的인 樣式이나 정령들이 초감각적인 영계에 살며, 특수한 능력이나 경험을 가진 영매에 이끌리어 출현하고 물건을 움직이며 물질화하는가 하면 기적적 靈能을 나타낼 수 있다고 믿고 있다. 靈波, 靈體와 같은 특수 에너지 또는 질량이 있고 交靈, 傳心(Telepathy), 念寫, 千里眼(Clairvoyance), 天耳通, 축지법 등과 같은 많은 방법이 있으며 최면술이나 기술과도 관련이 깊다. 서구라파나 제정 러시아 등에서도 많이 유행된 바 있다. 동양에서는 이런 현상에 관해 과학적인 설명을 붙이지는 않았지만 고대로부터 많이 나타났다는 기록을 찾아 볼 수 있다.

2) 애니미즘(Animism)

有靈觀 또는 精靈說이라고도 하는데, 이는 생물·무생물을 막론하고 모든 존재는 살아 있으며 의식이 있다고 믿는 사상이다. 이는 종교적·주술적 양식의 바탕을 이루고 있으며 관념론, 이원론과 밀접한 관계를 갖는다. 좁은 뜻으로는 원시종교와 민간신앙에서 말하는 잡다한 신령과 연관된 신앙을 말하며 정령숭배라고 번역되기도

하는데, 정령과 영혼을 구별하기 위해서 영혼에 한해서만 사용되기도 한다.

이 말은 18세기 초부터 철학자들에 의하여 사용되어졌으며 1871년 영국의 유명한 원시 종교학자인 E. B. Tylor에 의해 이론적으로 체계화되었다. 그에 의하면 종교의 기원은 '정령적 존재에 대한 신앙에서 찾을 수 있다'고 여기고 있는데, 이를 애니미즘이라 할 수 있고 종교와 관련된 애니미즘의 기원론이 되고 있다. 원시인들은 꿈, 그림자, 호흡, 잠, 幻覺 또는 죽음과 같은 氣體的 물질 속에 그 정령관을 발달시켰다. 그들은 죽음과 잠을 같은 것으로 생각하여 잠을 짧은 죽음으로, 죽음은 긴 잠이라 여겼다. 잠과 죽음은 인간의 육체에서 정령이 탈출하기 때문에 일어나는 현상이며, 정령만 들어오면 깨어나 살수 있다고 믿어 호흡을 생명이라고 생각하였다. 우리말에도 목숨(氣息, 呼吸)은 생명이라는 말과 일치한다. 이러한 심적 경험을 바탕으로 원시인들은 모든 것에는 다 정령이 있다고 믿어 나무, 돌, 산, 강물에도 제각기 정령이 깃들어 있다고 생각하였다. 저급한 애니미즘은 멜라네시아(Melanesia), 말라이(Malay), 아프리카(Africa) 등 도처의 미개사회에서 볼 수 있는데 한결같이 모든 만물에 영혼이 깃들어 있다고 인정하는 것은 아니다. 인간과의 특별한 이해관계나 혹은 관심이 있는 동식물 등에만 영혼이 깃들어 있다고 인정하는 것이다. 그러나 멜라네시아 일대에서의 미개 민족 사이에서 발견된 일종의 종교적 의식으로서 마나(Mana)란 것이 있는데 이 마나는 정령보다 더 간단한 것으로 일종의 초자연적 힘으로서 육체적인 것은 아니나 사람이나 사물에 부착되어 육체적인 힘으로 나타나

기도 한다. 마나는 어디에 고착되어 있는 것이 아니고 거의 모든 것에 전해지는 것이므로 정령도 그것을 지니고 그것을 나눌 수가 있다는 것이다. 마나는 본래 그것을 만든 개인에 속하는 것이지만, 물, 돌 또는 뼈의 매개를 통해 작용하기도 한다. 마나의 힘은 가축과 채소를 번식시키고 전쟁에 이기게 한다. 그래서 인류학자들은 이것을 마나이즘(Manaism) 또는 프리애니미즘(Preanimism)이라고 불렀으며, 마레트(R A Marett)는 이를 애니머티즘(Animatism)이라고 하여 有生觀이라고 불렀다. 애니미즘(Animism)은 주로 원시종교나 민간신앙에 관하여 쓰이는 용어로 철학상으로는 기계론에 대한 活力設(Vitalism)이지만 물질에는 본래 생명력이 있다고 하는 物活論(Hylozoism)이라는 뜻으로 사용되는 경우도 있다.

3) 呪物崇拜(Fetichism)

인공물이나 혹은 간단히 가공한 자연물에 대한 숭배의 총칭인데, 동식물의 일부분 金石類, 呪符, 呪符, 偶像, 상징물 등 말하자면 적당한 물체를 제사의 대상으로 하거나 주술적으로 사용하는 것, 몸에 지녀 효과를 기대하는 것 등 모두를 포함한다. 이 말은 포루투칼어인 fetigo에서 온 것으로 서아프리카의 많은 부족에서는 이 주물 숭배를 de Brosses가 페티시즘(Fetichism)이라고 이름을 지었으며 종교학에서는 가장 원시적인 종교의 단계를 나타내는 말이라고 보고 있다. 그러나 물체 숭배라는 뜻에서 다시 감각적 사물 즉 태양이나 달까지도 숭배하게 되었으나 그 뜻이 희박해지고 자연숭배와 애니미즘이

유력해짐에 따라 잘 쓰이지 않게 되었다. 呪物의 효력이 정령이 깃들은 곳에 있다면 이는 벌써 애니미즘을 전제로 한다고 볼 수 있는 것이다. 인공물 숭배라는 한정된 뜻으로 쓰여 자연물 숭배와는 구별할 필요가 있다.

4) 타부우(Taboo)

폴리네시아 말로서 '표를 붙였다'라는 뜻에서 나온 말이라고 하나 지금은 일반적으로 습관과 종교에 의하여 '금지 되었다'라는 뜻으로 사용되어 일종의 정령사상과 관계를 가졌다고 볼 수 있다. 그러나 타부우의 본 뜻은 禁制에 있지 않고 제재 즉, 그것을 범하면 반드시 자동적으로 두려운 결과를 가져온다는데 있다. 원시사회에서는 타부우를 범한 결과는 전염한다고 믿었기 때문에 비록 우연히 또는 부주의로 행해진 개인의 행위라 할지라도 그것이 미치는 두려움의 결과는 그 자신뿐만 아니라 그의 가족 또는 그가 속한 사회 전체에 미친다고 생각함으로써 그 위험을 예방하기 위하여 범죄인을 죽이거나 타지로 추방하였다. 범죄인과 사회에 대한 모든 관계를 끊어서 타부우가 전염되지 않도록 한다는 것이다. 타부우의 관념은 원래 도덕적인 것은 아니었다. 그러나 타부우의 금기를 지키는 것은 사회적 습관(Mores)을 형성하고 사회의 자기 보존 본능에 강제로 당하게 하는 것이다. 이와 같이 타부우는 사회와 사회 외의 이중의 제재력을 가져오기 때문에 사회상 권력 있는 사람들은 사회의 공동 이익을 위하여, 또는 추장이라든가 승려의 특별한 이익을 위하여 범위를 확대하게 되었으며 그 결과 타부우와는 본래 관계가 없던 것까지 타부우 속에 포함시키게 되었다. 하와이 같은 곳에서는 타부우의 규칙이 너무 확대되어 사람들이 견딜 수 없게 되자 마침내 19C초에 그 타부우의 규칙 전체를 아주 폐지한 일도 있었다. 타부우는 원래 종교적인 것도 아니었다. 다만 타부우를 범한 탓으로 받는 두려운 결과는 정령 또는 神들이 자기 세력 범위를 침해 받거나 자기들이 좋아하지 않는 행위를 인간이 하기 때문에 몹시 노하여 주는 벌이라고 믿을 때 비로소 타부우는 종교와의 관계가 생기게 된다.

타부우가 종교와의 관계가 생기면서부터 타부우의 범위가 확대되고 그 의미가 바뀌게 된다. 따라서 신들에 속하는 것, 신들이 싫어하는 일들은 모두 타부우의 제재 아래 놓이게 되었고 타부우에 전염되는 것을 방지하는 수단은 악마퇴치를 위한 소독 수단이 되었으며 마침내 신에 대한 속죄의 의례로 발전되었다.

죄의 관념은 신에 대한 속죄와 용서의 관념에서 발생하는 것이다. 우리 민족에도 무수한 타부우가 있는데, 거목, 거석 등을 해치면 화가 있다든가 밤에 손톱을 깎으면 안 된다는 것, 또는 월경중인 여자가 약수에 가면 안 된다든가 포악한 정치를 하면 천재지변이 난다는 따위의 것들이 대개 원시시대 이래의 타부우가 발전된 형태의 것들이라고 볼 수 있다.

5) 토테미즘(Totemism)

타부우와 연관이 있는 것으로 토한 토템사상을 들 수 있다. 이 말은 원래 북아메리카의 알공킨(Algonquian)족의 말에서 온 것으로 부족이나 씨족 등의 지역적 또는 혈연적 집단과 그 집단에 특정된 동식물(이 동식물을 totem이라고 하는데 경우에 따라서는 동식물이 아닌 천체나 지상의 현상인 경우도 있다) 사이에 주술 또는 종교적인 관계가 맺혀 있다는 관념과 제도이다. 그 부족이나 씨족은 토오템이 그들의 상징이며 토오템 동식물과 친연관계에 있다고 믿어져서 서로 보호하고 토오템 동식물에는 엄중한 금기가 정해져 있고 토오템 번식의 의례도 거행되었다. 이 풍습은 일찍부터 주목되고 있었으나 대개의 학자들은 동식물 숭배의 원시적 형태라고 주장하고 있다. 그 후 미국뿐만이 아니라 아프리카, 인도네시아, 말레이시아 등에도 현재까지 남아 있었으며, 고대 민족에서도 그 흔적이 발견되어 종교현상의 중요한 문제가 되었다. 우리 나라에는 단군신화의 웅녀설화가 있는데 檀樹神說話는 토테미즘의 모습을 보이고 있다.

6) 샤머니즘

샤머니즘은 아마 영혼불멸사상의 대표적인 것으로 볼 수 있다. 이것은 원시인들의 종교에 깊이 뿌리를 박혀 현대에 이르기까지 그 자취가 역력히 남아 있어 아직도 많은 인간들에게 깊은 영향을 미치고 있는 것이다.

샤머니즘이란 신령이 실재하여 샤먼(Shaman)8)이라는 주술자에게

---

8) 샤만(Shaman)의 어원에 관해 롬멜(Lommel)은 다음과 같이 말하고 있다. The word 'Shaman' comes from the Tungus Language, Comparisons with similar words in Mongolian and Manchuman indicate that all these words designate a certain excited restless state. The shaman is frequently a person of unstable constitution and restless, at times abstracted, behaviour. He is an eccentric who frequently withraws from the community to devote himself wholly to his visions and dreams.

붙어 있고 주술가는 신에게 소속되어 있는가 하면 신으로서 행동하며 악마와 요정을 쫓고 그의 부하인 인간에게 복지를 가져온다는 민간 신앙이다. 神, 精靈, 祖靈, 死靈 등과의 가장 직접적인 交通·결합의 형태이기 때문에 문화성이 낮은 대중에게 지지를 받기 쉬우며 이는 북아시아의 어렵, 수렵, 유목민족의 샤머니즘이 대표적인 것이고 중국, 일본, 남아시아, 말레이와 한국에도 잘 알려진 상태이기 때문에 아시아 전반의 원시종교의 주요한 형태라고 보는 이도 있다. 특정한 정신적 특색을 가진 종교적 지도자가 중심이 된 종교민족이라면 아시아 이외의 것일지라도 샤머니즘이라 부를 수 있다. 예를 들면 아메리카 대륙의 원시종교에 있어서의 守靈信仰이나 아프리카 대륙에 있어서의 주술 같은 것이 그것이다. 굳이 동북아세아 지방의 것만을 샤머니즘이라 할 수는 없는 것이고 이와 같은 의식은 원시인들에게는 세계적으로 공통된 것이라고 보는 것이 없다.

오늘날 볼 수 있는 것은 퇴행적인 잔존 형태이겠지만 아직도 전문적인 샤만뿐만 아니라, 일반인 특히 부녀자들이 신들리는 경우가 허다하다.

몽고어나 만주어에서도 퉁구스어에서와 같이 흥분된 상태, 일광되어 있는 상태에서 유래된 말이라고 보고 있는 것이다. 그리고 샤먼이란 또한 바로 이 흥분된 상태에 있는 사람을 가리킨다고 본 것이다. 이것은 벤쟈로크가 샤만이란 말의 어원을 만주어로 '흥분하는 자', '자극하는 자', '모방하는 자'로 본 것과 일치하고 있다.

신앙의 신을 섬기는 법이 대개 踊舞나 呪歌를 감은 데서 생긴 말일 것이다. 그러나 한편에서는 팔리語(Pali語)의 사마나(Samana), Sanskrit

의 스라마나(Sramana) 즉 少門에서 나왔다는 것도 있고 페르샤어語
로 우상이나 祠를 의미하는 세멘(Schemen)에서 나왔다는 설도 있다.
한자로 '札蠻', '撒蠻', '珊蠻'이 모두 이 '샤만'의 音譯이다. 우리말에
있어서 '샤먼'은 '무당'이란 이름으로 불리는 것이 보통이고, 중부
이남의 방언에서는 '당굴' 또는 '당골'이라 부르기도 한다. 무당은
한자로 巫黨에서 온 것으로 巫가 곧 샤먼이기 때문이다.

'說文'에 巫는 능히 형태가 없는 것을 섬기며 춤으로서 降神하는
자9)로, '巫'는 춤추는 모습을 象形하여 巫로 썼고 고문에서는 노래
와 춤이 주가 되기 때문에 입과 손이 들어간다.

샤먼의 직능이 대개 사제(priest), 예언자(prophet), 의무(medicine man)
의 세 가지인 것은 한국의 무당도 마찬가지다. 의술이 무당이 맡는
일이라는 것은 '의(醫)'의 古字가 '毉'였다는 것으로도 알 수 있으며
질병의 穰除는 오늘에 있어서도 샤먼의 중요한 역할이다. 무당을 당
굴 또는 단골이라고 하는 것은 당굴이 'tengrt'의 음원으로서 그 원래
의 의미가 하늘 또는 祭天者라는 것과 檀君이니 天君이 제천하는
사람으로서의 'tengri' 곧 당굴의 音寫라고 한 것은 최남선의 탁견으
로서 이미 학계의 정설이 되었다.

샤머니즘은 원래 선·악 이원론의 형식으로 이루어진 것인데, 그
들은 영계에 선신과 악신이 있어 선신은 사람에게 행복을 주고 악신
은 재앙을 준다고 믿는다. 그러나 선·악 이라는 윤리적 표준이 막
연하므로 그들의 생각하는 바에 의하면 보호적(protective)인 것은 선
령이고 파괴적인 것은 악령이라고 간단하게 믿는다. 선신을 섬기는

---

9) 巫能事無形以舞峰神者也.

派를 白샤먼, 악신을 섬기는 파를 黑샤먼이라 부른다.

白샤먼은 蹈舞 곧, 방울이나 북을 흔들고 두들기며 미친듯이 춤을 추고 접신하며 곡식의 豊穰, 질병의 穰除와 혼인 등 善事, 吉禮를 주로하고 흑샤먼은 신에게 희생을 바치고 미래를 예언하며 귀신을 호출하고 영계를 살피게 하여 그 견문을 이야기하며 兇禮와 惡事를 주로 하는 것이다. 또 백샤먼은 흰 망토를 입고 흰 말을 타지만 반면 흑샤먼은 검은 말을 탄다. 선신은 흰빛으로 악신은 검은 빛으로 상징되기 때문이다.

샤머니즘은 우리 민족의 신앙의 기반과 핵심을 이루는 원시종교로서 지금까지 우리 민간신앙에 전승되어 오고 있는 원시 고유 신앙의 그림자이다. 이는 문명의 단계에 있어서는 민중의 저층에 잔존해 있는 만큼 무슨 계통적 체계와 조직을 가진 것은 아니나 아직도 많은 민중에게 살아있는 신앙이자 사상이다. 발달된 모든 종교도 그 근원을 캐면 그 민족의 원시종교를 바탕으로 하여 형성된 것처럼 우리 민족의 신앙에 있어서 샤머니즘도 신앙 심리와 사고방식에 깊은 뿌리를 박고 있어서 외래 종교의 수용에 自家的 同化의 경향이 현저하고 한국적 사상의 형성에도 크게 작용하고 있다. 한국의 샤먼은 거의 모두 직업적 巫(Professional Shaman)이다. 村家의 주부가 家神의 産神에게 呪言(world magic)을 하거나 소위 '客魂 들렸다'고 하는 감기에 食刀와 미역국 바가지로 주술풀이 하는 정도의 家族巫(family shaman) 외에는 거의가 직업적 무당에 의존한다. 무당의 호칭 '단골'이란 말이 늘 거래하는 장사에 대해서 '단골가게'나 '단골술집', '단골손님' 하는 식으로 語義가 전용되기도 하였다. 샤머니즘은 말하자면 마법승인 샤먼의 신비력에 대한 신앙을 특색으로 한다. 한국의 샤먼 곧 무당은 대개 여성이고 그것은 모계세습인 경우가 많다. 남성무당은 박수라 하고 여성무당의 남편은 화랑이라고 하는데 박수의 어원은 민주의 '파크시', 몽고의 '파크시'와 같고 화랑이는 아마花郎의 訛傳일 것이다. 화랑이는 대개 무악의 반주자 노릇을 한다. 남녀 巫를 막론하고 무당이 되는 과정은 대개 巫病이라는 독특한 병을 앓아 接神하고 그 접신한 신앙을 安置하여 받들면 무당병은 씻은 듯이 나으며 그때부터 巫事를 행하게 된다. 샤머니즘적인, 곧 이 샤먼을 통하여 초자연적인 여러 가지 靈의 가호를 祈求하고 그 힘에 의하여 악귀를 쫓으면서 한편으로는 악령을 두려워하는, 이를 慰撫하는 심리로 이루어지는 이원적 신앙인 것이다. 그러므로 적극적(Positive)인 魔術과 소극적(negative)인 타부우(taboo)가 결합된 것이 오늘날 한국에 있는 샤머니즘적인 대체적인 모습이다. 한국의 샤머니즘은 백, 흑 샤먼의 두 계통이 다 들어있으나 백 샤먼계가 더 우세하였던 것 같다. 白山(붉뫼) 숭배, 白衣好尙, 太陽 숭배, 웅계무술 등으로 그 주신이 태양 곧 '붉'이었음을 알 수 있기 때문이다. '붉'은 우리말로 태양이란 말의 고대어였다. 이 '붉'의 'ㄱ'이 탈락되어 '붉(불)이 되고 이것이 琉球語 '피루(太陽)'가 되고 그것이 또 일본말 히루(ヒル : 낮)가 된 것이다. 또한 무당의 일종으로 胎主라는 것이 있는데, 이는 죽은 아이의 혼을 부려서 영계를 시찰하고 돌아와 이야기하는 巫術이기 때문에 태주라 하고 그것이 벽에 걸어놓은 수건에 앉아서 새처럼 조잘거리기 때문에 空中二라고 부르기도 하고 혹은 明道(明圖)라고 하기도 하는 것이다. 이 태주는 腹話術을 써서 정령이 말하는 것처럼 이상한 발음을 하기도 한다. 그러나 내용은 불가사의한 부합이 있다. 또 소수이지만 한국의 무당도 악주술 (witchcraft)을 행하기도 한다. 미워하는 사람을 병들어 죽게 하기 위하여 그의 인형을 만들어 인형 속에는 대개 그 원수의 머리칼이나 손톱과 같은 신체의 일부분을 넣고 거기에 못을 쳐서 두는 악주술인데 씨앗 싸움에 이런 일을 볼 수 있다. 또 우리 나라 도기에 있는 부락 수호신으로써의 '서낭당'은 숭배 대상으로 전설이나 문헌으로 보면 부락이나 국가의 수호 善神에 공적이 있는 사람을 섬기기도 하지만 敬順王, 端宗, 崔瑩 등 불우하고 원통하게 죽은 사람을 섬기는 경우도 많다. 이것도 흑백 샤먼의 공존 형태이거니와 이 신앙심리를 엿보면 선신에 대한 경배 못지않게 악령에 대한 두려움도 큰 것을 알 수 있다.

그러한 원귀들이 이 세상을 떠돌아다니며 우환질고를 준다고 믿고 있다. 처녀로 죽은 영혼을 위로하기 위해서 총각으로 죽은 사람과 사후 혼인을 시켜 합장하던 민속이 모두 이러한 신앙 심리에서 유래한다. 또 서낭당 같은 돌무더기를 지날 때 돌을 얹고 절하거나 침을 뱉고 발을 구르는 행위를 하는데, 돌을 얹고 절하는 것은 숭배하는 심리이지만 침을 뱉고 발을 구르는 것은 위압하는 주술로 볼 수 있다.

이와 같이 우리의 민간 신앙에는 백 샤만계와 흑 샤만계가 공존하고 있으며 선령에 대한 기원이 더 강한 것은 선령을 우위에 두어 그 힘으로 악령을 구축하려는 신앙심리를 말하는 것이다.

Ⅲ. 설화문학에 나타난 무격사상

1. 단군신화

단군신화의 기록에서 天帝桓因의 庶子桓雄이 천하를 다스릴 뜻이 있음을 안 환인은 하계를 내려다보니 三危大伯이 가히 홍익인간을 위한 땅이므로 天竹邜 三箇를 주어 내려가 다스리게 하였다 라는 부분을 보면 "天帝"라는 말이 나온다. 양주동은 '天'의 원어를 <한→한울>로 변했다고 보았는데, 이것은 엘리아드가 몽고인의 최고 신의 명칭인 'tengri'와 같은 개념이다.[10] 그런데 알타이어족 안에는 '한'과 관련되는 어원이 많이 발견된다. 우리의 고어에서는 신라 법흥왕 7년 서기 520년경에 개정된 17관급 중 제일급 직명이 곧 그것이다. 곧 角下·伊伐湌·干伐湌·舒發翰 등이다. 그리고 서기 1206년경의 몽고제국의 四王國인 伊兒汗, 欽察汗, 察合汗 등의 접미어도 다 우리말의 '한'과 관련된다.

또한 우리말이나 몽고어 외에 터어키나 헝가리어에도 'khan', 'chan', 'hahn' 등과 같은 일련의 말들을 찾아 볼 수 있는데, 이것은 옥스퍼드 대사전에 의하면 great grand ruler, king governor, prince, load, ranking person 등의 뜻으로 나타나 있다. 엄밀히 말해서 '찬'이나 '칸'은 'han'으로부터의 변화음으로 보는 것이 좋을 것이다. 터어키어의

---

[10] Eliade Das Heilige und das Profane Vom wesen des Religiosen, 1957. S70.

'han'은 'hakan'에서 유래한 것으로 몽고어로부터 유래된 것이다. 이 말은 중앙아시아의 터어키나 몽고의 지배자의 이론으로, 예컨대 '皇帝' 같은 것을 명명하는 말이다. '成吉思汗'도 이 경우에 속한다고 볼 수 있다.[11]

그러므로 천제란 곧 우리 고대인이 생각하던 우주의 주재자인 '하늘'이라고 볼 수 있다. 그러면 다음에 "桓雄은 무리 3千을 거느리고 太白山 神檀樹 아래 내려와 나라를 열고 神市라 하였다. 바람, 비, 구름을 부려서 곡식과 목숨, 병, 형벌, 선악 등 인간의 三百六十餘事를 주관하여 세상을 다스렸다"는 것은 어떻게 보아야 할 것인가? 이것은 바로 최초의 무격이 탄생하는 것이다. 巫라고 일컫는 것은 하늘과 땅을 연결하는 사람을 의미한다.

> 때에 곰과 호랑이가 한 굴에 살고 있었는데 항상 환웅에게 빌 기를 사람이 되게 해 달라고 하였다. 환웅이 그들에게 쑥 한 줌과 마늘 스무 알을 주면서 너희들이 이것을 먹고 백 일 동안 일광을 보지 않으면 사람이 되리라고 하였다. 곰과 호랑이는 이를 받아 먹었는데 곰은 삼칠일을 기하여 여자가 되었으나 호랑이는 사람 이 되지 못하였다. 여자가 된 곰은 혼인할 짝이 없으므로 매양 신단수 아래서 잉태하기를 빌므로 환웅이 변해 이와 교혼하여 아들을 낳으니 이를 檀君王儉이라 하였다.

위의 내용은 소위 '웅녀설화'에 속하는 것이다. 중국에서 전해지는 역사 가운데 九年治水로 이름이 나있는 禹王도 黃熊인 鯀에게서

---

11) Karl Fokotsch Etimologisxhes Worterbuch der europaischen worter orientalischen Ursprungs, 1927. S64.

낳는데, 鯀은 河神이었다. 우왕의 치수전설은 하신의 혈통이 鯀임을 말해주는 것이다. 단군은 천제 아들 환웅과 웅녀 사이에서 출생되었으나 우왕은 舜 임금이 祝融을 명하여 鯀을 죽이니 그의 뱃속에서 나왔다고 한다.[12] 그러므로 鯀은 마땅히 禹의 어머니로 볼 수밖에 없고 그 鯀이 나중에 黃熊이 되었으니 鯀도 분명한 웅녀이다. 鯀이 웅녀요 하신인 점에서 미루어보면 단군신화의 웅녀 또한 하신임을 알 수 있다. 또 Amu의 시조신화에도 이것과 비슷한 것이 있다.[13]

아주 옛날 한 부부가 살고 있었는데 자식이 없었다. 남편이 병들어 죽은 뒤 그 과부가 혼자 살고 있는 오막살이에 어떤 사람이 검은 옷을 입고 나타나 말하기를 "나는 이 산을 지배하는 山神(곰)인데 이렇게 사람으로 化하여 나타난 것은 너희 남편이 죽은 뒤 네가 너무 외로운 것 같아서 너에게 아들을 하나 점지해 주려고 왔다"고 하고 "그 아이가 자라면 부자가 되고 훌륭한 사람이 될 것"이라 하였다. 그 뒤 과연 한 사내아이를 낳았는데 그는 자라서 돈 많고 말 잘하는 훌륭한 사냥꾼이 되었다. 그 아이는 커서 많은 아이의 아버지가 되었는데 산 속에 사는 아이누들은 모두 다 곰의 자손이라고 스스로 말한다. 그들은 熊氏族에 속한다는 것이다.

2. 「신라수이전」

우리 나라 최초의 설화문학서라고 하는 「新羅殊異傳」은 현전하지 않는다. 또 이 「수이전」의 작자에 관해서도 설이 분분하다.[14] 그 중에

---

12) 山海經 郭氏傳.
13) 金載元, 『檀君神話의 新研究』, 正音社, 1947, p.58.

서 麗末의 박인량이 지었다는 설이 가장 유력하나[15] 한편 신라말 최치원이 지었다는 설과 「수이전」은 박인량이 지었고 「신라수이전」 은 최치원이 지었다는 설이 있다. 그러나 같은 책에서도 「수이전」과 「신라수이전」이라는 명칭이 함께 쓰였으니 둘은 다른 책이 아니라 같은 책이라고 보아야 한다.[16] 현존하는 逸文은 모두 13편으로, 이것 들을 인용한 책을 연대순으로 나열하면 다음과 같다.

1. 고려 고종 2년(1215)에 중 覺訓이 만든 「海東高僧傳」에는 이 수이전으로부터 고구려의 중 阿道의 略傳을 쓴 「阿道傳」을 인용하 고 있다. 불교를 전파하기 위하여 순교한 아도의 생애를 기술하고 있는 것이다.

2. 고려 충렬왕 11년(1285)에 중 일연이 지은 삼국유사에는 이 「수 이전」으로부터 「圓光法師傳」을 전재하고 있다. 신라의 중 원광법사 의 불교수행의 업적과 재능을 기록했는데, 특히 귀신이야기가 곁들 여 황당하고 기괴한 이야기를 전개하고 있다.

3. 조선 초기의 학자 成任이 지은 「太平通制」에는 이 「수이전」으 로부터 「寶開」와 「최치원전」을 인용하고 있다. 「보개」는 관음보살 의 영험으로 보개가 외유한 이들을 만나는 이야기이고 「최치원전」 은 최치원이 당나라에 유학하고 있을 때 무덤 속의 두 미녀와 하루 동안 환락을 즐기는 이야기이다.

4. 조선 초기의 학자 徐居正이 지은 「筆苑雜記」에는 迎鳥·細付

---

14) Peter H Lee, Korean Literature Topics and Themes, The University of Arizona Press,1965. p.65

15) 申基亨, 「殊異傳小考」, 『中大文耕』 2집, 1956.

16) 거의 같은 내용이 三國遺事 延鳥郎細鳥女條에도 실려 있으나 여기에는 殊異傳 에서 轉載했다는 기록이 없다.

處의 傳說一篇을 이 「수이전」에서 인용하고 있다. 그 가운데 한 편은 일종의 일월설화에 지명연기설화를 곁들인 내용이다.

5. 조선 세조 때 시작하여 성종 때 완성한 삼국시대 편년체 역사책의 『三國史節要』에는 이 「수이전」에서 탈해왕의 전설과 선덕여왕의 예민함을 그린 두 이야기가 인용되어 있다. 전자는 난생설화에다 탈해왕의 슬기를 기술했고, 후자는 선덕여왕의 미적 감식에 뛰어난 지혜를 적은 비교적 사실적인 내용으로 되어 있다.

6. 조선 중기의 학자 權文海가 지은 백과사전류인 『大東韻府群玉』에는 이 수이전에서 6편을 인용하고 있는데, 현재 전하는 「수이전」일문 가운데 거의 절반을 수록하고 있다.

(1) 首揷石枏은 주인공 崔伉의 再生說話이다.

(2) 竹筒美女는 道術家의 기괴한 妖術을 적은 것이다.

(3) 老翁化狗도 요술을 부리는 내용이다.

(4) 仙女紅袋는 「崔致遠傳」의 요약이다.

(5) 虎願은 호랑이의 요술을 곁들인 불교설화이다.

(6) 心火遶塔은 相思의 극을 넘어 火神으로 변한 이야기이다.

이제 그 내용은 영혼불멸관의 입장에서 조금 더 상세하게 찾아보면 다음과 같다. 「阿道傳」에는 위인 崛摩, 高道寧, 玄彰和尙, 毛禮, 史侍 등의 인물이 나오는데, 위나라의 이야기는 선진 문화국인 중국의 이야기를 빌어 이야기에 신뢰성을 주려는 의도인 듯하나 이 이야기에서 특히 주의하고자 하는 것은 아도의 어머니 高道寧이다. 그 여자가 어린 아도에게 일컫는 것17)을 보면 그 여자는 무격적인 사유

---

17) 此國機緣未熟 難行佛法 惟彼新羅 今距無聲敎 儞後三十餘月 有護法明王 御于大興佛事 又其國京師 有匕法住之處 一曰金橋天鏡林 二曰三川岐 三曰龍宮南 四

방식에 불교를 받아들인 것을 알 수 있다. 더욱이 아도가 신라에 불교를 전파할 수 있었던 것이 成國宮主의 병을 고침으로 말미암았다는 사실을 통해 당시 우리 선인의 사고를 알 수 있게 한다.

「圓光法師傳」[18]을 보아도 중심적인 내용은 불교의 수행방식과 六乘經典의 중요성을 말하는 것으로 조용히 사색하며 수도하는 원광법사에 비교하여 근처에 위인이 强猛하여 好修呪術하는 중이 되어 그가 神罰을 받았다는 이야기를 하는데 老狐患如漆을 들어 신이라고 하나 역시 무격적인 색채, 특히 영혼불멸관이 깃들어 있음을 알 수 있다.[19]

「崔致遠傳」은 그 구성에 있어서나 여체에 있어서나 가위 걸작이라고 할만하다. 이 설화는 소설로 볼 수 있으며, 이를 분석해 보면 신라인으로 당나라에 건너가 과거에 급제하고 말단의 관리 노릇을 하는 최치원과 부자의 딸로 태어나 큰 재능과 학식을 갖추고서도 천한 자에게 시집가게 된 것을 원통하게 생각하며 자결한 張氏家의 八娘과 九娘의 혼백을 중심으로 사건이 전개된다. 최치원이 雙女墳에 가서 그 石門에 시를 쓴데서 발단이 시작되어 두 여인의 몸종이 나타나 두 여인의 답을 전하는 데서 문제가 발생하고 최치원이 두 여인의 혼과 만나 시로써 서로 화답하는 데서 전개되며, 하루 밤의

日龍宮北 五曰神遊林 六曰沙川尼 七曰婿請田 此等佛法下滅前劫時 伽藍墟也 汝當歸彼土 初傳玄旨爲浮 圖始祖 不亦美乎.

18) 三國遺事 券四 圓光西學條에 "又東京安逸戶長 眞孝家 在古本殊異傳 載圓光法師傳 曰"이라는 말과 함께 나온다.

19) 我歲幾於三千年 神術最壯 此是小事 何足爲驚 但復將來之事 無所不知 天下之事 無所不達 今思法師唯居此處 雖有自利之行而 無利他之功 現在不揚高名 未來不敢勝果.

인연을 맺는 데서 절정에 달하는가 하면 연인들이 새벽이 되어 돌아감으로 종결된다.

중요한 장면을 시로 대신한 것이나 사건의 전개가 매우 신속한 것 등은 매우 적절하게 다루어져 있다. 두 여인의 혼과 만나서 헤어진다는 단순한 사건 속에 갖가지 故事가 나와 뜻을 깊게 하며 자주 반복되는 詩가 사건을 따라 갖가지로 바뀌어 이야기를 효과 있게 한다.

Ⅳ. 제천의식 부락제에 나타난 무격사상

 문학의 발생 기원론에는 대체로 서사문학을 들고 있으나 이 서사
문학을 일으키는 원형(Arche type)은 세계의 각 민족이 지닌 'Ritual'에
두고 있다. 서양의 문학과 예술, 연극의 발생도 그 기원을 고대 아테
네의 'Spring Festival of Dionysos'에 두고 있는 것은 잘 알려져 있다.[20)]
한국문학의 태동도 결국 우리 선인들이 행하던 제천의식에서부터
였을 것이다. 제천의식 때 부른 노래와 춤이 문학과 무용의 기원을
이루었고 여기서부터 분화하여 여러 가지 예술의 장르를 이루게
된 것이다.

 그런데 고대의 이 제천의식은 바로 고대인들의 원시신앙인 Shamanism
과 밀접히 결합되어 있으며, 오늘날까지 그 잔존 형태는 한국 각 마을에
서 행해지는 부락제까지 연장되고 있는 것이다. 따라서 제천의식과 부
락제를 문학예술의 Arche type로 보는 관점에서 이런 Ritual에 나타난
영혼불멸사상을 다루는 것은 어떤 의미에서 당연하다.

 우선 고대 한민족이 부락국가시대에 행하던 제천의식을 魏志, 漢
書, 後漢書 등의 기록에 의하여 일람표를 만들어 보면 다음과 같
다.[21)]

[20)] Jane ellen Harrison, Ancient Art and Ritual 제1장 참조.
[21)] 『韓國文學史大系』 Ⅵ, 「宗敎哲學史」, p.32~38.

國名	名稱	祭期	集台	祭의 性格	祭의 方法
夫餘	迎鼓	正月(魏志)	國中大會	祭天	飮食 連日歌舞
高句麗	東盟	十月	國中大會	祭天	
濊	舞天	十月		祭天	飮酒 晝夜歌舞
馬韓		五月 十月		祭鬼神 祭天	飮酒 晝夜歌舞

우리 한민족은 원래 경천사상이 깊고 하늘 즉, 높고 거룩한 곳 광명한 것을 높이 숭상하는 신앙을 지닌 민족이었다. 즉 白山, 白缶, 太白, 東明, 阿斯達, 朝鮮,「붉」,「ᄉ붉」 등은 모두 광명 또는 하늘과도 통하는 뜻을 가지고 있는 것이다. 위 표에서 보는 바와 같이 각 부족 국가는 이름은 다르지만 대동소이한 형식과 내용으로 제천의식을 행한 것을 알 수 있는데 祭季에 우리는 관심을 가질 필요가 있다. 대개 정월, 5월, 10월에 제천의식을 거행하였는데 정월과 5월에 행한 제천의식은 Greece인들의 Spring-Festival에 해당한다. 이때에 그들은 전능한 하늘 또는 지신에게 豊饒하고 재악이 없는 생산을 기구하였을 것이다. 또한 5월 또는 10월에 행해진 제천의식은 추수감사제에 해당된다. 고대인의 사유는 인간의 생사선악은 물론이고 風・雨・雲의 자연현상까지도 하늘이 좌우 하는 것이니 하늘에 빌고 제사함으로서 복록이 구비되고 질병과 재난에서 벗어나 행복한 생활을 영위하고 또 풍우가 순조로워 萬穀이 풍성해지라는 원시신앙이 바탕이 되었던

것이다.22) 제사의 대상이 주로 '天'인데 마한에서는 귀신에게도 제사를 지낸다고 했다. 마한인들이 귀신을 신앙으로 하고 藝塗를 세워 귀신에게 제사를 지내는 애니미즘(Animism)의 세계관을 가지고 있거니와 귀신도 곡식의 성장이나 인간사에 간섭할 수 있었다고 믿는 신앙사상이 드러나 있는 것이다. 그런데 이 시대 즉, 삼한시대로 불려지는 부족국가시대의 원시종교사상을 김경탁은 아래와 같이 밝히고 있어 고대 한민족의 원시신앙에 나타난 신령사상의 단면을 나타내고 있으며, 우리 나라의 샤머니즘(Shamanism)의 출발을 이 부족국가의 제천의식에 두고 있음을 알 수 있다.23)

다음으로 우리는 이와 같은 제천의식이 역사가 지남에 따라 여러 형태의 傳承祭儀(Ritual)로 변모해 갔으리라는 것을 쉽게 짐작할 수 있다. 이것의 한 잔존 형태가 부락제일 것이다. 우리는 이 부락제에서 한국인의 집단적 영혼불멸사상을 발견할 수 있는 것이다.

우리 나라에서는 이 부락제가 보통 山川祭, 洞祭, 堂山祭, 城隍祭 등으로 불려졌는데 주로 제주가 무당인 경우가 많다. 이때 무당은 세속을 초월하고 인간과 격리된 神堂의 자리에 서게 되며 신의 뜻을 인간에게 전달하는 매체역할을 하는 것이다. 여기에서 우리 한국인의 민간 사유에 나타는 영혼불멸사상을 엿볼 수 있다. 즉 신령이나 귀신의 뜻을 특정한 무격 능력 소유자에 의하여 부락민에게 전달될 수 있다고 믿는 것이다.

부락제를 올리는 것은 묵은 살(煞)을 풀고 새로운 복덕을 얻기 위함이며 그 과정에서는 굉장한 금기가 있고 성황당 영역은 성역으로

---

22) 위의 책, p.35~37.
23) 『韓國文化史大系』 6卷. p.130

서 禁索이 둘러지고 황토가 깔려 주위와 엄격히 격리된다. 부락제의 일자가 정해진 뒤 부락 내에 喪故와 출산이 있으면 그 제의가 연기되는 것이다. 祭主는 물론 부락민과 격리되고 목욕재계하여 그 부인과 별거를 해야 한다. 이와 같이 그들은 이 부락제를 신성시하여 왔다. 그러나 여기에서 우리는 이런 신성의식을 간과 할 수 없는 俗의 대립에 주의할 필요가 있다. 즉 이런 신성한 부락제가 절정에 달할 때, 돌연히 에로티시즘의 俗한 행위가 제주와 참예자 사이에 벌어지는 수가 자주 있는 것도 흥미로운 일이다. 그렇기 때문에 <朝鮮總督府 調査資料> 제44輯 朝鮮の鄕土神祀 (第一部) 部落祭난에서는 다음과 같이 지적하고 있다.

그러나 이 神樂은 자칫하면 常軌를 逸脫하여 邪道로 향할 염려가 있는 舞樂을 그 主要素로 하기 때문에 往往히 祭祀의 本義에 背馳하여 祭儀를 享樂의 機會로 전개하고 제단을 酒池肉林의 不淨地이게 하는 폐가 없는 것도 아니다.

왜 이렇게 신성과 세속 그것도 바로 에로티시즘과 결부되는 팽팽한 긴장이 맞서는가에 관해 해명되어야 한다고 본다.

결론적으로 부락제에서 보이는 영혼불멸사상은 집단적인 Shamanism으로 보인다. 이것은 고대 한민족의 제천의식에서 보인 집단적 舞樂의 요소가 문학의 기원이 된 것처럼 우리 민족의 문화생활에 많은 영향을 끼치고 있다고 볼 수 있다.

V. 시가에 나타난 무격사상

1. 상대가요

上代歌謠란「龜旨歌」,「海歌詞」를 가리키는 것으로 이 두 노래는 三國遺事에 한자로 표기되어 전해오는 것으로서 우리 나라 고대의 무가류에 속하는 내용을 알 수 있는 대표적인 것으로 그 내용은 주술적이고 샤머니즘적인 사상으로 보인다.

즉 三國遺事 駕洛國紀에는 다음과 같이 구지가 즉, 영신가에 대한 기록이 있다.

> 후한 세조 광무제 건무18년 계욕일에 마을 북쪽에 있는 구지봉에서 수상한 소리가 수군거림이 있으며 마을 사람 2~3백 명이 그곳에 모여 들었다. 문득 사람의 소리가 들리되 그 형체는 보이지 않고 말하기를 "이곳에 사람이 있는가 없는가?" 구간 등이 대답하되 "네, 저희들이 여기 있습니다." 하늘에서 말하기를 "네가 온 곳이 어디메냐?" 구간 등이 대답하되 "구지봉입니다." 하늘에서 "하나님께서 나에게 명하시기를 이곳을 다스려 새 나라를 세우라 하셨기로 나는 너희들의 임금이 되어 내려갈 것이다. 그러니 너희들은 구지봉 봉우리의 흙을 파면서 '거북아 거북아 네 머리를 내어놓으라/그렇지 않으면 구워서 먹으리' 이와 같이 노래 부르며 춤을 추면 이제 너희들이 대왕을 맞는 일이 될 것이니 기뻐하고 勇躍하라"고 하매 구간들이 그 말을 좇아 다같이 빌고

또한 노래 부르고 춤추었다.

여기서 보는 바와 같이 「구지가」는 「영신가」로 이 때부터 이와
같이 神謠가 불리어졌다. 이보다 훨씬 후대인(약 700년 후) 신라 성
덕왕 때 순정공의 부인인 수로부인이 동해용왕에 掠捕되었을 때
이와 비슷한 내용의 노래인 「海歌詞」가 불리었다고 한다.

南歌의 내용은 흡사하지만[24] 신탁으로 불리어진 일종의 주술적
노래요, 위압적이고 명령적인 것에는 일치된다. 다같이 신성한 임금
이나 용왕을 맞이하거나 招致하는 제의장소에서 군중에 의해 불려진
주가이었음과 샤머니즘적인 정신이 구체적으로 나타났음을 뒷받침
한다. 기록되지 않았던 많은 노래들도 이런 종류가 있었을 것은 제천
의식 때 가무가 행해졌다는 기록으로 보아 짐작하기 어렵지 않다.

2. 신라향가

다음은 향가 가운데 나타나 있는 영혼불멸의 요소를 고찰하기로
한다. 일연이 삼국유사에 기록한 14수 중 이와 같은 성격을 띄는
것으로는 다음 두 편이 발견된다.

사실 신라인들은 노래를 부름으로 신령한 역사가 가능하다고 생
각한 것이다.

1) 「怨歌」

노래의 가사는 8구체 이두식 표기이다. 내용을 보면 孝成王이 즉

---

24) 三國遺事 卷二 水路夫人.

위하기 전에 信忠이란 賢士와 더불어 바둑을 두면서 궁정에 있는 잣나무에 걸어 그를 잊지 않겠다고 약속하였으나 왕이 되고 나서는 이 약속은 까마득히 잊어버렸다. 신충은 人事의 덧없음과 허망함을 달랠 길 없어 이 노래를 지어 잣나무에 붙여 두니 잣나무가 시들었고 왕이 신하를 시켜 그 이유를 알아본 후 그 사연을 알게 되어 신충을 불러 벼슬을 주었더니 잣나무가 다시 소생하였다는 것이다. 여기에서도 우리는 향가를 통해 신라인의 신령관, 주술관을 알 수 있고 이적(miracle)을 행할 수 있다고 믿는 샤머니즘을 엿볼 수 있다. 수목도 신령한 것에 상응하여 생사를 같이할 수 있다는 신령사상도 엿보이고 있다.[25]

2) 「處容歌」

이 노래에 관한 설명은 三國遺事 券二 處容郎에 기록되어 있다. 이외에도 三國史記 券十二, 羅記 十一에도 처용에 대한 기록은 이와 비슷하며, 노래에도 처용의 모양에 대해 나타나 있다.[26] 이라고 기록하고 있다.

이 처용설화는 후세에까지 전해져 악학궤범이나 악장가사에는 무가로서 처용가가 있는바 官庭의 驅儺儀式에 이르기까지 처용무로 발전되고 역질을 驅逐하는 巫樂이 되었던 것이다. 뒤에 인용한 내용을 요약해 보면 헌강왕대(875~886 A.D)의 태평성시에 왕이 개운포를 방문했다가 왕궁으로 돌아오려는 때에 구름이 일고 안개가 짙게 펴 길을 잃어 그 이유를 日宣에게 물으니 동해용왕의 조화라 하였

---

25) 朴晟義, 『韓國文學背景研究』, 玄岩社, 1972, p.298.
26) 形容司馬亥 衣巾詭異 時人謂之山海精靈

다. 왕은 곧 용왕을 위한 집을 지으니 안개와 구름이 걷혔다. 개운포란 지명은 이렇게 하여 생긴 것이다. 동해용왕이 기뻐하여 그의 일곱 아들을 왕의 가마 앞에 모이게 하여 그 덕을 춤과 노래로 칭찬하니 한 아들은 용궁으로 가지 않고 왕을 따라 왔다. 왕은 그를 왕정의 보좌케 하고 이름을 처용이라 하였다. 그리고 아름다운 여인을 그의 처로 주고 벼슬을 주었다.

그런데 어느 날 그가 밤늦게 귀가할 때, 사람으로 변한 역신이 그의 처를 간음하는 장면을 목격하고 이 노래를 부르니 역신이 처용의 그림만 보아도 절대 나타나지 않겠다고 하여 후세인들은 처용의 화상을 문에 붙여 辟邪進慶의 도구로 삼았다는 것이다. 이 내용에서 보는 바와 같이 처용이 그의 처를 범한 간부를 복수하는 방법으로 '乃唱歌作舞而退'하였다는 것이다. 이렇게 한 것이 다른 물리적 방법을 택한 결과보다도 더욱 완전하게 역신을 굴복시킨 결과를 가져온 것이다. 처용가는 현존하는 향가 가운데 대표적인 무가에 속하는 것이다. 그것은 후세에까지 설화로 인하여 處容舞나 處容戱 등의 궁중 무악으로 발전되어 大儺 시에 사용되었다는 것과 조선시대에 와서는 그 樂舞와 가사는 疫疾을 구축하는 주요한 극적 형식으로 변하여 「樂學軌範」에 수록된 鷄連花台處容舞台設과 같은 舞樂을 형성시켜 歲末의 궁중 儺禮時驅儺가 끝난 뒤 연출하였다. 그리고 여기에 처용의 화상으로도 악신을 물리칠 수 있다고 한 것은 Magic Religious한 주술숭배(Fetishism)적인 관념의 표시로도 파악할 수 있겠다.

이와 같이 처용가도 신라인들의 무격사상의 배경을 지닌 작품인 것이다. 역신의 존재와 활동을 인정하고 또 이 역병이 노래로서 퇴치된다는 사상, 이것은 기독교에서 사탄을 분별하는 의식으로서 찬송가를 부르는 것과도 일맥상통하는 것이다.

3) 「慧 星 歌」

三國遺事 卷五에는 이 노래에 대한 해설이 다음과 같이 실려 있다.

> 금강에 놀러가려 할 때 갑자기 혜성이 나타나 心大星을 범하는 것을 보고 가기를 주저할 때 融天師가 이 노래를 지어 부른 즉 별이 곧 사라지고 日本兵이 돌아갔으며 오히려 福慶이 되었다는 것이다.

이 노래의 작자인 융천사가 어떤 신분인지에 관한 기록이 있다면 이 노래의 사상적 배경을 한층 더 분명히 알 수 있겠으나 그와 같은 기록이 없는 관계로 견해가 다른 학설이 많은 것도 사실이다.

작자가 어떤 신분의 사람이었든지 간에 위의 기록만 보아도 이 노래가 당시 사람들은 향가가 신성한 것이며 주술적인 힘을 가지고 있다고 믿고 있었음을 보여주는 예라 하겠다. 오늘날 문학을 감정의 미적 표현으로 보지만 고대 신라인들은 향가를 읊는 것만으로도 그들의 소원을 이룰 수 있다고 믿는 것이다. 이것은 전적으로 샤머니즘적인 주술신앙의 발로라고 볼 수 있을 것이다.

3. 고려가요

김동욱은 「韓國歌謠의 研究」에서 무가야 말로 그 시대의 주류적인 문학형태라고 하여 고려시대 가요의 성격을 규정하고 있다. 또한 그는 「時用鄉樂謠의 背景的 硏究」라는 논문에서 다음과 같이 말하고 있다.

　　巫歌와 勞動謠는 우리 歌謠文學의 표류가 되는 것이다. 그러한 前提的 論理의 展開로 보아 地上에 露出된 露頭로 因하여 광맥을 찾는 것과 같이 본 악보의 巫歌는 한 珠玉篇이 아닐 수 없다. 이러한 大局的 鳥目瞰을 한 다음에 우리는 古代 祭天儀式에서 唱和된 민속적 가요가 다만 古代에 있었던 하나의 原始藝術이었을까? 그렇지 아니하면 古代社會의 文化 잔존물로써 高麗, 李朝를 통하여 基流的인 民俗文藝로서 存續하지 아니했을까? 濟天島와 같은 古代遺制가 그대로 存續할 수 있는 閉鎖性社會에서 현존 神話的 本鄉풀이를 가지고 있으나 고대에는 그런 형태가 없었던가를 묻지 않을 수 없다. 이리하여 현재 세간에서 무당이 덩덩 덩덕궁 북을 울리며 하는 巫歌와 춤은 千年一色인 우리 사회 정체성을 그대로 옛날 고대사회부터 줄기차게 내려온 것이며 都鄙에서 城隍굿, 山神굿, 都堂굿을 하는 부락공동체의 祭典行事는 그대로 三國의 옛날에 우리 조상이 가지고 있던 부락공동체나 부락공동체의 제전형식과 별 차이가 없는 것이다. 라고 하였다. 이들 巫歌가 高麗時代의 것이라 한다면 巫歌가 麗代의- 主流를 形成하고있다고 하겠다. 즉 時用鄉樂譜의 所收의 「儺禮歌」, 「城隍飯」, 「大王飯」, 「內堂」, 「雜處容」, 「三城大王」, 「大國 (一) (二) (三)」, 「九天」, 「軍馬大王」, 「別大王」등은 곧 巫覡思想을 나타낸 노래들이라 하겠다. 다음에 一般的으로 알려져 있는 麗謠 가운데 몇 篇을 대상으로 하려고 한다. 우선 鄭敍의 「鄭瓜亭」을 보자.[27]

27) 鄭瓜亭 內侍郎 中鄭叙所作也 叙自號瓜亭 聯昏外威 有寵於憶仁宗 及毅宗郞立 放歸其鄉東萊 某日 今日之行 迫於朝議也 不久當召還 叙在東萊日久 召命不至 乃撫 琴而歌之 詞極悽婉 李劑賢作討解之曰 憶君無日不露衣 政似春山蜀子規 爲是爲 非人莫問 只應殘月曉星知.『高麗史』卷71 樂志 2.

내 님믈 그리ᄉᆞ와 우니다니
山 졉동새 난 이슷ᄒᆞ요이다
아니시며 거츠르신ᄃᆞᆯ아ᄋᆞ
殘月曉星이 아ᄅᆞ시리이다.

넉시라도 님은 ᄒᆞᆫᄃᆡ 녀져라아ᄋᆞ
벼기더시니 뉘러시니잇가.
過도 허믈도 千萬 업소이다.

ᄆᆞᆯ힛 마리신뎌
ᄉᆞᆯ읏븐뎌 아ᄋᆞ
니미나롤ᄒᆞ마 니ᄌᆞ시니잇가.

아소 님하도람 드르샤 괴오쇼셔.

　매우 간결한 시이면서도 그 의미가 결코 평범하지 않은 것은 님을 그리워하는 자기의 신세를 산 접동새에 견준 것과 자기의 사정을 아는 사람은 殘月曉星이라 하여 기상(Concert)을 끌어들인데 있다.
　이 시가 영혼불멸과 관계가 있는 것은 "넉시라도 님은 ᄒᆞᆫᄃᆡ 녀져라" 라는 구절에 있다. 넋이 불멸한다는 사상적 배경이 있기 때문에 이러한 발상이 가능하게 된 것이다. 이 시를 시 자체로 볼 경우에는 각운을 살려야 할 것이다.
　이러한 경향은 고려가요의 곳곳에서 찾을 수 있다. 「西京別曲」에서는 "즈믄 ᄒᆞ를 외오곰 녀신ᄃᆞᆯ/信잇ᄃᆞᆫ 그츠리잇가" 라는 형태로 나타나며 「滿殿春」에서는 "넉시라도 님을 ᄒᆞᆫᄃᆡ/녀닛景 너기다니/넉시라도 님을 ᄒᆞᆫᄃᆡ/녀닛景 너기다니/벼기더시니 뉘러시니잇가" 라는 식으로 약간 변형되어 표현되고 있다. 그리고 또 하나 여기서 주목하고자 하는 것은 「履霜曲」이다. 「鄭石歌」, 「滿殿春」, 「履霜曲」, 「思母曲」, 「가시리」 등 5편은 기실 악장가사에 실려 있으나 고려사 등 문헌에 그 명칭이나 내용 그리고 운율적 정조가 다른 고려가요와 상통하므로 고려가요에 귀속시킨 것이다. 청상의 번민을 노래하고 있는 「履霜曲」은 다음과 같다.

> 비오다가 개야 아 눈하 디신다래
> 서린 석석 사리 조본 곰드신 길혜
> 다롱디우셔 마득사리 마두너즈세 너우지
> 잠짜간 내나몰 너겨
> 깃단 열명길혜 자라보리잇가
> 종종霹靂 아生 陷墮無間
> 고대셔 싀여딜 내모미
> 종종霹靂 아生 陷墮無間
> 고대셔 싀여딜 내모미
> 내님두 ᄋᆞᆸ고 년뫼를 거로리
> 이더져 뎌러쳐
> 이더쳐 뎌러쳐 期約이잇가
> 임소 님하 흔디녀젓 期約이이다

이 노래는 겨울 밤을 배경으로 하고 있다. 비 오다 개고 눈이 내린 날에 화자는 님 생각에 잠을 못 이루고 괴로워하고 있다. 나무숲이 서리어 있고 그 사이에는 구불구불한 좁은 길이 있다는 말과 '그이야 이런 무서운 곳에 자러오겠느냐'는 말로 보아 자신이 번뇌에 가득 차 있다는 상황을 가리키고 있다. 그러한 번뇌는 어쩔 수 없이 그 청상으로 하여금 다른 남자와의 정분을 생각하게 하였을 것이다. 그러나 이러한 욕망을 막아주는 것이 영혼불멸사상이다. 때때로 벼락이 쳐서 '無間地獄'에 떨어지고, 금새 죽어버릴 내 몸이 내님을 두고 누구를 생각하겠느냐는 것이다. '이렇게 하자 저렇게 하자' 하는 많은 생각이 있지만 결국 자기의 소원은 죽어서 님과 함께 있는 것이라고 말하는 것은 영혼불멸사상이 정열을 고취시키는 긍 기능을 하는 경우이다.

4. 이조시조가사

조선시대에 와서 나타난 수많은 시조문학 중에도 영혼불멸의 사상을 내포하고 있는 것은 그렇게 많지 않다. 대부분의 작품은 '넋'을 통한 충절이나 남녀상열지가의 주제를 나타내고 있다. 우선 고려가요 「鄭瓜亭」에 이어 '넋'을 충절의 정념으로 노래한 것으로는 麗末의 충신 鄭夢周가 읊은 「丹心歌」가 대표적이라 할 수 있다.

> 이몸이 죽고 죽어 一白番 고쳐주거
> 白骨이 塵土되어 넉시라도 잇고 업고
> 님向흔 一片丹心 가실즐이 이시랴.
>
> 『靑丘永言』

이와 같은 종류의 연군이나 남녀상열지가의 시조로서 영혼불멸사상과 관계있는 작품을 찾아보면 다음과 같다.

> 이몸 스여져서 접동새 넉시되어

님자는 窓밧게 불면서 뿌리과져
날잇고 깁히든 잠을 깨여볼까 하노라.
作者 미상『靑丘永言』

이몸이 스여져서 접동새 넉시되야
梨花핀 柯枝 속닙혜 씌였다가
밤중만 살아져 우리님의 귀에 들리리라.
作者 미상『珍本 靑丘永言』

이몸이 죽은 後에 忠誠의 넉이되어
높히높히 나라올라 閻闔을 불러 열고
上帝께 우리 聖主를 壽萬咸케 비로리라.
作家 朴仁老『蘆溪歌辭』

님글인 相思夢이 蟋蟀이넉시되아
秋夜長 깊픈밤에 님의 房에 드럿다가
날닛고 깁히든 잠을 깨외 볼까 하노리.
作家 朴考寶『槿花樂府』

　이와 같이 현세에서 이루지 못한 연모의 정을 죽어서 그 넋이 '접동새' 또는 蟋蟀의 넋이 되어 정령의 세계에서나마 풀어보고자 하는 내용으로 이것은 애니미즘적인 인생관을 표현한 것이다.
　다음 조선시대의 가사작품을 보면, 많은 작품 가운데 영혼불멸적인 요소를 띈 것은 별로 보이지 않으나 宜朝 때의 가사문학의 초고봉인 정철의 전후「美人曲」가운데 끝 부분을 보면 다음과 같다.

　어와, 내 병이야 이님의 타시로다

출하리 싀어디여 범나비 되오리라
곳나무 가지마다 간디 죡죡 안니다가
향 므든 날애로 님의 오시올므리라.
「思美人曲」

출하리 싀어디여 洛月이나 되여이셔
님겨신 窓 밧지 번드시 비최리라.
「續美人曲」

「鄭瓜亭」에 나타난 정서의 심정과 같이 현세에서 임금에게 충성을 다하지 못할 바에야 죽어서 영혼이 다시 범나비나 낙월로 화신해서라도 충절을 다하고 싶다고 노래하고 있는 것으로 보아 이것은 정령사상의 발로라고 볼 수 있을 것이다.

Ⅵ. 소설에 나타난 무격사상

1. 금오신화

일찌기 조윤제는 『韓國小說史』개요에서 「金鰲新話」에 관해 다음과 같이 언급하고 있다.

「金鰲新話」는 著者가 意外에 世祖政變을 만나 俗世에 마음을 끊고 短策熱淚로 八方을 放浪하다가 나중에 東京 金鰲山에 파묻히어 鬱憤을 禿毫手紙에 喪忘한 것인데 오늘날 그 完本은 전하지 않은 듯하나 遺傳하는 萬福寺樗蒲記・李生窺墻傳・醉遊浮碧亭記・南炎浮洲志・龍宮赴宴錄 五篇은 完全한 傳奇體 소설이다… 그런데 金鰲新話는 先儒도 이미 指摘한 바와 같이 그 體裁와 立題命意며 取才役人까지가 大部分 明初瞿佑의 剪燈神話에 模倣하였다.

여기서 「금오신화」에 나타난 영혼불멸사상에 대하여 논하기에 앞서 참고로 정도전의 영혼불멸관을 살펴보면, '불이 나무를 따라 나는 것은 마치 사람의 魂魄이 합하여 생기는 것과 같다'하고 '불이 꺼지면 연기는 하늘에 올라가 버리고 재는 땅에 떨어지는 것과 같이 사람도 죽으면 魂氣는 승천하고 體魄은 땅으로 돌아가는 것'이라고 했다.[28]

「금오신화」에 나타난 영혼불멸사상도 이와 흡사한 점이 있다. 「萬福寺樗蒲記」는 소설로서 매우 훌륭한 것이지만 처녀혼신 이야기를 묘사한 것이다. 남원에 사는 양생이란 사람은 아직 장가를 들지 못하고 있었지만 시문에 능통한 신비임을 알 수 있다. 그가 부처님에게 體人을 얻게 해달라고 樗蒲로 내기를 하여 한 여자를 만나게 된다. 그 여자와 운우를 즐기고 그 여자의 처소에 가서 정씨, 오씨, 김씨, 유씨 등 이웃 여자들과 시를 즐긴다. 그 여자가 준 은전을 들고 開寧寺 어구에 있으니 제를 올리러 가던 사람을 만나 그 여자가 혼백임을 알게 된다. 그 여자의 아버지가 허락한 가운데 다시 이틀을 그 여자와 보내게 되는데 이것은 그저 유교적 논리에 거슬리지 않으려 한 것이다. 이윽고 여자는 冥府로 돌아가고 양생은 은전과 그 여자의 전답을 얻어 그것으로 제사를 올리니 여자는 다른 나라의 남자로 태어나게 되고 양생은 지리산에 들어가 은거한다는 이야기이다.

이 작품은 왜구가 출몰하는 난세를 풍자하는 면도 있으나, 한편 이 소설에 나타나는 영혼불멸에 관한 어구를 찾아보면 양생의 제문에 나타난다.[29] 육체야 흩어질망정 혼은 응당 있으리라는 내용과

---

28) 古者, 四時之火 皆取於木 是木中元有火 木熟則生火 猶鬼中元有魂 魄煖者爲魂 故曰, 鑽望出火 又曰 形旣生矣 神發知矣 形魄也 神魂也 火緣木而存 猶魂魄合而 生火 滅則 煙氣升而歸于天 灰燼降而歸于地 猶人死則魂氣升于天 體魄降于地 火之煙氣 卽人之魂氣 火之灰燼 卽人之體魄 且火氣 滅矣 煙氣灰燼 不復合而爲火 則人死之後 魂氣體魄 亦不復合 而爲物 其理豈不明甚也哉.

29) 遇寇賊而珠沈. 托蓬蒿而獨處. 對花月而傷心. 腸斷春風, 哀杜鵑之啼血, 膽裂秋霜, 歎紈扇之無緣. 嚮者一夜邂逅, 心緒纏綿. 雖識幽明之相隔, 實盡魚水之同歡. 將謂百年以偕老, 豈期一夕而悲酸. 月窟驂鸞之姝, 巫山行雨之娘, 地黯黯而莫歸, 天漠漠而難望. 入不言兮恍惚, 出不逝兮蒼茫. 對靈幃而掩泣, 酌瓊漿而增朦. 感音容

혼령은 눈에 보이지 않으나 작용하는 결과를 보아 알 수 있다는 내용이다.

「李生窺墻傳」은 고려시대의 개성을 작중 배경으로 하고 있다. 개성 善竹理에서 널리 알려진 서생 이생과 처녀 최랑이 서로 부모의 허락을 기다리지 않고 서로 정을 통해서 밤마다 시로써 즐기며 백년을 기약하였는데 이생의 부친이 수상히 여기여 이생을 蔚州로 보낸다. 이 말을 듣고 최랑은 병이 들어 백약이 무효하자 그녀의 부모가 이생과 주고받은 시문을 보고 사람을 시켜 이생 집안에 보내 허락을 받는다.

최랑과 백년가약을 맺은 후 이생은 대과에 급제하여 이름을 떨쳤는데 갑자기 홍건적이 쳐들어와 도읍을 점령하였고 이생의 집안 또한 피신을 하였다. 침입했던 홍건적이 물러가고 이생이 집에 돌아오자 최랑이 찾아와 전과 같이 즐겁게 지낸다. 그러나 최랑이 부모와 함께 홍건적에게 살해당한 처지에서 부모의 시신과 잃은 가산을 찾게 한 후에 자신은 혼백으로 명부로 돌아가고 그 후 이생도 몇 년 후에 죽었다는 이야기다.

이야기는 최랑이 오히려 능동적으로 이생에게 접근하고 있으며 사건이 전개되는 가운데 詩가 중요한 역할을 하고 있는 특징을 보이고 있다.[30] 최랑은 홍건적에게 대항하여[31] 자신의 몸을 지키고 죽은 후에도 영혼으로 이생을 찾아와 시부모의 유골을 편안히 모시게

之, 想言語之琅琅. 琅嗚呼哀哉. 爾性聰慧, 爾氣精詳三魂縱散, 一靈向亡. 應降臨而陟庭, 或薰蒿而在傍. 雖死生之有異, 庶有感於些章.

[30] 예를 들면 최랑은 이생이 최랑의 부모를 꺼리자 "妾雖女類, 心意泰然, 丈夫意氣, 肯作此語乎 他日閨中事洩, 親庭譴責, 妾以身當之"라고 말하고 있는 것이다.

[31] 虎鬼殺啗我, 寧死葬於豺狼之腹中, 安能作狗彘之匹乎.

한 후 이생에게 효도할 수 있게 하고[32] 가산을 찾게 한 후에야 자신의 유해를 부탁한다.[33] 말하자면 魂魄의 세계에도 역시 유교적인 논리가 통하고 있는 것이다.

「醉遊浮碧亭記」는 부호의 아들 洪生이 고조선의 최후 임금인 準王의 딸과 醉遊한 이야기로 신선사상에 가까운 것[34]이다. 「龍宮赴宴錄」은 고려시대 개성에서 한생이 용궁에 용왕의 딸을 위해 佳會閣을 짓는데 상량문을 짓게 된 이야기로 무격사상이 깃들어 있다고 볼 수 있지만 영혼불멸사상에는 속하지 아니한다.

본고에서는 「南炎浮洲志」에 관해 자세히 고찰하고자 한다. 鄭銓東은 「金時習의 魂神論과 道敎觀」에서 김시습의 혼신관을 다음과 같이 요약하고 있다.

김시습의 혼신관을 요약하면 혼신의 본체는 성리철학 특히, 송나라 張橫梁 등의 혼신관을 배경으로 하여 氣의 변화를 보고, 그 형태는 冥然 막연하고 혼신을 섬기는 목적과 방법을 조화 만물의 공덕을 갚기 위하여 行福 求福하는 세속적 信魂思想과 무당들을 극력 배척하였으며 요귀라는 것은 자기의 氣가 흩어질 때나 세상이 어지러울 때 나타난다.

그런데 이러한 사상은 전부가 남염부주지에 나타나 있다. 경주에 사는 박생이 뜻이 높고 학문이 깊었으나 과거에 합격하지 못했다.

---

32) 生事之以禮, 死葬之以禮.
33) 妾已載鬼籙, 不能久視. 若固眷戀人間, 違犯條令, 非唯罪我, 兼亦累及於君. 但妾之遺骸, 散於某處, 倘若垂恩, 勿暴風日
34) 衛瞞乘時 竊其寶位 而朝鮮之業墜矣 弱質顚躓狼藉 欲守貞節 待死而已 忽有神人撫我曰 「我亦此國之鼻祖也 享國之後 入于海島 爲仙不死者 已數千年 汝能隨我紫府玄都 逍遙娛樂乎. 余曰 '諾'

그러나 유학이 정통적인 사상임을 믿어 황망한 말을 믿지 않았다. 어느 날 그가 염부주에 가게 되었는데 그 땅에는 초목도 모래도 없고 발에 밟히는 것은 모두 구리가 아니면 쇠끝이요 낮이면 사나운 불꽃이 공중에 뻐쳐 땅이 녹는 듯하고 밤이면 쌀쌀한 바람이 서쪽으로 불어 사람의 뼈를 에이는 듯 하였다.

이윽고 焰摩을 만나 천지음양의 이치에 대하여 일문일답을 한 후에 焰王의 자리를 禪位받고 나니 꿈이었다. 수일 후 죽으니 이웃사람의 꿈에 어떤 神人이 나타나 박생이 間羅王이 되었음을 가르쳐 주었다. 박생과 焰摩와의 문답은 실로 영혼불멸에 대한 김시습의 사상을 집약한 것으로 음양·혼신의 도와 군자·소인의 말과 고금 치난의 자취를 구명한 것이며 혼신에 대한 결론은 매우 합리적이다. 유·불 양교의 차이는 정도와 誕妄에 있는 것이며 고금의 治亂을 위정자의 賢不肖에 매어 있다는 것을 확언·명증함은 당시 군주의 부패와 속세종교의 혹세무민적인 죄업을 지적한 것이다.

2. 기타 작품

그러면 이제 조선시대에 들어와서 나타난 수많은 소설의 영혼불멸사상을 들어보면 다음과 같다. 한마디로 말하여 조선시대의 모든 소설문학에는 이 영혼불멸사상이 그 주류를 이루고 있다.

일일이 다 예를 들어 설명 할 수가 없을 만큼 많은 작품이 모두 샤마니즘적 무속사상과 애니미즘적인 사상이 불교·도선사상 등과 복합되어 있음을 발견 할 수 있다. 그 대부분이 재생설화가 섞여 있는 영혼불멸의 세계를 그리고 있는 것도 그 특색이라고 할만하다.

그런데 우리 나라의 고대 전기소설류에서 가장 많이 다루어진 것이 금오신화에서 나타난 것과 같은 交靈媒介 사상인 것 같고 이것은 또한 그 당시 사람들의 한 이상이었음을 알 수 있다. 權益重傳에서 익중이 억울하게 죽은 春花의 영혼과 교유하는 장면을 보면 다음과 같다.

바람아 불어라 비야 오너라, 우리 둘이 만났으니 만고여한 풀
어준다. 둘이 몸을 뭉쳐다가 동정수에 넣거나 말거나 이런 사랑
또 있는가. 우리 둘이 만났으니 태산이 평지되고 하해가 육지되
도록 살아보세, 또 오년을 지낸 후에 이곳에 와서 오늘밤 복중에
끼친 아해를 다려가옵소서, 이것이 다 우리 전생 죄악이라 서로
만나 해로 할 날이 멀었으니 어찌하리까

위에는 익중이 岳陽樓에 이르러 죽었던 춘화를 만나 아들 仙童을 데려오는데 鬼女와의 사랑으로 자녀까지 얻는다는 것이다.

이것은 앞에서 설화문학에 나타난 영혼불멸사상에서 언급한 三國遺事所載의 舍輪王이 挑花眼과의 交魂에서 鼻荊을 낳는데서 나타났다. 또한 우리는 주인공들의 억울한 죽음이 사후에 원혼이 되는 작품을 많이 발견할 수 있다. 이것은 아마 死魂이 신령으로서의 활동력과 재생력이 있다고 믿는데 연유하는 것이다. 이것은 주로 도선사상과 영혼불멸사상이 결합한 경우이다. 원혼이 직접 空唱하는 작품을 들어보면 다음과 같다.

홀연 천리가 양앙 흐고 물에 안지 자옥흔 가온디 슮흔 우름소
리 긋치지 아니ᄒ며 게모의 모히로 이미히 죽은 일을 스설ᄒ는지

라…

「薔花紅蓮傳」

이 때부터 심천동 연못에서 낮이면 오색구름이 들쳐있고 밤이
면 슬픈 귀곡성이 간간이 들니는지라…

「金仁香傳」

그 소계 공즁으로셔 디답ᄒ디 첩의 용납지 못홀 ᄉᄒ시고 천리
원정의 오시니 아모리 빅골인들 엇지 감격지 아니리오…

「鄭乙善傳」

여기서 보는 바와 같이 죽은 薔花의 사실, 前秋年의 空唱, 金仁香
의 鬼哭聲 등은 모두 원혼의 空唱媒介로 사건 구성에 있어 중요한
역할을 한다.

다음으로는 이런 원혼들이 伸冤하는 내용에 관해서는 손진태의
아랑형전설이 대표적인 예이다. 그 이야기는 다음과 같이 요약할
수 있다. 아랑은 尹貞王이란 女人으로 밀양태수의 딸이다. 그녀가
밀양태수로 부임하는 아버지를 따라 갔는데, 그곳에서 通引과 유모
의 음모에 걸려 영남루 밤구경을 나갔다가 통인 百哥에게 능욕을
당한다. 아랑이 항거하자 끝내는 백가에게 유방을 베힌 채 피살되어
강변 숲 속에 매장된다. 딸을 잃은 태수는 사퇴하고 경성으로 올라
간다.

이후 부임하는 태수마다 원혼의 출몰로 변사하자 李上舍란 사람
이 자원하여 부임한다. 그가 첫날밤에 촛불을 켜고 독서를 하고 있
을 때 문득 음산한 바람이 불고 문이 열리며 산발한 채 유방이 끊기

고 목에 칼이 꽂힌 원혼이 나타난다. 그 원혼은 신관사토에게 자신이 당한 억울함을 호소하게 되고 살해범인 백가를 처벌하도록 신원한다.

이런 종류의 설화가 각처에서 발견되는데, 그 내용은 대부분 관사에 원귀가 나타남으로 변사사건이 발생하는데, 마지막에는 용감한 한 사람이 등장하여 원귀를 위하여 복수해 줌으로 맺힌 원이 풀어지게 된다는 것이다.

원귀나 여귀는 앞서 공중을 날아다니는가 하면 공중이나 恚川岸上, 오래된 우물이나 나무, 큰 연못, 地水 등 음산하고 궂은 곳에 거처하고 어두운 곳에 출몰하는 것이 특징이다. 이와 같은 원혼가 등장하는 작품을 들면 다음과 같다.

차설 장화홍련의 혼백이 구천의 스모쳐 헛터지지 아니하고 미양 그 원통흔 일을 신설코저 하야 텰산고을문에 들어가 그 지원국통흔 스정을 호소ㅎ러 들어간즉 철산부스 긔절하야 죽는지라…

「薔花紅蓮傳」

홀연 소저의 곡성이 철텬ㅎ며 근처 스룸들이 그 곡성을 드른즉 연ㅎ야 죽는지라. 일촌인민이 거의 죽게 되엿으니 승샹이 엇지 홀노 살이오.

…이후로 마을스룸이 점점 피하야 훗터지니 일촌이 뷔엿시되 오즉 유모부쳐는 나가려 하면 소저의 혼이 나가지 못ㅎ게 ㅎ고 밤마다 울며 유모의 집의와 있다가 달이 기울면 돌아가더라.

「鄭乙善傳」

이 때부터 심천동 연못에서 낮이면 오색구름이 뭉쳐 있고 밤이면 슬픈 귀곡성이 간간이 들리는지라…이러므로 폐읍이 된 모양이라 평안감사는 날마다 근심하여 염탐한즉 그 고을 김좌수의 딸 형제가 심천동에 빠져 죽은 후로 원혼이 되어 원님에게 설원하러 들어간즉 원님마다 놀래여 죽기도하고 혹 병들어 올라간다는 지라.

「金仁香傳」

문득 낭자 몸에 피를 흘리고 완연히 문을 열고 드러와 자기 곁해 안자 여인이 울며 왈 낭군이 입신양면하야 영화로이 나려오시니 천하예 즐겁기 측량업거니와 첩은 시운이 불행하야 세상을 바리고 황텬객이 되어는지라… 그러나 첩의 원통하온 사연을 아무쪼록 신설하옵음을 랑군에게 부탁하옵나니 바라건대 랑군은 소홀이 아지 마르시고 이런 한을 푸러 주시면 죽은 혼백이라도 정한 귀신이 되오리다….

「淑英娘子傳」

그 밖에도 「콩쥐팥쥐전」에서도 계모 배씨에 의해 죽은 콩쥐의 넋이 감사 앞에 나타나 신원을 호소하는 것 등은 아랑설화와 같은 신원설화이다. 여기에 나타난 것을 보면 원혼의 신원을 풀어주면 정한 귀신이 다시는 나타나지 않는다고 믿었고 또한 원통한 혼과 비명에 쓰러진 원혼들은 억울한 죽음으로 기운을 펴지 못하여 원한 맺힌 가정에 나타나거나, 또는 무당에 의탁하여 소원을 발표하고 사람에 의지하여 슬픔을 하소연한다고 믿었다는 것을 알 수 있다.

다음에는 이와 같은 영혼들이 여러 가지 편력을 거치고 재생하는 경우이다. 먼저 道仙的인 것들을 찾아보면 「梁山伯傳」, 「柳文成傳」,

「金仁香傳」 등을 들 수 있는데 대개 시체 부활인 경우가 많다.

　　무덤속의 양산백과 츄양대의 혼령이 방장산에 이르니 태을션
인 문왕 그대 양인이 인간재미 었더하뇨… 즉시 장왕께 품고하되
저 양인의 정성을 상제에 압서 긍치이 역이사 다시 인간에 보내
어 미진한 연분을 있게하라 하시거늘 노군이 주알 양인을 환생인
간하라 하온즉 신체가 다 썩어 업사올지라도 엇지 하오릿고 옥계
갈오시대 세인이 하날 조화를 모르나니 제 양인의 혼백을 육신에
붓쳐 환생인간하야, 팔순 향수한 후 션록을 다시 밧게 하여 세인
으로 하여금 텬의를 알게 하라 하시니 지장왕이 즉시 조칙을 받
자와 황건역사로 하여금 이 양인을 다리고 인간에 내려가 혼백을
육신에 부치고 오라한데… 황텬이 감동하신 양인의 혼백을 육신
에 붙여 인간에 희생하와 부모전에 뵈압나니…

「梁山伯傳」

　　문득 무덤이 갈려지거난 휴시 대화하야 즉시 홍상을 거두쳐
안고 몸을 날녀 분묘중에 뛰어드니 일행이 대경하야… 문득 무덤
이 일시에 갈나지며 무덤 속으로셔 오색채운이 이러나며 두 사람
의 신체 저절로 움직여 이러나며 무지개 다리를 좃차 한곳에 모
듸여 서로 반가움을 이기지 못하여 생이 츄씨의 손을 붓들고 왈
오날 우리 양인이 맛나미 엇지 텬정이 아니리오…

「梁山伯傳」

　　방성통곡하니 혼령인들 감동치 않으리요. 청아한 공성이 공중
에 나며 분묘가 벌어지더니 꽃같은 낭자 묘중에서 나오는데 신색
이 우연한지라 낭자의 절행을 하늘이 감동하사…

「柳文成傳」

　　부사 하리를 명하여 무덤을 헤치고 보니 밤에 보던 처녀가 분

명한… 그날밤 상경에 인향 형제가 들어와서 백배사례하고 부사 앞에 나와 앉아 여쭈되 소녀형제의 원수를 갚아 주시고 원혼을 위로하여 주시니 이 은혜는 만년이 가도 다못 갚겟사오며 아무쪼록 부귀영화를 대대에 누리심을 바라옵나이다….

「金仁香傳」

그 외 다음과 같은 작품에서도 이런 재생 장면을 발견할 수 있다.

ᄎ시 후취 윤씨 일몽을 어드니 선녀 구름으로 나려와 련화 두 송이를 쥬며 가라디 이는 쟝화홍련이니 그 이미이 죽음으로 옥뎨 불상이 녁이사 부인게 점지하ᄂᆞ니… ᄎ시 윤씨 그날붓터 태긔잇셔…

「薔花紅蓮傳」

어시 니러나보니 구슬 노혔던 곳의 살이 연지 빗갓치 니살랏거늘 그졔야 신긔히녀겨 유모를 불너뵈고 구슬을 소졔의 몸에 구을이니 불과 하로밤 사이의 살이 윤택하여 붉은 빗치 완연하고 옛 얼골이 쇠로 온지라 반긔믈 니긔지 못하여 익주 즈사의게 약을 구ᄒᆞ여 일변 약물노 몸을 씻기고 약을 머기니 환싱하여 인ᄉᆞ를 찰이는 지라…

「鄭乙善傳」

한칼에 머리를 버히번 제문을 일그니… 드러와 본즉 광재 도라누엇거늘 션군이 놀나 신체를 만져본즉 온긔 완연하여 생긔있는지라. 심중에 대희하야 일변 부모를 청하야 삼차를 다려 입에 흘리며 수족을 쥬므르니 랑새 눈을써 좌우를 도라보거늘

「淑英娘子傳」

ㅈㅅ물에 쩌여들어 별랑ㅈ의 허리를 안고 통곡왈… 만단 정회
를 이르며 옷고름을 글너 가슴을 만져보니 온긔가 잇셔 정신이
잇는 듯 흐지라 ㅈ시 류슈를 거두고 회싱단 일환을 가라 입에
너흐니 이윽고 호흡을 통흐며 정신을 차려 완완이 이러나 안지며
ㅅㅅ의 손을 잡고 젼싱인가 이싱인가 진가를 알 수 없도다…

「金鶴公傳」

원수 묘젼에 엎더려 대성통곡 스리울제 문득 천지 진동하며
분묘가 한반이 갈라지며 낭자 육신으로 자다가 일어나는 듯이
일어 앉아 선동의 손을 잡고 왈, 선동아 선동아 울지 말고 나를
자서히 보아라.…

「權益重傳」

방울이 굴러 부인 시체 앞으로 들어가거늘 모두 보니 나뭇잎
같은 것이로되 가늘게 썼으되 보음척파 하였거늘 공이 대희 왈,
이는 박씨 보음한 것이로다 하고 그 풀을 부인 입에 넣으니 식경
후 부인이 몸을 운동하며 돌아웁거늘 좌우 울음을 고치고 수족을
주무르니 그제야 부인이 숨을 길게 쉬는지라…

「금방울전」

이상으로 고대소설에 나타난 영혼불멸사상들은 다음과 같이 요약
할 수 있을 것이다. 고대소설에는 비명으로 죽어간 원혼들의 소리가
담겨 있고, 이승에 미진한 시체가 부활하며 선계나 불계에서 인간계
로 하강하는가 하면, 반대로 인간이 仙化하여 승천하고 극락세계에
가서 영생하기도 한다. 우리의 고유신앙인 Shamanism 즉, 영혼불멸
의 사상을 담고 있는 것으로 이는 동양의 독특한 道·佛·巫의 종교
적 신앙에서 온 것이라 하겠다. 죽은 사람이 극락세계에 가거나 신

선화 하는 것은 이승에서 積善한자요 죽어서 寃鬼가 되는 것은 이승에서 억울한 餘恨을 가슴에 품고 고이 눈을 감지 못한 자가 대개 그렇다는 것이다.

Ⅶ. 결론

본고에서는 한국 고전문학작품에 나타난 무격사상 곧 영혼불멸사상을 다루어 보았다. 이상에서 고찰한 내용을 중심으로 정리하면 다음과 같다.

첫째, 영혼불멸사상은 현재에도 우리 인간생활의 습성 가운데 부단하게 나타나지만 고대에는 더 심하게 나타나고 있음을 알 수 있다. 또한 모든 종교의 하부구조로 뿌리를 내리고 있으며, 그 유형으로는 隆神術, 精靈思想(Animism), 瑞物崇拜(Fetichism), 禁忌(Taboo), 토테미즘(Totemism) 등으로 나누어 질 수 있는데 이와 같은 사항은 우리 고전문학 전반에 반영되어 있음을 본다.

둘째, 고대에 가까울수록 불교, 도교, 기독교 등과 같은 종교의 영향이 적었으므로 영혼불멸사상도 주로 샤머니즘적인 것과 Animism, Fetichism, Taboo, Totemism 등의 결합으로 나타난다. 근세에 올수록 차츰 고등 종교적인 색채가 가미되었음을 알 수 있다.

또한 조선시대의 소설류 이전 것들은 주로 전자에 속하고 조선시대의 소설류부터는 상당히 유불선적인 색채가 짙어짐을 알 수 있다. 이외 기독교 전래와 궤를 같이하는 신문학기 이후의 작품을 분석해 보면 이와 같은 사상이 이렇게 변모되고 있는가를 살펴보는 것도 흥미로울 것이라 생각된다.

셋째, 국문학사 가운데 영혼불멸의 요소는 상고시대로부터 지금까지 시가·소설은 물론 설화문학에까지 면면이 흘러오고 있다고 보여지며, 어떤 의미에서 이는 한국문학의 한 특색이라고도 볼 수 있겠다. 끝으로 본고는 앞으로 한국문학을 연구하거나 한국문학사상사를 고찰하고 이를 정리해 나가는데 일조가 되고자 생각하며 그 밑바탕이 될 수 있는 고유신앙사상 즉, 무격사상이 국문학에 어떻게 나타나고 있는가를 살펴본 것이다.

참고 문헌

1. 강정원, 「동제 전승주체의 변화」, 『한국민속학』 36호, 한국민속학회, 2002.
2. 구미래, 『한국인의 상징세계』, 교보문고, 1993.
3. 김도현, 「삼척의 봉수와 관련 민간신앙」, 『강원사학』 19 · 20합집, 강원대 사학회, 2004.
4, 김동욱, 『한국가요의 연구』, 을서문화사, 1961.
5. 김열규, 『한국민속과 문학연구』. 일조각, 1971.
6. 김영기, 『백두대간 민속기행』, 강원일보사, 1999.
7. 김의숙, 「민속신앙의례와 속신의 음양관」, 『민속학연구』4호, 국립민속박물관, 1997.
8. _____ 외, 『강원전통문화총서 - 민속』, 국학자료원, 1997.
9. _____ 외, 『동강 민속을 찾아서』, 푸른사상사, 2001.
10. _____ 외, 『서강 민속을 찾아서』, 집문당, 2003.
11. _____, 『한국민속제의와 음양오행』, 집문당, 1993.
12. 김재원, 『단군신화의 신연구』, 정음사, 1947.
13. 김종대, 『한국의 성신앙』, 인디북, 2004.
14. 김종대 · 김지욱 · 송민선, 『한국의 산간신앙』강원 · 경기편, 민속원, 1996.
15. 김태곤, 『한국민간신앙연구』, 집문당, 1983.
16. 나경수, 「광주 전남지역의 당산제 연구(3)」, 『한국민속학』 34호, 한국민속학회, 2001.
17. 민속학회, 『한국민속학의 이해』, 문예아카데미, 1994.
18. 박성의, 『한국문학배경연구』, 현암사, 1972.
19. _____ 편, 『한국고전문학전집』, 성음사, 1972.
20. 박일송, 「횡성군」, 『태백의 전설』상, 강원문화총서4, 강원일보사, 1974.
21. 손진태, 『민족문화의 연구』, 을서문화사, 1948.

22. 신종원, 「삼악산신제와 제궁동(쟁골)祭」, 『강원사학』(13·14합집호), 1998.

23. 심주동, 『조선고가연구』, 박문서관, 1957.

24. 양계초 외, 『음양오행설의 연구』, 김홍경 편역, 신지서원, 1993.

25. 이능화, 『朝鮮巫俗考』, 이재곤 역, 동문선, 1991.

26. 이상언, 「한국인의 수개념연구(1)」, 『한국민속학보』5호, 한국민속학회, 1995.

27. 이종철 외, 『성, 숭배와 금기의 문화』, 대원사, 1997.

28. _____, 박효원, 『서낭당』, 대원사, 1994.

29. _____, 「한국 성신앙 연구」, 영남대 대학원 박사학위 논문, 2001.

30. _____, 『마을신앙의 사회사』, 웅진출판, 1994.

31. _____, 『마을신앙의 사회사』, 웅진출판, 1995(2쇄).

32. _____, 「산신과 거리신이 돌보는 마을」, 『마을신앙의 사회사』, 웅진출판주식회사, 1994.

33. _____, 「탑」, 『마을신앙의 사회사』, 웅진출판주식회사, 1994.

34. _____, 『민속문화의 정체성 연구』, 집문당, 2001.

35. _____, 『아들 낳은 이야기』, 민속원, 2004.

36. _____, 화천군 간동면 간척3리 답사기록, 2005년 6월12일, 외 3건.

37. _____, 「허생전」의 구조와 의미, 『한겨레어문연구1』, 한겨레어문학회, 2001.

38. 임동권, 「마을제에 나타난 한국인의 사유」, 『한국 민속학』26호, 한국민속학회, 1994.

39. 임재해, 『설화작품의 현장론적 분석』, 지식산업사, 1991.

40. 장장식, 「민간신앙으로 본 성」, 『한국의 민속과 性』(비교민속학회 편), 지식산업사, 1997.

41. 장장식, 「한몽 '나무꾼과 선녀 설화'의 비교 연구」, 『민속학연구』, 9호, 국립민속박물관, 2001.

42. 장주근, 『한국의 향토신앙』, 을유문화사, 1975.

43. 정신문화연구원, 『민족문화대백과사전』, 1994.

44. 조동일, 『인물전설의 의미와 기능』, 영남대학교 민족문화연구소, 1979.

45. 주강현, 『우리문화의 수수께끼』, 한겨레신문사, 1996.

46. 표인주, 『남도민속문화론』, 민속원, 2000.

47. 최길성, 「민간신앙」, 『한국민속대관』제3권, 고려대학교 민족문화연구소출
　　판부, 1982.

48. 최길성, 『한국민간신앙의 연구』, 계명대학교출판부, 1989.

49. 최덕원, 「龍王祭」, 『한국세시풍속사전(정월편)』, 국립민속박물관, 2004

50. 『한국문화사대계』 VI, 「종교철학사」, 고려대민족문화연구소, 1970.

51. 『韓國民俗大觀』3, 高麗大學校 民族文化硏究所, 1995(재판).

52. 『한국민족문화대백과사전』, 한국정신문화연구원, 1991.

53. 황루시, 「민속부문」, 『강원 어촌지역 전설민속지』, 강원도 편, 국학자료원,
　　1995.

54. 홍윤식, 「미륵신앙의 본질」, 『한국종교사상의 재조명』 상권, 원광대출판부,
　　1993.

55. 岸木英夫, 『종교신비주의』, 대명당, 1959.

56. 城戶幡大郎, 『文化心理學の探究』, 國土社, 1971.

57. J G Frazer, Totemism and Lxogamy 4Bde 1910 Macmillan Golden Bough
　　2Bde 1951 Macmillan

58. E B Tylor Religion in Primitive culture 1958 Harper & Brothers New York

59. Peter H Lee, Korean Literature Topics and Themes, The University of
　　Arizona Press, 1965.

60. Eliade Das Heilige und das Profane Vom wesen des Religiosen, 1957.

61. Karl Fokotsch Etimologisxhes Worterbuch der europaischen worter
　　orientalischen Ursprungs, 1927.

Abstract

A Study of Thought-Patterns of Old Korean Novels

The following study was initiated on the assumption that old Korean novels would have their own unique sphere of consciousness as a historical product of koran history Literature is formed in connection with the conditions of human existence, and · accordingly when we consider that the individuals and the environments, or the self and the world presented in literary works are reflections of real life, and that literature is the expression of the intentionality of that life, old Korean novels contain the intentionality formed by the Korean people through tradition. From this point of view we can see problems in the blind tendency to be limited to internal analysis based on substitution exemplified by the Western methodology of literary research. The objects of this study, "Hong Gil-Dong Jeon",, "Choon-Hyang Jeon", "Shim-Cheong Jeon" and "Heung-Bu Jeon", were chosen because they are widely known in Korea and clearly reflect the thinking patterns of the Korean people. The following is a summary of the study that was made on the basis of these assumptions.

(1) In order to investigated the thinking patterns underlying old Korean novels it is necessary to grasp the indigenous religious mentality of Korean people. As an initial step Chapter One therefore deals with the substance and distinctive characteristics of Korean folk religion thought form the point of view of historical background. Korean religious mentality is permeated by the concept of salvation

and revolves around man's helplessness before the absolute and transcendent. Chapter Three attempts to analyze and clarify the patterns in the underlying structure of old Korean novels as a literary expression of folk religious thought. Firstly, from the point of view of story structure the development of the plots exhibits a suffering → conquest of suffering pattern.

(3) The structural pattern of old Korean novels was also examined form the point of view of characters, who symbolize ideal places or individuals and closely reflect the Korean people's Utopianism.

(4) When the results of this analysis were viewed as a whole, a structural characteristic of old Korean novels could be obtained. Through these works the characteristic of the Korean people was revealed to be an acceptance of suffering as inevitable, the tacit endurance of suffering, and an expectation of a new world to come.

The people held on in life, through all its travails, with the consciousness of the spirit of good. If they realized the will of heaven, the revelations which the people were thus able to receive from heaven brightened their lives, and the people could hope to obtain true salvation and liberation. This spirit of the good is implied in the apocalyptical topics of the literature.

(5) This apocalyptical nature inherent in the Korean classical novels is the vital element which allows a new interpretation of the classics' didactic themes of promotion of good and evil and their happy endings. Resulting from the process of establishing the spirit of goodness and discipline of evil is not a short-term confrontation but, as the realization of salvation it is a complete synthesis and perfection of actual happiness, adventing a new world.

As is evident in this summary, the foundation of the spirit of classic novel was a religious disposition in the collective sub-consciousness. it is the nature of all humans to aspire to the future; but these aspirations were restricted by the historical and social reality of the latter Yi dynasty. The novel of that time reflected this situation and form was given to a utopian spirit. In turn, the people bore patiently and waited for the moment in which they would realize slavation. The manifestation of this hope in their hearts forms the nature of the reader of the classic novel of this people's literature.

The attempt here must form the basis of further study. It is now required to sound out the possibility of establishing a system for treating the remaining classics. Also required is research of eastern religious thought, to verify its relevance and then employ it in the study of the Korean classics. The place and role of Korea's classic novels in this whole schema of eastern thought must be kept in mind. To accompany all this must be a thorough investigation into the relationship between the Korean social hierarchy and the *weltanshauung* of the Korean people

완판 71장본 심청전

<1-앞>

심쳥젼권지상이라

송나라 말연의 황주 도화동의 흔 사롬이 잇스되 셩은 심이요 명은 학규라 누셰 장여지족으로 문명이 자자터니 가운이 영체ᄒ야 이십안 안밍ᄒ니 낙슈쳥운의 벼살이 슨어지고 금장자수의 무어스니 향곡의 곤흔 신셰 원근 친쳑 업고 겸ᄒ여 안밍ᄒ니 뉘라셔 졉디ᄒ랴마는 양반의 후예 힝실이 쳥염ᄒ고 지조가 강기ᄒ니 사롬마닥 군자라 층ᄒ더라 그 쳐 곽씨부인 현철ᄒ야 임사의 덕힝이며 장강의 고음과 목난의 졀기와 예기 가례 니칙편이며 주남 소남 관져시를 몰을 거시 업스니 일이의 화목ᄒ고 노복의 은인ᄒ며 가산 범졀ᄒ미 빅집사가관이라 이계의 쳥염이며 안연의 간난이라 쳥젼구업 바

<1-뒤>

이 업셔 흔 간 집 단포자의 조불여셕 ᄒ난구나 야외의 젼토 업고 낭셔의 노복 업셔 가련흔 어진 곽씨부인 몸을 바려 품을 팔러 싹반어질 간더 도포 힝의 창의 징념이며 졉슈 패자 중추막과 남녀의복 잔누비질 상침질 외올찌기 꽈쌈 고두누비 속올이기 셰답쌜니 푸시마젼 하졀의복

한삼 고의 망건 꾸미기 갓끈 졉기 비자 단초 토슈 보션 힝젼 줌치 쌈지
단임 허릿기 양낭 볼지 휘양 복건 풍치 쳔의 가진 금침 베기모의 쌍원앙
수 놋키며 오사 모사 각디 흉비의 학 놋키와 초상난 집 원삼 졔복 질삼
션주 궁초 공단 수주 남능 갑사 운문 토주 분주 명주 싱초 통경이며
북포 황져포 춘포 문포 제추리며 삼베 빅져 극상세목 짜기와 혼장디사
음식 숙졍 가진 중게흐기 빅산과졀

<2-앞>

신셜노며 수팔연 봉오림과 비상흐듸 고임질과 청홍황빅 침힝 염식흐
기를 일연 삼빅육십일을 하로 반 쩌 노지 안코 손툽 발툽 자자기게
품을 파라 모일 젹의 푼을 모야 돈을 짓고 돈을 모야 양을 만드려 일수
체게 장이변으로 이웃집 착실흔 듸 빗슬 주어 실수업시 바다 들려 춘추
시힝 봉졔사와 압 못보난 가장 공경 사졀의복 조셕찬수 입의 마진 가진
별미 비위 맛쳐 지성공경 시종이 여일흐니 상흐촌 사롬더러 곽씨부인
음젼타고 층찬흐더라 흐로난 심봉사가 여보 마누리 예 사롬이 셰상의
삼겨날 제 부부야 뉘 업스랴마는 젼싱의 무삼 은혜로 이상의 부부 되야
압 못보난 가장 나를 일시 반 쩌도 노지 안코 주야로 버러셔 어린아히
밧든다시 힝여 비 곱풀가 힝여

<2-뒤>

치워흘가 의복 음식 쩌 맛추어 극진이 공양흐니 나는 편타 흐련마는
마누리 고상흐난 일리 도로여 불평흐니 일후부텀 날 공경 그만흐고
사난 디로 사룻가되 우리 년당 사십의 실하의 일졈혈율 업셔 조종힝화
를 일노 좃차 끈케되니 죽어 지흐의 간들 무삼 면목으로 조상을 디면흐
며 우리 양주 신셰 싱각흐면 초상 장사 소디기며 년년이 오난 기일의

밥 흔 그릇 물 흔 모금 게 뉘라셔 밧들잇가 명산디찰의 신공이나 디려보
아 다힝이 눈 먼 자식이라도 남녀간의 나어보면 평싱흔을 풀거스니
지셩으로 빌러 보오 곽씨 디답ᄒ되 옛글의 이르기를 불효삼쳔의 무후
위더라 ᄒ여쓰니 우리 무자홈은 다 쳡의 죄악이라 응당 닉침직ᄒ되
군자의 너부신 덕퇵으로 지금가

<3-앞>

지 보존ᄒ니 자식 두고 시푼 마음이야 주야 간졀ᄒ와 몸을 팔고 쎄를
간들 못ᄒ오릿가만은 형셰는 간구ᄒ고 가군의 졍디ᄒ신 셩졍을 몰나
발셜 못ᄒ엿더니 몬져 말삼ᄒ옵시니 지셩신공 ᄒ오리다 ᄒ고 품 파라
모든 지물 왼갓 공 다들인다 명산디찰 영신당과 고뫼츙사 셩황사며
졔불보살 미력임과 칠셩불공 나한불공 졔셕불공 신즁마저 노구마지
탁의시주 인등시주 창오시주 갓갓지로 다 지니고 집의 드러 잇난 날은
조왕셩주 지신졔를 극진이 공 드리니 공든 탑이 무너지며 심든 남기
썩거질가 갑자 사월 초 팔일의 흔 꿈을 어드니 셔기 반공ᄒ고 오치
영농흔디 일기 션녀 학을 타고 ᄒ날노 나려오니 몸의난 치의요 머리난
화관이라 월픽를 느짓차고 옥픽

<3-뒤>

소리 징징흔디 계화 일지를 손의 들고 부인게 읍ᄒ고 겻티와 안는
거동은 두렷흔 달졍신이 품안의 드난 듯 남희관음이 희즁의 다시 돗난
듯 심신이 황홀ᄒ야 진졍키 어렵더니 션녀 ᄒ난 말리 셔황묘 쌀이옵더
니 반도진상 가난 길의 옥진비자를 만나 두리 수작ᄒ여습더니 시가
좀 어기여삽기로 상계게 득죄ᄒ야 인간의 닉치시미 갈 바를 몰나더니
티힝산 노군과 후토부인 졔불보살 셔가여림님이 귀 딕으로 지시ᄒ옵기

여 왓사오니 여엽비 여기옵소셔 품안의 들미 놀니 씨다르니 남가일몽
이라 직시 봉사님을 꾀여 몽사를 의논ᄒ니 두리 꿈이 갓탄지라 그 날밤
의 엇지ᄒ엿던 과연 그 달부텀 티기 잇셔 곽씨부인 어진 마음 셕부졍부
좌ᄒ고 할부졍불식ᄒ며

<4-앒>

이불청음셩ᄒ고 목불시악식ᄒ며 입불번와불칙ᄒ며 십 식을 찬 연후
의 ᄒ로난 희복기미 잇구나 이고 비야 이고 허리야 심봉사 일변 반갑고
일변 놀니여 집 ᄒ 줌 졍이 추려니여 사발의 졍화수를 소반의 밧쳐
노코 단졍이 꿀어안져 비난이다 비난이다 삼신졔왕젼의 비난이다 곽씨
부인 노산이 오미 헌 초미의 외씨 샌지듯 순산ᄒ여 주옵소셔 비더니
뜻밧기 힝니 만실ᄒ고 오식안기 두루더니 혼미 중의 탄싱ᄒ니 과연
쌸이로다 심봉사 거동보소 쌈을 가려 뉘여노코 만심 환히ᄒ던 차의
곽씨부인 졍신 차려 뭇난 말리 여보시오 봉사님 남녀간 무어시오 심봉
사 디소ᄒ고 아기 삿쳘 만져보니 손이 나루비 지닉듯 문듯 지너가니
아미도 무근 조긔가 힛조긔 나아

<4-뒤>

나부 곽씨부인 셜어ᄒ여 ᄒ는 말리 신공 드려 만득으로 나혼 자식
쌸이라 ᄒ오 심봉사 이른 말리 마누리 그 말 마오 첫치느 순산이요
쌸이라도 잘 두며 언의 아들 주어 밧구것소 우리 이 쌀 고이 질너 예졀
몬져 가르치고 침션방젹 두로ᄒ야 요조숙녀 조혼 비필 군자호구 가리
여서 금실우지 질거움과 종사우진진ᄒ면 외손봉사 못ᄒ릿가 첫 국밥
얼는 지여 삼신상의 밧쳐 놋코 의관을 졍졔ᄒ고 두 손 드러 비난 말리
비난이다 비난이다 삼십삼쳔 도슐쳔 졔셕젼의 발원ᄒ며 삼신졔왕임니

화의동심호야 다 구버 보옵소셔 사십 후의 졈지혼 자식 혼두 달의 이실
미쳐 셕 달의 피 어리여 넉 달의 인형 삼기여 다섯 달의 외포 삼겨
여섯 달의 육졍나고 일곱 달의 골격 삼겨

<5-앞>

사만팔쳔 털이 나고 야답 달의 찬 짐 바다 금광문 희탈문 고히 여러
순산호오니 삼신임니 덕이 안이신가 다만 무남독녀 쌀이오나 동방삭의
명을 주워 틱임의 덕힝이며 딕순증삼 효힝이며 기랑 쳐의 졀힝이며
반히의 지질이며 복은 셕숭이 복을 졈지호며 쵹부단혈 복을 주어 외
붓듯 달 붓듯 잔병 업시 일취월장호여 주옵소셔 더운 국밥 퍼다 노코
산모를 먹인 후의 혼자말노 아기를 어룬다 금자동아 옥자동아 어허간
간 니 쌀이야 표진강 숙힝이가 장만혼들 이여 더 반가오며 산호진주
어더쓴들 이여서 더 반가올가 어디 갓다 인자 와 삼겨는야 이럿타시
길기더니 쯧밧긔 산후별증이 낫

<5-뒤>

구나 현철호고 음젼호신 곽씨부인 희복혼 초칠일 못 다 가셔 외풍을
과이쐬야 병이 낫네 이고 빅야 이고 머리야 이고 가삼이야 이고 다리야
지형업시 만신을 알난구나 심봉사 기가 막켜 압푼 딕를 두로 만지며
졍신 차려 말을 하오 쳬호엿난가 삼신임니 집탈인가 병셰 졈졈 위즁호
니 심봉스 겁을 니여 건네 마을 셩셩원을 모셔다가 짐믹혼 연후의 약을
쓸 졔 쳔문동 믹문동 반호 진피 게피 빅복 영소 엽방풍 시호 게지 힝인
도인 실농씨 장빅초로 의약을 쓴들 사병의 무약이라 병셰 졈졈 침즁호
여 하릴업시 죽게 되니 곽씨부인 쪼혼 사지 못홀 줄 알고 가군의 손을
잡고 봉사님 휴유 혼슴 질게 쉬고 우리 두리 셔로 만나 희로빅연호랴

ᄒ고 간구흔 살임사리 압 못보난

<6-앞>

가장 범연ᄒ면 노음찌기 숨기로 아모조록 뜻슬 바다 가장 공경ᄒ랴
ᄒ고 풍한셔십 가리진코 남촌북촌 품을 파라 밥도 밧고 반찬도 어더
식은 밥은 니가 먹고 더운 밥은 가군 들려 비 곱푸잔케 춥지 안케 극진
경디ᄒᆸ더니 천명이 그 뿐인지 인연이 쓴쳐진지 ᄒ릴 업쇼 눈을 엇지
곱고갈가 뉘라셔 헌 옷 지여주며 맛진 음식 뉘라셔 권ᄒ릿가 니가 흔
번 죽어지면 눈 어둔 우리 가장 사고무친 혈혈단신 의탁홀 곳 업셔
박아지 손의 들고 집팡막디 부어잡고 쎄 맛추워 나가다가 구렁의도
쎈져 돌의도 치여 업푸러져셔 신셰자탄으로 우난 양은 눈으로 곳 보난
듯 가가문젼 차져가셔 밥 달나는 실푼 쇼리 귀여 징징 들이난 듯 나
죽은 후 혼빅인들 차마 엇지 듯고 보며 명산

<6-뒤>

디챨 신공 들여 사십의 나흔 자식 졋 흔 번도 못메기고 얼골도 치
못보고 죽단 말가 젼성의 무삼 죄로 이성의 삼겨나셔 어미 업는 어린
겨시 뉘 졋 먹고 잘어나며 가군의 일신도 주쳬 못흔디 쏘 져 거슬 엇지
ᄒ며 그 모양 엇지 홀가 멀고 먼 황쳔질의 눈물 졔워 엇지 가며 압피
막켜 엇지 갈가 져 건네 이동지 집의 돈 열 양 맛겨쓰니 그 돈 열양
차져다가 초상의 보터여 쓰고 도장 안의 양식 히복쌀노 두어쓰나 못다
먹고 죽어가니 니의 사졍 졀박ᄒ네 첫 상망이나 지닌 후의 두고 양식ᄒ
옵고 진어사디 관복 흔 후의 차지려 오거든 염여 말고 니여쥬고 건네마
을 귀덕어미 니게 졀친ᄒ여 단여쓰니 어린 아

히 안고 가셔 졋슬 먹여 달나흐면 응당 괄세 안이흐리니 쳔힝으로
이 자식이 죽지 안코 자라나셔 졔발로 걸거든 압 셰우고 질을 무러
니 무덤 압푸 차져와셔 네의 죽은 모친 무엄이로다 가르쳐 모녀 상면흐
면 혼이라도 원이 업겟소 쳔명을 어길 길이 업셔 압 못보난 가장의게
어린 자식 믹게두고 영결흐고 도라가니 가군의 귀흐신 몸이 이통흐여
상치 말고 쳔만보즁 흐옵소셔 차싱의 미진흔 인연 다시 만나 이별 말고
살이라 이고 니가 이겼소 져 아히 일홈을 심쳥이라 지여 두고 나 끼던
옥지환이 함 속의 잇스니 심쳥이 자라거든 날 본 다시 너여 주고 나라의
셔 상사흐신 돈 수복 강영 티평안락 양 편의 시긴 돈을 고혼 홍젼 괴불
줌치 주홍당사 벌미답의 끈을 다러 두

어스니 그것도 너여 치여주오 흐고 잡어썬 손을 후리치고 흔숨 짓고
도라누어 어린아히 자바달려 낫슬 흔티 문지르며 셔를 끌끌 차며 쳔지
도 무심흐고 귀신도 야속다 네가 진직 삼기거나 니가 좀더 살거나 너
낫차 나 죽으니 갓업난 궁쳔지통을 널노흐여 풀게흐니 죽난 어미 사난
잣기 싱스간의 무삼 죄냐 뉘 졋 먹고 살아나며 뉘 품의셔 잠을 자리
이고 아가 니 겻 바롬 삽삽비풍 되야잇고 눈물 미져 오는 비난 소소쳬우
니리도다 하날은 나직흐고 음운언 자옥흔듸 숨풀의 우난 시는 졍어긍
흐여 젹막키 머무르고 셰니의 도난 물은 소리 삽삽 잔잔흐여 오열이
홀너가니 흐물며 사롬이야 엇지

안이 셜워흐리 푁각질 두셰 번의 숨이 덜걱 지니 심봉사 그졔야 죽은

줄 알고 이고 이고 마누리 참으로 죽언난가 이게 웬일인고 가삼을 쌍쌍
두다리며 머리 탕탕 부드치며 니리궁글 치궁글며 업더지며 잡바지며
발 구르며 고통ᄒ며 여보 마누리 그듸 살고 니가 죽으면 져 ᄌ식을
키울 거슬 니가 살고 그듸 죽어 져 자식 엇지 키잔 말고 이고이고 모진
목숨 사즈ᄒ니 무엇 먹고 살며 홈기 죽자ᄒᄂᆫᆯ 어린 자식 엇지홀가 이고
동지 셧달 찬ᄇᄅᆷ의 무엇 입펴 키여니며 달은 지고 침침ᄒᆫ 빈 방안의셔
졋 먹자 우난 소리 뉘 졋 먹여 살여닐가 마오몽오 제발 덕분 죽지 마오
평싱 정ᄒᆫ 뜻시 사직동혈 ᄒ자더니 염나국이 이드라고 날 바리고 져
것 두고 죽단 말가 인졔 가면 언졔 오

<8-뒤>

리 이고 쳥춘작본호환힝의 봄을 ᄯᅡ러 오랴난가 청쳔뉴월너기시의 달
을 씌고 오랴난가 곳도 졋다 드시 피고 희도 졋다 다시 돗건마는 우리
마누리 가신 듸는 가면 다시 못오넌가 삼쳔벽도 요지연의 셔왕모를
ᄯᅡ러간가 월궁 항아 짝이 되야 도약ᄒ러 올나간가 황능묘 이비 홈기
회포말 ᄒ러간가 회사정 호쳔ᄒ던 사씨부인 차자간가 나는 뉘를 차져
갈가 이고 셜운지고 이러타시 이통홀 졔 도화동 사롬더리 남녀노소
업시 묘와 낙누ᄒ며 ᄒ는 말리 현쳘ᄒ든 곽씨부인 불상이도 죽어구난
우리 동닉 빅여 호라 십시일반 감장이나 ᄒ여 주싀 공논이 여출일구ᄒ
야 의금관곽 졍이ᄒ야 힝양지지 가리여 삼 일만의 출상홀 졔 회로가
실푼 소리 우너어 원어 원

<9-앞>

얼리 넘차 원어 북망산이 머다더니 건넌산이 북망일셰 원어 원어 원
얼리 넘차 원어 황쳔질리 머다더니 방문밧기 황쳔이라 원어 원어 불상

ㅎ다 곽씨부인 힝실도 음젼ㅎ고 지질도 기이터니 늑도 졈도 안이ㅎ여
서 영결종쳔 ㅎ여쑤나 원어 원어 원어리 넘차 원어 어화 너화 원어
이리져리 영결종쳔 ㅎ여쑤나 원어 원어 원어리 넘차 원어 어화 너화
원어 이리져리 건네갈졔 심봉사 거동 보소 어린 아히 강보의 씬인 치
귀덕어미 민겨두고 집팡막디 훗텃집고 논들밧들 좃차와셔 상여 뒤치
부어잡고 목은 쉬여 크게 우던 못ㅎ고 여보 마누리 니가 마누리가 사러
야 어린 자식 살여니졔 천하천지 몹실 마누리 그디 죽고 니가 초칠
일 못다간 어린 자식 압 못보난 니가 엇지 키어닐고 이고이고 셔러울
졔 산쳐의 등도ㅎ야 안장ㅎ고 봉

<9-뒤>

분을 다흔 후의 심봉사 졔를 지니되 셔룬 진졍으로 졔문 지여 익던
거시엿다 ◑차호부인차호부인 요차조지숙여ㅎ여 싱불고어고인이라
◑기빅년이 히로터니 홀연몰혜언귀요 ◑유치자이영세혜여 이것실 엇
지 질너니며 ◑귀불귀혜쳔디혜어 언의 씨나 오라는가 ◑탁송츄이위가
ㅎ여 자는 다시 누어스이 ◑상음용이젹막ㅎ여 보고 듯기 어려워라 ◑
누삼삼이첨금ㅎ여 젓난 눈물 피가 되고 ◑심경경이소원ㅎ여 살기리
젼이 업다 ◑소회인이지피ㅎ여 바리본들 어이ㅎ며 ◑어장주이울도ㅎ
여 뉘를 의지ㅎ잔 말가 ◑빅양노이월낙ㅎ여 산젹젹 밤 집푼 디 ◑어츄
츄이주유ㅎ여 무슨 말을 ㅎ소흔들 ◑격유헌이노수ㅎ여 그 뉘라셔 위로
ㅎ리 ◑셔리상

<10-앞>

지상봉ㅎ면 차싱의난 흔이 업니 ◑주과포혜박잔혜여 만이 먹고 도라
가오졔문을 막 익더니 모들쓰기ㅎ여 이고이고 이게 웬일인고 가오가오

날 바리고 가난 부인 흔탄ㅎ여 무엇ㅎ리 황천으로 가는 기리 각졈이
업스니 뉘집의 가자고 가오 가는 디 날 일너 주오 무수이 이통ㅎ니
장사 회긱더리 말여 도라와셔 집이라 드러가니 부엌은 젹젹ㅎ고 방은
텡 비엿구나 여린아히 달려다가 헝덩글러진 빈 방안의 티빅산 갈가마
구 게발 무러 더진다시 홀노 누어스니 마음이 온젼ㅎ리 벌덕 이러셔더
니 이불도 만져보고 벼기도 더드무며 예 덥던 금침은 의구이 잇다마는
독숙공방 뉘와 함기 덥고 자며 농쏙도 쾅쾅 치며 반어질 상자도 덥벅
만져보고 빗던 빗졉도 평등

<10-뒤>

그리 더져도 보고 바든 밥상도 더듬더듬 만져보고 부엌을 향ㅎ야 공
연이 불너도 보며 이웃집 차져가서 공연이 우리 마누리 예 왓소 무러도
보고 어린아히 품의 품고 너의 어만이 무상ㅎ다 너를 두고 죽엇졔 오날
은 졋슬 어더 먹어스나 너일은 뉘 집의 가 졋슬 어더 먹여 올가 이고
이고 야속ㅎ고 무상혼 귀신 우리 마누리를 잡아갓구나 이러쳐로 이통
ㅎ다가 풀쳐 싱각ㅎ되 사자는 불가부싱이라 ㅎ릴 업건이와 이 자식이
나 잘 키여닉리라 ㅎ고 어린아히 잇난 집을 차례로 무러 동영졋슬 어더
먹일 졔 기 눈 어두어 보든 못ㅎ고 귀는 발가 눈치로 간음ㅎ고 안자다가
마참 날 도들 젹의 우물가의 들닉난 소릭 얼는 듯고 나셔면서 여보시오
마누리님 여보 아씨님네 이

<11-앞>

자식 졋슬 좀 먹여주오 날노 본들 엇지ㅎ며 우리 마누리 사러슬 졔
인심으로 싱각혼들 차마 엇지 괄셰ㅎ며 어미 업난 어린 것신들 엇지
안이 불상ㅎ오 딕집의 귀ㅎ신 아기 먹이고 나문졋 혼 통 먹여주오 ㅎ니

뉘 안이 먹여주리 쏘 육칠 월 지심 미난 녀인 수일참 차져 가셔 익근ㅎ
게 어더 먹이고 쏘 셰너가의 빨니ㅎ는 듸도 차져가면 엇던 부인은 달니
다가 씁쓰시 먹여주며 후 날도 차져오라 ㅎ고 쏘 엇던 녀인은 말ㅎ되
인자 막 우리 아기 먹여스니 졋시 업노라 ㅎ여 심쳥이 졋슬 만이 어더
먹인 후에 아히 비가 불눅ㅎ 직 심봉사 조와라고 양지 바른 어덕 미티
쑥그려 안져 아기를 얼울 졔 아가 아가 자는야 아가 아가 웃는야 어셔
커셔 너의 모친 갓치 현철ㅎ야 효힝 잇셔

아비의게 귀ㅎ물 뵈야라 언의 조모 잇셔 보며 언의 외가 잇셔 믹길손
야허ᅥ로 뵈일 사롬 업셔스니 아히 졋슬 어더 먹여 뉘이고 시시이 동영
ㅎ 졔 삼베젼디 두동 지여 흔 머리는 쌀을 밧고 흔 머리는 베를 바다
모이고 흔 달 육장 단이며 젼젼이 흔 푼 두 푼 어더 묘와 아히 맘죽차로
깅엿 푼엇치 홍홉도 사고 일엇타시 지너나며 미월 삭망 소더기를 염예
업시 지너더니 쏘 심쳥이는 장니 귀이 될 사롬이라 쳔지귀신이 도와주
고 졔불보살이 음조ㅎ여 잔병업시 자라나 졔발노 거러 잔주름을 지너
고 무졍셰월 약유파라 언의더시 육칠셰라 얼골리 국식이요 인사가 민
쳡ㅎ고 효힝이 출쳔ㅎ고 소견이 탁월ㅎ고 인자ㅎ미 기린이라 부친의
조셕 공양과 모친의 졔사를 의법

으로 할 졸을 아니 뉘 안이 충찬ㅎ리요 ㅎ로난 부친게 엇자오되 미물
짐싱 가마구도 공임 져문 잘의 반포홀 조를 아니 ㅎ물며 사롬이아 미물
만 못ㅎ오릿가 아부지 눈 어두신듸 밥 빌너 가시다가 놉푼 듸 집푼
듸 조분 질노 쳔방지방 단이다가 업푸려져 상키 쉽고 만일 날 구진

날 비바룸 불고 셔리친 날 치워 병이 나실가 주야로 염여오니 니 나히
칠팔 셰라 싱아육아 부모은덕 이졔 봉힝 못흐면 일후 불힝흐신 날의
익통흔들 갑사오릿가 오날부텀 아부지는 집이나 직키시면 니가 나셔셔
밥을 빌어다가 조셕근심 덜게 흐오리다 심봉사 웃고 흐는 말리 네 말리
기특흐다 인졍은 그러흐나 어린 너를 니보너고 안자 바더 먹난 마음
니 엇지 편흐리요 그런 말 다시 말라

<12-뒤>

쏘 엿사오되 자로난 현인으로 빅이예 부미흐고 졔형은 어린 여자로되
낙양 옥중의 갓친 아비 졔 몸을 파라 속죄흐니 그런 일 싱각흐면 스룸이
고금이 다르릿가 고집시 말으소서 심봉사 올리 여겨 기특흐다 니 쏠이
야 효녀로다 니 쏠이야 네 말더로 그려흐여라 심청이 이 날부텀 밥
빌너 나셜졔 원산의 희 비치고 압마을 연기 나면 헌 비중의 단임 치고
말만 나문 뵈처미 압셥 업난 졉져고리 이령져령 얼메고 쳥목 휘양 둘너
쓰고 보션 업시 발을 벗고 뒤칙 업난 신을 끌고 헌 박아지 엽푸 찌고
단지 놋근 미여 손의 들고 엄동셜흔 모진 날의 치운 조를 모로고 이
집 져 집 문압문압 드러가셔 인근이 비난 말리 모친은 셰상 바리시고
우리 부친 눈 어두워 압 못보신 줄 뉘 모르

<13-앞>

시랏가 십시일반이오니 밥 흔 술 덜 잡수시고 주시면 눈 어두온 너의
부친 시장을 면흐것소 보고 뭇난 사룸드리 마음이 감격흐야 그릇 밥
짐치장을 앗기쟌코 주며 혹은 먹고가라 흐면 심청이 흐난 말리 치운
방의 늘근 부친 웅당 기달일 거스니 나 혼자 먹사오릿가 어셔 밧비
도라가셔 아부 홈기 먹것난이다 이러쳐로 어든 밥이 두셰 집 어드니

족흔지라 속속키 도라와셔 방문 압푸 드러오며 아부지 춥지 안소 아부지 시장ᄒ시지요 아부지 기달엿소 자연이 더듸엿소 심봉사가 딸을 보니고 마음 둘 듸 업셔 탄복ᄒ더니 소리 얼는 반겨 듯고 문을 펄젹 열고 두 손 덥벅 잡고 손 시렵지야 입의 듸이고 홀홀 불며 발도 차다 어로만지며 셔를 쓸쓸 차며 눈물지여 이고이고

<13-뒤>

이답도다 너의 모친 무상할사 늬의 팔자야 널노 ᄒ여곰 밥을 비러 먹고 사잔 말가 이고이고 모진 목숨 구차이 사라나셔 자식 고상 시기난고 심청이 극진흔 효셩 부친을 위로ᄒ되 아부지 그 말삼 마오 부모를 봉양ᄒ고 자식의 효도 밧난 게 천리의 떳떳ᄒ고 인사의 당연ᄒ니 너무 걱졍 마르시오 진지나 잡수시오 ᄒ며 져의 부친 손을 잡고 이거슨 짐치요 이난 간장이오 시장ᄒ신듸 만이 잡수시오 이러타시 공양ᄒ며 춘하추동 사시졀 업시 동늬 걸인 되야더니 흔 희 두 희 네듸 희 지늬가니 지질이 민쳡ᄒ고 침션이 능난ᄒ니 동늬 바누질을 공밥 먹지 안이 ᄒ고 쌀을 주면 바다 뫼아 부친 의복 찬수ᄒ고 일 업난 날은 밥을 비러 근근히 연명ᄒ여 가니 셰월이 여류ᄒ야

<14-앞>

십오 셰의 당ᄒ더니 얼골리 츄월갓고 효힝이 틱기ᄒ고 동졍이 안온ᄒ야 인사가 비범ᄒ니 쳔셩녀질리라 가라쳐 힝홀손야 녀중의 군자요 시중의 봉황이라 이러흔 소문이 원근의 자자ᄒ니 일일은 월평 무릉촌 장승상듸 시비 드러와 부인 명을 바다 심소졔를 쳥ᄒ거늘 심청이 부친게 엿자오되 어룬이 부르신직 시비 홈기 가 단여오것난이다 만일 가셔 더듸여도 잡슈시던 나문 진지 반찬 시겨 상을 보와 탁자 우의 두어스니

시장ᄒ시거든 잡수시오 부디 나오기를 기다려 조심ᄒ옵소셔 하고 시비
를 ᄯ라갈 졔 시비 손 드러 가라치난 디 바라보니 문 압푸 심은 버들
엄율흔 시상촌을 젼ᄒ여 잇고 디문 안의 드러셔니 죄편의 벽오동은
말근 이실 쑥쑥 ᄯ려져

<14-뒤>

의 ᄭ꿈을 놀닛씨고 우편의 셧난 반송 쳥풍이 건 듯 부니 노용이 굼이난
듯 중문 안의 드러셔니 창 압푸 심은 화초 일난초 봉미장은 속입피
쩨여나고 고루 압푸 부용당은 빅구가 흔흔흔듸 하엽이 출수소의젼으로
놉피 쩌셔 동실 넙젹 진경은 쌍쌍 금부어 둥둥 안 중문 드러나셔니
가사도 굉장ᄒ고 수호 문창도 찬란흔듸 반빅이 나문 부인 의상의 단졍
ᄒ고 기부가 풍영ᄒ야 복이 만흔지라 심소졔를 보고 반겨ᄒ야 손을
쥐며 네 과연 심쳥이냐 듯던 말과 갓도 갓다 ᄒ시며 좌릏 주어 안친
후의 가긍ᄒ물 위로ᄒ고 자셔이 살피니 쳔상의 봉용국식일시 분명ᄒ다
염용ᄒ고 안진 거동 빅셕쳥강시비 뒤의 목욕ᄒ고 안지 졔비 사룸 보고
놀닌난 듯 황활흔 져 얼골은 쳔심의 도

<15-앞>

든 달리 수면의 빗치엿고 추파를 홀이 ᄯ씌이 시벽빗 말근 하날의 경경
흔 시별 갓고 양협의 고흔 빗쳔 노양연봉추분홍의 부용이 시로 핀 듯
쳥산 미간의 눈셥은 초싱달 정신이요 삼삼녹발은 시로 자난 난초 갓고
지약쌍빈는 미야미 귀 밋치라 입을 여러 웃난 양은 모란화 흔 숭이가
하로밤 비 기운의 피고져 버러지난 듯 호치를 여러 말을 ᄒ니 농산의
잉무로다 부인이 층찬 왈 네 젼셰를 모로난야 분명이 션녀로다 도화동
의 젹거ᄒ니 월궁의 노던 션녀 벗 흔나를 이러구나 오날 너를 보니

위연흔 일 아니로다 무릉촌의 너가 잇고 도화동의 네가 나니 무릉촌의 봄이 들고 도화동의 긔화로다 탈쳔지지졍긔ㅎ니 비범흔 네로구나 닌 말을 들어셔라 승상이 일직긔셰ㅎ

시고 아달리이 삼형졔라 황셩의 여환ㅎ여 달은 자식 손자 업고 실ㅎ의 지미 업셔 눈 압푸 말벗 업고 각방의 며나리는 혼졍신셩흔 후 다 각기 졔일 ㅎ니 젹젹흔 빈 방의 디ㅎ나니 촉불이요 보나니 고셔로다 네의 신셰싱각ㅎ니 양반의 후예로 져럿탓 궁곤ㅎ니 엇지 안이 불상ㅎ랴 니의 슈양쌀이 되면 녀공이며 문산을 학십ㅎ야 긔츌갓치 길너 니여 말연 지미 보려ㅎ니 네 뜻시 엇더흔요 심소졔 일어 지비ㅎ고 엿자오디 명도 기구ㅎ여 나흔졔 초칠 일 안의 모친이 불힝ㅎ야 셰상 바리시미 눈 어둔 니의 부친 동영졋 어더먹여 게우 살어스니 모야 쳔지 얼골도 모르미 궁쳔지통 끈칠 날리 업삽기로 니의 부모 싱각ㅎ야 남의 부모도 공경터니 오날 승상부인게옵셔 권ㅎ

신 쓰시 미쳔흔 줄 헤지 안코 쌀을 삼으려 ㅎ시니 이친을 모친을 다시 뵈온 듯 황송 감격ㅎ와 마음을 둘 고지 젼이 업셔 부인의 말삼을 좃자ㅎ면 몸은 영귀ㅎ오나 안흔ㅎ신 우리 부친 조셕공양과 사졀의복 뉘라셔 이우럿가 구휼ㅎ신 은덕은 사롬마다 잇거니와 지여날ㅎ여 난당이별논이라 부친 모시옵기를 모친 겸 모시옵고 우리 부친 날 밋기를 아달 겸 밋사오니 니가 부친 곳 안이시면 이졔까지 살어스며 니가 만일 업거 디면 우리 부친 나문 히를 맛칠 기리 업사오며 오조의 사졍 셔로 의지ㅎ여 니 몸이 맛도록 기리 모시려 ㅎ옵난니다 말을 맛치미 눈물리 옥면의

졋난 거동은 춘풍 셰우가 도화의 밋쳐다가 졈졈이 써러지난 듯ᄒ니 부인도 쏘ᄒ 긍칙ᄒ야 등을

<16-뒤>

어로 만지면서 효녀로다 효녀로다 네 말리여 응당 그러ᄒ홀 듯ᄒ다 노 혼ᄒ 니의 말리 밋쳐 싱각지 못ᄒ엿다 그렁져렁 날이 져무러지니 심쳥 이 엿자오디 부인의 착ᄒ신 덕을 입어 종일토록 모셔스니 영광이 만ᄒ 기로 일역이 다ᄒ오니 급피 도라가 부친의 지달이시던 마음을 위로 코져 ᄒ나이다 부인이 말유치 못ᄒ야 마음의 연연이 여기사 최단과 피륙이며 영식을 후이 주워 시비 흠기 보닐 젹의 네 부디 날을 잇지 말고 모녀간 의를 두면 노인의 다ᄒᆡᆼ이라 심쳥이 디답하되 부인의 장ᄒ 신 쓰시 이갓치 밋쳐스니 가르치시물 밧자오리다 졀ᄒ여 ᄒ직ᄒ고 망 연이 오더니라 이 쎄의 심봉사 홀노 안져 심쳥을 지달일 졔 비 곱파 등의 붓고 박근 추워 틱이 썰여지고

<17-앞>

잘 시는 날어들고 먼 듸 졀 쇠북소리 들이니 날 저문 졸 짐작ᄒ고 혼자 ᄒ는 말리 니 쌀 심쳥이는 무삼 일의 골몰ᄒ며 날리 져문 졸 모르 난고 주인의게 잡피여 못 오난가 져물게 오난 길의 동무의게 잠착흔가 풍셜의 가난 사룸 보고 짓난 긔소리의 심쳥이 오난야 반기듯고 무단홀 사 써러진 엽창의와 풍셜 셕거 부드치니 심쳥이 온 자최 힝여 긴가 ᄒ야 반겨 나셔면셔 심쳥이 네 오난야 젹막공졍의 인적이 업셔쓰니 헛분 마음 아득키 속아구나 집팡막더 차져 집고 사립 박기 나다가 지리 나문 지쳔의 밀친다시 써러지니 면상의 흑빗시요 의복이 어림이라 쎄 들 도로 더 쎈지며 나오잔직 미쓰러져 하릴업시 죽게 되여 아모리 소리

흔들 일모도궁ᄒ니 뉘라셔 건져주리

<17-뒤>

진소위활인지불은 곳곳마닥 잇난지라 마춤 이 씩 몽운사 화주승이
절을 중창ᄒ랴 ᄒ고 권션문 드러메고 나려왓다 청산은 암암ᄒ고 설월
은 도라올제 셕경 빗긴 질노 절을 차져가는 차의 풍편 실푼 소리 사롬을
구ᄒ라 ᄒ거늘 화주승 자비훈 마ᄋᆷ의 소리나난 곳슬 차쳐 가더니 엇던
사롬이 기쳔의 쎈져셔 거의 죽게 되엿거날 져 중의 급훈 마ᄋᆷ 구졀죽장
빅골리 암상의 쳘쳘 더져두고 굴갓 수먹 장삼 실씌 달인 치 버셔 노코
육눌 메투리 힝젼 단입 보션 훨훨 버셔 노코 고두누비 바지 져고리
거듬거듬 훨신 추고 왈의으의 달여드러 심봉사 고쵸 상토 덥벽 잡어
엇쓸우미야 건져노니 젼의 보던 심봉사라 봉사 졍신 차려 뭇난 말리
게 뉘시요 하니 중이 디답ᄒ되 몽운

<18-앞>

사 화쥬승이요 그럿체 활인지불이로고 죽을 스롬 살여노니 은혜 빅골
난망이라 화쥬승이 심봉사를 업고 방안의다가 안치고 쎈진 연고를 무
르니 심봉사 신셰를 자탄ᄒ다가 젼후말을 ᄒ니 그 중이 봉사다려 ᄒ는
말리 불상ᄒ오 우리 절 부체님은 영검이 만ᄒᆞᆸ셔 비러 안이 되난 일리
업고 구ᄒ면 응ᄒ나니 고양미 삼빅 셕을 부체님게 올이ᄋᆸ고 지셩으로
불공ᄒ면 졍영이 눈 쩌셔 완인이 되야 쳔지만물을 보오리다 심봉사
졍셰는 싱각지 안코 눈 뜬단 말의 혹ᄒ여 그러면 삼빅셕을 젹어 가시요
화쥬승이 허허 웃고 여보시요 딕의 가셰를 살펴보니 삼빅셕을 무신
슈로 ᄒ것소 심봉사 홰씸의 ᄒ는 말리 여보시요 언의 쇠아들놈이 부체
님게 젹어 노코 빈말ᄒ

<18-뒤>

것소 눈 뜰나다가 안진빅이 되게요 사롬만 업수이 여기난고 염에 말
고 적의시요 화주승이 발랑을 펼쳐노코 제일층 불근씨의 심학규 빅미
삼빅 석이라 적어가지고 흥직흥고 간 연후의 심봉사 즁을 보니고 다시
금 싱각흥니 시주쌀 삼빅 석을 판출홀 지리 업셔 복을 빌야다가 도로여
죄를 거시니 이 일을 어이흥리 이 셔름 져 셔름 무근 셔름 흐 셔름이
동무지여 일이니니 젼디지 못흥야 우름 운다 이고이고 니 팔자야 망영
홀사 니 일이야 쳔심이 지공흥사 후박이 업건마는 무삼 일노 밍인이
되여 셩셰조차 간구흥고 일월갓치 발근 거슬 분별홀 길 젼이 업고 쳐자
갓턴 지졍간을 디흥여도 못 보건네 우리 망쳐 살러씌면 조셕 근심 업슬
거슬 다 커가난 쌀자식을

<19-앞>

사동느여 니노와셔 품을 팔고 밥을 비러다그 근근이 호구흥난 즁의
공양미 삼빅 석을 호기 잇게 적어 노코 빅 그지로 싱각흔들 방칙이
업구나 빈단지를 기우린들 흔 되 곡식이 바이 없이 장농 수탐흔들 흔
푼젼이 웨잇시리 일간 두옥 팔자흔들 풍우를 못피커든 살 사롬이 뉘
잇스리 니 몸을 파자흥니 푼젼 싸지 안이흥니 니라도 사지 안이흥랴거
든 엇더흔 사롬은 팔자 조와 이목이 완젼흥고 슈족이 구비흥여 부부
희로흥고 자손이 만당흥고 곡식이 진진흥고 지물리 영영흥여 용지불갈
취지무궁 기루온 것 업건마는 이고이고 니 팔자야 날 갓턴 이 쏘 잇난가
안진박 쏩사동이 셔름다흔들 부모 쳐자 바로 보고 말 못흥는 벙어리도
셔룹다흔들 쳔지만물 보와잇

<19-뒤>

네 흔창 이러쳐롬 탄식홀 제 심청이 밧비 와셔 제의 부친 모냥 보고 짐작놀너여 발 구르면서 편신을 두로만지며 아부지 이게 웬일리요 나를 차져 나오시다가 이런 욕을 보와겻소 이웃집의 가겻다가 이런 봉변을 당ᄒ셧소 춥긴들 오직ᄒ며 분홈인들 오직ᄒ릿ᄀ 승샹딕 노부인이 구지 잡고 말유ᄒ여 어언간의 더듸엿소 승샹딕 시비 불너 부억의 잇난 나무로 불 흔 부억 너이주소 부탁ᄒ고 초미폭을 거듬거듬 거더잡고 눈물 흔적 시치면서 진지를 잡수시요 더운 진지 가져왓소 국을 몬져 자시시요 손을 ᄺ려다가 가으치며 이거슨 짐치요 이거슨 ᄌ반이요 심봉사 만면슈식 밥 먹을 뜻 젼이 어셔쓰니 아부지 웬일리요 어듸 압퍼 그러신가 더듸 왓다고 이럿타시

<20-앞>

진로ᄒ신가 안이로다 네 알어 쓸 듸 업디 아부지 그게 무삼 말삼이요 부자간 쳔륜이야 무삼 허물 잇르릿가 아부지는 날만 밋고 나는 아부지만 미더 뒷소사를 의논터니 오늘날 말삼이 네 알어 쓸 듸 업다고 ᄒ시오니 부모 근심은 곳 자식의 근심이라 제 아모리 불효흔들 말솜을 안이ᄒ시니 제 마음의 셥사이다 심봉사 그계야 니가 무삼 일을 네을 소기랴마는 만일 네 알거드면 지극흔 네의 마음의 걱정만 되겟기로 말ᄒ지 못ᄒ엿다 앗ᄀ네를 지달이다가 저무도록 안이오기예 하 각갑ᄒ여 너을 마져 나갓다가 질리 너문 긔쳔의 ᄲ져셔 거의 죽게 되엇더니 ᄯᆺ박기 몽운사 화주승이 나를 건져 살여 노코 하는 말리 공양미 삼빅 석을 진심으로 시주ᄒ면 싱견의 눈

<20-뒤>

을 쩌셔 천지만물을 보리라 ᄒ더구나 해쩜의 적어쩌다 중을 보니고 싱각ᄒ니 푼전 일이 업난 중의 삼빅 석이 어듸셔 난단 말인야 도로여 후회로다 ᄒ니 심쳥이 반기 듯고 부친을 위로ᄒ되 아부지 걱정 마르시고 진지나 잡수시요 후회ᄒ면 진심이 못되오니다 아부지 아두온 눈을 쩌셔 천지만물을 보량이면 공양미 삼빅 석을 아무조록 준비ᄒ야 몽운사로 올이라다 네 아무리 ᄒ들 빅천간두의 홀 슈가 잇슬손야 심쳥이 엿자오되 왕상은 고빙ᄒ고 궁기여 이어 엇고 곽거라 ᄒ난 사롬은 부모 반찬ᄒ여 노으면 제 자식이 상머리여 먹는다고 산 치 무드려 홀 졔 금항을 어더다가 부모 봉양 ᄒ엽스니 사친지효가 옛 사롬만 못ᄒ나 지셩이면 감쳔이라 ᄒ오니 공

<21-앞>

양미는 자연이 엇사오리다 집피 근심 마옵소셔 만단 위로ᄒ고 그 날부텀 목욕지게 젼조단발ᄒ며 집을 소솨ᄒ며 후원의 단을 무어 북두칠셩 힝야반의 만뢰구적ᄒ듸 등불을 발켜쁘고 졍화수 ᄒ 그릇 시북힝ᄒ야 비난 말리 간기 모월 모일의 심쳥은 근고우지비ᄒ노니 쳔지 일원셩신이며 하지후토 산영셩황 오방강시 하빅이며 졔일의 셔가여러 삼금강 칠보살 팔부신장 십왕셩군 강임도령 슈차공양ᄒ옵소셔 ᄒ날님이 일월 드미 사롬의 안목이라 일월이 업사오면 무삼 분별ᄒ오릿가 아비 무자싱신 삼십 안의 안밍ᄒ야 시물을 못ᄒ오니 아비 허믈을 니 몸으로 더신ᄒ옵고 아비 눈을 발켜 쥬옵소셔 이럿타시 빌기를 마지 안이ᄒ니 ᄒ로 난 드르니 남경상

<21-뒤>

고 션인더리 십오 셰 쳐자를 사려한다 한거늘 심쳥이 그 말 반기 듯고 귀덕어미 시이 너어 사롬사랴 한난 곡절을 무른직 우리난 남경션인으로 인당수 지니갈 제 제숙으로 제한면 무변디희를 무사이 월셥한고 십십만금퇴를 니기로 몸 팔여한는 쳐녀 이쓰면 굽슬 앗기지 안코 주노라 한거늘 심쳥이 반겨 듯고 말을 한되 나는 본촌 스롬일너니 우리 부친 안밍한사 공양미 삼빅 셕을 지셩으로 불공한면 눈을 쩌보리라 한되 가셰 철빈한여 판출홀 기리 젼리 업셔 니 몸 팔여한니 나를 사가미 엇더한요 션인들이 말을 듯고 효셩이 지극한니 가긍한다 허락한고 쌀 삼빅 셕을 몽운사로 슈운한고 금년 삼월 십오일의 발션한다 한고 가거늘 심쳥이 부친게 엿

<22-앞>

자오디 공양미 삼빅 셕을 이무 수은한여쓰니 이제난 근심치 마르옵소셔 심봉사 집작 놀니여 네 그 말리 웬말인야 심쳥갓탄 쳔츌지효녀가 엇지 부친을 속이랴만은 사셰 부득이라 잠간 궤슐노 속여 디답한되 장승상디 노부인이 월션의 날다려 수양쌀을 사무려 한시난디 차마 허락지 안이 한엿삽더니 금자 사셰는 공양미 삼빅 셕을 주션홀 기리 젼이 업셔 이 사연을 노부인게 엿자온직 빅미 삼빅 셕을 너여 주시기로 수양 쌀노 팔여난이다한니 심봉사 물식 모르고 이 말 반기 듯고 그러한면 거룩한다 그 부인은 일국 지상의 부인이라 아미도 달으미라 후록이 만한것다 져러한기여 그 자졔 삼형제가 환로의 등양한난이라 그러한나 양반의 자식으로 몸을 팔엿

<22-뒤>

단 말리 쳔문의 고히ᄒ다만은 장승상딕 슈양쌀노 팔인게야 관게ᄒ랴 언제나 가년야 너월 망일노 다려간다 ᄒ더이다 어 그 일 미우 잘 되얏다 심쳥이 그 날부텀 곰곰 싱각ᄒ니 눈 어두온 빅발 부친 영결ᄒ고 죽을 일과 사롬이 세상의 나셔 십오 세의 죽을 일리 졍신이 아득ᄒ고 일의도 쓰시 업셔 식음을 젼폐하고 슈심으로 지닉더니 다심금 싱각ᄒ되 업지러진 물이요 쏘와논 살이로다 날리 졈졈 갓가오니 이러ᄒ여 못ᄒ것다 닉가 살어쓸 제 부친의 의복 샐닉나 ᄒ리라 ᄒ고 츈츄의복 상침 졉졉 ᄒ졀의복 ᄒ삼 고의 박어지여 달어 노코 동졀의복 소음 두어 보의 쓰셔 농의 넛코 쳥목으로 갓끈 졉어 갓스 달어 벽의 걸고 망건 쑤며 당줄 달어 거러두고 힝션날을 셰알

<23-앞>

리니 ᄒ로이 지격ᄒᄌᆞ라 밤은 젹젹 삼경인딕 은하슈 기우러졋다 촉불 만디ᄒ여 두 무릅 마조 쑬고 아미를 수기리고 흔숨을 질게 쉬니 아무리 효녀라도 마음이 온젼홀손야 부친의 보션이나 망죵 지으라고 ᄒ고 바늘의 실을 쒸여드니 가삼이 답답ᄒ고 두 눈이 침침 졍신이 아득ᄒ여 힉음업시 우름이 간장으로조차 소사나니 부친이 씰가ᄒ여 크게 우던 못ᄒ고 졍졍오열ᄒ여 얼골도 디여보며 수족도 만져보며 날 볼 날 몃 밤인요 닉가 흔 번 죽어지면 뉘를 밋고 살으실가 익답도다 우리 부친 닉가 쳘을 안 언후의 밥빌기를 노으시더이 너일붓텀이라도 동닉걸인 되게쓰니 눈친들 오직ᄒ며 멸신들 오직홀가 무삼 험흔 팔자로셔 초칠일 안의 모친 죽고 부친조

<23-뒤>

　차 이별ᄒ니 이려 일도 잇실가 힝양낙일수운기난 소통쳔의 모자이별 편삽 수유소일인은 용산의 형제이별 셔출양관무고인은 위셩의 붕우이별 졍긱관산노기즁은 오희월녀 부부이별 이런 이별 만컨마는 사라 당흔 이별이야 소식 들을 날이 잇고 상면할 날 잇건마는 우리 부녀 이별이야 언의 날의 소식 알며 언의 찌여 상면ᄒᆯ가 도라가신 우리 모친 황쳔으로 가 겨시고 나는 이제 죽거드면 수궁으로 갈 거시니 슈궁의셔 황쳔가기 몃말 니 몃쳘나나 되넌고 모녀상면ᄒ랴 흔들 모친이 나를 엇지 알며 너가 엇지 모친을 알이 만이 뭇고 차려자셔 모녀상면 ᄒ는 날의 응당 부친 소식 무르실 거시니 무삼 말삼으로 딕답ᄒ리 오날밤 오경시를 함지의다 어무

<24-앞>

　르고 너일 아침 돗난 ᄒ를 부상지의다 미량이면 에여쓸사 우리 부친 좀더 모셔 보련마는 일거월니를 뉘라셔 막을 소냐 이고이고 셔룬지거 쳔지가 사졍이 업셔 이윽고 닭기 우니 심쳥이 홀 길 업셔 닭가닭가 우지 말아 제발 덕분의 우지 말아 반야진관의 밍상군이 안이로다 네가 울면 날리 시고 날리 시면 너가 죽난다 죽기는 섭지 안이ᄒ여도 의지업신 우리 부친 엇지 잇고 가잔 많고 언의더시 동방이 발거오니 심쳥이 제의 부친 긴지나 망종지여 드리리라 ᄒ고 문을 열고 나셔더니 발셔 션인드리 사립 박기셔 ᄒ는 마리 오날리 힝션날이오니 슈이 가게 ᄒᆸ소셔 ᄒ거늘 심쳥이 이 말을 듯고 얼골리 빗치 업셔지고 사지의 믹이 업셔 목이 메고 졍신이 어질ᄒ야션

<24-뒤>

인들은 제우 불너 여보시오 션인임니 나도 오날리 횡션날인 줄 이무
알어 끼니와 너 몸 팔인 조를 우리 부천이 아직 모르시오니 만일 알르시
거듸면 지러 야단이 날 거시니 잠간 지체ㅎ옵소셔 부친 진지나 망종
지여 잡슈신 연후의 말삼 엿잡고 쩌나게 ㅎ오리다 ㅎ니 션인더리 그러
ㅎ옵소셔 ㅎ거늘 심쳥이 드러와 눈물노 밥을 지여 부친게 올이고 상머
리예 마조 안져 아무쪼록 진지 만이 잡수시게 ㅎ노라고 좌반도 쩨여
입의 너코 짐쌈도 쓰셔 수져의 노의며 진지를 만이 잡수이요 심봉사는
철도 모르고 야 오날은 반찬이 미우 조쿠나 뉘 집 제사 지닌넌야 그
날 꿈을 쮜니 이난 부자간 천륜이라 몽조가 잇넌 거시엿다 아가아가
이상ㅎ 일도 잇다 근밤의 꿈을 쮜니

<25-앞>

네가 큰 수리를 타고 흔업시 가 뵈이니 수리라 ㅎ난 거시 귀흔 사롬이
타는이라 우리집의 무삼 조흔 일리 이쓸가부다 그러치 안이ㅎ면 장승
상덕의셔 가미 틔여 갈난가부다 심쳥이는 져 죽을 꿈인 줄 짐작ㅎ고
거짓 그 꿈 좃사이다 ㅎ고 진지상을 물여너고 담비 타려 듸린 후의
그 진지상을 더ㅎ여 먹으려 ㅎ니 간장의 석난 눈물은 눈으로 소사나고
부친 신세 싱각ㅎ며 져 죽을 일을 싱각ㅎ니 정신이 아득ㅎ고 몸이 쩔여
밥을 못먹고 물인 후의 심쳥이 사당의 ㅎ직홀 차로 드려갈 졔 다시
셰수ㅎ고 사당문 가만이 열고 ㅎ직ㅎ는 말리 불초녀손 심쳥이는 아비
눈 쓰기를 위ㅎ야 인당수 졔슉으로 몸을 팔여가오미 조종힝화를 일노
조챠 끈케 되오니 불승영모ㅎ옵니

다 울며 ㅎ직ㅎ고 사당문 닷친 후의 부친 압푸 나어와 두 손을 부여
잡고 기식ㅎ니 심봉사 깜작 놀너 아가아가 이게 웬일인야 정신을 차려
말ㅎ여라 심청이 엿자오디 니가 불초녀식으로 아부지를 소겻소 공양미
삼빅 셕을 뉘라 나를 주것소 남경 션인덜게 인당수 졔숙으로 니 몸을
팔여 오날리 쩌나는 날리오니 나를 망종 보옵소셔 심봉사 이 말을 듯고
참말인야 참말인야 이고이고 이게 웬말고 못가리라 못가리라 네 날
다려 뭇지도 안코 네 임의로 ㅎ단 말가 네가 살고 니가 눈 쓰면 그난
응당ㅎ려이와 자식 죽기여 눈을 쓴들 그게 춤아 홀 일인야 네의 모친
너를 늣게야 낫코 초칠 일 안의 죽은 후의 눈 어두온 늘근 거시 품안의
너를 안고 이집 져집 단이면서 구차

흔 말ㅎ여감셔 동영졋 어더 먹여 키워 이만치 자라거든 니 아모리
눈 어두나 너를 눈으로 알고 너의 모친 죽은 후의 차차 여젼터니 이
말리 무신 말인고 마라마라 못ㅎ리라 안히 죽고 자식 일코 니 살어셔
무엇ㅎ리 너ㅎ고 나ㅎ고 홈기 죽자 눈을 팔어 너를 살씌 너를 팔어
눈을 쓴들 무어슬 보고 눈을 쓰리 엇던 놈의 팔자관디 사궁졔슈 되단
말가 네 이놈 상놈덜아 장시도 조코니와 사롬 사다 죽이여 졔ㅎ난듸
어더셔 보왓난야 하날님의 어지심과 귀신의 발근 마음 앙화가 업건넌
야 눈 먼 놈의 무남독녀 철 모르난 어린아히 날 모르게 유인ㅎ여 둡슬
주고 산단 말고 돈도 실코 쌀도 실타 네 이놈 상놈더라 옛 글을 모로난
야 칠연티흔 가물 적의 사롬으로 빌나ㅎ니 탕인

<26-뒤>

군 어지신 말삼 니가 지금 비난 비난 스룸을 위ㅎ미라 사룸 죽여 빌
양이면 니 몸으로 디신ㅎ리라 몸으로 히싱 되야 신영빅모 젼조단발ㅎ
고 상임 쓸의 비러쩌니 디우 방수쳔리 비라 이런 일도 잇건이와 니
몸으로 디신 가 엇더ㅎ야 여보시요 동니 사룸 졀언 놈덜을 그져 두고
보오 심쳥이 부친을 붓들고 울며 위로ㅎ되 아부지 ㅎ릴업소 나는 이무
죽거니와 아부지난 눈을 쩌셔 디명쳔지 보고 착ㅎ 사룸을 구ㅎ여셔
아들 낫코 쌀을 나아 아부지 후사나 젼코 불초녀를 싱각지 마읍시고
만셰만셰 무량ㅎ읍소셔 이도 또ㅎ 쳔명이오니 후회ㅎ들 엇지ㅎ오리닛
가 션인드리 그 경상을 보고 영좌ㄱ 공논ㅎ되 심소졔의 효셩과 심봉사
의 일싱 신셰를 싱각ㅎ여 봉사굼

<27-앞>

지 안코 벗지 안케 ㅎ모게를 쑴여주면 엇더ㅎ오 그 말리 올타ㅎ며
쌀 이빅 셕과 돈 삼빅양이며 마포 각 ㅎ 동식 동즁의 드려 노코 동인
묘와 구별ㅎ되 이빅 셕 쌀과 삼빅 양 돈을 근실ㅎ 사룸 주워 도지업시
셩ㅎ게 질너 심봉사를 공궤ㅎ되 삼빅 셕 즁의 이십 셕은 당연 양식
졔지ㅎ고 남젹이는 년년이 흐터주워 장이로 취식ㅎ면 양식이 넉넉ㅎ고
빅목 마포는 사졀의복 장만ㅎ고 이 쓰시로 본관의 공문 니여 동즁의
젼ㅎ라 구별을 다ㅎ 연후의 심소졔를 가자ㅎ 졔 무릉촌 장승상딕 부인
이 그졔야 이 말을 듯고 급피 시비를 보너어 심소졔를 쳥ㅎ거날 소졔
시비를 짜리가니 승상부인이 문밧기 니다러 소졔의 손을 잡고 울며
왈 네 이 무상ㅎ 사룸아 나는 너를 즈식

으로 알아쩌니 너는 날을 어미갓치 안이 아난쏘다 빅미 삼빅 석의 몸이 팔여 죽으러 간다 ᄒ니 효셩이 지극ᄒ다만은 네가 살어 셰상의 잇셔 하난것만 갓할손야 날다려 은논테면 진직 주션ᄒ엿지야 빅미 삼빅 셕을 이졔로 너여 줄거스니 션인덜 도로 쥬고 망영은말 다시 말나 ᄒ시니 심소졔 엿자오디 당초의 말삼 못ᄒ 거슬 이졔야 후회ᄒ들 엇지 ᄒ오릿가 쏘ᄒ 위친ᄒ여 공을 빌 양이면 엇지 남의 무명식ᄒ 지물을 빌려오며 빅미 삼빅 셕을 도로 너여주면 션인들 임시 낭픽오니 그도 쏘ᄒ 어렵삽고 사롬의게 몸을 허락ᄒ여 약속을 졍ᄒ 후의 다시금 비약 ᄒ오면 소인의 간장이라 그난 쏫지 못ᄒ려니와 ᄒ물며 겁슬 밧고 수식 이 지닌 후의 차마 엇지 낫칠드러 무

삼 말을 ᄒ오릿가 부인의 ᄒ날갓튼 은혀와 착ᄒ신 말삼은 지부로 도라가와 결초보은 ᄒ오리다 ᄒ고 눈물리 옷짓슬 적시거날 부인이 다시 본직 엄숙ᄒ지라 하릴업시 다시 말이지 못ᄒ고 노치지도 못ᄒ시거날 심소졔 울며 엿자오디 부인은 젼싱의 니의 부모라 언의날의 다시 모시 릿가 글 ᄒ 수를 지여 졍을 푀ᄒ오니 보시면 증험ᄒ오리다 부인이 반기여 지필묵을 너여주시니 붓을 들고 글을 쓸 졔 눈물리 비가 되여 졈졈이 쩌러지니 슝이슝이 꼿치 되야 그림 족자로다 즁당의 걸고보니 그 글의 ᄒ여쓰되 ☽싱기사귀 일몽간의 ☽견졍하필누잠잠이랴마는 ☽셰간의 최유단장쳐ᄒ니 ☽초록강남인미환을 ☽이 글 쯧션 사롬의 죽고 사난 게 ᄒ 꿈 속이니 졍을

<28-뒤>

잇쓰러 엇지 반다시 눈물을 흘이랴만은 셰간의 가장 단장ᄒ난 곳시 잇스니 풀풀린 강남의 사롬이 도라오지 못ᄒ난쏘다 부인이 지삼 만집 ᄒ시다가 글 지으믈 보시고 네난 과연 셰상사롬 안이로다 글언 진실노 션녀로다 분명 인ᄀᆫ의 인연이 다ᄒ여 상졔 부르시민 네 어이 피홀손야 니 쏘ᄒᆫ 차운ᄒ리라 ᄒ시고 글을 뻐쥬시니 ᄒ여쓰되 ❶무단풍우가 야 리혼ᄒ니 ❷취송명화각하문고 ❸적거인간쳔필연ᄒ사 ❹강괴부모단졍 은을 ❶리 글 쓰션 무단풍우 밤의 어두워오니 명화를 부려 보늬여 뉘 문의 쩌러지넌고 인간의 괴로오믈 ᄒ날리 싱각ᄒ사 강인ᄒ온 아비와 자식으로 ᄒ여금 졍과 은을 ᄯᆫ케 ᄒ미라 심소졔 그 글을 품의 품고 눈물노 이별ᄒ니 차마 보

<29-앞>

지 못홀네라 심쳥이 도라와셔 졔의 부친의게 ᄒ직할시 심봉사 붓들고 씌놀며 고통ᄒ여 네 날 즉이고 가졔 그져는 못가리라 날 다리고 가거라 네 혼자는 못가리라 심쳥이 부친을 위로ᄒ되 부자ᄀᆫ 쳔륜을 ᄯᆫ코 시퍼 ᄯᆫ사오며 죽고 시퍼 죽사오릿가만은 익운이 막키엿삽고 싱사가 쩌가 잇셔 ᄒ날임이 ᄒ신 비오니 흔탄ᄒᆫ들 엇지 ᄒ오릿가 인졍으로 ᄒ량이 면 쩌날 날리 업사오리다 ᄒ고 셰의 부친의 동늬사롬의게 부뜰이고 션인덜을 ᄯ러갈제 방셩통곡ᄒ며 초믜ᄯᆫ 졸나믜고 초믜폭 거듬거듬 안고 훗트러진 머리털은 두 귀 밋티 느리오고 비갓치 흐르난 눈물은 옷시 사못촌다 업더지며 잡바지며 붓들여 나갈 제 건넌집 바라보며 아모기네집 큰아가 상침

<29-뒤>

질 수놋키를 뉘와 홈긔ᄒ랴는야 작연 오월 단오일의 추천ᄒ고셔 노던 일을 네가 힝여 십각난야 아모긔네 집 자근 아가 금연 칠월 칠셕야의 홈기 결교ᄒ자더니 이제는 허사로다 언졔나 다시 보랴 너히난 팔자조와 양친 모시고 잘 잇거라 동늬 남녀노소 업시 눈이 붓도록 셔로 붓들고 우다가 셩우의 셔로 분슈흔 연후의 하날임이 알으시던지 빅일은 어디 가고 음운이 자옥ᄒ며 청산이 씅기리난 듯 강소릐 오열ᄒ고 휘느러져 곱드란ᄒ던 곳션이 우러져 제 빗슬 일은 듯ᄒ고 요록ᄒ 버들 가지도 조을닷시 휘느러 졋고 춘됴는 다졍ᄒ야 빅반졔 ᄒ난 중의 뭇노라 저 꾀꼬리는 뉘를 이별ᄒ엿관디 환우셩케 울어오고 뜻밧긔 두견이 난 피를 늬여 운다 야월공산 어디

<30-앞>

두고 진졍졔송 단장셩을 네 아무리 가지 우의 불여귀라 을것만은 갑슬 밧고 팔인 몸이 다시 엇지 도라올가 바롬의 날인 꼬시 옥면의 와 부드치니 곳슬 들고 바리보며 약도츈풍블히의면 ᄒ인취송낙화늬오 한무졔 슈양공주 미화장은 잇건마는 죽으러 가는 몸이 뉘를 위ᄒ야 단장ᄒ리 춘산의 지난 곳시 지고 시퍼 지랴만은 사셰부득이라 슈원슈긔ᄒ리요 흔 거름의 도라보며 두 거름의 눈물 지며 강두의 다다르니 비미리예 조판 노코 심쳥이를 인도ᄒ야 비쌍 안의 실은 연후의 닷츨 감고 돗츨 달어 여러 션인드릐 소릐 ᄒ난구나 어기야 어기야 어기양 어기양 소릐를 ᄒ며 북을 둥둥 울이면셔 노를 저어 비질할 졔 범피중유 쩌나간다

<30-뒤>

심쳥젼상죵

각셜이라 망망흔 창희며 탕탕흔 물결이라 빅빈쥬 갈미기는 홍요안의
날어들고 삼상의 기러기는 한슈로 도라들 졔 요량흔 물소리 어젹이
여그연만은 곡죵인불견의 수봉만 푸리엿다 과니셩즁만고슈는 날노 두
고 일으미라 장사를 지니갈 졔 간의티부 간 곳 업고 명나수를 바라보니
굴삼여의 어복츙혼 무량도 흐시던가 황학누를 당도흐니 일모힝관 하쳐
시요 연파강산사인슈는 최호의 유젹이요 노던 되요 심양강 당도흐니
빅낙천은 어디 가고 피파셩만 쓴쳐젓다 젹벽강 그져 갈랴 소동파 읍던
풍월은 의구이 잇다마는 조밍덕의 일세지웅이 이금의 안지지오 월락오
졔 집푼 밤의 고

소셩의 비를 미니 한산사 쇠북소리 긱션의 이르럿다 진회슈를 건네갈
졔 상녀은 부지망국 흔흐고 언롱한 슈월롱사홀 졔 후졍화만 부르난듸
소상강 드러가니 악양누 놉푼 집 호상의 쩌잇거늘 동남으로 바리보니
오산은 천쳡이요 초슈는 망극이라 소상팔경이 눈 압푸 버러 잇거늘
억억히 둘너보니 강쳔이 망막흐여 우류류 쑤류류 오난 비는 아황 여영
의 눈물이요 반죽의 석은 가지 점점이 미쳐쓰니 소상야우 이 안인야
칠빅평호 말근 물은 추월리 도다오니 상하천광 푸리엿다 어옹은 잠을
자고 가규만 나러들 졔 동졍추월 이 안이냐 오초동남 너룬 물의 오고가
는 상고션은 순풍의 돗을 달어 북을 둥둥 울이면서 어기야 어기야이아
소리흐니 원포귀범이 아

인야 격안강촌양삼가의 밥 짓난 연기 나고 반조입강석벽상의 거울낫

츨 여리쓰니 무산낙조 이 안이야 일간귀천 심벽이요 반퇴용심이라 옹옹이 일어 나셔 흔 쎼로 둘너쓰니 창오모운이 이 안이며 수벅사 명양안티의 청원을 못이기여셔 이러오난 져 길어기는 갈디 흔나를 입의 물고 점점 날어들며 씰눅씰눅 소리ᄒ니 평사낙안 이 안이냐 상수로 울고가니 옛 사당이 완연ᄒ다 남순형제 혼이라도 응당 잇시려 ᄒ엿더니 제 소리의 눈물지니 황능이원 이 안이냐 시벽 쇠북 흔 소리의 경쇠 뎅뎅 셕겨나니 오는 비 천리원긱의 집피든 잠 놀니여 씨우고 탁자 압푸 늘근 즁은 이미타불 염불ᄒ니 흔사모종이 이 안인가 팔경을 다 본 연후의 힝션을 ᄒ랴홀 제 힝풍이 이러나

<32-뒤>

며 옥퍼소리 들이더니 죽임 시이로셔 엇더흔 두 부인이 션관을 놉피 쓰고 자하상 셕유군의 신을 ᄭ려 나오더니 져기 가난 심소계아 네 나를 모로리라 창오산붕상수절이라야 죽상지류녀가명을 쳔추의 집피 ᄒ소홀 곳 업셔더니 지극흔 네의 효셩을 ᄒ레코져 나왓노라 요슌후 기쳔련의 지금은 언의 ᄶ며 오현금 남풍시를 이계까지 젼ᄒ던야 수로 먼먼 길의 조심ᄒ여 단여오라 ᄒ며 홀연 간 디 업거늘 심쳥이 니럼의 이난 이비로다 셔산의 당도ᄒ니 풍낭이 디작ᄒ며 찬 긔운이 소삽ᄒ여 흑운이 두르더니 사룸이 나오난디 면여거류ᄒ고 미간이 광활ᄒ디 가죽으로 몸을 쓰고 두 눈을 쫙 감고 심쳥 불너 소리ᄒ되 실푸다 우리 오왕 빅빈의 참소를

<33-앞>

듯고 촉누검을 나를 주원 목 질너 죽은 후의 칠리로 몸을 빠셔 이 물의 던져쓰니 이답다 장부의 원통ᄒ며 월병에 멸오ᄒ물 역역카 보랴

고 니 눈을 쎼여 동문상의다 걸고 와쩌니 과연 니 보왓노라 그려나 니 몸의 감문가죽을 뉘라셔 벽겨쥬며 눈 업난게 흔이로다 이난 뇌고 흐니 오나라 츙신 오자셔렐라 풍운이 거더지고 일월이 명낭흐고 물결이 잔잔터니 엇더흔 두 사룸이 틱반으로 나오난듸 압푸 흔 사룸은 왕자의 긔상이요 얼골의 거문 쩌는 일국 수식 씌여잇고 의복이 남누흐니 초숙일시 분명흐다 눈물지며흐는 말리 이달고 분흔 게 진나라의 소킴 되야 삼연 모관의 고국을 바리보고 미귀흔이 되것구나 쳔추의 집푼 흔이 초혼조 되야쩌니 박낭퇴셩 반기듯

고 속졀 업시 동졍달의 헛춤만 추엇노라 뒤여 쏘 흔 사룸은 안식이 초취흐고 힝용이 교교흔듸 나는 초나라 굴원이라 회왕을 셤기다가 자관의 참소를 만나 더러운 몸 시치라고 이물의 와 쎈겨쩌니 어엿불사 우리 인군사후의나 셤그라 흐고 이 짜의 와 모셧노라 나 지은 이소경세 고양지묘헤여 짐황고왈빅용이라 유쵸목지 영낙흐여 공민인지디헤로 다 셰상의 문장지사 몃몃치나 되오던고 그듸는 위친흐여 효셩으로 죽고 나는 츙셩을 다흐더니 츙효는 일반이라 위로코져 니 왓노라 창희마리 면면 질의 평안이 가옵소셔 심쳥이 싱각흐되 죽은 제 수쳔 년의 졍빅이 나머 잇셔 사룸의 눈의 뵈이니 이도 쏘흔 귀신이라 나 죽을 증조로다 실피 탄식흐되 물의

잠이 몃 밤이며 빅예 밥이 몃 날인야 거연 사오 식을 이 물 갓치 지니가니 금풍삽이셕기흐고 옥우확이징영이라 낙화는 여고목졔비흐고 추수는 공장쳔일식이라 왕발이 지은 귀요 무변낙목소소흐요 부진장강곤

곤니는 두자미 을푼 귀요 강한이 출농ㅎ니 황금이 편편이라 노화풍비
ㅎ니 빅설이 만점이요 신풍세우 지난 입은 옥누쳥풍 불거난디 외로올
사 어션더른 등불을 도도 달고 어부가로 화답ㅎ니 그도 쏘혼 수심이
안이며 희반쳥산은 봉봉이 칼날 되야 버리난이 수장니라 일낙장사초식
원의 부지ㅎ쳐죠상군고 송옥의 비취비가 이여서 더홀손야 동남동녀을
실어쓰니 진시황의 치약빈가 방사셔시 업셔쓰니 한무졔의 구션빈가
질어 죽자흔들 션

<34-뒤>

인더리 수직ㅎ고 살어 가자ㅎ니 고국이 창망이라 흔 곳슬 당도ㅎ니
돗을 지우며 닷슬 주니 이난 곳 인당수레라 광풍이 디작ㅎ야 바디이
뒤누우며 어용이 쏫오난 듯 벽역이 일어나난 듯 디쳔 바디 흔 ᄀ운디
일쳔석 실은 비 노도 일코 닷도 쓴쳐지며 용총도 부러져 치도 샌지고
바람 부러 물결쳐 안기비 뒤석거 자자진디 갈 질은 쳔리만리 나마잇고
사면은 어둑 졍그러져 쳔지 젹막ㅎ야 간치뉘 쩌오난디 비젼의 탕탕
돗디도 와직근 경각의 위티ㅎ니 도사공 영좌이ㅎ로 황황디겁ㅎ야 혼불
부신ㅎ며 고사긔게를 차릴 젹의 섬쌀노 밥을 짓고 동우술의 큰소 잡아
왼소다리 왼소머리 사지를 갈너 올여노코 큰 돗 잡어 통치 살머 큰
칼 쏘자 기난다시 밧치 노코 삼싴실과

<35-앞>

며 오싴탕슈와 어동육셔며 좌포우혜와 홍동빅셔를 방위 차려 고야노
코 심청을 목욕식여 소의소복 졍하게 입피여 상머리의 안친 연후의
도사공의 거동 보쇼 북을 등등 치면서 고사홀 졔 두리둥 두리둥 칩더자
바 삼십삼쳔닝립더 자버 이십팔수 허궁쳔지 비비쳔과 삼황오졔 도리쳔

십왕일이등 마련ᄒ옵실 제 천상의 옥황상제며 디ᄒ의 십이제국 차지ᄒ
신 황제 헌원씨와 공밍 안증 법문 니고 셔가여러 불도 마련이며 복히씨
시획팔쾌ᄒ여 잇고 실농씨 상빅초 시위의약ᄒ여 잇고 헌원씨 비를 니
여 이제불통 ᄒ옵실 제 후싱이 본을 바더 사롱공상 위업으로 다가기
싱화 직업ᄒ니 막디ᄒ신 공이 안이시며 하우씨 구년지슈 비를 타고
다 살렷고 오국의 정흔 공

<35-뒤>

세 구주로 도라들며 오자셔 분위홀 제 노가로 건네주고 희셩의 퓌흔
장사 오강으로 도라들 졔 비를 미고 지달여 잇고 공명의 탈조화로 동남
풍을 비려니여 됴됴의 십만디병 수륙으로 화공ᄒ니 비 안이면 엇지ᄒ
며 도련명은 견원으로 도라오고 장경은 강동으로 도라갈 제 이도 쏘흔
비를 타고 임술지 추칠월의 종일우지 소여ᄒ니 소동파도 놀아 잇고
지극총 어사화ᄒ니 교여승유무졍거는 어부의 질거오미요 게도난요로
ᄒ장포ᄒ니 오히월녀 치련주요 지요주셔거ᄒ니 경셰우경연은 상고션
이 이 안이냐 우리 동무 시물네명이 상고로 위업ᄒ야 십여 세계 조수
타고 표빅셔흔 단이더니 인당수 용왕임은 인제숙을 밧삽기토 유리국
도화동의 사는 십오 세

<36-앞>

된 효녀 심쳥을 졔숙으로 드리오니 사히 용왕임은 고이고이 밧자옵소
셔 동히신 아명 셔히신 거승이며 남히신 츙융 북히신 옹강이며 칠금산
용왕임 자금산 용왕임 긔기셤 용왕임 영각디감 셩황임 허리간의 화장
셩황 이물 고물 셩황임네 다 구버 보옵소셔 수로 쳔리 먼먼 질의 바롬궁
걸 열어 니고 나지면 골노 너어 용난골수 집퍼난디 평반의 물 다문다시

빈도 무쇠낙지환이 업삽고 실물실화 졔살하와 억십만금 퇴를 너여 디
슷터 봉기 질너 우심으로 연화ㅎ고 춤으로 디길ㅎ게 점지ㅎ여 주옵셔
셔 하며 북을 두리둥 두리둥 치면서 심청은 시가 급ㅎ니 어셔 밧비
물의 들나 심청이 거동 보

<36-뒤>

쇼 두 손을 흡장ㅎ고 이러나셔 ㅎ날임 젼의 비난 말리 비난이다 비난
이다 하날임 젼의 비난이다 심청이 죽난 일은 추호라도 셥치 안이ㅎ여
도 병신 부친의 짐푼 흔을 싱젼의 풀야ㅎ옵고 이 죽엄을 당ㅎ오니 명쳔
은 감동하옵셔 침침흔 아비 눈을 명명ㅎ게 씌여 주옵소셔 팔을 드러
슬허치고 여러션인 상고님니 평안이 가옵시고 억십만금 퇴를 너여 이
물가의 지니거든 니의 혼빅 불너 물 압이나 주오 두 활기를 쩍 벌이고
비젼의 나셔보니 수쇄흔 푸린 물은 월리렁 출넝 뒤둥구러 물농울쳐
법큼은 북적 씌듸린듸 심청이 기가 믹키여 뒤로 벌덕 주져 온겨 비젼을
다시금 잡고 기졀ㅎ야 업된 양언 참아보지 못ㅎ네라 심청이 다시 졍신
차려 홀 수 없셔 이러나 왼몸

<37-앞>

을 잔득 삐 초미폭을 무릎시고 층층거림으로 물너셧다 창히 중의 몸
을 주워 이고이고 아부지 나는 죽소 비젼의 흔발리 짓칫ㅎ며 찍구로
풍덩 샌져노니 힝화는 풍낭을 쯧고 명월은 흑문의 잠기니 차소휘묘
창히지 일속이라 슉난 날 졍신갓치 물결은 잔잔ㅎ고 광풍은 삭어지며
안기 자옥ㅎ야 가는 구름 머물넛고 쳥쳔의 푸림 안기 시 오난 날 동방쳐
롬 일기 명낭ㅎ더라 도사공 ㅎ는 말리 고사를 지닌 후의 일기 순통ㅎ니
심낭자의 더의 안이신가 좌중이 일심이라 그사를 파ㅎ고 술 흔 잔씩

믄누고 담비 흔 떠식 먹고 힝션흡식 어 그리흡지 어기야 어기야 과너셩
흔 곡조의 삼승 동잣을 치여 얏족의 갈나달고 남경으로 드러갈 졔 와룡
슈 여을물의 이젼 고을은 살터갓

<37-뒤>

치 안족의 젼흔 편지 북히상의 기별갓치 순식간의 남경으로 득달흐니
라 잇쩌의 심낭자는 창히 즁의 몸이 드러 죽은 졸노 알엇더니 오운이
영농흐고 이힝이 촉비터니 옥겨셩 말근 소리 은근이 들이거날 몸을
머물너 주져홀 졔 옥황상계 흐교흐사 인당수 용왕과 사히용왕 지부왕
게 닛닛치 흐교케 흐되 만일 모시기를 실수흐면 사히용왕은 쳔벌을
주고 지부왕은 손도를 줄거스니 수졍궁으로 모셔드려 삼연공궤 단장흐
여 셰상으로 환송흐라 흐교흐시니 사히용왕이며 지부왕이 모도 다 황
겁흐야 무슈흔 강흔졔장과 쳔틱지군이 모야들 졔 원참군 별주부 승지
도미 비변랑 낙지 감찰의

<38-앞>

잉어며 슈찬의 송어와 흐림의 부어 수문장의 미억기 쳥명사령 자가사
리 승디 북어 삼치 갈치 앙금 방계 슈군 빅관이며 복만인잠 이며 무수흔
션여더른 빅옥교자를 등디흐야 그 시를 지달이더니 과연 옥갓탄 심낭
자 물노리 진셰간의 츄비흔 인싱으로 엇지 용궁의 교자를 타오릿가
흐니 여러 션여더리 엿자오더 옥황상졔의 분부가 지엄흐옵시니 만일
타시지 안이흐시면 우리 용왕이 죄를 면치 못흐것사오니 싱양치 마시
고 타옵소셔 심낭자 그졔야 마지 못흐야 교자 우의 놉피 안지니 팔션여
는 교자를 메고 육용이 시위흐야 강흔지장과 쳔틱지군이 좌우로 어거
흐며 쳥학탄 두동자

<38-뒤>

는 압 질을 인도ᄒ야 희수로 질 만들고 풍악으로 들어갈 제 천상 선관 션 여드리 심소계를 보려ᄒ고 벌려 셔쓰니 티을션여는 학을 타고 적송 자는 구름 타고 사자 탄 갈션옹과 청의동자 빅의동자 쌍쌍 시비 취적셩 과 월궁황아 셔황모며 마구션여 낙포션여와 남악부인의팔션여 다 묘왓 난듸 고흔복식 조흔 픠물 힝기도 이상ᄒ며 풍악도 견도ᄒ다 왕자진의 봉피레며 곽쳐사의 죽장구며 셩연자의 거문고와 장자방의 옥통소며 희강의 희금이며 완적의 쉬파람의 적타고 취옹적ᄒ며 능파산 보혜사미 우의곡 치련곡을 섯드려 노리하니 그 풍유 소리 수궁의 진동ᄒ다 수정 궁으로 드러가니 별유천지비셰로다 남희 광이왕이 통천관을 쓰고 빅옥 홀을 손의들고

<39-앞>

호기 찬란ᄒ게 들어가니 닉삼쳔의 팔빅 슈궁 지부 디신더런 왕을 위 ᄒ야 영덕젼 큰 문 밧기 차례로 느러셔셔 상호 만세ᄒ더라 심낭자의 뒤로난 빅로 탄 녀동빈 고리 탄 이적션과 청학 탄 장여는 비상천 ᄒ난구 나 집치레 볼작시면 능난ᄒ고 장홀시고 패경골리 위양ᄒ니 영광이 요 일이요 집어린이 작와하니 셔기반공이라 주궁퓌궐은 옹천상지삼광이 요 곤의수상은 비인간지오복이라 산호염디모병은 광치도 찬란ᄒ고 교 인단모장은 구름갓치 놉피 치고 동으로 바라보니 디붕이 비젼흔듸 수 녀남풀은 물은 보가의 둘너잇고 셔으로 바라보니 약슈유사 아득흔듸 일쌍 청조 날아들고 북으로 바라보니 일반 청산은 취식을 쓰녀 잇고 우으로 바라보니

상운셔인 불겻난듸 상통 삼쳔 ᄒ팔 구리ᄒ고 음식을 둘너보니 셰상
음식안이로다 파류반 마류안과 유리잔 호박듸의 ᄌᄒ쥬 쳔일쥬 인포로
안쥬ᄒ고 하로병 거호탕의 감노쥬도 너허잇고 옥익경장 호마반 다마잇
고 혼 가온듸 삼쳔벽도 덩그럿케 고야난듸 무비션미여늘 수궁의 머물
을 시 옥황상제의 명이여든 거힝이 오직 ᄒ랴 사희용왕이 다 각기 시녀
를 보니여 조셕으로 문안ᄒ고 체번ᄒ여 문안ᄒ며 시위ᄒ니 금수 능나
오싴 치의 화용월티 고혼 얼골 다 각기 고이랴고 교티하여 웃난 시녀
얌젼코져 죽난 시녀쳔졍으로 고혼 시녀 수려혼 시녀더리 쥬야로 모실
젹의 삼 일의 소연ᄒ고 오일의 디연ᄒ며 상당의 치단 빅 필이며 ᄒ당의
진쥬 셔 되라 이러

쳐롬 공궤ᄒ되 유공불급ᄒ여 조심이 각별터라 각셜 잇듸 무릉촌 장승
상듸 부인이 심소졔의 글을 벽상의 기러두고 날마당 증혐ᄒ되 빗치
변치 안이ᄒ더니 ᄒ로난 글족자의 무리 흐르고 빗치 변ᄒ여 거머지니
이난 심소졔물을 쎤져 죽은가 ᄒ여 무수이 이탄ᄒ더니 이윽고 물리
것고 밧치 도로 황홀ᄒ여지니 부인이 고히 여겨 누가 구ᄒ여 사려난가
ᄒ여 십분 의혹ᄒ나 엇지 그러ᄒ기 쉬리요 그 날밤의 장승상 부인이
졔젼을 갓초와 강상의 나어가 심소졔를 위ᄒ여 혼을 불너 위로코져
ᄒ야 졔ᄒ랴 ᄒ고 시비를 다리고 강두의 다다르니 밤은 집퍼 삼경인듸
쳡쳡이 쎠인 안기 산악의 잠겨 잇고 쳡쳡이 이난 닉넌 강수의 어려엿다
편쥬를 홀이 져어 즁유의 쩌

여 두고 비 안의셔 설위ㅎ고 부인이 친이 잔을 부어 오열ㅎ 정으로
소제를 불너 위로 ㅎ난 말리 오호 이지 심소졔야 죽기를 실허ㅎ고 살기
를 질거홈은 인정의 고연커날 일편단심의 양육ㅎ신 부친의은덕을 죽기
롭시 곱푸려 ㅎ고 일노 잔명을 시스로 자단ㅎ니 고혼 꼿시 희려지고
나는 나부 불의 드니 엇지 안이 실풀소냐 흔 잔 술노 위로ㅎ니 응당이
소졔의 혼이 안이면 멸치 안이ㅎ리니 거회 와셔 흠흥ㅎ물 바리노라
눈물 쑤리여 통곡ㅎ니 천지미물인들 엇지 안이 곰동ㅎ리 두렷시 발근
달도 체운 속의 숨어 잇고 희박키 부던 바롬도 고요ㅎ고 어용 잇도던지
강심도 적막ㅎ고 사장의 노던 빅구도 목을 질게 쎄여 쓸눅쓸눅 소리ㅎ
며 심상흔 어션더른 기든

머무른다 쯧박기 강 가온더로셔 흔 줄 말근 기운이 비머리의어렷다가
이윽ㅎ여 사라지며 일기 명낭커날 부인이 반겨 이러셔서 보니 가득키
부엇던 잔이 반이나 업난지라 소졔의 영혼을 못니 늑기시더라 일일은
광흔전 옥진 부인이 오신다 ㅎ니 수궁이 귀눕난 듯 용왕이 겁을 니여
사방이 분주ㅎ니 원리 이 부인은 심봉사의 쳐 곽씨부인이 죽어 광흔전
옥진 부인이 되얏더니 그 쌀 심소졔가 수궁의 왓단 말을 듯고 상계게
수유ㅎ고 모여 상면ㅎ랴 ㅎ고 오난 길리라 심소졔는 뉘신 줄을 모로고
몰이 셔셔 바리 볼 쯔름일너니 오운이 어리엿고 소싞치교를 옥기린의
놉피 실코 벽도화 단계화는 좌우의 버려 쏩고 각궁 시녀더른 시위ㅎ고
청학 복학더런 젼비ㅎ고

<41-뒤>

봉황은 춤을 추고 잉무난 젼어흔듸 보던 비 처음일네라 이윽고교자의
나려 섰들의 올나셔며 닉 딸 심청아 부르난 소리의 모빈인 졸 알고
왈칵 쒸여 나셔며 어만이요 어만이 나를 낫코 초칠 일 안의 죽어쓰니
우름 심오연을 얼골도 모오오니 천지간 갓업시 집푼 흔이 기일 날리
업삽더니 오늘날 이 고듸 와셔야 모친과 상면홀 졸을 알앗드면 오는
날 부친 압푸셔어 말삼을 엿잡드면 날 보니고 셔룬 마음 제긔 위로흐실
거슬 우리 모녀는 셔로 만나 보오니 조커니와 외로오신 아부닌은 뉘를
보고 반긔시릿가부친 싱각이 시로와라 부인이 울며 왈 나는 죽어 귀이
도야 일잔 시기이 망연흐다네의 네의 부친 너를 키여 셔로 의지 흐엿가
너 조차 이별흐니 너 오던날 그 정상

<42-앞>

이 오직흐랴 니기 너를 보니 반가온 마음이야 너의 부친 너를 일은
셔름의다가 비길손야 뭇노라 너의 부친 궁곤의 쓰이여셔 그 형용이
엇더 흐며 응당이 만이 늘거쓰리라 그간 수십연의 면환이나 흐여 쓰며
뒷마을 귀덕 어미 네게 안이 극진턴야 얼골도 듸여보며 수족도 만져보
며 귀와 목이 희여쓰니 너의 부친 갓도 갓다 손과 발이 고은 것슨 엇지
안이 니 딸이랴니 쩌던 옥지환도 네 지금 가졉스며 수복강영 틱평안락
양편의 스긴 돈홍젼 괴불 줌치 청홍당사벌ᄆ답도 ᄋ고 네가 찻군자
아부 이별흐고 어미다시 보니 쌍젼키 어려온손 인ᄀᆫ 고락이라 그러나
오날날 나를 다시 이별흐고 네의 부친을 다시 만날 주를 네가 엇지
알것난야 광흔젼 맛든 일리 직분이허

244 한국 고전문학의 의식지향

다 ᄒ야 오리 비기 어렵기로 도로여 이별ᄒ니 이둘코 이연ᄒ나 임의
로 못ᄒ나니 흔톤흔들 어이홀손야 일후의 다시 만나 질길 날리잇스리
라 ᄒ고 썰치고 이러셔니 소졔 만뮤치 못ᄒ고 쌀올 기리 업난지라 울며
ᄒ직ᄒ고 수졍궁의 머물더라 이 쌔 심봉ᄉ 쌀을 일코 모진 목숨 죽지
못ᄒ야 근근부지 살러날 졔 도화동 사롬들이 심소졔의 지극흔 효셩으
로 물의 쌘져 죽으오물 불상이 여겨 타루비를 셰우고 글을 지여쓰되
◑지위기친쌍안폐ᄒ여 ◑살신셩효힝용궁을◑연파만리상심부ᄒ니◑
방초연연호불궁이라 ◑강두의 너왕ᄒ난 힝인이 비문을 보고 뉘 안이
울 이 업고 심봉사난 쌀 곳 싱각나면 그 비를 안고 울더라 동즁 사롬드
리 심밍인의 젼곡을 착실

리 취리ᄒ여 셩셰가 히마닥 늘리가니 본촌의 셔방질 일수 잘ᄒ여 밤
낫없이 흘네ᄒ난 기갓치 눈이 벌게게 단이난 쎙덕어미가 심봉사의 젼
곡이 만이 잇난줄을 알고 자원쳡이 되아 살더니 이 년의 입버르장이가
쏘흔 보지 버릇과 갓타여 훈시 반 쎠도 노지 안이ᄒ랴고 ᄒ는 년이라
양식 주고 쩍 사먹기 베를 주워 돈을 사셔 술 사먹기 졍자 밋터 낫잠자
기 이웃집의 밥 부치기 동인다려 욕셜ᄒ기 초군덜과 쌈 싸오기 술 취ᄒ
여 흔밤 즁의 와닲서 울렴 울기 빈 담비ᄃ손의 들고 보는 ᄃ로 담비
쳥ᄒ기 총각 유인ᄒ기 졔반 악즁을 다 겸ᄒ여 그러ᄒ되 심봉사는 여러
히 주린 판이라 그 즁의 실낙은 잇셔 ᄋ모란 줄을 모르고 가산이 졈졈
퇴픠ᄒ니 심봉사 싱각다 못ᄒ야셔

<43-뒤>

여보소 쎙덕이네 우리 셩세 착실ᄒ다고 남이 다 수군수군ᄒ더니 근러
의 엇지혼지 셩셰가 치픠하여 도로여 빌어먹게 되여가니 이 늘근 거시
다시 비러 먹지 흔들 동인도 붓그럽고 너의 신셰도 악착ᄒ니 어디로
낫슬 드러단이것나 쎙덕어미 디답ᄒ되 봉사님 엿틱 자신 게 무엇시오
식전마닥 희장ᄒ신다고 죽ᄀ시 야든두 양이요 져럿케 각ᄀᄒ단인긔
나셔키도 못혼 것빈다고 살구난 엇지 그리 먹구 시푸던지 살구갑시
일흔셕 양이요 져럿키여 ᄀᄀᄒ단인긔 봉사 속은 타고 헛우숨 우슈며
야 살구는 너머 만이 먹엇다 그럿체마는 제집 머근 것 쥐 머근 것시라니
안이 쓸디 엇다 우리 셰간 기물을 다파라 가지고 타관으로 나가시 그도
그러ᄒ오 여간 기물을 다

<44-앞>

팔라지고 남부녀디ᄒ고 유리츌타ᄒ니라 일일은 옥황상제게옵셔 사
희용왕의게 젼교ᄒ시사 심소제 월노 방연의 기한이 갓ᄀ오니 인당수로
환송ᄒ여 어진 씨를 일치 말게 ᄒ라 분부가 지업ᄒ시거늘 사희용왕이
명을 듯고 심소제를 치송홀 제 큰 못 숭이의 모시고 두 시녀로 시위ᄒ여
조석 공양 찬물과 금수 보픠를 만이 넛코 옥분의 고이 담어 인당수로
나올시 사희용왕이 친이 나와 젼송ᄒ고 각궁시녀와 팔션녀 엿자오되
소제는 인간의 나이가옵게셔 부귀와영총으로 만만셰를 질기옵소셔 소
졔 디답ᄒ되 여러 왕의 덕을 입어 죽을 몸이 다시 살어 셰상의 나ᄀ오니
은혜 난망이요 모든 시녀덜도 졍이 집도다 ㅼ나기 셥셥ᄒ오나 유현이
노수흔 고로 이별

<44-뒤>

ᄒ고 가거니와 슈궁의 귀ᄒ옵신 몸이 니니평안ᄒ옵소셔 ᄒ직ᄒ고 도라셔니 순식간의 꿈갓치 인당슈의 번 듯 써셔 두렷이 수면을 영농케 ᄒ디 천신의 조화요 용왕의 신령이라 바롬이 분들 짓닥ᄒ며 비가 온들 흐를손야 오식치운이 꼿봉이 속의 어리여 둥덜실 썹슬 졔 남경 갓던 션인더리 억십만금 퇴를 너머 고국으로 도라오다 인당수의 다달나셔 비를 미고 졔수를 졍이ᄒ여 용왕의 졔를 지닐시 고축ᄒ는 말이 우리 일힝 수십 명이 신병졔살 졔익ᄒ고 소망을 여의케 일우워 주옵시니 용왕님의 너부신 덕퇴을 ᄒ 잔 술노 졍셩을 드리오니 일졔이 화우동심ᄒ와 흠힝ᄒ옵소셔 ᄒ고 졔물을 다시 차려 심소졔의 혼을 불너 실푼 말노 위로ᄒ되 출쳔효녀 심소

<45-앞>

졔는 당상 빅발 부친의 눈 쓰기를 의ᄒ이 야팔홍안이 시사여귀ᄒ여 슈국 고혼이 되야붓니 엇지 안이 가련코 불상ᄒ랴 우리 션인더른 소졔를 인연ᄒ야 장사의 퇴를 ᄂ여 고국으로 도라가거니와 소졔의 영혼이야 언의날의 다시 도라올가 ᄀ다가 도화동의 드러셔 소졔의 부친 살아난가 존망여부을 알고 가오리다 그러나 ᄒ 잔 술노 위로ᄒ니 만일 알으시미 잇거든 복망 영혼은 흠양ᄒ옵소셔 ᄒ며 졔물을 풀고 눈물을 쏫고 ᄒ 고슬 바라보니 ᄒ 슝이 꼿봉이 창희 중의 둥실 써잇거늘 션인드리 고히 여겨 져의덜ᄭ지 의논ᄒ되 아마도 심소졔의 영혼이 꼿시 되야 쩟나부다 갓가이 ᄀ셔보니 과연 심소졔가 쌘지던 고지라 마음이 굼동ᄒ여 꼿슬 건져니여 노코

<45-뒤>

보니 크기가 수리박쿠 갓타여 이삼 인이 가이 안질네라 이 꼿슨 셰상
의 업난 꼿시니 이상ᄒ고 고이ᄒ다 ᄒ고 인ᄒ여 졍ᄒ게 실코올 졔 비
샌르기 살 가닷 ᄒ더라 사오식의 경영흔 질리 수삼일만의 득달ᄒ니
이도 ᄯᅩ혼 이상타 ᄒ더라 억십만금 나문 진물을 다 각기 수분홀 졔
도션주는 무삼마음으로 진물은 마다ᄒ고 꼿봉이만 차자ᄒ여 졔의 집
졍흔 곳터의 단을 뭇고 두엇더니 힝취가 만실ᄒ고 치운이 둘넛더라
이 ᄯᅥ의 송쳔자 황후가 붕ᄒ신 후 자퇴를 안이ᄒ시고 화초를 구ᄒ여
상임원의 다 치우고 황극젼 뜰 압푸로 여그겨그 심어두고 기화요초로
볏슬주어 구ᄒ실 졔 화조도 만토 만타 팔월 부용군자요 만당추수 홍연
화며 암힝부동 월황혼의 소식젼턴

<46-앞>

미화며 진시 유랑거휴지은 불거 잇난 복숭화요 계자편월즁단은 황무
시오 게화며 요렴셤셤 옥지ᄭᅩᆸ은 금부야도 봉션화며 구월구일 용산음
소축신의 국화며 공자왕손 방수화의 부귀홀손 모란화며 이화만지 불기
문은 장신궁즁 빗곳시며 칠십졔자 강논ᄒ던 힝단 츈푼 살구꼿시며 쳔
틱산 드러가니 양면기자약이요 촉국흔을 못이기여 졔혈ᄒ던 두견화며
촉국 빅국 시월국이며 교화 난화 산당화며 장미화의 힝일화며 주자화
의 금션화와 능수화의 견우며 영산홍 자산홍의 왜철죽 진달누 빅일
홍이며 난초 난초의 강진힝이요 그 가온터 젼나무와 호도목이며 석유
목의 송빅목이며 치자목 송빅목이며 흉목 시목의 힝자목이며 자도 능
금 도리목이

<46-뒤)

며 오미자 텅자 유자목이며 보도 다리 으름 넌출 너울너울 각식으로
충충이 심어두고 쩌를 짜라 귀경ㅎ실 제 훙풍이 건 듯 불면 우질우질
넘놀며 울긋불긋 쩌러지며 벌나무 시 짐싱이 춤추며 노러ㅎ니 천자홍
을 부치여 날마닥 구경ㅎ시더라 이 쩌의 남경선인이 궐니 소식을 듯고
홀연 싱각ㅎ되 옛사롬이 버슬 등지고 천자를 싱각ㅎ니 나도 이 서쓸
가져다가 천잣게 밧기 당도ㅎ야 이 뜻시로 주달ㅎ니 천자 반기사 그
꼿슬 드려다가 황극전의다 노코 보니 빗치 찬란ㅎ야 일월지싱광이요
크기가 짝이 업셔 힝기 특출ㅎ니 셰상 꼿시 안이로다 월중단게 길리미
가 완연ㅎ니 게화도 안이요

<47-앞>

요지벽도 동방식이 짜온 후의 삼천련이 못되니 벽도회도 안이요 셔역
국의 연화씨 쩌러져 그 꼿 되야 희중의 쩌왓난가 ㅎ시며 그 꼿 일홈을
강선화라 ㅎ시고 자셔이 살펴보니 불근 안기 어리여 잇고 셔긔가 반공
ㅎ니 황계 디희ㅎ사 화게의 옴겨노니 모란화 부용화가 다 ㅎ품으로
도라가니 미화 국화 봉선화는 모도 다 신이라 충ㅎ더라 천자 아르시난
비 다른 꼿 다 바리고 이 꼿뿐이로다 일일은 천자 당나라 옛을을 본바다
궁녀의게 전교ㅎ사 화청지의 목욕ㅎ실시 천자 친이 달을 짜러 화게의
비회ㅎ시더니 명월은 만정ㅎ고 미풍은 부동ㅎ듸 강선화 봉이가 문득
요동ㅎ며 가만이 버러지며 무슨 소리 나난 듯 ㅎ거늘 몸을 숨겨 가만이
살펴보니 션연ㅎ 용녀 얼골을 반만 드러 꼿봉이 밧기로 반만 니다 보더
니 인적 잇스물 보고 인ㅎ여 도로 후리쳐 드러가거늘 황계 보시고 홀연
심신히 황홀ㅎ사 의혹이 만단ㅎ여 아무리 셥슨들 다시난 동졍이 업거
늘 갓가이 가셔 꼿봉이을 가만이 벌이고 보시니 일긔소졔요 양긔미인

이라 천자 반기시사 무르시되 너의가 귀신인다 사롬인다 미인이 직시
나려와 복지ᄒ여 엿자오디 소년는 남히 용궁 시녀옵더니 소졔를 모시
고 히양으로 나왓삽다가 황졔의 천안을 범ᄒ여 밧오니 극히 황공ᄒ여
이다 ᄒ거날 천자 니렴의 싱각ᄒ시되 상졔게 옵셔 조혼 인연을 보니시
도다 천여불취ᄒ면 시호시호 여부지니라 하시고 비필을 졍ᄒ리라 ᄒ시
사 혼인을 완졍ᄒ시고 틱사관으로 ᄒ여곰

<48-앞>

틱일ᄒ니 오월 오일 갑자일이리 소졔로 황후를 봉ᄒ여 승상의 집으로
모신 후의 길일리 당ᄒ미 젼교ᄒ시사 이러ᄒ 일은 젼만고의 업난 일이
니 가례 범졀을 별잔 셜화ᄒ라 ᄒ시니 위의 거동이 또ᄒ 금계예 처음이
요 젼고의 더옥 업더라 황졔 연석의 나와 서시니 꼿봉이 속의셔 양기시
녀 소졔를 부익하여 모셔나오니 북두칠셩의 좌우 보필리 갈나 셧나듯
궁중이 휘황ᄒ여 바로 보기 어렵더라 국가의 경사라 디사천ᄒ ᄒ고
남경 갓던 도션주을 특별이 졔수ᄒ여 무장틱수를 하이시고 문조졔신은
상호 만셰ᄒ고 솔토지 인민은 화봉삼축ᄒ더라 심황후의 덕틱이 지중ᄒ
사 년년이 풍연 드러 요순 천지를 다시 보니 셩강지치 되야셔라 심황후
부귀 극진ᄒ나 항

<48-뒤>

시 중심의 수문 근심이 다만 부친 싱갓분이로다 일일은 수심을 이기
지 못ᄒ야 시종을 다리고 옥난군의 비겻더니 추월은 발가 산호발의
빗쳐들고 실솔은 실피 우러니 나류안의 홀너드러 무한ᄒ 심사를 점점
이 불너닐 졔 ᄒ물며 상천의 외로온 기러기 울고 나려오니 황후 반긔온
마옴의 바릭 보며 ᄒ는 말이 오는야 네 기러기 거기 잠관 머물너셔

니의 흔 말 드러셔라 소즁낭이 북히상의셔 편지 젼흐던 기러기냐 수벽
사명양안틔의 쳥원을 못이기여셔 나러오는 기러기냐 도화동의 우리
부친 편지를 미고 네가오는야 이별 삼년의 소식을 못드르니 니가 이졔
편지를 뼈져 네게 젼홀 테이니 디신 젼흐여라 흐고 방안의 드러가 상자
를 얼는 열고 쥬지를 끈너

<49-앞>

니여 노코 붓슬 들고 편지를 쓰라홀졔 눈물리 몬져 써러지니 글자는
수먹이 되고 언어는 도칙흔다.실흐를 써나온 제 셰식이 셰번흐오니 척
호흐야 싸인 흔이 하히갓치 집늬다 복미심 그간의 아부지 긔체후
일힝만안흐옵신지 원복모구 구무림흐 셩지지로소이다 불효녀 심쳥은
션인을 샬라 갈셰 흐로 ◑열두시의 열두번식이나 죽고 시푸되 틈을
엇지 못흐여셔 오륙 식을 물의 자고 필경의난 인당수의 가셔 졔숙으로
쌘졋더니 황천이 도으시고 용왕이 구흐옵셔 세상의 다시 나와 당금
쳔자의 황후가 되엿스니 부귀영화 극진흐오나 간장의 미친흔이 부귀도
뜻시 업고 살긔도 원치안이흐되 다만 원이 부친 실흐의 다시 뵈온 후의
그날 죽사와도 한이 업졋

<49-뒤>

난이다 아부지 나를 보니고 게우 지닌 마음 문의 비겨 싱각난 졸은
분명이 알거니와 죽어뵬 졔는 혼이 막켜 잇고 사러뵬 졔는 익운이 막켜
여셔 쳔륜이 끈쳐난이다. 깐 삼연의 눈을 써쓰오며 동즁으 ㅣ막긴 젼곡
은 그져 잇셔 보존흐시며 아부지 귀흐신 몸을 십분 보즁흐옵소셔 슈이
보옵기를 쳔만 바리옵고 쳔만 바리옵난이다. 연월일시 얼는 뼈져 가지
고 나와보니 기러기난 간 디 업고 창망흔 구름 밧긔 은흐수만 기우러졋

다. 다만 별과 달은 발가잇고 추풍은 삽삽ㅎ다 ㅎ릴업셔 편지 집어 상자의 넛코 소리업시 우더니 이 씨의 황졔 니젼의 드러오시사 황후를 ᄇ라보시니 미간의 수시을 씌엿스니 쳥산은 셕양의잠긴듯ㅎ고 얼골의 눈물 흔젹이 잇스니 황화가

<50-앞>

틱양의 이우난 듯 ㅎ거늘 황졔 무르시되 무삼 근심이 게시관더 눈물 흔젹이 잇난잇가 ㅎ기난 황후가 되야 잇스니 쳣ㅎ의 졔일 귀요 부ㅎ기난 사희를 차지ㅎ엿스니 인간의 졔일 부라 무삼 일리 잇셔 져러탓 실허ㅎ시난잇가 황후 디왈 신쳡이 과연 소디욕이 잇사오나 감이 엿잡지 못ㅎ엿삽니다 황졔 디왈 소디욕은 무삼 일이온지 자셔야 말삼ㅎ소셔 ㅎ신더 황후 다시금 쑤러인져 엿자오더 신쳡이 과연 용궁 사롬이 안이오라 황주 도화동의 사난 밍인 심학규의 딸이옵더니 아비의 눈 쓰기를 위ㅎ와 몸이 션인의게 팔여 인당수 물의 졔숙으로 ᄲᅡ진 사연을 자셔이 엿자오니 황졔 드르시고 ᄀ라사더 그러ㅎ시면 엇지 진직의 말삼을 못ㅎ시난잇가 어엽지 안

<50-뒤>

이 ㅎ온 일이오니 너무 근심치 말르소셔 ㅎ시고 그 익일의 조회ㅎ신 후 만조졔신과 의논ㅎ시고 황주로 힝관ㅎ야 심학규를 부원군위로 치송ㅎ라 ㅎ엇더니 황주자사 장게를 올려거날 쩌여보니 ㅎ여쓰되 관연 본 주 도화동의 밍인 심학규 잇삽더니 연젼의 유리ㅎ여 부지거쳐라 ㅎ엿거늘 황후 드르시고 망극ㅎ 마음을 이기지 못ㅎ야 쳬읍 장탄ㅎ시니 쳔자 간졀이 위로ㅎ사 왈 죽어붓면 할 일 업거니와 사라붓면 만날 이리 잇삽지 설마 찾지 못ㅎ오릿가 황후 크게 씨다르시사 황졔게 엿지오더

과연 혼 계칙이 잇사오니 그리 흐읍소셔 솔로지신민이 막비왕신이오니 빅셩중의 부상혼 비난 환과고독 사궁이요 그중의 불상흐계 병신이오나 병신중의 더욱 밍

<51-앞>

인 이오니 쳐흐 밍인을 모도 묘와 잔치를 흐읍소셔 져의더리 쳔지 일원 셩신이며 혹복자단과 부모쳐자를 보와도 보지 못흐여 원혼 두물 푸러주읍소셔 그러흐오면 그 가온더의 혹 신첩의 부친을 만나것스오니 신첩의 원일 쑨 안이오라 쏘흔 국가의 화평혼 일도 되올 듯 흐오니 쳐분이 엇더 흐읍신잇가 흐신더 쳔자 크게 층찬흐사 왈 과연 녀중의 요순이로소이다 그러흐사이다 흐시고 쳔흐의 반포흐시되 무론 더부사 셔인흐고 밍인이여든 셩명 거주를 현록흐야 각읍으로 차차 기송흐라 잔치예 참예흐게 흐되 말일 밍인 흔나이라도 영을 몰라 참예치 못흔 지 잇으면 히도 신흐수령은 단당죄 중흐리라 교령이 신명흐시니 쳔흐 각읍이 황검흐야 셩화갓

<51-뒤>

치 거흐터라 이 쩌 심봉사는 쎙덕어미를 다리고 젼젼 단이더니 흐로 난 드르니 황셩의셔 밍인 잔치를 비셜흔다 흐거날 심봉사 쎙덕어미다려 말흐되 사롬이 셰상의 낫다가 황셩 귀경흐여 보시 낙양쳔리 멀고 먼 질을 나혼자 갈수 업네 나와 홈기 황셩의 가미 엇더흐요 질의단이다가 밤이야 우리 홀일 못흐오릿가 에 갑시 그리흐오 직일노 질을 쩌나 쎙덕어미 압 셰우고 수일응 힝흐여 흔 역촌에 당도흐여 자더니 그 근쳐 의황봉사라 흐난 소경이 잇난듸 이난 반쇠경이거든 것이였다. 셩셰도 요부흔듸 쎙덕어미가 음탐흐여 셔방질 일수 잘흔단 말을 듯고 쏘흔

소문이 인근읍의 자자하여 흔번 보기를 평싱의 심즁 원일너니심봉사의 흡기 온단 마을 듣고 쥬인과

<52-앞>

의논ᄒ고 뺑덕어미를 ᄶ여너랴고 주인이 만단으로 기유ᄒ니 뺑덕어미도 싱각ᄒ직 막상 니가 ᄶ러 가드리도 잔치의 참예ᄒ기 젼이 업고 도라온들 셩셰도 젼만 못ᄒ고 살길리 젼혀 업셥스니 차라리 황봉사를 ᄶ랍스면 말연 신셰는 가장 편안ᄒ리라 ᄒ고 약속을 단단히 졍ᄒ고 심봉사 잠들기를 기달여 넛비리라 ᄒ고 고동목을 노코 누엇더니 심봉사 잠을 집피 드러거늘 두말 업시 도망ᄒ여 다러난지라 잇디의 심봉사 잠을 ᄶ여 으흉흔 싱각이 잇셔 옆풀 만져보니 뺑덕어미 업거날 손질을 니미러보며 여보소 뺑덕이네 어디 갓난가 종시 동졍이 업고 웃묵 구셕의 고초셤이 뇌야 쥐란 놈이 바시락바시락ᄒ니 뺑덕어미가 작난 ᄒ난 줄만 알고 심봉사 두 손을

<52-뒤>

쩍 벌이고 이러셔며 날다려 기여오란가 ᄒ며 더듬더듬 더듬으니 쥐란 놈이 놀니여 다라나니 심봉사 허허 우수면셔 이것 요리간다 ᄒ고 이 구석 져구석 두루 조차 단이다가 쥐가 영영 다라나고 업거날 심봉사 가만이 안져 싱각ᄒ니 헛분 마음 갓업시 속앗도다 발셰 털속 조흔 황봉사의게 가셔 궁둥이 셰움을 ᄒ난듸 잇실 수가 엇지 잇난가여보 쥬인늬 우리집 만누리 안의 드러갓소 그런 일 업소 심봉사 그계야 다러난 줄을 알고 자툰ᄒ며 ᄒ난 말리 여바라 뺑덕엄미 날 바리고 어디 갓난가 이 무상ᄒ고 고약흔 계집아 황셩쳔리 먼먼 질의 뉘로 흡기 벗을 삼아 가리요 울다가 엇지 싱각ᄒ고 손조 쑤지져 손을 훨훨 쑤리여 바리며 아셔라

아셔라 이년니가 너를 싱각

<53-앞>

흐난 거시 인사불상의 코평창이 아들놈 업다 흐고 공연이 그런 잡연을 정드럿닥가 가산만 탕진흐고 중노의 낭픠흐니 니의 신수 소관이라 수원수구흐랴 우리 현철흐고 음전턴 곽씨부인 죽난 양도 보고 살아잇고 출천효녀 심청이도 싱이별흐야 물의 쩌져 죽난 양도 보고 살어거든 하물며 져만 연을 싱각흐면 기아들놈이라 사룸 다리고 수작흐듯 혼자 군말흐더니 날리 발근니 다시 쩌나斟제 이 쩌는 오뉴월이라 더우은 심흐고 쯤은 홀너 한출첨비흐니 세너가의 의관과 보짐을 버셔 노코 목욕흐고 나와보니의관힝장이 간곳 업거날 강변으로 두로 사면을 더듬더듬 더듬난 거동은 산영기 미초리 니임 맛친 셩부르게 이리져리 더듬은들 어딕잇슬손야

<53-뒤>

심봉사 오도가도 못흐여 방성통곡홀 졔 익고익고 낙양천리 멀고 먼 질의 엇지 가리 네 이놈 좀도적놈의 식기야 니거슬 가져가고 날 못홀 일 시기넌야 허다흔 부자집의 먹고쓰고 남은 지물리나 가져다가 쓸거시졔 눈먼 놈의 거슬 갓다 먹고 왼젼홀가 쬐모 업셔쓰니 뉘게 가셔 밥을 빌며 의복이 업셔쓰니 뉘라셔 날을 옷슬 주리 귀먹장이 젼둥발리다 각기 병신 섭다 흐되 천지 일월셩신 흑빅장단이며 전흐만물을 분별커늘 언의 놈의 팔자로셔 소경이 되야난고 흐창 이리 울며 탄식홀 졔 이 쩌 무릉틱수 황셩의 갓다가 니려오난 기리라 에라 이놈 둘너셧다 나이거라 오험 허허 후비 사자 에이 닙더바라 흐트러진 박석수문 둘중 중흐다 어돌바라 도리야 흐창이리

<**54-앞**>

왁자지근 떴더려 나려오니 심봉사 벽겨소리를 반기듯고 올타 어디 관장 오나부다 억지나 좀 뻐보리라 ㅎ고 마참 독을 니고 안졋더니 갓가이 오거날 두손으로 부자지를 검어쥐고 엉금엉금 기어 드러갈 제 좌우 나졸 잘여드러 밀처니니 심봉사 무슨 유세나 흔 졸노 네 이놈더라 그리 ㅎ엿난이라 너가 지금 황성의 가는 소경일다 네의셩명은 무엇시며 이 ㅎ챠는 언의 고을 ㅎ챠런지 썩 일너라 한창 이렇케 상지ㅎ니 무릉튀수 ㅎ난 말리 네 니 말 드러라 어디 잇난 소경이며 엇지 옷슬 버셔쓰며 무신 말을 ㅎ고져 ㅎ난다 심봉사 엿자오더 셩은 황주 도호동의 사난 심학규옵더니 황성으로 가옵난 길의 날리 심ㅎ게 더우미 갈 길 견허 업삽긔로 목욕하고 갈랴고 잠관

<**54-뒤**>

목욕ㅎ고 나와셔 보오니 언의 무상흔 좀도적놈이 의관과 보짐을 모도다 가져 갓사오니 진소위주츌지망양이요 진퇴유곡이라 의관과 보짐을 차져 주옵시거나 별반 쳐분ㅎ여 주옵소셔 그리 안이 ㅎ옵시면 못갈 밧긔 할 일 업사오니 관사주게옵셔 별반 통촉이 잇스물 바리ㄴ니다. 튀수 이말을 듯고 가긍이 여기사 네 알외난 말을 드르니 유식ㅎ나 부다 원정을 지여 올이라 그런후의야 의관과 노수를 주리라 심봉사 알외되 좀쳐 글은 ㅎ오나 눈이 어두오니 형이를 주시면 불너 씨오리다 튀수 형방의게 분부ㅎ여 쓰라ㅎ시니 심봉사 원정을 부르되 셔슴자 안이ㅎ고 좍좍지어 올이니 튀수 바다 본직ㅎ여 쓰되 ◐복이획죄우쳔ㅎ야 부명야 빅이라 ◑명막명어일

<55-앞>

월커날 혼쌍안이 불분ᄒ고 ❶낙막낙어부쳐여날 통구원지난작이라
❶초초쳥운지지터니 만졍복슈지궁이로다 ❶누불건어쳠금ᄒ고 ᄒ무궁
이쇄미로다❶조이쇠모이쇠ᄒ니 쇠가험어비부로다 ❶식유호구ᄒ니 표
모상존이요 의불엄신ᄒ니 수가안지오❶당금의 쳔자셩신문무ᄒ사 ❶
포죠령이 연밍인ᄒ니 병양춘이 불유곡이로다 ❶동벌힝관ᄒ고 셔힝경
낙어라 ❶노운원의 여소지자일장이요❶가소빈ᄒ여 소픠자단표로다
❶외혹이지유금ᄒ여 학징현지욕기터니❶의복야관망야를 견실어빅사
지장ᄒ니 ❶반젼야낭탁야를 난추어노임총즁이라 ❶적신나체난 주츌
지망양이요❶빅면ᄋ소난 졀영

<55-뒤>

지외유라 ❶복유상공은 이어지지요 두소지치라 ❶걸궁상궁지조ᄒ며
❶망구쳐확지어ᄒ사 ❶참고금니미유지여ᄒ면 송차싱지조지은할 테오
니 ❶통쵹쳐분이라 ᄒ엿거날티수 충찬ᄒ시고 통인 불너 의롱 열고 의
복 일십 니여주고 급창이 불너 감이뒤의 달인 갓 데여주고 수비 불너
노비 주시니 심봉사 쏘 말ᄒ되 신 업셔 못가것소 신이야 할 길 잇난야
ᄒ인의 신을 주자ᄒ니 졔의랴 발을 벗고 가랴홀 제 마춤 그즁의 마부질
심이 ᄒ여 마상긔의 돈을 일수 잘 발러니여 난듸 말죽 갑도 ᄒ 돈이면
열두 닙 돗쳐 니고 신인 셩ᄒ여도 쩔러졋다 ᄒ고 신갑슬 총총 돗쳐니여
신을 사셔 말궁둥이여다달어 잇거날 원님이 그놈의 소당이 괘씸ᄒ여
라고 그 신을 쩨여

<56-앞>

주라 ᄒ시니 급장이 달여드려 쩨여주니 심봉사 신을 어더 신은 후의

그 슝흔 도적놈이 오동수복 김희간쥭 맛치맛게 맞추워 디쇽도 안이 머엿난듸 가져갑스니 오날 감셔 먹을 디 업소 틴수 왈 글러흐면 엇지흐잔 말가 글시 그럿탄 말삼이요 틴수 우시시고 어쥭을 너여주시니심봉사 바다가지고 황송흐오나 셔초 흔 디 맛보왑스면 조흘듯흐오 방자 블너 담비 너여 주시니 심봉사 흐직고 황셩으로 올나갈 졔 디셩통곡 우난 말리 노즁의 어진 수령 맛나 의복은 어더 입없나 질을 인도흐리 업셔붓니 엇지흐여 차져갈가 이럿타시 탄식흐며 가더니 한 곳슬 당도 흐니 녹음은 우거지고 방초는 숙어진 듸 압뇌 버들은 유록장 두르고 뒷뇌 버들은 초록장 둘너 흔가지

<56-뒤>

로 느러지고 흔가지로 펑퍼져셔 휘넘느러진 고디 심봉사 녹음을 의지 흐여 쉬더니 각식 시짐싱 날어든다 홀련 비조 뭇시더리 농초 화답의 짝을 지여셔 쌍거쌍뇌 날어들 졔 말잘흐는 잉무시며 츔 잘추난 학두루 미와 수옥기 짜옥기며 쳥망산 기력기 갈무기 졔비 모도 다 날어들 졔 장끼는 씰씰 갓토리 표푸두둥 방올시 덜넝 호반시 수루룩 왼갓 잡식 다 날어든다 만수문젼 풍연시며 져 쑥국시우름 운다 이 산으로 가면셔 쑥국쑥국 셔산으로 가면서 쑥국쑥국 셔 꾀꼬리 우름 운다 머리 곱게곱 게 빗고 물건네로 시집가자 져 가마구 울고간다 이리로 가며 갈곡 져리 로 가며 꽉꽉 져 집비들키 우름 운다 콩 흔 나를 입의 물고 입놈 수놈이 어루르아 고두리 셔를 쎄여물

<57-앞>

고 구루우 구루우 어루는 소리흘 졔 심봉사 졈졈 들어가니 뜻밧기 목동 아히더리 낫자루 손의 쥐고 지게 목발 두달리면셔 목동가로 노리

258 한국 고전문학의 의식지향

ㅎ며 심밍인을 보고 희롱ㅎ다 ⬗만첩산중일발총총 놉파 잇고 ⬗청산녹수는 일일 양양 집퍼 잇다 ⬗호중천지여호양이 여그로다 ⬗집팡막디자로 들고 천리강산 드러가니 ⬗천고지후 이 산중의 가유자자 무궁ㅎ다 ⬗등등고이셔소ㅎ고 임청유이부시로다 ⬗산천기세 조커니와 납희풍경 그지업다 ⬗유유일경 못이기어 칼을 쎄어 놉피 들고 녹수청산 근늘 속의오락가락 니다보니 ⬗동서남북 산천더를 비희일망 구경ㅎ니 ⬗원근산촌 두세 집의 낙화모연 잠겨셔라 ⬗심산처사 어디민요 무를곳시 어렵도다 ⬗무

<57-뒤>

심홀손 져 구름은 추수봉봉 씌여잇다 ⬗유유ㅎ 가마구난 청산속의 왕니흔다 ⬗황산곡이 어디민뇨 오류촌이 여그로다 ⬗렁척은 소를 타고 밍홍연 나구 탓네 ⬗두목지 보려고 빅낙천변 니려가니 ⬗장건은 승사ㅎ고 여동빈빅노 타고 ⬗밍동야 널운 들의 와용 강변 니려가니 ⬗팔진도 축지법은 제갈공명 쑨일소냐 ⬗이 산중의 드러오신 심밍인이 분명ㅎ다 ⬗이리져리 논일면서 종일토록 니질기니 ⬗요산요축ㅎ온 고디 인의예지ㅎ오리라 ⬗송풍이 작금ㅎ고 폭포로 북을 삼아 소소분별 다 바리고 흥을 게우 논일 적의 ⬗아침날 씨온 줄을 점심지여 다 먹으며 ⬗황총적손의 들고 자진곡을 노릐ㅎ니 ⬗상산사호 멱멱친고 날과 ㅎ면 다섯시오 ⬗쥭임

<58-앞>

칠현 멱멱친고 날과 하면 야달비라 ⬗고소성외 한산사의 야반종성이 여긔로다 ⬗세왕전의 경쇠 치난 져 노승아 삼천세게 극나젼의 인도환싱 ㅎ난구나 ⬗이미타불 관셰음보살 졍셩으로 외오난디 ⬗극역 안심ㅎ

여 옛사롬을 싱각ᄒ니 ❶주시졀 강티공은 위수의 고기낙고 뉴현주 졔
갈양은 남양운즁 밧슬 갈고 이승기졀 장익격은 유리촌의 걸식ᄒ고 ❶
이 산즁의 드러오신 심밍인도 쏘혼 ᄯ를 지달이라 ❶목동더리 이러타
시 비양ᄒ든 거시엿다 심봉사 목동 아히더를 이별ᄒ고 촌촌 젼진ᄒ여
열러 날만의 황셩이 차차 갓가오니 낙수교을 얼는 지니여 녹수진경을
드러가니 흐고더 방이집이 잇셔 여러 게집 사롬드리 방이 쩻거늘 심봉
사 피셔ᄒ리

<58-뒤>

ᄒ고 방이집 근을의 안자 쉬오더니 여러 사롬드리 심봉사를 보고 이
고 져 봉사도 잔치의 오난 봉사요 이시의 봉사덜 흔시게 ᄒ던고 져리
안졋지 말고 방이더러 쩻졔 심봉사 그졔야 안마음의 헤아리되 올체
양반의 덕 종이 안이면 상놈의 좃집이로다 ᄒ고 긔롱이나 ᄒ여 보리라
디답ᄒ되 천리타힝의 발셥ᄒ여 오난 사롭다려 방이 쩨으라 ᄒ기를 너
집안 어론다려 ᄒ듯 ᄒ니 무엇시나 좀 줄나면 쩨여주졔 이고 그 봉사
음흉ᄒ여라 주기는 무어슬 주어 점심이나 어더 먹졔 점심 어더 먹으랴
고 쩨여 줄테관디 글어ᄒ면 무엇슬 주어 고기나 줄가 심봉사 하하 우시
며 그것도 고기사 고기졔마는 주기가 쉬리라고 줄지 안이 줄지 엇지
압나 방이나 쩨코 보졔 올체 그 말

<59-앞>

리 반허락이엿다 방이여 올나셔셔 쩔구덩 쩔구덩 쩨으면셔 심봉사
자어니여 ᄒ는 말리 방이소리는 잘ᄒ졔마는 뉘라셔 알어주리 여러 흔
임드리 그 말듯고 졸나ᄂ니 심봉사 젼디지 못ᄒ야 방이소리를 ᄒ는구
나 어유아 어유아 방이요 티고라 쳔황씨는 목덕으로 왕ᄒ시니 이 남기

로 왕ᄒ신가 어유아 방이요 유소씨 구목위소ᄒ니 이 남기로 집을 얼근
가 어유아 방이요 신롱씨 우목위뢰ᄒ니 이 남기로 ᄯ부를 흔가 어유아
방이요 이 방이가 뉘 방인가 각덕 흔임 가죽방인가 어유아 방이요 쪌구
덩 쪌구덩 허쳠허쳠 찌은 방이 강틱공의 조착방이 어유아 방이요 젹젹
공산 남길비여 이 방이를 만드럿늬 방이 만든 졔도 보니 이상홈도 아상
ᄒ다 사름을 비양턴가

<59-뒤>

두달리를 벌여늬여 ❶옥빈홍안의 빈혀를 보니 흔 허리여 잠 쩔년네
어유아 방이요 ❶질고 간는 허리를 보니 초왕 우미인 넉실년가 ❶추쳔
가 노든 발노 이 방이를 찟것구나 어유아 방이요 ❶머리 들고 잇난
양은 창희노룡이 셩을 늬 듯 머리를 수기여 좃난 양은 주란왕의 돈수런
가 어유아 방이요 ❶용목팔여 되야 분을 찌여 너니 옥입일다 ❶오고더
부 죽은 후의 방이소리 근쳣더니 ❶우리 셩상 착ᄒ옵셔 국틱민안 ᄒ옵
신듸 ❶ᄒ물며 밍인잔치 고금의 업셥스니 ❶우리도 틱평셩틱의 방이소
리나 ᄒ여보시 어유아 방이요 ❶흔 달리 놉피 밥고 오루락ᄂ리락 ᄒ는
양과 실늑벌눅 쎗쑥쎗쑥 조기로다 어유아 방이요 ❶얼시고 조을시고
지아지자 조을시고❶

<60-앞>

흥을 졔위 일히노니 열어 흔임더리 듯고 쌌갈 우시며 ᄒ난 말리 에
요 봉사 그게 무신 소린고 자셔이도 아네 아미도 그리로 나왓나부 그리
로 나온게 안이라 ᄒ여 보왓졔 좌우 박장디소 ᄒ더라 그리져리 방이
찟코 졈심어더 먹고 봇짐의다 술 너허지고 집팡막디를 칙쥐고 나셔녔셔
자 만누리 어더 먹고 봇짐의다 술 너허지고 집팡막디를 칙쥐고 나셔면

셔 자 만누리 덜 그리덜 ᄒ오 잘 어더 머고 갑니 어 그 봉사 심심치
안이ᄒ여 사롬은 조흔 듸 잘가고 니려올 제 또 오시오 심봉사 거기셔
ᄒ직ᄒ고 차차 셩즁의 드러가니 억만장안이 모도 다 소경빗시라 셔로
짜닥 무드쳐 단이기 어렵더라 흔 고슬 지너더니 흔 여인이 문 밧긔
셧다가 져기 가는 게 심봉사시오 게 누군고 날 알 이 업건만은 게 뉘가
나를 찾나 여보 듹이 심봉사 안이요 과연 기로

<60-뒤>

다 엇지 아는고 그러찬흔 일리 잇스니 게 잠관 지체ᄒ오 이윽고 나와
인도ᄒ여 외당으로 안치고 셕반을 드러거날 심봉사 싱각ᄒ되 고이ᄒ다
엇젼일인고 또흔 찬수 비상ᄒ거날 밥을 달게 먹은 후의 날리 져무러
황혼되니 그 여인이 다지 나와 여보시오 봉사님 날 짜러셔 니당으로
드러 굽시다 심봉사 듸답ᄒ되 이 집이 외주인 유무는 모로거니와 엇지
남의 니당의로 들어가리요 예 그는 허물치 마르시고 날만 짜러 오시오
여보시오 무삼우환 잇셔 이러ᄒ시오 나는 동토졍도 일글 졸 모로요
여보 힛말삼 그만ᄒ고 드러가 보시오 집팡막듸를 쓸어 당기니 쓸어가
며 의심이 나 엿볼사 니가 이미도 보쌉의 드러가계 위퇴ᄒ다 이러쳐로
군말ᄒ고 듸쳥의 올나가

<61-앞>

셔 좌상의 안진 후의 동편의 흔 여인이 무르되 심봉사시오 답 왈 엇지
아오 아난 도리 잇소 먼길의 평안이 오시오 니의 셩은 안가요 황셩의셔
셰거ᄒ옵더니 불힝ᄒ여 부모 구몰ᄒ옵고 홀노 이 집을 직키여 잇사오
며 시년은 이십오 셰요 아직 셩혼지 못ᄒ엿거날 일직 복술을 비와 비필
될 사롬을 가리옵더니 일젼의 꿈을 뀌니 흔 우물의 희와 달리 쪄러져

물의 잠기거늘 첩이 건져 품의 안어 뵈이니 흐날의 일월은 사름의 안목
이라 일월리 찌러지니 날과 갓치 밍인인줄 알고 물의 잠겨 쓰니 심씬
줄 알고 일직 종을 시기여 문을 지니는 밍인을 차레로 무러온 제 여러날
이오 천위신조흐사 이제야 만나오니 연분인가 흐옵닉다 심봉사 핏 우
셔 왈 말리야좃소만은 그러

<61-뒤>

흐기 쉽소릿가 안씨밍인 종을 불너 차를 드려 권흔 후의 거주난 어디
오며 엇더흐신 닥이온닛가 심봉사 자기 신셰 전후수말을 낫낫치하며
눈물을 흘이니 안씨밍인이 위로흐고 그 날밤의 동품홀 제 흔창 조흘고
부여 두리다 업난눈이 벌덕벌덕홀 듯흐되 셔로 알 수 잇나 사름은 두리
나 눈은 흡흐면 네시로되 담비씨만치도 뵈이지 안이흐니 홀일 업셔
잠을 자고 이러나니 주린관이요 첫날밤이니 오직 조흐랴만은 심봉사
수심으로 안졋거늘 안씨밍인이 무르되 무삼 일노 질거온 빗치 업사오
니 첩아 도로여 무안흐여이다 심봉사 딕답흐되 본딕 팔자가 기박흐여
평싱을 두고 징험흔직 막 조홀 이리 잇스면 엇잔흔 일리 싱기고 싱기더
니 쏘 간밤의 흔 꿈을 어드

<62-앞>

니 평싱 불길홀 증조라 니 몸이 불의 드러가 뵈이고 가죽을 벅겨 북을
민고 쏘 나무닙피 쩌러져 뿌리를 덥피여 뵈이니 아민도 나 죽을 꿈
안이요 안씨밍인 듯고 왈 그 꿈 좃소 흉직길이라 닉 잠관 히몽흐오리라
다시 셰수흐고 분힝흐고 단정이 꾸러안져 산통을 놉피 들고 축사를
일근 후의 괘를 푸러 글얼 지여 쓰되 ◑신입화중흐니 회로을 가기요
◑거피작고흐니 고난 궁셩이라 궁의 드러갈 증조요 ◑낙엽이 귀근흐니

자손을 가봉이라 더몽이오니 디단 반깁사오니다 심봉사가 우셔 가로더 속담의 전부당 만부당 이요 피육불관이요 조잘지셜이요 너 본더 자손 이 업스니 누기를 만나며 잔치예 참예ᄒ면 궁의 드러가고 녹밥도 먹는 짝이졔 안씨 밍인이 또 말 ᄒ되

<62-뒤>

지금은 너 말을 밋지 안이ᄒ나 필경 두고 보시오 앗침밥을 먹은 후의 궐문 밧기 당도ᄒ니 발셔 밍인잔치홀 제 셩명셩칙을 아모리 드려 노코 보시되 심씨 밍인이 업스 자탄ᄒ사 이 잔치 비셜흔 배 부친을 뵈압자고 ᄒ엿더니 부친을 보지 못ᄒ여 쓰니 너가 인당수의 죽은 졸노만 알으시 고 이통ᄒ여 죽으신가 몽운사 부체님이 영검ᄒ사 그간의 눈을 써셔 천지만물을 보시사 밍인축의 샌지신가 존치는 오날 망종이니 친이 나 어가 보리라 ᄒ시고 후원의 전좌ᄒ시고 밍인잔치 시기실시 풍악도 낭 자ᄒ며 음식도 풍비ᄒ여 잔치

<63-앞>

를 다흔 후의 밍언 셩칙을 올이라 ᄒ여 의복 흔 벌식 너여 주실시 밍인 다 ᄒ례ᄒ고 셩칙 밧기로 밍인 흔나가 웃듯 셔쓰니 황후 무르시되 엇더 흔 밍인이요 여상셔를 불너 무르시니 심봉사 겁을 너여 과연 소신 이 미실미가ᄒ와 천지로 집을 삼고 사히로 밥을 부치여 유리ᄒ여 단이 오미 언의 고을 거주 완연이 업사오니 셩칙의도 드지 못ᄒ옵고 제발노 드러 왓삽난이다 황후반기시사 갓가이 입시ᄒ라 ᄒ시니 여상셔 영을 맛자와 심봉사의 손을 끄러 별견으로 드러갈시 심봉사 아무란 줄 모로 고 겁을 너여 거름을 못이기여 별견으로 드러가 계ᄒ의 셔쓰니 심밍인

의 얼골은 몰나 볼네라 빅발은 소소ᄒ고 황후는 삼년 용궁의 지니 쓰니
부친의 올골리 의의ᄒ여 무르

<63-뒤>

시되 쳐자 잇난야 심봉사 복지ᄒ여 눈물을 흘이면셔 엿자오디 아모
년분의 상쳐 ᄒ옵고 초칠 일이 못다가셔 어미 일은 짤 흔나 잇삽더니
눈 어두운 중의 어린 자식을 품의 품고 동영졋슬 어더 먹여 근근 질러
니여 점점 자러나니 효힝이 츈쳔ᄒ여 옛사롬의 지니더니 요망흔즁이
와서 공양미 삼빅 셕을 시주ᄒ오면 눈을 ᄯᅧ셔 보리라 ᄒ니 신의 녀식이
듯고 엇지 아비 눈 ᄯᅳ리란 말을 듯고 그겨 잇스랴 ᄒ고 달이난 츌판홀
길리 젼이 업셔 신도 모로게 남경 션인덜게 삼빅셕의 몸을 팔이여셔
인당수의 졔슉으로 샌져 죽사오니 그 씨의 십오셰라 눈도 쓰지 못ᄒ고
자식만 이러싸오니 자식 팔어 먹은 놈 이 셰상의 살어 쓸 디 업사오니
죽여 주옵소셔 황후 드르시고 쳬읍

<64-앞>

ᄒ시며 그 말삼을 자셰이 드르시미 졍영흔 부친인 졸은 아르시되 부
자간 쳔륜의 엇지 그 말삼이 근치기를 지달이랴만은 자연 말을 만들자
ᄒ니 그런 거시엿다 그 말삼을 맛듯 못 맛듯 황후 보션발노 ᄲᅱ여 니려와
셔 부친을 안고 아부지 니가 과연 인당수의 샌져 죽엇쩐 심쳥이요 심봉
사 심작놀니여 이게 웬 말리인야 ᄒ더니 엇지 하 반ᄀᆸ던지 ᄯᅳᆺ박기 두
눈이 갈무 쩌러진난 소리가 나면서 두눈이 활닥 박겁스니 만좌 밍인드
리 심봉ᄉ 눈 쓰난 소리의 일시의 눈더리 헤버닉 짝짝 간치 식기 밥먹기
난 소리 갓더니 뭇소경이 쳔지 명낭ᄒ고 집안의 잇난 소경 게집 소경도
눈이 다 밝고 비안의 밍인 비 밧기 밍인 반소경 쳥밍간이 ᄭᅳ지 몰수이

다 눈이 발갑스니 밍인의

게난 천지 기벽 ᄒᆞ엿더라 심봉사 반갑기난 반가오나 눈을 쓰고 보니
도로여 싱면목이라 ᄯᆞᆯ리라 ᄒᆞ니 ᄯᆞᆯ인 줄 알것만은 근본 보지 못ᄒᆞᆫ 얼골
이라 알 수 잇나 하 조와셔 죽을동 말동 춤추며 노리ᄒᆞ되 얼시구 절시구
지아지자 조을시구 홍문연 놉푼 잔치의 항장이 아무리 춤 잘춘들 니
춤을 엇지 당ᄒᆞ며 ᄒᆞᆫ고조 마상의 득천ᄒᆞ올 졔 칼 춤 잘춘다 ᄒᆞᆯ지라도
어허 니 춤 당ᄒᆞᆯ손야 어화 창싱더라 부즁싱남즁싱녀 ᄒᆞ소 죽은 ᄯᆞᆯ 심청
이를 다시 보니 양귀비가 죽어 환싱ᄒᆞᆫ가 우미인이 도로 환싱ᄒᆞ여 온가
아무리 보와도 넛달 심청이게 ᄯᆞᆯ의 덕으로 어두온 눈을 쓰니 일월리
광화ᄒᆞ여 다시 좃토다 경셩이출 경운이 홍ᄒᆞ니 빅공상화가라 요순천지
다시 보오니 일월리 즁화

로다 부즁싱남즁싱녀는 날노 두고 일으미라 무수ᄒᆞᆫ 소경덜도 철도
모르고 춤을 출 졔 지아자 지아자 조흘시고 어화 좃코나 셰월아 셰월아
가지 말라 도라ᄀᆞᆫ 봄 ᄯᅩ 다시 오건만은 우리 인싱 ᄒᆞᆫ 번 늘거지면 다시
졈긔 어려워라 엿글의 일너쓰되 사사난독이라 ᄒᆞᆫ 거슨 만고명현 공
밍의 말삼이요 우리 인싱 무삼 일 잇시랴 다시 노리ᄒᆞ되 상호 상호
만셰를 브르더라 직일의 심봉사를 조복을 입피여 군신지예로 조회ᄒᆞ고
다시 니젼의 입시ᄒᆞ사 젹연 긔루던 회포를 말삼ᄒᆞ며 안씨 밍인의 말삼
낫낫치 ᄒᆞ니 황후 드르시고 치교를 니여 보니여 안씨를 모셔 들려 부친
과 홈긔 계시게 ᄒᆞ시고 쳔자 심학균을 부원근을 봉ᄒᆞ시고 안씨는 정열
부인을 봉ᄒᆞ시고 ᄯᅩ 장

승상부인을 특별이 금은을 만ㅇ 상사ᄒ시고 도화동 촌인을 연호 잡역을 물시ᄒ시고 금은을 만이 상사ᄒ여 동붕의 구페ᄒ라 ᄒ시니 도화동 사롬드리 은혜여천여히ᄒ여 천ᄒ진동ᄒ더라 무창틱수를 불너 예주자사로 이쳔ᄒ시고 자사의게 분부ᄒ야 황봉사와 뺑덕어미를 직각 착디ᄒ라 분부 지엄ᄒ시니 예주자사 삼빅육관의 힝관ᄒ야 황봉사왓싱덕어미를 잡어 올이거늘 부원군이 쳔청누의 좌기ᄒ시고 황봉사와 뺑덕어미를 잡아드리여 분부ᄒ사 네 이 무상ᄒ 연아 산쳡쳡 야심ᄒ듸 쳔지 분별치 못ᄒ난 밍인 두고 황봉사를 어더가는 게 무슨 쓰신야 직시 문초ᄒ니 역촌의서 여막질ᄒ는 졍연이라 ᄒ난 스롬의 게집의게 초인ᄒ미로소이다 부원군이

더옥 디로ᄒ여 뺑덕어머를 능지쳐참ᄒ신 후의 황봉사를 불너 일은 말삼이네 무상ᄒ 놈아 너도 밍인이지야 남의 안히 유인ᄒ여 가나 너는 조커니와 일은 사롬은 안이 불상ᄒ야 속셜의 탑화광졉이라 ᄒ기로 그러ᄒᆯᄀ 소당은 죽일 일리로되 특벌이 졍비ᄒ니 원망치 말나 후일 증십ᄒ이 훗셰상 스롬이 이갓치 불의지스를 본밧게 ᄒ지 못ᄒ난 일이라 ᄒ시고 ᄒ교ᄒ시니라 만조빅관이며 쳔ᄒ 빅셩드리 덕화를 송덕ᄒ더라 자손이 쳥디ᄒ고 쳔ᄒ의 일리 업고 심황후의 덕화 사히의 덥펍스며 만셰만셰 억만셰를 게게승승바리오며 무궁무궁ᄒ옵기를 쳔만 복망ᄒ옵ᄂ다 ᄒ녀라 황후 쳔자의게 엿자오디 이러ᄒ 질거우미 업스오니 틱평연을 비셜ᄒ여이다

<66-뒤>

황제 올히 여기시사 천ㅎ의 반포ㅎ야 일등 명긔 명창을 다 불너 황극
전의 젼좌ㅎ시고 만조 빅관 묘와 질기실시 젼ㅎ 졔후 솔복ㅎ고 사ㅎ진
보 조공ㅎ며 일등명창 일등명긔 천하의 반포ㅎ야 거의 다 모왓스니
뒤평셩디 만난 빅셩 쳐쳐의 춤 츄며 노리ㅎ되 춘천디효 우리 황후 놉푸
신 덕이 사ㅎ의 덥픕스니 요지일월 순지건곤의 강구동요 질거음미 창
하ㅣ로 티평주 비겨여군동취ㅎ며 민민셰를 질겨 보시 이러흔 티명연의
뉘가 안이 질길손야 이러타시 노리할 제 천지며 부원군이 황극전의
젼좌ㅎ시고 명무명창을 픠초ㅎ시와 가무 금실 히롱ㅎ며 삼일을 디연ㅎ
사 샹ㅎ동낙 질길 후의 젼자와 황후와 부원군이며 다 각기 환궁ㅎ시다
각셜 이 썬의 황후며 졍열

<67-앞>

부인 안씨 동연동월의 잉티ㅎ야 동월의 탄셩ㅎ미 두리 다 득남ㅎ신지
라 황후의 어진 마음 자기압은 고사ㅎ고 보친이 싱남ㅎ시물 드르시고
천자게 주달ㅎ신디 황졔 쏘흔 반기사 필육과금은 치단을 만이 상사ㅎ
시고 예관을 보니여 위문ㅎ신디 부원군이 망팔쇠년의 아들을 나어노코
집분 마음 층양 업셔 주야를 모르던 차의 쏘흔 황졔 계옵셔 금은 치단이
며 필육과 명관을 보니여 위문ㅎ시니 황공 감사ㅎ야 국궁 비례ㅎ고
예관을 인도ㅎ며 황은을 못니 축사흔디 쏘 황후 더욱 즛거 금은 보화를
봉하ㅎ여 예관을 보니여 위문ㅎ신디 부원군이 더욱 짓거ㅎ며 일변 조
복을 갓초오고 예관을 쓰라 별궁의 드러가황후게 뵈온디 황후 쏘흔
싱남하엿거날 질거운 마

옴 엇지 다 층양ᄒ리요 황후 부친의 손을 잡고 옛일을 싱각ᄒ며 일히 일비로 길거ᄒ미 부원군도 쏘흔 실허ᄒ시더라 이 써 부원군이 집의 도라와 명관을 쓰라 옥게 ᄒ의 다다르니 상이 극히 층찬ᄒ시되 드르미 경이 노릭의 귀자를 어든 바 쏘흔 짐의 티자와 동연동월의 동근싱이니 그 안이 반가우리요 안야션명ᄒ면 타일의 국사를 의논ᄒ리라 ᄒ시더라 군이 엿자오디 셕일의 공자게셔도 ᄒ시기를 싱자가비란양자란이요 양 자가비란교자란이라 ᄒ엿스니 후사를 보사이다 ᄒ고 물너 나와 아히 상을 보오니 활달흔 기상이며 청수흔 골격이 족키 옛사롬을 본바들네 라 일홈은 티동이라 ᄒ야 졈졈 자라 심셰의 당ᄒ미 총명 지혜가 무쌍이 요 시셔음율을 능

통ᄒ미 부모 사랑ᄒ미 장즁보옥의 다 바홀손야 무졍셰월 약유파라 십삼셰를 당흔지라 잇디 황후 티자를 여히고져 ᄒ사 동월동일의 구싱간 혼사를 주달ᄒ신디 황졔 짓거ᄒ사 광문ᄒ라 ᄒ신디 잇디의 마춤 좌강노 권셩운이 일녀를 두어쓰되 티임의 덕ᄒ이며 반히의 지질을 가져쓰며 인물은 위미인을 읍두할지라 잇디 연왕이 공주 잇스되 안양공주라 덕ᄒ이 티기ᄒ고 빅사 민첩ᄒ물 듯고 상이 젼고ᄒ사 연왕과 권강노를 입시 ᄒ야 어젼의셔 구혼ᄒ신디 공주와 소졔 쏘흔 동갑인디 십육 셰라 직거 히락ᄒ거날 상히 젼고ᄒ사 연왕과 권강노를 입시ᄒ야 어젼의셔 구혼ᄒ 신디 공주와 소졔 쏘흔 동갑인디 십육 셰라 직거 히락ᄒ거날 상이 ᄒ교 ᄒ시되 권소졔로 티자의 비필을 졍ᄒ시고 연왕의 공주로 티동의 비필을 삼우미 엇더ᄒ요 ᄒ신디 좌우 다 올사이다 주달ᄒ거늘 황후

와 부원군이며 조정이 질기더라 직시 틱사관을 명ᄒ야 틱일ᄒ라 ᄒ신더 츈삼월 망일이라 국중의 디경사라 길일이 당ᄒ미 디연을 비설ᄒ고 각방졔후와 만조빅관이 차례로 시위ᄒ고 두 부인은 삼쳔 궁녀가 시위ᄒ야 젼후 좌우로 옹위ᄒ야 조비셕의 친연홀시 일월갓튼 두 신랑은 빅관이 모셔쓰니 북두친셩의 좌우 보필이 모신 듯 ᄒ고 월틱 화용 고혼 틱도 녹의홍상의 칠보단장이며 각식 픠물 요상으로 느리으고 머리의난 화판이라 삼쳔궁녀 모혼 중의 일등 미식을 초출ᄒ아 두낭자를 좌우로 모셥스니 반다시 월궁항아라도 이예셔 더 휘황치 못홀네라 금수단 광모장을 반공의 소사치고 교비셕의 친연ᄒ니 궁즁이 휘황ᄒ물 일구난셜이라 두 신랑이 각

기 젼안 납폐혼 후의 각기 처소로 좌졍ᄒ니 동방화촉 첫날밤의 원앙이 녹슈를 만난 듯 쇄락혼 졍으로 은은이 밤을 지니고 나와 틱자는 강노를 몬져보니 강노 양주 길거ᄒ물 일휘 충양치 못홀네라 잇더의 틱동잇도혼 연왕 부부게 뵈온더 연왕과 황후 못니 반기며 긔거ᄒ더라 직시 틱자를 연통ᄒ야 조횡의 국즁혼더 상이 질거ᄒ사 부원군을 입시ᄒ야 동참의 신힝인사를 바드시고 만조빅관을 조회 바드신 후의 ᄒ교ᄒ사더 짐이 진즉 틱동을 조졍의 드리고져 ᄒ되 미장지젼이라 지어금 무명직 ᄒ여쓰니 경등 소견의 난 엇더ᄒ요 ᄒ신더 문무빅관이 주왈 인야출등ᄒ오니 직교ᄒᆸ소셔 ᄒ거날 상이 직시 틱동을 입시ᄒ사 품직을 니리실시 한림학사겸 굔의

티부 도훈관의 이부시랑을 ᄒ이시고 그 부인은 왕열부인을 봉ᄒ시고 금은 치단을 만이 상사ᄒ시고 왈 경이 젼일은 셔싱이라 국졍을 돕지 안이하얏거니와 금일 부텀은 국녹지신이라 진츙갈역ᄒ야 국졍을 도우라 ᄒ신디 시랑이 국궁ᄒ고 물너나와 모친게 뵈온디 질기고 반기난 마ᄋᆷ이야 엇지 다성언ᄒ리요 ᄯᅩ 별궁의 드러가 황후젼의 비사ᄒ디 황후 질겨오믈 이기지 못ᄒ나 말삼ᄒ시되 신부가 엇더ᄒ던요 ᄒ신디 피석 디왈 슉흠ᄒ더이다 황후 ᄯᅩ 문왈 금조 입시의 무삼 벼살ᄒ엿난야 디왈 이러이러 ᄒ엿나니다 황후 더옥 질거 티자와 시랑을 다리고 종일 질긴 후의 석양의 파연ᄒ시고 왈 수이 신힝ᄒ라 ᄒ시거늘 신랑이 디왈 쉬히 다려다가 부모젼의

영화를 보시게 ᄒ오리다 ᄒ디 황후 디열ᄒ사 니 말도 ᄯᅩᄒᆫ 그 ᄯᅳᆺ시로다 ᄒ시더라 이날 티자와 한림이 물너나와 수일 후 부원군이 튁일ᄒ야 왕열부인을 신힝ᄒ시니 부인이 구고양위 젼의 예롭서 뵈온디 부원군이며 졍열부인이 금옥갓치 사랑ᄒ시더라 별궁을 시로 지여 왕부인 거치ᄒ시게 ᄒ니라 괴셜 이 ᄲᅥ 흔림이 나지면 국사를 도모ᄒ고 밤이면 도학을 심씨나 무론 디소사셔인ᄒ고 충찬 안이ᄒ리 업더라 이러구러 흔림의 나히 이십셰라 잇디 상이 흔림의 명망과도덕을 조신의게 문후ᄒ시고 일일은 심학사를 입시ᄒ사 가라ᄉ디 짐이 드르믹 경의 명망과도덕이 국닉의 진동ᄒ치라 어지 벼살을 앗기리요 ᄒ시고 승품ᄒ사 이부샹셔의겸 티학

관 ᄒ이시고 틱자와동유ᄒ라 ᄒ시며 그 부친을 ᄯᅩ 승품ᄒ야 남평왕을
봉ᄒ시고 졍열부인 안씨로 인셩왕후를 봉ᄒ시고 ᄯᅩ 상셔부인은 왕열부
인의 겸 공열부인을 봉ᄒ시니 남평왕이며 상셔와 인셩왕후며 다 황은
을 축사ᄒ고 우리 무삼 공이 잇셔 이디지 품직을 ᄒ난요 ᄒ며 주야
황은을 송덕ᄒ시더라 잇더의 남평왕이 년당 팔순이라 우연이 득병ᄒ야
빅약이 무회라 당금의 황후 어지신 효셩과 부인의 착ᄒ마음 오직키
구병ᄒ라만은 사자난불가부셩이라 칠일만의 별셰ᄒ시니 일기이 망극
ᄒ고 ᄯᅩᄒᆫ 황후 익통ᄒ사 황제게 주달ᄒ니 상이 왈 인간 팔십 고리히니
과도이 이통치 자르소셔 ᄒ시고 명능후원의 왕예로 인장ᄒ라 ᄒ시고
황후난 삼년 거상ᄒ

라 ᄒ시니라 부원군의 조년 고상ᄒ던 일을 생각ᄒ면 무삼 여ᄒᆫ이 잇
시리요 에화 셰인들아 고금이 달을 손야 부귀영화ᄒ다 ᄒ고 부디 사롬
경이 마소 홍진비리 고진감닉는 사롬 마닥 잇난이라 심황후의 어진
일흠 천추의 유젼이라
　孟春完西溪新刊
　심쳥젼 상하권 죵

완판 84장본(가)(22-A108)

1

열여춘향슈졀가라

숙종디왕 직위 초의 셩덕이 너부시사 셩자셩손은 계〃승〃ㅎ사 금고
옥족은 요슌시졀이요 으관문물은 우탕의 버금이라 좌우보필은 쥬셕지
신이요 용양호위난 간셩지장이라 조졍의 흐르난 덕화 힝곡의 펴엿시니
사ᄒᆡ 구든 기운이 원근의 어리잇다 츙신은 만조ᄒᆞ고 ᄒᆞ자열여 가〃지
라. 미지〃〃라 우슌풍조ᄒᆞ니 함포고복 빅셩덜은 쳐〃의 격량가라 잇
ᄯᅥ 졀나도 남원부의 월미라 하난 기싱이 잇스되 삼남의 명기로셔 일직
퇴기ᄒᆞ야 셩가라 ᄒᆞ는 양반을 다리고 셰월을 보니되 연장 사순의 당하
야 일졈 혀륙이 업셔 일노 한이 되야 장탄슈심의 병이 되것구나 일일은
크계 끼쳐 예사람을 싱각ᄒᆞ고 가군을 쳥입

2

ᄒᆞ야 엿자오디 공슌이 ᄒᆞ난마리 드르시요 젼성의 무삼 은혜 짓쳐던지
이싱의 부〃되야 창기힝실 다 바리고 예모도 슝상ᄒᆞ고 여공도 심슷것
만 무삼 죄가 진중ᄒᆞ야 일졈혀륙 업셔스니 육친무족 우리신세 션영힝

화 뉘라 ᄒ며 사후감장 어이하리 명산디찰의 신공이나 ᄒ야 남여간 낫커드면 평싱 한을 풀 거시니 가군의 뜻시 엇더ᄒ오 셩참판 하는 마리 일싱신셰 싱각ᄒ면 자닌 마리 당연ᄒ나 비러셔 자식을 나흘진디 무자 할 사람이 잇슬이요ᄒ니 월믜 디답하되 쳔하디셩 공부자도 이구산의 비르시고 졍나라 졍자산은 우셩산의 비러나 계시고 아동방 강산을 이를진딘 명산디쳔이 업슬손가 경상도 웅쳔쥬쳔의난 늑도록 자녀 업셔 최고봉의 비리더니

3

디명쳔자 나 계시사 디명 쳔지 발거스니 우리도 졍셩이나 디러보사이다 공든 탑이 무어지며 심근 남긔 꺽길손가 이날부텀 목욕지계 졍이ᄒ고 명산승지 차져갈 졔 오직ᄀ 썩 나셔〃 좌우산쳔 둘너보니 셔북의 교룡산은 술희방을 마거잇고 동으로난 장임 숨풀 깁푼 고디 션원사는은〃이 보이고 남으로난 지리산이 웅장한듸 그 가온디 요쳔슈난 일디 장강 벽파되야 동남으로 둘너스니 별류건곤 여긔로다 쳥임을 더우잡고 산슈을 발바 드러가니 지리산이 여기로다 반야봉 올나셔〃 사면을 둘너보니 명산디쳔 완연ᄒ다 상봉의 단을 무어 졔물을 진셜ᄒ고 단하의 복지ᄒ야 쳔신만고 비럿더니 산신임의 덕이신지 잇 쩌는 오월오일 갑자라 한

4

쑴을 어든니 셔긔반공ᄒ고 오치영농하더니 일위션녀 쳥학을 타고 오난듸 머리의 화관이요 몸의난 치의로다 월픽 소리 징〃ᄒ고 손으난 게화 일지를 들고 당의 오르며 거슈장읍ᄒ고 공순이 엿자오디 낙포의

쌀일넌니 반도진상 옥경 갓다 광한젼의셔 젹송자 맛나 미진졍회 ᄒᆞ올 차의 시만ᄒᆞ미 죄가 되야 상계 더로하사 진퇴의 닉치시미 갈 바을 몰나 더니 두유산 실영계셔 부인쯱으로 지시ᄒᆞ기로 왓사오니 어엽비 여기소셔 ᄒᆞ며 품으로 달여들시 학지고셩은 장경고라 학의 소리 놀니 씨니 남가일몽이라 황홀한 졍신을 진졍ᄒᆞ야 가군과 몽사을 셜화ᄒᆞ고 쳔힝으로 남자을 나을가 기다리더니 과연 그달부텀 티기 잇셔 십싁이 당ᄒᆞ

5

미 일〃은 향기 만실ᄒᆞ고 치운이 영농ᄒᆞ더니 혼미즁의 싱산ᄒᆞ니 일기 옥녀을 나어난니 월미의 일구월심 기루던 마음 남자는 못나스되 져근듯 풀이난구나 그 사랑하문 엇지 다 셩언ᄒᆞ리 일홈을 춘향이라 부르면셔 장즁보옥 갓치 질너너니 회힝이 무쌍이요 인자ᄒᆞ미 기린이라 칠팔 셰 되미 셔칙의 칙미ᄒᆞ야 예모졍졀을 일삼으니 회힝을 일읍이 츙송 안이하리 업더라 잇더 삼쳔동 이할임이라 하난 양반이 잇스되 셰더명가요 츙신의 후예라 일〃은 젼하게옵셔 츙회록을 올여보시고 츙효자을 틱츌ᄒᆞ사 자목지관 임용하실시 이할임으로 과쳔현감의 금산군슈 이비ᄒᆞ야 남원

6

부사 졔슈ᄒᆞ시니 이할임이 사은슉비 하직ᄒᆞ고 치힝 차려 남원부의 도임ᄒᆞ여 션치민졍ᄒᆞ니 사방의 이리 업고 방곡의 빅셩들은 더듸 오물 칭송흔다 강구연월 문동요라 시화연풍ᄒᆞ고 빅셩이 효도ᄒᆞ니 요슌시졀이라 잇 써는 어느 써뇨 놀기 조흔 삼츈이라 호련 비조 뭇시들은 농초화답 짝을 지어 쌍거쌍니 나러드러 온갓 춘졍 닷토난듸 남산화발 북산홍

과 천사만사 슈양지의 황금조는 벗 부른다 나무 〃〃 셩임ㅎ고 두견 접동 다 지나니 일연지가졀이라 잇 쩌 사쏘자졔 이도령이 년광은 이팔 이요 풍치는 두목지라 도량은 창히 갓고 지혜 활달ㅎ고 문장은 이빅이 요 필법은 왕히지라 일〃은 방

7

자 불너 말삼하되 이골 경쳐 어듸민냐 시흥 춘흥 도〃하니 졀승경쳐 말하여라 방자놈 엿자오되 글공부하시난 도령임이 경쳐 차져 부질업소 이도령 이른 마리 너 무식한 마리로다 자고로 문장지사도 졀승강산 귀경키난 풍월장문 근본이라 신션도 두로 도라 방납하니 어이 하야 부당하랴 사마장경이 남으로 강호의 쩟다 듸강을 거살일 졔 광낭셩파 으 음풍이 노호하야 예로부터 가르치니 쳔지간 만물지변이 놀납고 질 겁고도 고혼 거시 글 안인계 업난이라 시즁쳔자 이틱빅은 치셕강의 노라잇고 젹벽강 츄야월의 소동파 노라잇고 심양강 명월야의 빅낙쳔 노라잇고 보은 송이 운장듸의 셰조듸왕 노셔스니 안이 노든 못ㅎ리라 잇 쩌 방자

8

도령임 뜻슬 바다 사방 경기 말삼ㅎ되 셔울노 이를진듸 자문 밧 니다 라 칠셩암 청연암 세금졍과 ◆평양 영광졍 듸동누 모란봉 ◆령양 낙션 듸 ◆보은 송이 운장듸 ◆안으 슈셩듸 ◆진쥬 촉셕누 ◆밀량 영남누가 엇더흔지 몰나와도 젼나도로 일을진듸 ◆틱인 평양졍 ◆무쥬 한풍누 ◆젼쥬 한벽누 조싸오나 남원 경쳐 듯조시요 동문 밧 나가오면 장임 숩 쳔은사 조쌉고 셔문 밧 나가오면 관황묘난 쳔고영웅 엄한 위풍 어졔

오날 갓삽고 남문 밧 나가오면 광한누 오작교 영주각 좃삽고 북문 밧 나가오면 청천삭출 금부룡 기벽ᄒ야 웃둑 셔스니 기암둥실 교룡산셩 좃사오니 쳐분디로 가사이다 도령임 일은 말삼 이이 말노 듯쩌

9

리도 광한누 오작괴가 경긔로다 귀경 가자 도령임 거동보소 사쏘젼 드러가셔 공순이 엿자오되 금일 〃기 화란ᄒ오니 잠간 나가 풍월음영 시운목도 싱각ᄒ고자 시푸오니 순셩이나 ᄒ여이다 사쏘 더히ᄒ야 히락 ᄒ시고 말삼ᄒ시되 남쥬 풍물을 귀경ᄒ고 도라오되 시졔을 싱각ᄒ라 도령 디답 부교디로 ᄒ오리다 물너나와 방자야 나구 안장 지어라 방자 분부듯고 나구 안장 짓는다 나구 안장 지을 졔 홍연 자긔 산호편 옥안 금편 황금늑 쳥홍사 고흔 굴네 쥬먹상무 덥벅 다라 쳥 〃다리 은입등자 호피 도듬의 젼후거리 줄방울을 염불법사 염쥬 메듯 나구 등디 ᄒ엿소 도령임 거동보소 옥안션풍 고흔 얼골 젼반갓탄 치머리 곱게

10

비셔 밀기름의 잠지와 궁초 당기 셕황 물여 밉시 잇게 잡바 쌋코 셩쳔 슈쥬 졉동비 셰빅져 상침바지 극상셰목 졉보션의 남갑사 단임 치고 육 사단 졉비자 밀화단초 다라 입고 통힝건을 무릅 아러 느짓 미고 영초단 허리씌 모초단 도리낭을 당팔사 가진 미답 고를 너여 느짓 미고 쌍문초 진동쳥 중츄막의 도포 밧쳐 흑사씌를 흉중의 눌너미고 육분당혜 ᄭᅳ으면 셔 나구를 붓드러라 등자 듯고 션듯 올나 뒤를 싸고 나오실 졔 통인 한나 뒤을 따라 삼문 밧 나올 젹그 쇄금부치 호당션으로 일괌을 가리우 고 관도셩남 너룬 길의 싱기 잇게 나갈 졔 취리양유ᄒ던 두목지의 풍칠

11

넌가 시〃요부하던 주관의 고음이라 ◆상가자믹춘셩늬요 만셩졘자
슈불이라 광한누 셥젹 올나 사면을 살펴보니 경기가 장니 조타 젹셩
아침 날의 느진 안기 씌여잇고 녹슈의 져문 봄은 화류동풍 둘너잇다
자각달노분조회요 벽방금젼싱영농은 임고듸를 일너잇고 요헌기구하
쳐외는 광한누을 일의미라 악양누 고소듸와 오초동남슈는 동정호로
흘너지고 연지 셔북의 펑퇴이 완연한듸 쏘 한곳 ㅂ리보니 빅〃홍〃
난만중의 잉무 공작 나라들고 산쳔경기 둘너보니 예구분 반송솔 쩍갈
입은 아쥬춘풍 못이기어 흔늘ㄷㄷ 폭포유슈 셰닉가의 계변화는 쎙긋ㄷ
ㄷ 낙 ㄷ장송 울 ㄷ하고 녹

12

음방초승화시라 계슈 자단 모란 벽도의 취한 산식 장강 요쳔의 풍등
슬 잠계 잇고 쏘 한곳 바라보니 엇덧한 일미인이 봄식 우름 한ㄱ지로
온갓 춘졍 못이기여 두견화 질끈 썩거 머리여도 쏘자보며 함박꼿도
질근 썩거 입으 함숙 물러보고 옥슈 나삼 반만 것고 쳥산유슈 말근
물의 손도 싯고 발도 싯고 물 머금어 양슈하며 조약돌 덥셕 쥐여 버들가
지 쇠쏘리을 히롱하니 타기황잉 이 안인야 버들입도 주루룩 훌터 물의
휠ㄷ 씌여보고 빅셜갓튼 힌나부 웅봉 ㅈ졉은 화수 물고 너울ㄷㄷ 춤을
춘다 황금 갓튼 쇠쏘리는 숩ㄷ이 나라든다 광한 진경 조컨이와 오작교
가 더욱 좃타 방

13

가위지 호남으 졔일셩이로다 오작교 분명ㅎ면 견우직녀 어듸잇ㄴ 일
언 승지의 풍월이 업실소냐 도련임이 글 두 귀를 지여스되 고명오작션

이요 ◆광한옥계누라 ◆차문천상수직여요 ◆지홍금일아거누라 잇 써 니아으셔 잡술상이 ㄴ오거늘 일비주 먹은 후의 통인 방자 물여주고 취홍이 도〃하야 담부 푸여 입으다 물고 일이져리 거닐 졔 경쳐의 홍을 계워 충쳥도 고마 수명 보련암을 일너슨들 이곳 경쳐 당할손야 불글 단 푸릴 쳥 힌 빅 불글 홍 고몰〃〃리 단쳥 유막황잉 환우셩은 너의 춘홍 도와넌다 황봉 빅졉 왕나부는 힝기 찻난 거동이라 비거비리 춘셩 너요 영쥬

14

방장 봉너산이 안하의 갓차오니 물은 본이 은하수요 경기는 잠짠 옥경이라 옥경이 분명하면 월즁 항아 업슬손야 잇 써는 삼월이라 일너 스되 오월 단오일리엇다 쳔즁지가졀이라 잇 써 월미 짤 춘향이도 쏘한 시셔음율이 능통하니 쳔즁졀을 몰을소냐 추쳔을 ㅎ랴 ㅎ고 상단이 압 셰우고 나려올 졔 난초 갓치 고흔 머리 두 귀를 눌너 곱게 짜아 금봉치 를 졍졔ㅎ고 나운을 둘운 허리 미양의 간는 버들 심이 업시 듸운듯 아름답고 〃은 틱도 아장거려 흔늘거려 가만가만 나올져그 장임 속으 로 드러가니 녹음방초 우기져 금잔듸 좌르륵 깔인 고듸 황금 갓튼 꾀꼬 리는 쌍거쌍너 나라들 졔 무셩한 버들 빅쳑장고 놉피

15

미고 추쳔을 하려할 졔 슈화유문 초록 장옷 남방사 홋단 초미 훨〃 버셔 거려두고 자쥬 영초 슈당혀을 셕〃 버셔 던져두고 빅방사 진솔 속것 틱미티 훨신 추고 연숙마 츄쳔줄을 셤〃옥수 넌짓드러 양슈의 갈나 잡고 빅능 보션 두 발길노 셥젹 올나 발 구를 졔 셰류 갓튼 고흔

몸을 단정이 논이난듸 뒤 단장 옥비녀 은죽졀과 압치레 볼작시면 밀화
장도 옥장도며 광원사 졉져고리 졔 식 고름의 틔가 난다 상단아 미러라
한번 굴너 심을 쥬며 두번 굴너 심을 쥬니 발미틔 가는 씌걸 바람 좃차
펄〃 압뒤 졈〃 머러가니 머리 우의 나무입은 몸을 짜라 흔들〃〃 오고
갈 졔 살펴보니 녹음 속의 홍상자락이 바람결의 니빗치니 구만장

16

쳔 빅운간의 번기불리 쏫이난 듯 쳔지지젼호현후라 압푸 얼는 하는
양은 가부야운 져 졔비가 도화 일졈 써러질 졔 차려 흐고 쫏치난듯
뒤로 번듯 흐는 양은 광풍의 놀닌 호졉 짝을 일코 가다가 돌치난듯
무산션여 구름 타고 양딕상의 나리난듯 나무입도 무러보고 쏫도 질끈
썩거 머리에다 실근〃〃 이익 상단야 근듸 빅람이 독흐기로 졍신이
어질흔다 근듸줄 붓들러라 붓들랴고 무수이 진퇴흐며 한창 이리 논일
격의 셰닉짜 반셕상의 옥비녀 써러져 징〃흐고 비닉〃〃 흐난 소리
산호치을 드러 옥반을 씨치난듯 그 틱도 그 형용은 셰상 인물 안이로다
연자삼츈 비거틱라 이도령 마음이 울젹흐고 졍신

17

어질하야 별 싱각이 다 나것다 혼즈말노 셤어하되 오호으 편쥬 타고
범소빅을 좃츠스니 셔시도 올 이 업고 희셩 월야의 옥창비가로 초픠왕
을 이별하던 우미인도 올 이 업고 눈봉궐 하직하고 빅용퇴 간 연후의
독이쳥총 하여쓴이 왕소군도 올 이 업고 장신궁 지퍼 닷고 빅두름을
〃퍼슨이 반쳡여도 올 이 업고 소양궁 아침날으 지치하고 도라온이
조비련도 올 이 업고 낙포션연가 무산션년가 도련임 혼비즁쳔흐야 일

신이 고단이라 진실노 미혼지인이로다 통인아 예 져 건네 화류즁의
오락가락 힛쓱〃〃 얼는〃〃 흐는 겨 무어신지 자셔이 보와라 통인니
살피보고 엿자오되 다른 무엇 안이오라 이 골 기

18

싱 월미 쌀 춘향이란 게집아히로소이다 도련임이 엉겁결의 한는 말이
장이 좃타 홀융하다 퇴인이 알외되 제 어미는 기싱이오나 춘향이는
도〃하야 기싱구실 마다 하고 빅화초엽의 글ᄌ도 싱각하고 여공지질이
며 문장을 겸젼하야 여렴쳐자와 다름이 업논이다 도령 허〃 웃고 방자
을 ● 불너 분부하되 들은즉 기싱의 쌀이란이 급피 가 불너올라 방ᄌ놈
엿자오되 셜부화용이 남방의 유명키로 방쳠ᄉ 병부ᄉ 군슈 현감 관장
임네 엄지발가락이 두 쎔 가옷식 되난 양반 외입징이딜도 무슈이 보러
하되 장강의 식과 임ᄉ의 덕힝이며 이두의 문필이며 티ᄉ의 화순심과
이비의 졍절를 품어스니 금쳔하지졀식이요 만고여즁군자오니 황공하
온 말삼으로 초리하기 어렵넌다 도령 디소하고 방지야 네가 물

19

각유주를 몰르난쏘다 형산빅옥과 여슈황금이 님지 각〃 잇난이라 잔
말 〃고 불너오라 방자 분부 듯고 춘향 초리 건네갈 졔 밉시 잇난 방지
열셕 셔황모 요지연의 편지 젼턴 경조 갓치 이리져리 건네가셔 여바라
이이 춘향아 부르난 소리 춘향이 깜쏙 놀니여 무슨 소리를 그짜우로
질너 사람의 졍신을 놀니난냐 이이야 말 마라 이리 낫다 이리란이 무슨
일 사쏘자졔 도령임이 광한누의 오셧짜가 너 노난 모양 보고 불너오란
영이 낫다 춘향이 홰를 니어 네가 밋친 사식일다 도령임이 엇지 나를

알어셔 부른단 마리냐 이 자식 네가 니 마를 종지리시 열씨 까듯 하여나
부다 안이다 너가 네 마를 할 이가 업시되 네가 글체 너가 글야 너
글은 니력을 드러보와라 계집아히 힝실노 추천을 하량이면 네 집 후원
단장 안의 줄

20

을 미고 남이 알가 몰을가 은근이 미고 추천하난 게 도레의 당연하미
라 광한누 머잔하고 쏘한 이고셜 논지할진딘 녹음방초승화시라 방초난
푸려난듸 압니 버들은 초록장 두르고 뒤니 버들은 유록장 둘너 한 가지
느러지고 쏘 한 가지 펑퍼져 광풍을 계워 흔늘〃〃 춤을 추난듸 광한누
귀경쳐의 근듸을 미고 네가 쒤 제 외씨 갓탄 두 발길노 빅운간의 논일
젹기 홍상 자락이 펄〃 빅방사 속것가리 동남풍의 펄넝〃〃 박속 갓탄
네 살거리 빅운간의 힛득〃〃 도령임이 보시고 너을 불으시계 너가
무삼 말을 한단 말가 잔말〃고 건네가자 춘향이 디답ㅎ되 네 마리
당연ㅎ나 오나리 단오이리라 비단 나뿐이라 다른 집 처자들도 예와
함기 추천하여쓰되 글얼 뿐 안이라 셜혹 니 말을 할

21

지라도 너가 지금 시사가 아니여든 여렴사람을 호리칙거로 부를 이도
업고 부른 듸도 갈 이도 업다 당초의 네가 말을 잘못 드른 비라 방자
이면의 복기여 광힌누로 도라와 도령임계 엿자오니 도련임 그 말 듯고
기특한 사람일다 언즉시야로되 다시 가 말을 하되 이러〃〃 하여라
방자 견갈 모와 춘향으계 건네가니 그 식의 제 집의로 도라갓거늘 졔의
집을 차져가니 모여간 마조 안져 겸심밥이 방장이라 방자 드러가니

너 웨 쏘 오나냐 황송타 도련임이 다시 젼갈 ᄒ시더라 니가 너를 기성으로 알미 아니라 드른니 네가 글을 잘 한다기로 쳥하노라 여가의 잇는 쳐자 불러보기 쳥문의 고히하나 혐의로 아지 말고 잠깐 와 단여가라 하시더라 춘향의 도량한 뜻시 연분되랴고 그러한지 호련이 싱각하니 갈 마음이 나되 모친의 쓰슬 몰나 침

음양구의 말안코 안져더니 춘향모 썩 나안자 경실업계 말을 하되 꿈이라 하는 거시 젼수이 혀사가 안이로다 간밤의 꿈을 꾸니 난디업는 쳥용 한나 벽도지의 잠겨 보이거날 무슨 조혼 이리 잇슬가 하여던니 우연한 일안이로다 쏘한 드른이 사쏘자졔 도련임 일홈이 몽용이라 ᄒ니 꿈 몽짜 용 〃짜 신통ᄒ게 맛치 여짜 그러나 져러나 양반이 부르시난 듸 안이 갈 슈 잇거냐냐 잠간 가셔 단여오라 춘향이가 그졔야 못이기난 체로 계우 이러나 광한누 건너갈 졔 디명젼 디들보의 명민기 거름으로 양지마당의 씨암닥 거름으로 빅모리 밧탕 금자리 거름으로 월티화용 고은 티도 완보로 건네갈싀 흐늘 〃〃 월 셔시 토셩십보하던 거름으로 흐늘거려 건네올 졔 도련임 난간

의 졀반만 비겨셔 〃 완 〃 니 바러보니 춘향이가 건네 오난듸 광한누의 갓찬지라 도련임 조와라고 자셔이 살펴보니 요 〃 졍 〃 하야 월티화용이 셰상의 무쌍이라 얼골이 조촐ᄒ니 쳥강의 노난 학이 셜월의 빗침 갓고 단순호치 반기ᄒ니 별도 갓고 옥도 갓다 연지을 품은 듯 자하상 고은 티도 어린 안기 셕양의 빗치온 듯 취군이 영농ᄒ야 문치는 은하슈 물결

갓다 연보을 졍이 옴겨 쳔연이 누의 올라 북그려이 셔 잇거날 통인
불너 안지라고 일너라 춘향의 고혼 티도 염용ᄒ고 안난 거동 자셔이
살펴보니 빅셕창파 시 빗 뒤에 목욕하고 안진 졔비 사람을 보고 놀닉난
듯 별노 단장한 일 업시 쳔연한 국식이라 옥안을 상티하니 여운간지명
월이요 단순을 반기한이 약슈중지연

화로다 신션을 니 몰나도 영주의 노던 션여 남원의 젹거하니 월궁의
뫼던 션여 벗 한나을 일러구나 네 얼골 네 티도는 셰상인물 아니로다
잇 ᄶ 춘향이 추파을 잠간 들어 이도령을 살펴보니 금셰의 호걸리요
진셰간 기남자라 쳔졍니 놉파스니 소년공명할 거시요 오악이 조귀ᄒ니
보국충신 될 거시믹 마음의 흠모하야 이미을 수기고 엄실단좌 뿐이로
다 이도령 한난 마리 셩현도 불취동셩이라 일너쓰니 네 셩은 무어시며
나흔 몃살니요 셩은 셩가옵고 년셰난 십육셰로소이다 이도령 거동보소
허 〃 그말 반갑도다 네 연셰 드러하니 날과 동갑이팔이라 셩ᄶ을 드러
보니 쳔졍일시 분명ᄒ다 이셩지합 조흔 년분 평싱동낙 하여보자 네의
부모 구존한

25

야 편모하로소이다 몃 형졔나 되넌야 육십당연 니의 모친 무남독여
나 혼나요 너도 나무 집 귀한 짤이로다 쳔졍하신 연분으로 우리 두리
만나스니 말런 낙을 일워보자 춘향이 거동보소 팔자청산 ᄶ긔리며 주
순을 반기ᄒ야 간은 목 게우 여러 옥졍으로 엿ᄌ오되 츙신은 불사이군
이요 열여불경 이부졀은 옛글으 일너슨이 도련임은 귀공자요 소녀는

천첩이라 한번 탁정한 연후의 인하야 바리시민 일편단심 이 니 마음
독숙공방 홀노 누워 우는 하늘 이니 신셰 니 안이면 뉘가 길고 글런
분부 마옵소셔 이도링 일은 말이 네 말을 들어본이 어이 안이 기득하랴
우리 두리 인연 민질 져그 금셕뇌약 민지리라 네 집이 어더민냐 춘향이
엿즈오되 방자 불너 무르소셔 이도령 허 " 웃고 니 너다려 뭇는 일이
허왕

26

하다 방자야 예 춘향의 집을 네 일너라 방자 손을 넌짓드러 가르치난
되 져기 져 건네 동산은 울 " 하고 연당은 쳥 " 한듸 양어싱풍하고 그
가온듸 기화요초 난만하야 나무 " " 안진 시는 호사을 자랑하고 암상
의 구분 솔은 쳥풍이 건듯부니 노룡이 굼이난듯 문 압푸 버들 유사무사
양유지요 들축 죽빅 젼나무며 그 가온듸 힝자목은 음양을 좃차 마쥬시
고 초당 문젼 으동 디초나무 집푼 산중 물푸레나무 포도 다리 으름넌출
휘 " 친 " 감겨 단장 밧기 웃쑥 소사난듸 송졍 죽임 두 시이로 은 " 이
뵈이난 계 춘향의 집인이다 도령임 이른 마리 장원이 졍결하고 송죽이
울밀하니 여자 졀힝가지로다 춘향이 " 리나미 붓쯔러여이 엿자오되
시속 인심 고약하니 그만 놀고 가깃너다 도령

27

임 그 말을 듯고 기특하다 그릴듯한 이리로다 오날밤 퇴령 후의 네의
집의 갈 거시니 괄셰나 부디 마라 춘향이 디답하되 나는 몰라요 네가
몰르면 쓰것난야 잘 가거라 금야의 상봉하자 누의 나러 건너간이 춘향
모 마조나와 이고! 니 쓸 단여온냐 도련임이 무어시라 하시던야 무어시

라 하여요 조공 안져짜가 〃겻노라 이러난이 젼역의 우리 집 오시마 허옵쩨다 글헤 엇지 디답하엿난야 모른다 하엿지요 잘 하엿다 잇 쩌 도련임이 춘향을 이연이 보닌 후의 미망이 둘 디 업셔 칙실노 도라와 만사의 뜻시업고 다만 싱각이 춘향이라 말소리 귀에 징〃 고흔 틱도 눈의 삼〃 히지기를 기달일시 방지 불너 희가 언으 쩌나 되여난야 동으 셔 아구 트난이다 도련임 디로하야 이놈 쾌심한 놈 셔으로 지난 희가 동으로 도로 가

라 다시금 살펴보라 이윽고 방지 엿자오디 일낙함지 황혼되고 월출동 영하옵닌다 셕반이 마시업셔 젼〃반칙 어이허리 퇴령을 기달이라 하고 셔칙을 보려할 졔 칙상을 압푸노코 셔칙을 상고하난디 즁용 디학 논어 밍자 시젼 셔젼 쥬력이며 고문진보 통사략과 이빅 두시 쳔자까지 니여 놋코 글을 일글시 ◆시젼이라 관〃 져구 지하지주로다 요조숙여난 군자 호귀로다 아셔라 그 글도 못일으것다 ◆디학을 일글시 디학지도난 지 명〃덕흐며 지신민하며 지춘향이로다 그 글도 못일것다 ◆주역을 익난 디 원은 형코 졍코 춘향이코 짝 딘코 조코 한이라 그 글도 못일것다 ◆등왕각이라 남창은 고군이요 홍도난 신부로다 올타 그 글되얏다 ◆ 밍자을 일글시 밍ㅈ

견양혜왕하신디 왕왈 쉬불원쳔리이닉하신이 춘향이보시려 오신잇가 ◆사략을 익눈디 틱고라 쳔왕씨난 이쑥쩍으로 왕하야 셰기셥졔흐니 무위이화의라하야 형졔 십일인이 각일만팔쳔셰하다 방지 엿즈오되 여

보 도련임 천황씨가 목쩍으로 왕이란 말은 들어스되 쑥쩍으로 왕이란
말을 금시초문이요 이자식 네 모른다 천왕씨 일만팔쳔세를 살던 양반
이라 이가 단〃 ㅎ여 목덕을 잘 자셔건이와 시속션 부더른 목쩍을 먹건
는야 공자임 계옵셔 후셩을 싱각하사 명윤당의 현몽ㅎ고 시속 션부드
른 이가 부족하야 목쩍을 못먹기로 물신〃〃한 쑥쩍으로 히라ㅎ야 삼
빅 육십 주힝교의 통문ㅎ고 쑥쩍으로 곳쳐난이라 방지 듯다가 말을
하되 여보 하날임이 드르시면 깜짝 놀닉실 거진말도

3Ꝺ

듯거소 쏘 젹벽부를 드려놋코 임술지추칠월 기망에 소자여긔으로 범
쥬유어젹벽지하할시 쳥풍은 셔리ㅎ고 수파는 불홍이라 아셔라 그글도
못일것다 ◆쳔자을 일글시 하날쳔 짜 지 방지 듯고 여보 도련임 졈잔이
쳔자는 웬이리요 쳔자라 하난 글리 칠셔의 본문이라 양나라 쥬짓빈
쥬흥사가 하로밤의 이 글을 짓고 머리가 히엿기로 칙일홈을 빅수문이
라 낫〃치 시겨보면 쎄쏭 쌀 일리 만하지야 소인놈도 쳔자속은 아옵니
다 네가 알 드란 마리야 알기을 일르것소 안다하니 일거바라 예 드르시
요 놉고 놉푼 하날 쳔 집 고 집푼 짜 지 홰〃친〃 가물 현 불타졋다
누루 황 에 이놈 상놈은 격슬하다 이놈 어 디셔 장타령 하난 놈의 말을
드럿구나 니 일글계 드러라 쳔

31

긔자시싱쳔하니 틱극이 광디 하날 쳔 ◆지벽어축시하니 오힝팔괘로
짜 지 ◆삼십 삼쳔 공부공의 인심지시 가물 현 ◆이십팔숙 금목수화토
지졍싴 누루 황 ◆우쥬일월 즁화하니 옥우징영 집 우 ◆연디국도 홍셩

쇠왕고니금의 집 쥬 ◆우치홍수기자초의 홍범귀쥬 너불 홍 ◆삼왕오제
붕하신 후 난신걱자 겻칠 황 ◆동방이 장차 게명키로 고 〃 천변 일윤
홍 번뜻소사 날 일 ◆억조창싱 격양가의 강구연월으 달 월 ◆한심미월
시 〃 부터 삼오일야의 차 령 ◆셰상만사 싱각ㅎ니 달빗과 갓탄지라 십
오야 발근 다리 기망부터 기울 측 ◆이십팔숙 하도낙셔 버린 법 일월셩
신 별 진 ◆가련금야 숙창가라 원낭금침으 잘 숙 ◆졀디가인 조흔 풍유
나열춘츄으 버릴

32

열 ◆의 〃 월식 야삼경의 만단졍회 베풀 장 ◆금일한풍 소 〃 티하니
침슬의 들거라 찰 한 ◆볘기가 놉거든 니팔을 볘여라 이마만금 오너라
올 니 ◆에후리쳐 질근 안고 임각의 든이 셜한풍으도 더울 셔 ◆침실리
덥거든 음풍을 취하여 이리져리 갈 왕 ◆불한불열 언으 찌냐 엽낙오동
의 가을 츄 ◆빅발리 장차 우거진이 소년풍도을 거들 슈 ◆낙목한풍
찬바람빅운강산의 져으 동 ◆오미불망 우리 사랑 귀즁심쳐의 갈물 장
◆부용작야 셰우즁의 광윤유티 부루 윤 ◆리려한 고흔 티도 평싱을
보고도 나무 려 ◆빅연기약 집푼밍셰 만경창파 일울 셩 ◆이리져리
논일 젹의 부지셰월 힛 셰 ◆조강지쳐 불하당안히 박디못하난이 디동
통편 법즁 율

33

◆군자호귀 이안니야 춘향 입 니 입을 한틔다디고 쪽ㄷ 쌘이 법즁
여 짜 이 아닌야 이고ㄷㄷ 보거지거 소릭을 크게 질너노니 잇디 사쏘
견역진지를 잡수시고 식곤징이나 계옵셔 평상의 취침하시다 이고 보고

지거 소리에 깜짝 놀니여 이로너라 예 칙방으셔 뉘가 성침을 맛넌야 신다리을 쥬물넛야 아라드리라 통인 드리가 도련임 웬목통이요 고함 소리에 사쏘 놀니시사 염문하라 하옵시니 엇지 아뢰잇가 짝한 이리로 다 나무 집 늘근이는 리롱징도 잇난이라마는 귀 너무 발근것도 예상일 안이로다 글러한다 하계마는 글헐이가 웨 잇슬고 도련임 디경하야 이 더로 엿즈와라 니가 논어라 하난 글을 보다가 차회라 외도의 구의라 공블근쥬공이란 디문을보다가 나도 쥬공을 보면 그리하여

볼가하여 홍치로 소리가 놉파슨이 그디로만 엿자와라 통인이 드러가 그디로 엿자오니 사쏘 도련임 승벽 잇스물 크게 짓거ㅎ야 이리오너라 칙방으 가 목낭청을 가만이 오시리라 낭청이 드러 오난디 이 양반이 엇지 고리계 싱기던지 만지거름 속한지 근심이 담슉드러던 거시엿다 사쏘 그시 심ㄷㅎ지요 아 계 안소 할 말 잇네 우리 피차 고우로셔 동문 수업 하엿건과 아시의 글익기 가치 실은 거시 업건마는 우리 아시 홍보 니 어이 안이 길걸손가 인양반은 지어부지간의 디답하것다 아히 쩌 글 익기갓치 실은 게 어디 잇슬이요 익기가 실으면 잠도 오고 뫼가 무슈하계 이 아히난 글익기을 시작하면 익고 쓰고 불철주야 ㅎ세 예 그럽듸다 빈운 바 업셔도 필지 결등하계 그러치요 겸 하나만 툭

찌거도 고봉투셕갓고 한 일을 쓰어노면 쳘리지운이요 갓머리난 작두 첨이요 필법 논지하면 풍낭뇌션이요 니리그어 치난 획은 노송도 꽤절 벽이라 창과로 일를진딘 마른 등 넌출깃치 쩌더갓다 도로 친는 듸는

셩닌 손우 곳 갓고 기운이 부족하면 발길노 툭 차올여도 획은 획티로
되나니 글시을 가만니 보면 획은 획티로 되옵듸다 글시 듯게 져 아히
아홉살 먹어 쓸 졔 셔울 집 쓸의 늘근 미화 잇난고로 미화 남글 두고
글을 지으라 하여던이 잠시 지어스되 정셩듸린 것과 용사비등하니 일
남첩기라 묘당의 당〃한 명사될 것 거시니 남명이 북고하고 부츈츄어
일슈허엿쪠 장닌 졍승 하오리다 사쏘 너머 감격하야라고 졍승이야 엇
지 바리것나마는 닛싱견

36

으 급졔는 쉬 하리마는 급졔만 쉽게 하면 츌육이야 베면이 지니것나
안이요 그리할 말삼이 안이라 졍승을 못하오면 장승이라도 되지요 사
쏘이 호령하되 자닉 뉘 말도 알고 티답을 그리하나 티답은 하여사오나
뉘 말린지 몰나요 글런다고 하여스되 그계 쏘 다 거짓마리엿다 ◆잇
쩐 이도령은 퇴령 노키을 지달일 졔 방지야 예 퇴령노와나 보와라 아직
안이 노와소 죡금 잇더니 하인 물이라 퇴령 소린 질게 나니 조타〃〃
올타〃〃 방지야 등농의불발켜라 통인 하나 뒤를 짜라 춘향으 집 건네
갈 졔 지초업시 가만〃〃 걸의면셔 방지야 상방으 불 빗친다 등농을
엽푸쪄라 삼문 밧 썩 나셔〃 협노지간의 월식이 영농하고 화간 푸린버
들 멋번이나 쩍거시며 투기소연 아히들은

37

야입쳥누 하야쓴이 지체말고 어셔 가자 그렁져렁 당도하니 가련금야
요젹한듸 가기물식 이 안인야 가소롭다 어쥬사는 도원질을 모로던가
춘향문젼 당도하니 인젹 야심한듸 월식은 삼경이라 이약은 츌몰하고

디졉갓튼 금부어난 임을 보고 반기난듯 월하의 두루미넌 홍을 계워 짝 부른다 잇디 춘향이 칠현금 비겨안고 남풍시를 히롱타가 침셕으 조우더 니 방지 안으로 들어가되기가 지실가 염예하야 지초업시 가만 〃 〃 춘향 방 영창밋틔 가맘이 살짝 드러가셔 이이 춘향아 잠드련야 춘향이 쌈짝 놀너여 네 엇지 오냐 도련임이 와겨시다 춘향이가 말을듯고 가삼이 월 넝 〃 〃 속이 답 〃 하야 북그럼을 못이기여 문을 열고 나오더니 건넨방

38

거너가셔 져의 모친 씨우는듸 ◑이고 어문이 무슨 잠을 이더지 집피 지무시요 춘향의 모 잠을 씨여 아가 무어슬 달나고 부르난야 뉘가 무엇 달너엿소 그려면 엇지 불너는야 언겹졀으 하는 말이 도련임이 방지 모 시고 오셔쓰오 춘향의 모 문을 열고 방자 불너 뭇는 마리 뉘가 와야 방즈 디답하되 사쏘 자졔 도련임이 와 겨시요 춘향어모 그말 듯고 상단 아 네 뒤초당의 좌셕 등촉 신칙하여 보젼하라 당부하고 춘향모가 나오 난듸 세상 사람이 다 춘향모을 일칼더니 과연이로다 자고로 사람이 외 탁을 만이 하난고로 춘향갓탄 쌀을 나어쑤나 춘향모 나오난듸 거동을 살펴보니 반빅이 넘어는듸 소탈한 모양이며 단정한 거동이 픠 〃 졍 〃 하 고 기부가 풍영하야 복이 만한지라 슝시럽고 졈잔하게 발막을 끌어

39

나오난듸 가만 〃 〃 방지 뒤을 짜라온다 잇디 도련임●이 비회괴면하 야 무류이 셔잇슬 졔 방지 나와 엿짜오되 져기 오난 게 춘향의 모로소이 다 춘향의 모가 나오더니 공슈하고 웃둑셔며 그시의 도련임 문안이 엇더호오 도련임 반만 웃고 춘향의 모이라계 평안한가 예 계우 지니옵

닛다 오실 줄 진정 몰나 영졉이 불민하온이다 글헐이가 잇나 춘향모
압을 셔〃 인도하야 디문 중문 다 지너여 후원을 도라가니 연구한 별초
당의 등농을 발케난듸 버들가지 느러져 불빗슬 가린 모양 구실발리
갈공이의 걸인듯하고 우편 벽오동은 말근 이실리 쑥〃 써러져 학의
쑴을 놀닉난듯 좌편의 션난 반송청풍이 건듯불면 노룡이 굼이난듯 창
젼의 시문 파초 일난초 봄미장

40

은 속입이 쎼여나고 슈심여쥬 어린 연꽃 물 박기 계우 써셔 옥노을
밧쳐잇고 디졉갓턴 금부어난 어변셩용 하랴하고 써〃마닥 물결쳐셔
출넝 툼벙 굼실놀 써〃 마닥 조롱하고 시로 나는 연입은 바들쩍기 버러지
고 금연상봉 셕가산은 칭〃이 싸여난듸 계하의 학두룸이 사람을 보고
놀닉여 두 쑥지를 쩍 버리고 진다리로 징검〃〃 씰눅 쑤루룩 소리하며
계화밋티 삽살기 짓는구나 그즁의 반가올사 못 가온듸 쌍오리는 손임
오시노라 둥덩실 쩌셔 기다리난 모양이요 쳐마의 다〃른이 그졔야 져
으 모친 영을 듸〃여셔 삿창을 반기하고 나오난듸 모양을 살펴보니
두렷한 일윤명월 구룸박기 소사난듯 황홀한 져 모양은 칭양키 어

41

렵쏘다 북그려이 당의 나려 천연이 션난 거동은 사람의 간장을 다
녹닌다 도련임 반만 웃고 춘향다려 문난 마리 곤치 안이하며 밥이나
잘 먹건야 춘향이 북그러워 디답지 못허고 묵〃셔 잇거날 춘향이 모가
몬져 당의 올나 도련임을 자리로 모신 후의 차을 드려 권하고 담부
〃쳐 올이온이 도련임이 바다물고 안자실 졔 도련임 춘향의 집 오실

쩌는 춘향의계 듯시 잇셔 와 겨시계 춘향의 셰간 기물 귀경온 비 ●아니
로되 도련임 첫 외입이라 박그셔난 무슨 마리 잇실뜻 하더니 드러가
안고 보니 별노이 할 마리 업고 공연의 천촉기가 잇셔 오한정이 들면셔
아모리 싱 ▶◀각하되 별노 할 마리 업난지라 방즁을 둘너보며 벽상을
살펴보니 여간 기물 노야난듸 용장 봉장 ◗

42

긱쎄수리 이렁져렁 버려난듸 무슨 기림장도 붓쳐 잇고 기림을 그려
붓쳐쓰되 셔방 업난 춘향이요 학하난 계집 아히가 셰간 기물과 기림이
웨 잇슬고만는 춘향어모가 유명한 명기라 그 쌀을 쥬랴고 장만한 거시
엿다 됴션의 유명한 명필글시 붓쳐잇고 그 시이에 붓친 명화 다 후리쳐
던져두고 월션도란 기림 붓쳐쓰되 월션도 졔목이 이럿턴 거시엿다 상
계고기강졀초의 군신 죠회 밧던 기림 쳥년 거사 이티빅이 황학젼 쑤러
안져 황졍경 익던 기름 빅옥누 지은 후의 자기 불너올여 상양문 짓던
기림 칠월 칠셕 오작교의 견우직여 만나난 기름 광한젼 월명야의 도약
하던 항아 기름 칭〃이 붓쳐씨되 광치가 찰난하야 졍신이 살난한지

43

라 쏘 한곳 바리보니 부춘산 엄자릉은 간의티후 마다하고 빅구로 버
슬 삼고 원학으로 이웃삼아 양구를 쩔쳐입고 추동강 칠이탄으 낙슈쥴
○던진 경을 영역키 기려잇다 방가위지 션경이라 군자호귀 놀듸로다
춘향이 일편단심 일부종사 하려하고 글 한슈를 지여 칙상 우의 붓쳐스
되 ○디운춘풍죽이요 분향야독셔라 기특하다 이 글 쓰슨 목난의 졀기
로다 이러텃 치하할 졔 춘향어모 엿자오되 귀즁하신 도련임이 누지의

용임하시니 황공감격하옵니다 도련임 그 말 한마듸여 말궁기가 열이엿
제 그럴이가 웨 잇난가 우연이 광한누의셔 춘향을 잠간 보고 연〃이
보니기로 탐화봉접 취한 마음 오날밤의

44

오난 뜻션 춘향어모 보려 왓건이와 자니 쌀 춘향과 빅연언약을 밋고
자 하니 자니의 마음이 엇더한가 춘향어모 엿자오되 말삼은 황송하오
나 드려보오 자학골 셩참판 영감이 보후로 남원의 좌정하여실 쩍 소리
기을 미로 보고 슈청을 들나 하옵기로 관장의 영을 못어긔여 모신 지
삼삭만의 올나가신 ●후로 뜻박그 보티하야 나은겨 져거시라 그 연유
로 고목하니 졋줄 쩌러지면 다려갈난다 하시던니 그 양반이 불힝하야
셰상을 바리시니 보니들 ●못하옵고 져거슬 질너닐 졔 어려서 잔명조
○차 그리 만코 칠셰의 소학 일켜 슈신졔가 화순심을 난낫치 가라치니
씨가 잇난 자식이라 만사

45

를 달통이요 삼강힝실 뉘라셔 니쌀리라 흐리요 가셰가 부족하니 지상
가 부당이요 사셔 인상하불급 혼인이 느껴가미 쥬야로 걱정이나 도련
임 말삼은 잠시 춘향과 빅연기약한단 말삼이오나 그런 말삼 마르시고
노르시다 가옵소셔 이 마리 참마리 안이라 이도련임 춘향을 엇는 다하
니 니 뒤사을 몰나 뒤을 늘너 하난 말리엿다 이도령 기가 믹켜 호사의
다마로셰 춘향도 미혼젼이요 나도 미장젼이라 피차 언약이 ㄷ러하흐고
육예난 못할망졍 양반으 자식이 일구이언을 할이잇나 춘향어모 이말
듯고 쏘 니 말 드르시요 고셔의 하여스되 지신은 막여쥬요 지자는 막여

부라하니 지여는 모안인가 늬 딸 심곡 너가 알졔 어려부텀 졀곡한 쓰시 잇셔 힝여 신셰를 그릇칠가 으심

46

이요 일부종사 하려하고 사ㄷ이하는 힝실 쳘셕갓치 구든 쓰시 청송녹죽 젼나무 사시졀을 닷토난 듯 상젼벽히 될지라도 늬 딸 마음 변할손가 금은옥쵹지빅이 젹여구산이라도 밧지 안이할 터이요 빅옥갓탄 늬 딸 마음 쳥풍인들 밋칠리요 다만 고으를 회칙고자 할쑨이온듸 도련임은 욕심부려 인연을 믜자짜가 미장젼 도련임이 부모 몰이 집푼 사랑 금셕갓치 믜자짜가 소문어려 바리시면 옥결갓탄 늬 딸 신셰 문쳐 조흔 듸모 진주 고은 구실 군역노리 씨이진듯 쳥강으 노든 원낭조가 짝 하나를 일이슨들 어이 늬 딸 갓틀 손가 도련임 늬 졍 이 말과 갓털진듸 심양하여 힝하소셔 도련임 더옥 답ㄷ하야 그난 두번 염예할나 말

47

소 늬 마음 셰아린니 특별 간졀 구든 마음 흉즁의 가득한 이분으로 난달을 망졍 졔와 늬와 평싱 기약 믜질 졔 젼안 납폐 안이한들 창파갓치 집푼 마음 춘향 사졍 몰을손가 이러타시 이갓치 셜화하니 쳥실홍실 육예갓촤 만난듸도 이우의 더 쐭쪽할가 늬 져를 초취갓치 예길터니 시하라고 염예말고 미장젼도 염예마소 듸장부 먹난 마음 박듸 힝실 잇슬손가 허락만 허여쥬소 춘향어모 이말 듯고 이윽키 안져던이 몽조가 잇난지라 연분인줄 짐작하고 흔연이 허락하며 봉이 나믜 황이 나고 장군 나믜 용마나고 남원의 춘향 나믜 이화춘풍 꼿다웁다 상단아 주반 등듸 하엿난야 예 듸답하고 주효를 차일 젹기 안주등물 볼작시면 고음

시도 졍결하고 디양판 가리쬠 소양판 졔육

48

쬠 풀ㄷ쮜난 숭어쬠 포도동 나는 미초리탕의 동너울산 디젼복 디모장
도 드난 칼노 밍상군의 눈셥쳬로 어슥비슥 오려노코 염통 산젹 양복기
와 춘치자명 싱치다리 젹벽디졉 분안기의 닝면조차 비벼노코 싱율 숙
을 잣슝이며 호도 디초 셕유 ㄷ자 준시 잉도 탕기갓튼 쳥슬이를 칫슈
잇게 고야난듸 술병치레 볼작시면 틔졀업난 빅옥병과 벽희슈상 산호병
과 엽낙금졍 오동병과 목진 황시병 자리병 당화병 쇄금병 소상동졍
죽졀병 그 가온듸 쳔은 알안 자젹동자 쇄금자를 차례로 노와난듸 구비
함도 가질시고 술일홈를 일을진듸 이젹션 포도쥬와 안기성 자하쥬와
살임쳐사 송엽쥬와 과하쥬 박문쥬 쳔일쥬 빅일쥬 금노쥬 팔 ㄷ쮜난
회쥬 약쥬 그 가온듸

49

힝기로운 연엽쥬 골나너여 알안자 가득 부어 쳥동화로 빅탄불의 남비
닝슈 끌난 가온듸 알안자 둘너 불한불열 데여너여 금잔 옥잔 잉무비를
그 가온듸 듸여스니 옥경언화 피난 곳시티을션여 연엽션 씌듯 디광보
국 영으졍 파초션 씌듯 둥덩실 씌여노코 권쥬가 한곡조의 일비〃〃
부일비라 이도령 일은 마리 금야의 하는 졀차 본니 관쳥이 안이여던
어이 그리 구비한가 춘향모 엿자오듸 니 딸 춘향 곱게 길너 요조숙여
군자호귀 가리여셔 금싱우지 평싱동낙 하올격기 사량의 노난 손임 영
웅호걸 문장들과 즁마고우 벗임니 쥬야로 길기실 졔 니당의 하인 불너
밥상 술상 지촉할 졔 보고 비호지 못하고는 어이 곳 등디하리 니자가

불민하면 가장 나셜 씌기미라 닉

50

싱젼 심써 갈쳐 아모쏘록 본바다 힝하라고 돈 싱기면 사모와셔 손으로 만드러셔 눈의 익고 손의도 익키랴고 일시 반쩌 노지안코 시긴 바라 부족다 마르시고 구미터로 잡슈시요 잉무비 술 가득 부어 도련임계 드리오니 도령 잔 바다 손의 들고 탄식하여 하는 마리 닉 마음더로 할진디는 육예를 힝할터니 그러털 못하고 기구녁 셔방으로 들고보니 이 안이 원통하랴 이이 춘향아 그러나 우리 두리 이 술을 디례술노 알고 묵자 일비쥬 부어 들고 네 닉 말 드러셔라 쳐치 잔은 인사쥬요 두치 잔는 합환쥬라 이 술이 다른 술 아니라 근원근본 사무리라 디순의 아황여영 귀히 〃〃 만난 연분 지중타 흐엿스되 원노의 우리 연분 삼싱가약 미진 연분 쳔말년이라도 변치 안이할 연분

51

디 〃으로 삼틱육경 자손이 만이 변셩하야 자손 징손 고손이며 무릅 우의 안쳐노코 죄암 〃〃 달강 〃〃 빅셰 상슈 하다가셔 한날 한시 마조 누워 션후업시 죽거드면 쳔하의 계일가난 연분이계 술잔 들어 잡순 후의 상단아 술부어 너의 마루리계 드러라 장모 경사 술인이 한잔 먹소 춘향어모 술잔 들고 일히일비 하난 마리 오나리 여식의 빅연지고락을 믹기는 날리라 무삼 실품 잇슬잇가만은 져거슬 질너닐 졔 이비 업시 셜이 질너 잇디을 당하오니 영감 싱각이 간결하야 비칭하여이다 도련임 일은 마리 이황지사 싱각말고 술리나 먹소 춘향모 슈삼비 먹은 후의 도련임 통인 불너 상물여 쥬면셔 너도 먹고 방지도 먹여라 통인 방지

상 물여 먹은 후의 듸문 즁문다 닷치고 춘향

52

어모 상단이 불너 자리보젼 시길 졔 원낭금침 잣볘기와 시별갓탄 요
강 듸양자리 보젼을 졍이 하고 도련임 평안이 쉬옵소셔 상단아 나오니
라 나하고 함기 자 〃 두리 다 건네 갓구나 춘향과 도련임과 마조 안져
노와스니 그 이리 엇지 되것난야 사양을 바드면셔 삼각산 졔일봉 〃 학
안자 츔츄난듯 두 활긔를 예구부시 들고 춘향의 셤 〃 옥슈 바드ㄷ시
검쳐잡고 으복을 공교하게 벽기난듸 두 손길 셕 놋턴이 춘향 가은 허리
을 담숙 안고 나상을 버셔라 춘향이가 쳠음 이릴 쑨 안이라 북그러워
고기을 슈겨 몸을 틀 졔 이리곰슬 져리곰실 녹슈에 홍연화 미풍맛나
굼이난듯 도련임 초미 벽겨 졔쳐노코 바지 속옷 벽길 젹의 무한이 실난
된다 이리굼실 져

53

리굼실 동희 쳥용이 구부를 치난듯 아이고 노와요 좀 노와요 에라
안될 마리로다 실난 즁 옷끈 쓸너 발가락으 짝 걸고셔 찌여안고 진드시
눌으며 지 ㄷ기 쓰니 발길 아리 쩌러진다 오시 활짝 버셔지니 형산의
빅옥쩡니 이우에 비할소냐 오시 활신 버셔지니 도련임 거동을 보러하고
실금이 노으면셔 아차 〃 손 샏졋다 춘향이가 침금 속으로 달여든다 도
련임 왈칵 조차 들어누어 져고리을 벽겨니여 도련임 옷과 모도 한틔다
둘 ㄷ 뭉쳐 한편 구셕의 던져두고 두리 안고 마조 누워스니 그듸로 잘이
가 잇나 골집 닐 졔 삼승이불 춤을 추고 시별요강은 장단을 마추워 쳥그
룽 징 〃 문고루난 달낭 〃 〃 등잔불은 가물 〃 〃 마시 잇게 잘자고낫

구나 그 가온딕 진ㄷ한 이리야 오직하랴 하로 잇틀 지닉간이 어린 것더리라 신마시 간〃 시로와 북그럼은 차〃 미러지고 그졔는 기롱도 히고 우슌말도 잇셔 자연 사랑가ㄷ 되야구나 사랑으로 노난듸 쏙 이모양으로 노던 기시엿짜 ◆사랑〃〃 닉사랑이야 동졍칠빅월하초의 무산갓치 노푼 사랑 ◆목단무번슈의 여쳔 창희갓치 집푼사랑 ◆오산젼 달 발근듸 츄산쳔봉 원월사랑 ◆진경한무 하올젹 차문취소하던 사랑 ◆유〃낙일 월염간의 도리화기 비친 사랑 ◆셤〃초월 분빅한듸 함소함틱 슷한 사랑 ◆월히의 삼싱연분 너와 나와 만닌 사량 ◆허물업난 부〃사랑 ◆화우동산 목단화갓치 평피지고 ㄷ은 사랑 ◆영평바딕 그무갓치 얼키고

밋친 사랑 ◆은하직여 직금깃치 올〃리 이은 사랑 ◆쳥누미여 침금갓치 혼슐마다 감친 사랑 ◆셰닉가 슈양갓치 쳥쳐지고 느리진 사랑 ◆남창북창 노젹갓치 다물〃〃 싸인 사랑 ◆은장옥장〃식갓치 모〃이 잠긴 사랑 ◆영상홍노 봄바람의 넘노난이 황봉빅졉 쏫슬 물고 질긴 사랑 ◆녹슈쳥강 원낭조격으로 마조 둥실 써 노난 사랑 ◆넌〃칠월 칠셕야의 견우직여 만난 사랑 ◆육관디사 셩진이가 팔션여와 노난 사랑 ◆역발산 초픽왕이 우미인을 만난 사랑 ◆당나라 당명왕이 양구비 만난 사랑 ◆명사심이 히당화갓치 연〃이고은 사랑 ◆네가 모도 사랑이로구나 어화 둥〃 닉사랑아 어화 닉간〃 닉사랑이로구나 여바라 춘향아 져리 가거라 가는 틱도을

보자 이만금 오느라 오는 티도을 보자 쌩긋 웃고 아장〃〃 거러라
걸는 티도 보자 너와 나와 만난 사랑 연분을 파자한들 팔고시 어듸
잇셔 싱젼 사랑 이러하고 엇지 사후기약 업슬손야 너난 죽어 될것 잇다
너난 죽어 글자되〃 싸 지 자 그늘 음 자 아닌 쳐 ᄶ 계집 여 ᄶ 변이
되고 나는 죽어 글ᄶ되〃 하날 쳔 ᄶ 하날 건 졔 이비 부 사내 남 아들
자 몸이 되야 계집 여 변의다 짝 붓치면 조을 호 ᄶ로 만나보자 사
랑〃〃 늬사랑 ◆쏘 너 죽어 될 것 잇다 너는 죽어 물이 되〃 은하수
폭포수 만경창희수 청계수 옥계수 일디장강 더져두고 칠연디한 가물
ᄶ도 일싱진〃 쳐져잇난 음양수란 무리 되고 나는 죽어 시가 되〃 두견
조도

될나말고 요지일월 청조 청학 빅학이며 디붕조 그린 시가 될나말고
쌍기쌍늬 쩌날 줄 모르난 원앙조란 시가 되야 녹수의 원앙격으로 어화
둥〃 쩌놀거든 날인 줄을 알여무나 사랑〃〃 늬간〃 늬사랑이야 안이
그건도 나 안이 될나요 그러면 너 죽어 될 것 잇다 너는 죽어 경쥬
인경도 될나 말고 젼주 인경도 될나 말고 송도 인경도 될나 말고 장안
종노 인경 되고 나는 죽어 인경 마치되야 삼십 삼쳔 이십 팔숙을 응하야
질마지 봉화 셰자루 쩌지고 남산 봉화 두자루 쩌지면 인경 쳣마듸 치난
소리 그저 뎅ㄷ 칠 ᄶ 마닥 다른 사람 듯기여는 인경 소리로만 알어도
우리 속으로는 춘향 뎅 도련임 뎅 이라 맛나보자구나 사

랑〃〃 니 간〃 니 사랑이야 ◉ 안이 그것도 나는 실소 그러면 너
죽어 될 것 잇다 너는 죽어 방이확이 되고 나는 죽어 방이고가 되야
경신연 경신월 경신일 경신시의 강틱공 조작방이 그져 썰쑤덩〃〃〃찍
커들난 날린 줄 알여무나 사랑〃〃니 사랑 간〃사랑이야 ◑ 춘향이
하난 마리 실소 그것도 나 안이 될나요 엇지하야 그마린야 나는 항시
엇지 이성이나 후성이나 밋틔로만 될난인씨 지미업셔 못쓰거소 그러면
너 주거 우로가계 하마 너는 죽어 독민 웃짝이 되고 나는 죽어 밋짝되야
이팔청춘 홍안미싁더리 셤〃옥수로 밋써을 잡고 슬ㄷ 두루면 쳔원지방
격으로 휘〃 도라가거던 나린 줄을 알여무나 실소 그것도

안이 될나요 우의로 싱긴 거시 부이나게만 싱기엿소 무슨 연의 원슈
로셔 일싱 한구먹이 더하니 아무 것도 나는 실소 그러면 너 죽어 될
것 잇다 너는 죽어 명사십이 희당화가 되고 나는 죽어 나부뇌야 나는
네 꼿숭이 물고 너는 니 수염 물고 춘풍이 건듯 불거던 너울〃〃 춤을
추고 노라보자 사랑〃〃 니사랑이야 ◉ 니간ㄷ 사랑이지 이리 보와도
니 사랑 져리 보와도 ◆사랑이 모도 니 사랑 갓틔면 사랑걸여 살 슈
잇나 어허둥〃〃 니사랑 니에쎄 니 사랑이야 ◆방긋〃〃 웃는 거슨
화중왕 모란화가 하로밤 셰우 뒤에 밤만 피고자 흔듯 아물리 보와도
니사랑 니간〃 이로구나 ◉ 그러면 엇져잔 마린야 너와 나와 유정하니
◉ 졍 쓰로 노라보

자 음상동하여 정 짜 노리나 불너 보시 드릅시다 니사랑아 들러셔라
너와 나와 유정하니 어이 안니 다정하리 담 〃 장 강슈유 〃 의 원긔정
◆하교의 불상송강 슈원 함정 ◆송군남포 ● 불승정 ◆무인불견 송하
정 ◆한틔조히 ◑ 우정◆삼틱육경 빅관조정 ◆도량청정 ◆ 각시친정
친고통정 ◆난셰평정 우리 두리 천연인정 ◆월명셩하 소상동정 ◆세상
만물 조화정 근심 격정 ◆소지원정 쥬위인정 ◆음식투정 복업는 져
방정 ◆송정관정 니정외정 ◆이송정 천양정 양구비 침 힝정 ◆이비의
소상정 ◆한송정 빅화만발 호춘정 ◆기린토월 빅운정 ◆너와 나와 만
난 정 일정실 ◆정

61

논지하면 니 마음은 원형이정 ◆네 마음은 일편탁정 ◆이갓치 다졍다
가 만일 직피 정하면 복통절정 ◆걱정되니 진정으로 원정하잔 ● 그
정짜 다 춘향이 조와라고 하는 마리 정쪽은 도져하오 우리집 지슈 잇게
안틱정이나 좀 일거쥬오 도련임 허 〃 웃고 그뿐인 줄 아는야 쏘 잇지야
◆궁짜 노리을 드러 보와라 이고 얄굿고 우슙다 궁짜노리가 무어시요
네 드러보와라 조흔 마리 만한이라 조분천지 기틱궁 ◆뇌셩벽역 풍우
속의 셔기삼광 풀여 잇난 염장하다 창합궁 ◆셩덕이 너부시사 조림이
어인일고 쥬지긱 운셩하던 은왕의 디정궁 ◆진씨황 아방궁 ◆문천하득
하실젹기 한틱조 할양궁 ◆그

져틔 장낙궁 ◆반쳡여의 장신궁 ◆당명황제 상춘궁 ◆ 이리 올나 이

궁 져리 올나 셔벽궁 ◆용궁 속의 수졍궁 ◆월궁 속위 광한궁 ◆ 너와
나와 합궁하니 한평싱 무궁이라 ◆이궁 져궁 다 바리고 네 양각 시
슈룡궁의 니으 심줄 방망치로 질을 니자구나 춘향이 반만웃고 그런
잡담은 마르시요 그계 잡담 안이로다 춘향아 우리 두리 어붐지리나
하여보자 이고 참 잡성 시러워라 어붐질을 엇써케 흐여요 어붐질 여러
번 한성 부르게 말하던 거시엿다 어붐질 천하쉽이라 너와 나와 활신
벗고 업고 놀고 안고 놀면 그계 어붐질이졔야 이고 나는 북그러워 못벗
것소 에라 요 겨집아히야 안 될 마리로다 니 먼져 버스마

63

보션 단임 허리듸 바지 져고리 훨신 버셔 한편 구셕의 밀쳐 놋코 웃둑
셔니 춘향이 그 거동을 보고 씽긋 웃고 도라셔며 하는 마리 영낙 업난
낫돗치비갓소 오냐 네 말 조타 천지말물이 짝업난 계 업난이라 두 돗차
비 노라보자 그러면 불이나 쓰고 노사이다 불리 업시면 무슨 지미 잇것
는야 어서 버셔라 〃〃〃 이고 나는 실어요 도련임 츈향 오슬 벽기려
할 졔 넘놀면셔 어룬다 만첩 청산 늘근 범이 살진 암킈를 무러다노코
이는 업셔 먹든 못하고 흐르릉 〃〃 아웅 어루난듯 북히 흑용이 여의쥬
를 입으다 물고 치운간의 늠노난듯 단산 봉황이 죽실 물고 오동 속으
늠노난듯 구〃 청학이 난초을 물고셔 오송간의 늠노난듯 춘

64

향의 가는 허리를 후리쳐 다담숙 안고 지〃기 아드득 썰며 귀쌤도
쪽〃 쌜며 입셔리도 쪽〃 쌜면셔 주홍갓턴 셔을 물고 오식단쳥 ◆ 순금'
장안의 쌍거쌍니 비들키갓치 쑥쿵쿵〃 으홍거려 뒤로 돌여 담쏙 안고

져셜 쥐고 발〃 쩔며 져고리 초민 바지 속것까지 활신 벽겨노니 춘향이 북그려워 한편으로 잡치고 안져슬 졔 도련임 답〃하여 가만이 살펴보니 얼골이 복짐ᄒᆞ야 구실쌈이 송실〃〃 안자쑤나 이이 춘향아 이리와 업피거라 춘향이 북그려ᄒᆞ니 북그럽기는 무어시 북그러워 이왕의 다 아난 비니 어셔와 업피거라 춘향을 업고 취기시며 업다 그 계집아히 똥집장이 무겁다 네가 니 등의 업피인기 마음이 엇더ᄒᆞ냐 한쯧

65

나게 좃소이다 존야 조와요 나도 조타 조혼 말을 할 거시니 네가 디답만하라 말삼 디답 하올터니 하여 보옵소셔 네가 금이지야 금이란이 당치안소 팔연풍진 초한시졀의 육츌기계 진평이가 범아부를 자부랴고 황금사만을 헛터쓴니 금이 어이 나물잇가 그러면 진옥이냐 옥이란이 당치안소 만고영웅 진씨황이 형산의 옥을 어더 이사의 명필노 ◆슈명우쳔 기슈영창이라 옥쇄를 만드러셔 만세유젼을 하여쓰니 옥이 어이 되올잇가 그러면 네가 무어시냐 희당화냐 희당화란이 당치안소 명사십이 안이녀든 희당화가 되오릿가 그러면 네가 무어시냐 밀화금픽 호박준쥬냐 안이 그거도 당치안소 삼틱육경 디신지상 팔도방

66

빅 슈령임네 갓쓴 풍잠 다하고셔 나문 거슨 경힝으 일등명기 지환벌허다이 다 만든니 호박준쥬 부당하오 네가 그러면 디모산호냐 아니 그것도 니 안니요 디모간 큰 병풍 산호로 난간하야 광희왕 상양문의 수궁보물 되야슨니 디모산호ᄀ 부당이요 네가 그러면 반달인야 반달이란이 당치안소 금야초성 안이여든 벽공의 도든 명월 너가 엇지 기울잇

가 네가 그러면 무어시냐 날 홀여 먹난 불여수냐 너 어만이 너을 나셔
곰도 곱계 질너니여 날만 홀여먹그랴고 싱겨는야 사랑 〃 〃 사랑이야
니간 〃 니사랑이야 네가 무어슬 먹으랴는야 싱율 숙율을 먹으랴는야
둥굴 〃 〃 수박 웃봉지 디모장도 드난 칼노 쑥 쩨고 강능빅쳥을 두루

67

부어 은수제 반간지로 불근 졈 한졈을 먹으 ◑랴야 안이 그것도 니사
실소 그러면 무어슬 먹으랴는야 시금털 〃 기살구를 먹으랸야 안이 그
것도 니시 실소 그러면 무어슬 먹으랸야 돗 자바쥬랴 기 자바쥬랴 니
몸통 차먹으랴는야 여보 도련임 니가 사람 자바먹는 것 보와소 예라
요것 안될 마리로다 어화둥 〃 니 사랑이지 이이 그만 니리려무나 빅사
만가 다 품아시가 잇난이라 니가 너을 어버슨이 너도 나를 어버야지
이고 도련임은 기운이 셰여셔 나를 어버건이와 나는 기운이 업셔 못업
것소 업난 슈가 잇난이라 나을 도두 어불나 말고 발리 쌍의 자운 〃 〃 하
기 뒤로 자진듯하게 업어다고 도련임을 업고 툭 츄워노니 디종이 틀여
구나 이고 잡셩시러

워라 이리 흔들 져리 흔들 니가 네 등의 업펴노니 마음이 어더한야
나도 너을 업고 조흔 말을 하엿시니 너도 날을 업고 조흔 말을 하여야제
조흔 말을 하오리다 드르시요 부여리를 어분듯 ◆녀싱이을 어분듯 ◆
흉즁디락 품어쓰니 명만일국 디신되야 주셕지신 보국충신 모도 셰아린
이 사육신을 어분듯 ◆싱육신을 어분듯 ◆일션싱 월션싱 고운션싱을
어분듯 ◆졔봉을 어분듯 ◆요동빅을 어분듯 ◆졍송강을 어분듯 ◆충무

공을 어분듯 ◆우암퇴계 사계명지를 어분듯 ◆ 니 셔방이졔 니 셔방
알들간 〃 니 셔방 진사급졔 디밧쳐 직부주셔 할임학사 이러타시 된
연후 부승지 좌승지도 승지로 당상하야 팔도방빅 지닌 후 니직

69

으로 각신디괴 복상 디졔학 디사셩 판셔 좌상 우상 영상 귀장각 하신
후의 니삼쳔 외팔빅 주셕지신 니 셔방 알들간ㄷ 니 셔방이 졔 ㄷ 손조
농집나계 문질너쑤나 춘향아 우리 말노림이나 좀 하여보자 이고 참
우수워라 말노림이 무어시요 말노림 만이 하여 본셩부르게 쳔하 쉽지
야 너와 나와 버신 짐의 너은 온 방바닥을 기여단여라 나는 네 궁둥이여
쌱 붓터셔 네 허리를 잔쓱 찌고 불기짝을 니 손바닥으로 탁 치면셔
이리 하거든 호홍 그려 퇴금질노 믈너시며 쮜여라 알심 잇계 쮜거드면
탈 승 짜 노리가 잇난이라 타고 노자 ㄷㄷㄷㄷ헌원씨 십용간과 능작디
무 치우 탁녹야의 사로잡고 승젼고을 울이면셔 지남거를 놉피타고 ◉
하우씨 구연지수

70

다살릴 졔 육힝승거 놉피 타고 ◆격송자 구룸 타고 여동빈 빅노 타고
◆이격션 고리 타고 ◆밍호연 나구 타고 ◆티을션인 학을 타고 ◆디국
쳔자 ㅅ쾨ㅅ쾨리 타고 ◆우리 젼하는 연을 타고 ◆삼졍승은 평교자을
타고 ◆육판셔는 초한 타고 ◆홀련디장은 수리 타고 ◆ 각읍수령은
독교 타고 ◆남원부사는 별연을 타고 ◆일모장강 어옹들은 일렵편주
도ㄷ 타고 나는 탈 것 업셔신니 금야삼경 깁푼 밤의 춘향 비를 넌짓
타고 홋이불노 도슬 다라 니기겨로 노를 져이 오목셤을 드러가되 순풍

의 음양슈를 실음업시 건네갈 졔 말을 삼어 타량이면 거름거리 업슬손
야 마부는 니가 되야 네 구졍 얼는 지시 잡아 구졍거럼 반부시로 화장으
로 거러라 기총마 쒸듯 쮜여라 온갓 작난

71

을 다 ᄒ고 보니 이런 장관이 ᄯᅩ 잇시랴 이팔ᄃᄃ 두리 맛나 밋친
마음 셰월 가는 줄 모르던가부더라 ◈잇 ᄯᅥ 뜻밧그 방자 나와 도린임
사또계옵셔 부릅시요 도련임 드러가니 사쏘 말삼하시되 여바라 셔울셔
동부승지 괴지가 니려왓다 나는 문부사정하고 갈 거시니 너는 니힝을
비힝ᄒ야 명일노 쩌나거라 도련임 부교 듯고 일은 반갑고 일변은 춘향
을 싱각한이 흉중이 답ᄃ하야 사지의 믹이 풀이고 간장이 녹난듯 두눈
으로 더운 눈물이 펄ᄃ 소사 옥면을 젹시거늘 사쏘보시고 너 웨 우느니
니가 남원을 일싱 살 줄노 알아쩐야 니직으로 승차된이 셥ᄃ니 싱각말
고 금일부텀 치힝등졀은 급피 차려 명일 오젼으로 쩌나거라 게우 디답
ᄒ고 물너나와 니하의 들

72

어가 사람이 무론 상중하 ᄃ고 모친게난 허무리 져근지라 춘향의 마
를 울며 청하다가 ᄭᅮ종만 실컷 듯고 춘향의 집을 나오난듸 셔름은 기가
막키나 노상셔 울 수 업셔 참고 나오난듸 속의셔 두부장 쯸틋 하난지
라 춘향 문젼 당도하니 통치 건데기치 보치 왈칵 쏘다져노니 업푸ᄃᄃ
어허 춘향이 깜짝 놀니여 왈칵 쮜여 니다라 이고 이게 원일리요 안으로
드러가시더니 ᄭᅮ종을 드르셧소 노상의 오시다가 무삼분함 당하겨소
셔울셔 무슨 기별리 왓짜던니 중복을 입어겨소 졈잔하신 도련임이 ᄃ

거시 웬이리요 춘향이 도련임 목을 담숙 안고 초미자락을 거더잡고
옥안의 흐로난 눈물 이리 쏫고 져리 쏫시면셔 우지마오 ㄷㄷㄷㄷ 도련
임 기가막켜 우룸이란 계 말이 난 사람이 잇시

73

면 다 우던 거시엿다 춘향이 홰을 니여 ㄷ보 도련임아 굴지 보기 실소
그만 울고 닉럭 말리나흐오 사또계옵셔 동부승지 하 계시단다 춘향이
조와하여 딕의 경사요 그레셔 그러면 웨 운단 마리요 너을 바리고 갈터
인니 니 안이 답ㄷ한야 언졔는 남원 쌍으셔 평싱 사르실 줄노 알어겟소
날과 엇지 함기 가기를 바리리요 도련임 먼져 올라가시면나는 예셔
팔 것 팔고 추후에 올나갈 거시니 아무 걱정 마르시요 니 말디로 흐엿스
면 군속잔코 졸거시요 니가 올나 가드리도 〃련임 큰딕으로 가셔 살
수 업슬 거시니 큰딕 각가이 조구만한 집 방이나 두엇 되면 족하오니
연탐흐여 사두소셔 우리권구 가더리도 공밥 먹지 아니할 터이니 그렁
져렁 지니다가 도련임 날만 밋고 장기 안이 갈 수 잇소 부귀영총

74

지상가의 요조숙여 가리여셔 혼졍신셩할지라도 아주 잇든 마옵소셔
도련임 과거하야 벼살 놉파 외방가면 실니 마ㄷ치힝할 졔 마ㄷ로 너셰
우면 무삼 마리 되오릿가 그리 아라 조쳐흐오 그게 일를 말인야 사졍이
그러켜로 네 말을 사또게난 못엿주고 딕부인젼 엿자오니 꾸죵이 딕단
하시며 양반의 자식이 부형짜라 하힝의 왓다 화방작첩하야 다려간단
마리 젼졍으도 고이하고 조졍으 드러 벼살도 못한다던구나 불가불 이
벼리 될 박그 수 업다 춘향이 ㄷ 말을 듣더니 고닥기 발연 변식이 되며

요두절목으 불그락 푸르락 눈을 간잔조롬하게 쓰고 둔섭이 꼭꼿하여지면셔 코가 발심 〃 〃 하며 이를 쏘도독 〃 〃 〃 갈며 온몸을 쑤순 입 틀덧하며 믜 쎙차난듯 흐고 안던이 허 〃 이게 웬말이요 왈

칵 쮜여 달여들며 초믜자락도 와드득 좌루욱 쪄져 바리며 머리도 와드득 쥐여 쓰더 싹 〃 비벼 도련임 압푸다 던지면셔 무어시 엇겨고 엇졔요 이것도 쓸 듸 업다 명경 체경 산호쥭졀을 두르쳐 방문 박그 탕ㄷ 부듯치며 발도 동ㄷ 굴너 손벽 치고 도라안자 ㄷ탄가로 우난 마리 셔방 업난 춘향이가 셰간사리 무엇하며 단장하여 뉘 눈의 괴일고 몹슬 연으 팔자로다 이팔쳥춘 졀문 거시 이별될 줄 엇지 알야 부질업신 이너 몸을 허망하신 말삼으로 젼졍 신셰 바려구나 이고 〃 〃 늬 신셰야 쳔연이 도라안져 여보 도련임 인자 막하신 말삼 참말이요 농말이요 우리 두리 쳐음 만나 빅연언약 믹질 젹의 디부인 사쏘게옵셔 시기시던 일리온잇가 빙자가 웬일이요 광한

누셔 잠간 보고 늬 집의 차져와 계침ㄷ 무인 야삼경의 도련임은 져기 안고 춘향 나는 여기 안져 날다려 하신 말삼 구망부려 쳔망이요 신망부려 쳔망이라고 젼연 오월 단오야의 늬손질 부어잡고 우둥퉁ㄷ 박그 나와 당중의 웃쑥 셔ㄷ 경ㄷ이 말근 하날 쳔번이나 가르치며 만번이나 밍셰키로 늬 졍영 미더던니 말경의 가실 썩는 톡 쎄여 바리시니 이팔쳥춘 졀문 거시 낭군 업시 엇지 살고 침ㄷ공방 추야장의 실음 상사 어이할고 이고 〃 〃 늬 신셰야 모지도 〃 〃 〃 도련임이 모지도다! 독하도다

〃〃〃〃 셔울 양반 독하도다 원수로다 〃〃〃〃 존비귀천 원수로다
천하의 다졍한개 부ㄷ졍 유별컨만 이럿텃 독한 양반이 셰샹의 쏘 잇슬
가 이고 ㄷㄷ 니 이리야 여보 도련임 춘향

77

몸이 쳔타고 함부로 바려셔도 그만인 줄 아지 마오 쳡지박명 춘향이
가 식불감 밥 못먹고 침불안 잠 못자면 몃치리나 살뜻하오 상사로 병이
들러 이통하다 죽거듸면 이원한 니 혼 원귀가 될 거신이 존즁하신 도련
임이 근들 안이 지양이요 사람으 디졉을 그리마오 인물 거쳔하는 법이
그런 법 웨잇슬고 죽고지거 ㄷㄷㄷㄷ 이고 ㄷㄷ 셔룬지거 한참 이리
자진하야 셔리 울 졔 춘향모는 물식도 모르고 이고 저것들 쏘 사랑쌈이
낫구나 어 참 안이쏩다 눈구셕 쌍가리톳 셜일 만이 볼네 하고 아모리
드러도 우룸이 장차 질구나 하던 일을 밀쳐노코 춘향방 영창 박그로
가만〃〃 드러가며 아무리 드러도 이별이로구나 허〃 이것 별일낫다
두손벽 쌍ㄷ

78

마조 치며 허ㄷ 동니 사람 다 드러보오 ㄷ늘날노 우리집의 사람 둘
죽심네 어간 마루 셥젹 올나 영창문을 쑤다리며 우루룩 달여드러 주먹
으로 젼우면셔 이연 ㄷㄷ 썩 죽거라 사리셔 쓸 디 업다 너 죽은 신쳬라
도 져 양반이 지고가게 젼 양반 올나가면 뉘 간장을 녹일난야 인연
ㄷㄷ 말듯거라 니 일상 이르기을 후회되기 쉽는이라 도ㄷ한 마음 먹지
말고 여렴 사람 가리여셔 형셰지쳬 네와 갓고 지주 인물리 모도 네와
갓한 봉황의 짝을 어더 니 압푸 노난 양을 니 안목으 보와쓰면 너도

좃코 나도 좃체 마음이 도고하야 남과 별노 다르더니 잘되고 잘되얏다
두 손벽 쌍 〃 마조 치면셔 도련임 아푸 달여드러 날과 말 좀 하여봅시다
니 쌀 춘

79

향을 바리고 간다하니 무삼 죄로 그러시요 춘향이 도련임 모신 졔가
준일년 되야스되 힝실이 그르던가 예졀리 그르던가 침션이 그르던가
언여가 불순턴가 잡시런 힝실가져 노류장화 음난턴가 무어시 그르던가
이 봉변이 웬이린가 군자숙여 바리난 법 칠거지악 안이며는 못바리난
줄 모르난가 니 쌀춘향 어린 거슬 밤나지로 사랑할 졔 안고 셔고 눕고
지며 빅연 삼만 육쳔일으 쩌나사지 마자ㅎ고 주야장쳔 어루더니 말경
의 가슬 졔는 쑥 쩨여 바리시니 양유쳔만산들 *** 간는 춘풍 어이하며
낙화 낙엽 되거드면 어느 나부가 다시 올가 빅옥갓튼 니 쌀 춘향화
요신도 부득이 셰월리 장차 늘거져 홍안이 빅수되면 시호 ㄷㄷ부지

80

니라 다시 졈던 못하난니 무슨 죄가 진중하야 허송빅년 하올잇가 도
련임 가신 후의 니 쌀 춘향 임기를 졔월졍명 아삼경의 쳡ㄷ수심 어린
거시 가장 싱각 졀노나셔 초당젼 화계상 담부 피여 입부다 물고 이리져
리 단이다가 불꼿갓탄 실음상사 흉중으로 소사나 손 드러 눈물쓰고
후유 한숨 질게 쉬고 북편을 가르치며 한양게신 도련임도 날과갓치
기루신지 무정하야 아조 잇고 일장 편지 안니 하신가 진한숨으 듯난
눈물 옥안홍상 다 젹시고 졔으 방으로 드러가셔 의복도 안이 벗고 외로
운 베기 우의 벽만 안고 도라누어 주야장탄 우난 거슨 병 안니고 무어시

요 실음상사 집피든 병 닉 구치 못하고셔 원통이 죽거드면 칠십당연 늘

81

근 거시 쏼 일코 사외 일코 틱빅산 갈가무기 게발 무러다 던지다시 혈ㄷ단신 이닉 몸이 뉘을 밋고 사잔말고 남 못할 일 그리마오 ㅇ고 ㄷㄷ 셔룬지고 못하지요 몃 사람 신셰을 맛치랴고 안이 다려가오 도련 임 디가리가 둘 돗쳣소 ㅇ고 무셔라 이 쇠썸ㄷ아 왈칵 쮜여 달여드니 이 말 만일 사쏘게 드러가면 큰 야단이 나것거던 여보소 장모 춘향만 다러갓스면 그만 두건네 그레 안이 다러가고 젼데닐가 너머 것셰우지 말고 여기 안져 말 좀 듯소 춘향을 다러간디도 가미 쌍교 말을 틱여 가자하니 필경의 이 마리 날 거신직 달이는 변통할 수 업고 닉 이 기가 믹케난 즁의 꾀 한나를 싱각하고 잇네만는 이 마리 입 박그 닉셔는 양반 망신만 하난 계 안이라 우리 션조 양반이 모도 망신를 할 마리로시 무슨 마리

82

그리 좃든 마리 잇단 마린가 너일 닉행이 나오실계 닉힝 뒤의 사당이 나올턴니 비힝은 닉가 하것네 글힉셔요 그만하면 알계 나는 그말 모로 것소 신쥬는 묘셔 닉여 닉 창옷 소믹예다 모시고 춘향은 요ㄷ의다 틱와 갈밧그 슈가 업네 격졍 말고 염예 말소 춘향이 그 말 듯고 도련임를 물그럼이 바리던이 마소 어만이 도련임 너머 조르지 마소 우리 모녀· 평싱 신셰 도련임 장즁의 믹여쓰니 알어하라 당부나 흐오 이빈는 아마 도 이별할 박그 슈가 업네 이왕의 이별리 될 바는 가시난 도련임을 웨 조르잇가만은 우선 각갑하여 그러하계 닉 팔자야 어만이 건는방으 로 가옵소셔 너일은 이별리 될턴가보 ㅇ고 ㄷㄷ 닉 신셰야 이별을 엇지

할고 여보 도련임 웨야 여보 참으로 이별

83

을 할터요 촉불을 도ㄷ키고 두리 셔로 마조 안져 갈 이를 싱각하고 보닐 이를 싱각ᄒ니 정신이 아득 한숨질 눈물 졔워 경ㄷ오열ᄒ야 얼골도 디여보고 수족도 만져보며 날 볼날리 몃 밤이요 잇달나 ㄷ쁜 수작 오날밤이 망종이니 니의 셔룬 원졍 드러보오 연근육순 니의 모친 일가친쳑 바이업고 다만 독여 나 한나라 도련임계 으탁ᄒ야 영귀할가 바리던니 조무리 시기ᄒ고 귀신이 작희하야 이 지경이 되야고나 이고 ㄷㄷ니 이리야 도련임 올나가면 나는 뉘을 밋고 사오릿가 쳔수만한 니의 회포 주야 싱각 어이하리 이화 도화 만발할 졔 수빈힝낙 어이ᄒ며 황국단풍 느져갈 졔 고졀승상 어이할고 독슉공방 진ㄷ 밤의 젼ㄷ반

84

칙 어이하리 쉬난이 한숨이요 뿌리난 눈물이라 젹막강산 달 발근 밤의 두견셩을 어이하리 상풍고졀 말이변의 짝 찻난 져 홍안셩을 뉘라셔 금하오며 춘하추동 사시졀의 쳡ㄷ이 싸인 경물 보난 것도 수심이요 듯난 것도 수심이라 이고ㄷㄷ 셜이 울 졔 이도령 이른 마리 춘향아 우지 마라 보수소관쳡지의라 소관의 부소들과 옷나ㄹ 졍부덜도 동셔임 기루워셔 귀즁심쳐 늘거잇고 졍긱관산 노기즁의 관산의 졍긱이며 녹수부용 치련여도 부ㄷ신졍 극즁타가 추월강산 젹막한듸 연을키여 상사ᄒ니 나 올나간 뒤라도 창젼의 명월커든 쳘이상사 부디 마라 너을 두고 가는 니가 일ㄷ평분 십이시을 닌들 어이 무심하랴 우지마라 ㄷㄷㄷㄷ 춘향이 쏘 우는 마리 도련임 올나

가면 힝화춘풍 거리 〃 〃 취하난 계 장신주요 청누미식 집 〃 마닥 보시
나니 미식이요 쳐 〃 의 풍악소리 간 곳마닥 화월이라 호식ㅎ신 도련임
이 주야호강 노르실 졔 날갓탄 하방쳔쳡이야 손톱만치나 싱각하올잇가
이고 〃 〃 닉 이리야 춘향아 우지마라 한양셩 남북촌의 옥여가인 만컨
만은 귀중심쳐 집푼 졍 너박그 업셔쓰니 닉 아무리 딕장분들 일각이나
이질소냐 셔로 피차 긔가 막켜 연 〃 이별 못쩌날지라 도련임 모시고갈
후비사령이 나올 젹의 헐덕 〃 〃 드러오며 도련임 어셔 힝차ㅎ옵소셔
안으셔 야단 낫소 사쏘계옵셔 도련임 어딕 가셔는야 하옵기여 소인이
엿잡기을 노던 친고 작별차로 문박기 잠간 나가겨노라 하여싸오니 어
셔 힝차하옵소셔

말 대령 하엿난야 말 맛침 딕령 하엿소 빅마욕거장시하고 쳥아셕별거
니로다 말은 가자고 네 굽을 치난듸 춘향은 마루 아리 툭 쩌러져 도련임
다리을 부여잡고 날 죽기고 가면 가지 살리고는 못가고 못가느니 말
못하고 기졀을 ㅎ니 춘향모 달여드러 상단아 참물 어셔 쩌오너라 차을
다려 약가라 〃 네 이 몹슬 연아 늘근 어미 엇졀나고 몸을 이리 상하는아
춘향이 졍신차려 이고 각갑ㅎ여라 춘향의 모 긔가 막켜 여보 도련임
남우 싱쩌갓탄 자식을 이 지경이 웬이리요 결곡한 우리 춘향 이통하여
죽거드면 혈 〃 단신 이닉 신셰 뉘를 밋고 사잔말고 도련임 어이업셔
이븐 춘향아 네가 게 웬이린야 날을 영 〃 안보랴야 ● 한양 낙일

수운기는 소통국의 모자이별 ◆졍긱 관산 노기즁의 오히월여 부〃이
별 ◆편삽수유 소일인은 용산의 형졔이별 ◆셔출양관 무고인은 위셩의
붕우이별 ◆그런 이별만 하여도 소식드를 쩌가 잇고 싱면할 나리 잇셔
스니 니가 이졔 올나가셔 장원급졔 출신하야 너를 다려갈 거시니 우지
말고 잘잇거라 우름을 너머 울면 눈도 붓고 목도 ◆쉬고 골머리도 압푼
이라 돌기라도 망두셕은 쳔말연이 지니가도 광셕될 줄 몰나잇고 남기
라도 상사목은 창박그 웃둑셔〃 일연춘졀 다 지니되 입이 필 줄 몰나
잇고 병이라도 회심병은 오미불망 죽나니라 네가 나을 보랴거든 셜워
말고 잘잇거라 춘향이 할 길 업셔 여보 도련임 니 손의 술리

나 망종 잡수시요 힝찬업시 가실진디 니의 찬한 갈마다가 숙소참 잘자
리에 날 본다시 잡수시오 상단아 찬합 술병 니오너라 춘향이 일비주
가득 부어 눈물 셕거 드리면셔 하난 마리 한양셩 가시난 질으 ❶ 강수
쳥〃 푸르거든 원함졍을 성각ᄒ고 ❶ 쳔시가졀 찌가 되야 셰우가 분〃
커든 노상힝인 욕단혼이라 ❶ 마상의 곤핍하야 병이 날가 염예온니 방
초 우초 져문 날의 일직 드러 지무시고 아참날 풍우상의 늣게야 쩌나시
며 한치쪽쳘 이마의 모실 사람 업싸오니 부디〃〃 쳔금귀쳬 시사안보
ᄒ옵소셔 녹수진경도의 평안이 힝차하옵시고 일자엄신 듯사이다 동〃
편지나 하옵소셔 도련임 하난 마리 소식 듯기 걱정마라 요지의 셔황모
도 주목왕을

만나랴고 일쌍 쳥조 자리하여 수쳘이 먼〃길의 소식 젼송ㅎ여 잇고
한무졔 즁낭쟝은 상임원군부젼의 일쳑금셔 보와시니 빅안쳥조 업슬망
졍 남원 인편 업슬소냐 실어말고 잘잇거라 말을 타고 하직ㅎ니 춘향
기가막켜 하는 마리 우리 도련임이 가네〃〃 ㅎ여도 거진말노 알아던
이 말 타고 도라션이 차무로 가는구나 춘향이가 마부 불너 마부야 너가
문 박그 나셜 수가 업난턴니 말을 붓드러 잠간 지체하여셔라 도련임게
한 말삼만 엿줄난다 춘향이 니다라 여보 도련임 인졔 가시면 언졔나
오시랴오 사졀소식 끈어질졀 보니난니 아조 영졀 녹죽 창송 빅이숙졔
만고츙졀 쳔산의 죠미졀 와병의 인사졀 죽졀 송졀 춘하츄동 사시졀
끈어져 단졀 분

졀 헤졀 도련임은 날 바리고 박졀리 가시니 속졀 업난 니으 졍졀 독숙
공방 수졀할 졔 언으 쩌에 파졀할고 쳡의 원졍 실푼 고졀 주야 싱각
미졀할 졔 부디 소식 돈졀마오 더문 박그 썩쑤러져 셤〃한 두 손길노
짱을 쌍〃치며 이고〃〃 니 신셰야 이고 일셩ㅎ난 소리 하히 산망풍소
식이요 졍기무광 일식 박이라 업쩌지며 잡바질 졔 셔운찬케 가량이면
몃날 몃칠 될 줄 모를네라 도련임 타신 말은 준마가편 이 안인야 도련임
낙누하고 훗기약을 당부하고 말을 치쳐가는 양은 광풍의 편운일네라

춘향젼 하권이라

잇 찌 춘향이 하릴업셔 자든 침방으로 드러가셔 상단아 주렴 것고
안셕 밋티 벼기 놋코 문 다더라 도련임을 싱시난 만나보기 망연ᄒ니
잠이나 들면 쑴으 만나보지 예로붓터 이르기를 쑴의와 보이난 임은
신이 업다고 일너건만 답ᄃ이 기를 진틴 쑴 안이면 어이보리 쑴아ᄃᄃ
네 오너라 수심쳡ᄃ 한니 되야 몽불셩의 어이하랴 이고ᄃᄃ 니이리야
인간 이별 만사중의 독숙공방 어이하리 상사불건 니의 신졍 게 뉘라셔
아러주리 밋친 마음 이렁져렁 헛터러진 근심 후리쳐 다 바리그 자나
누나 먹고 씨나 임 못보와 가삼 답ᄃ 어린 양기 고은 소리 귀의 징ᄃ
보고지거 ᄃᄃᄃᄃ 임의 얼골 보고지거 듯고지거 ᄃᄃᄃᄃ 임의 소리
듯고지거 젼싱의 무삼 원수로 우리 두리 싱

92

계나셔 기린 상사 한틴 맛나 잇지마자 쳐음 밍셰 죽지말고 한틴 잇셔
빅연기약 미진 밍셰 쳔금주옥쑴 박기요 셰사일관 ᄃ게ᄒ랴 근원 흘너
물이 되고 집고 ᄃᄃ 다시 집고 사랑 뫼와 뫼가 되야 놉고ᄃᄃ 다시
놉파 끈어질 줄 모르거던 무어질 줄 어이 알이 귀신이 작희ᄒ고 조물리
시기로다 일조낭군 이별ᄒ니 언느날의 만나보리 쳔수만한 가득ᄒ야
씃ᄃ치 늑기워라 옥안운빈 공노한이 일월리 무졍이라 오동추야 달 발
근 밤은 어이 그리 더듸 시며 녹음방초 빗긴 고디 희는 어이 더듸간고
이 상사 알으시면 임도 날을 기루련만 독숙공방 홀노 누어 다만 한숨
버시되고 구곡간장 구비 썩어 소사나니 눈물리라 눈물 뫼와 바디되고

한숨지여 청풍되면 일엽주 무어타고 한양낭군 차지린만 어이 그리 못

93

보난고 우수명월 달 발근 쩌 셜심도군 늑기오니 소연한 꿈이로다 헌
야월 두우셩은 임 계신 곳 빗치련만 심즁으 안진 수심 나 혼자 쑨이로다
야식창망한듸 경ㄷ이 빗치난게 창외의 형화로다 밤은 집퍼 삼경인듸
안자쓴들 임이 올가 누워쓴들 잠이 오랴 임도 잠도 안이 온다 이 이를
어이 하리 아미도 원수로다 홍진비리 고진감니 예로부텀 잇건만은 지
달임도 적지 안코 기룬 졔도 오리건만 일촌간장 구부ㄷ 미친 한을 임
안이면 뉘라 풀고 명천은 하감ㅎ사 수이 보게 하옵소셔 미진인정 다시
만나 빅바리 다 진토록 이별업시 살고지거 뭇노라 녹수쳥산 우리 임
초최 힝식 이연이 닐별 후의 소식조차 돈졀ㅎ다 인비목석 안일진듸
임도 응당 늑기이라 이고ㄷㄷ 너 신셰야 양쳔자탄으 세월을 보닉는

94

듸 잇 쩌 도련임은 올나갈 졔 숙소마닥 잠못 일워 보고지거 너의 사랑
보고지거 주야불망 우리 사랑 날 보닉고 기룬 마음 속키 만나 푸르리라
일구월심 굿게 먹고 등과외방 바리더라 잇 쩌 수식만의 신관사쏘 낫시
되 자학골 변학도라 하는 양반이 오난듸 문필도 유여ㅎ고 인물 풍취
활달ㅎ고 풍유 속의 달통ㅎ야 외입속이 넝넉ㅎ되 한갓 흠이 셩졍 괴픽
한 즁의 삿징을 겸히야 홋시 실덕도 ㅎ고 외결ㅎ난 이리 간다 고로
셰상의 안는 사람은 다 고집불통이라 하겻다 신연하인 션신할 졔 사령
등 션신이요 이방이요 감상이요 수비요 이방 불르라 이방이요 그시
너의 골의 이리나 업는야 예 아직 무고ㅎ닉다 너 골 괄노가 삼남의

제일이라졔 예 부림직하옵니다 쏘 네

95

골의 춘향리란 계집이 미우 쉭이리지 예 잘 잇야 무고하옵니다 남원이 예셔 몃인고 육빅삼십이로소이다 마음이 밧분기라 급피 치힝하라 신연하인 물너느와 우리 골으 일이 낫다 잇 쩌 신관사쏘 출힝날을 급피 바다 도임츠로 느려올 졔 위의도 장할시고 구룸갓튼 벌연 독교 좌우 쳥장 쩍 벌이고 좌우편 부츅 급창물식 진한모수 철육빅주 젼더고를 느러 엇비시기 눌너 미고 디모관자 통링가슬 이미 눌너 수겨 쓰고 쳥장 줄 검쳐잡고 에라 물너셧다 나이거라 혼금이 지엄흐고 좌우구졍 진졍 마의 뒤치지비 심쎠라 퇴인 한쌍 칙졀입의 힝츠 비힝 뒤를 짤코 수비감 상 공방이며 신연이방 가션하다 뇌즈 한쌍 사령 흔쌍 익산 보즁 젼비하 야 디로변으 갈느셔고 빅방수주 익산복판 남수주션을 둘너 주셕고리 얼는 〃 〃 호기 잇게

96

니러올 졔 젼후의 혼금소리 쳥산이 상응하고 권마셩 놉푼 소리 빅운이 담디이라 젼주의 득달하야 경기 견긱사 연명하고 영문의 잠간 단이 조분목 쎡 니다라 만마관 노구바우 너미 임실 얼든 지니여 오수 들러 즁화하고 직일 도임할 시 오리졍으로 드러갈 졔 쳔춍이 영솔하고 육방하인 쳥노도로 드러올 졔 ◆쳥도 한쌍 ◆홍문기 한쌍 ◆주작 남동각 남셔각 홍초 남문 한쌍 ◆쳥용 동남각 셔남각 남초 한쌍 ◆현무 북동각 북셔각 흑초 홍문 한쌍 ◆동사순씨 한쌍 ◆영기 한쌍 ◆집사 한쌍 ◆기 픠관 한쌍 ◆굴노 열두쌍 ◆좌우가 요란하다 힝군취티 풍악소리 셩동

의 진동하고 삼인육각 ◆권마셩은 원근의 낭자한다 광할누의 보젼하야
긔복하고 긱사의 연명차로 나메 타고 드러갈 시 빅셩소시 엄숙

97

하게 보이랴고 눈을 벼량 궁글ㄷㄷ긱사의 연명하고 동헌의 좌기ᄒ고
도임상을 잡순 후 힝수 문안이요 힝슈군관 집예 밧고 육방관속 션신밧
고 사쏘 분부하되 수로 불너 기셩겹고하라 호장이 분부 듯고 기셩안칙
드려놋코 호명을 차례로 부르난듸 낫ㄷ치 글귀로 부르던 거시엿다 ◆
우후동산 명월이 명월이가 드러을 오난듸 나군자락을 거듬ㄷㄷ 거더다
가 셰료흉당의 싹 붓치고 아장ㄷㄷ 들러을 오더니 졈고맛고 나오 ◆어
쥬축수 이산츈의 양편난만 고은 춘식이 ㄷ 안인야 도홍이 도홍이가
드러를 오난듸 홍상자락을 거더안고 아장ㄷㄷ 조촘거러 드러을 오더니
졈고 맛고 나오 ◆단산의 져 봉이 짜을 일코 벽오동의 짓듸린니 산수지
영이요 비충지졍이라 기불탁속 구든 졀기 만수문견 치봉이 치봉이

98

가 드러오난듸 나운을 두른 허리 밉시 잇게 거더안고 연보를 졍이
옴겨 아장 거러 드러와 졈고 맛고 좌부진퇴로 나오 ◆청졍지연 부기졀
의 뭇노라 져 연화 어여쑤고 고혼 틱도 화즁군자 연심이 연심이가 드러
오난듸ㄴ상을 거더안고 나말 수헤 쓸면서 아장거러 가만ㄷㄷ 드러오더
니 좌부진퇴로 나오 ◆화씨갓치 발근 달 빅희의 드럿난니 형산빅옥
명옥이 명옥이가 드러오난듸 기하상 고혼 틱도 이힝이 진즁한듸 아장
거러 가만ㄷㄷ 드러을 오더니 졈고 맛고 좌부진퇴로 나오 ◆운담풍경
근오쳔의 양유편금의 잉ㄷ이 잉ㄷ이가 드러오난듸 홍상자락을 에후리

쳐 셰류홍당의 짝 붓치고 아장거러 가만ㄷㄷ 드러오더니 졉고 맛고
좌부진퇴로 나오 ◆사쏘 분부하되 자쥬 부르라 예 호장이 분부 듯고
녁자화도로 부

99

르난듸 ◐광한젼 놉푼 집의 현도하던 고혼 션비 반기보니 계힝이 예
등듸 하여소 ◐송하의 져 동자야 뭇노라 션싱 소식 수쳡 청산의 운심이
예 등듸하여소 ◐ 월궁의 놉피 올나 계화을 꺽거 이겨리이 예 등듸
하와소 ◐차문주가 하쳐지오 목동요지 힝화 예 등듸하와소 ◐이미산월
발윤추영 입평강의 강션이 예 등듸하엿소 ◐오동복판 거문고 타고나니
탄금이 예 등듸하와소 ◐팔월부용군자용은 만당추수 홍연이 예 등듸하
엿소 ◐주홍당사 가진 미답 차고나니 금낭이 예 등듸하와소 ◐사쏘
분부하되 한숨의 열두셔넛씩 부르라 호장이 분부 듯고 자조 부르난듸
◐양듸션월 즁션화 즁션이 예 등듸하와소 ◐금션이 금옥이 금연이 예
등듸하엿소 ◐능옥이 난옥이 홍옥이 예

100

등듸하엿소 ◐바람마진 낙춘이 예 등듸 드러을 가오 낙춘이가 드러을
오난듸 졔가 잔득 밉시잇게 드러오난 체하고 드러오난듸 시면한단 말
은 듯고 이마쌕의셔 시작하야 귀뒤까지 파지치고 분셩젹 한단 말은
드러던가 기분셩양 일곱돈엇치을 무지금하고 사다가 셩갓트 회칠하듯
반죽하야 온 낫스다 믹질하고 드러오난듸 키난 사그니 장승만헌 연이
초미자락을 휠신 추워다 틱 밋트 짝 붓치고 무논의 곤이 거름으로 썰눅
쩌즁ㄷㄷ 엉금 셥젹 드러오더니 졉고 맛고 나오 ◐연〃이 고은 기싱

그 중의 만컨만는 사쏘계옵셔난 근본 춘향의 말을 놉피 드러는 지라
아무리 드르시되 춘향 일홈 업난지라 사쏘 수로 불너 뭇난 말리 기성졈
고 다 되야도 춘향은 안부르니 퇴기야 수로 엿자

1ᄉ1

오되 춘향모는 기싱이되 춘향은 기싱이 안입니다 사쏘 문왈 춘향이가
기싱이 안니면 엇지 귀중의 잇난 아히 일홈이 놉피 난다 수로 엿자오되
근본 기성의 쌀리옵고 덕식이 장한 고로 권문셰족 양반네와 일등 지사
할양들과 니려오신 등니마닥 귀경코자 간청하되 춘향모여 불청키로
양반상하 물논하고 외니지간 소인등도 십연일득 디면ㅎ되 언어수작
업삽더니 천정하신 연분인지 구관사쏘 자졔 이도련임과 빅연기약 밋싸
옵고 도련임 가실 ㅆ의 입장후의 다러가마 당부ㅎ고 춘향이도 그리알
고 수졀ㅎ여 잇씹니다 사쏘 분을 너여 이놈 무식한 상놈인들 그게 엇더
한 양반이라고 엄부시하요 미장전 도련임이 하방의 작쳡ㅎ야 사자할고
이놈 다시는

1ᄉ2

그런 말을 입 박그 니어셔난 죄을 면치 못하리라 이무 니가 져 한나를
보랴다가 못보고 그져 말야 잔말 ㄷ고 불너오라 춘향을 부르란 쳥영이
나는듸 이방 호장이 엿자오되 춘향이가 기싱도 안일쑨 안이오라 구등
사쏘 자졔 도련임과 밍약이 중ㅎ온듸 연치난 부동이나 동반의 분의로
부르라기 사쏘졍치가 손상할가 져어ㅎ옵니다 사쏘 디로하야 만일 춘향
을 시각 지체하다가는 공형이하로 각쳥 두목을 일병티가 할 거시니
쌀이 디령 못시길가 육방이 소동 각쳥 두목이 넉실 일러 김번수야 이빈

수야 일런 별이리 쏘 잇난야 불상하다 춘향 정절 가련커 되기 쉽다 사쏘 분부 지엄ᄒᆞ니 어서 가자 밧비 가자 사령 괄노 뒤석겨셔 춘향문전 당도하니 잇 쩌 춘향이

103

난 사령이 오난지 굴노가 오난지 모르고 주야로 도련임만 싱각ᄒᆞ야 우난듸 망칙한 환을 당하랴거던 소리가 화평할 수 잇시며 한쩌라도 공방사리 할 게집아히리 목셩으 쳥셩이 찌여 자연 실푼 이원셩이 되냐 보고 듯난 사람의 심장인들 안이 상할소냐 임 길워 셔룬 마음 식불감 밥 못먹어 침불안셕 잠 못자고 도련임 싱각 젹상되야 피골리 모도다 상연이라 양기가 쇠진ᄒᆞ야 진양조란 우름이 되야 갈까부다 〃〃〃 임을 짜라 갈까부다 쳘이라도 갈까부다 말이라도 갈까부다 풍우도 쉬여 넘고 날찐 수진 히동창 보리민도 쉬여 넘난 고봉 정상 동셜영 고기라도 임이 와 날 차지면 느는 발 버셔 손의 들고 나는 아니 쉬여 가계 한양 계신 우리낭군 날과 갓치 기루난가 무정하야 아조 잇

104

고 니의 사랑 옴계다가 다른 임을 고이난가 한참 이리 셜이 울 졔 사령등이 춘향이 이원셩을 듯고 인비목셕 아니녀던 감심 아니 될 수 잇냐 육쳔마듸 사디삭시니 낙수춘빙 어름 녹듯 탁 풀이여 디쳬 이 아니 참 불상하냐 이이 외입한 자식더리 져른 계집을 추왕 못ᄒᆞ면은 사람이 아니로다 잇 쩌예 지촉사령 느오면셔 오너냐 웨난 소리에 춘향이 깜짝 놀니여 문틈으로 니다보니 사령 굴노 나와구나 아차 〃 이곗네 오나리 기삼일 졈고라 하더니 무삼 야단이 난나부다 밀창문 열달이며 허 〃

번수임네 이리오소 〃〃〃 오시기 뜻박기네 이번 신연길의 노독이나
안이나며 사쏘 졍체 엇더하며 구관 쎅의 가 겨시며 도련임 편지 한장도
안이 하던가 니가 견일은 양반을 모시기로 이목이 번거흐고

105

도련임 졍체 유달나셔 모르난 체 하엿쩐만 마음조차 업슬손가 드러가
시 〃〃〃 김번수며 이번수며 여러번수 손을 잡고 졔 방의 안친 후에
상단이 불너 주반상 드러라 취토록 메긴 후의 궨문 열고 돈 단양을
니여노며 열어 번수임네 가시다가 수리나 잡수쬬 가옵셔 뒨 말 업게
흐여주소 사령등이 약주를 취하야 하는 마리 돈이란이 당치 안타 우리
가 돈 바리고 네게 왓냐 하며 듸려노와라 김번수야 네가 차라 불가타마
는 입수나 다 오른야 돈 바다 차고 흐늘 〃〃 드러갈 졔 흥수기싱이
나온다 흥수기싱이 나오며 두 손쎅 짱〃 마조 치면셔 여바라 춘향아
말듯거라 너만한 졍졀은 나도 잇고 너만헌 수졀은 나도 잇다 네라는
졍졀이 웨 잇스며 네라는 수졀이 웨 잇난야 졍졀부인 이기씨 수졀부인
이기씨 조고

106

만한 너 한나로 망연하야 육방이 손동 각쳥 두목이 다 죽어난다 어셔
가자 밧비 가자 춘향이 할 수 업셔 수졀하던 그 티도로 듸문밧 썩 나셔
며 셩임 〃〃 흥수셩임 사람의 괄셰을 그리 마소 게라는 듸〃 흥수며
니라야 듸〃 춘향인가 인싱일사도 무사지 한번 죽졔 두번 죽나 이리빗
틀 져리빗틀 동헌의 드러가 춘향이 듸령하엿소 사쏘 보시고 듸히하야
춘향일시 분명하다 듸상으로 오르거라 춘향이 상방으 올라가 엄실단좌

쑨이로다 사쏘이 디혹하야 칙방의 가 회계 나리임을 오시리라 회계싱
원이 드러오던 거시엿다 사쏘 디히하야 자닌 보게 져게 춘향일세 ᄒ
그년 미우 에쌘듸 잘 싱겼소 사쏘게서 〃울 계실 쩌부텀 춘향〃〃ᄒ시
더니 한번 귀경할만 하오 사쏘 우스며 자닌 중신하겐

107

나 이윽키 안자던이 사쏘이 당초의 춘향을 불르시지 말고 미파을 보
니여 보시난게 올른 거슬 이리 좀 경이 되야소마는 이무 불너쓰니 아미
도 혼사할 박기 수가 업소 사쏘 디히하며 춘향다러 분부하되 오날부텀
몸 단장 졍이 ᄒ고 수청으로 거힝하라 사쏘 분부 황송하나 일부종사
바러온이 분부시힝 못하것소 사쏘 우어왈 미지 〃〃라 게집이로다
네가 진졍 열여로다 네 졍졀 구든 마음 엇지 그리 에어쌘야 당연한
말이로다 그러ᄂ 이수지는 경셩 사디부의 자졔로셔 명문귀족 사우
가 되야쓰니 일시 사랑으로 잠간 노류장화하던 너를 일분 싱각하건
넌야 너는 근본 졀힝 잇셔 젼수일졀 하여짜가 홍안이 낙조되고 빅발
이 난수하면 무졍셰월 양유파를 탄식할 졔 불상코 가련한 게 너 안이
면 뉘가 기랴

108

네 아무리 수졀한들 열여 포양 뉘가 하랴 그는 다 바려두고 네 골
관장의게 미이미 올으냐 동자놈으게 미인게 올은야 네가 말을 좀 하여
라 춘힝이 엿자오되 충불쏫이군이요 열불경이부졀을 본밧고자 하옵난
듸 수차 분부 이러한이 싱불여사이옵고 열불경 이부온이 쳐분더로 하
옵소셔 잇 쩌 회게나리가 쎡 하는 말이 네 여바라 어 그연 요망한 연이

로고 부익일싱소천하으 일식이라 네 여러 번 싀양할 게 무어신야 사도 게옵셔 너를 추왕하여 하시난 말삼이졔 너 갓튼 창기비게 수졀이 무어시며 졍졀이 무어신다 구관은 젼송하고 신관사쏘 연졉하미 법졍으 당연하고 사레으도 당〃커든 고히한 말 니지말아 너의갓턴 쳔기비게 츙열이쏜 웨 잇시리 잇 쎠 춘향이 하 긔가 막켜 쳔연이 안자 엿즈오되

1◑9

충효열여 상하잇소 자상이 듯조시요 기싱으로 말합시다 충효열여 업다하니 낫〃치 알외리다 ◑히셔 기싱 농션이는 동셜영으 죽어잇고 ◑셔쳔 기싱 아히로되 칠거학문 들어잇고 ◑진쥬기싱 논기는 우리나라 충열노셔 충열문의 모셔놋코 쳔추힝사 하여잇고 ◑쳥쥬기싱 화월리난 삼청각의 올나 잇고 ◑평양기싱 월션이도 충열문의 드러잇고 ◑안동기싱 일지홍은 싱열여문 지은 후의 졍졍가자 잇싸온니 기싱 히폐 마옵소셔 춘향 다시 사쏘 젼의 엿자오되 당초의 이수지 만날 쎠의 티산 셔히 구든 마음 소쳡의 일심졍졀 밍분갓턴 용밍인들 쎠여너지 못할터요 소진장의 구변인들 쳡의 마음 옴계 가지 못할터요 공명션싱 놉푼 지조 동남풍은 비러쎠되 일편단심 소여 마음 굴

11◔

복지 못하리다 기산의 허유난 붓쵹수요거쳔ㅎ고 셔산의 빅숙 양인은 불식쥬속 하여쓴이 만일 허유 업셔쓰면 고도지산 뉘가 하며 만일 빅이 숙졔 업셔쓰면 난신젹자 만하리다 쳡신이 수쳔한 계집인들 허유빅을 모르잇가 사람의 쳡이 되야 비부기가 ㅎ는 볍이 볘살하난 관장임네 망국부쥬 갓싸오니 쳐분디로 ㅎ옵소셔 사쏘 디로하야 이 연 드러라

모반디역 ᄒ난 죄는 능지쳐참 ᄒ여잇고 조롱관장 하는 죄난 겨셔율의
율 쎠 잇고 거역관장 하난 죄는 엄형정비 하는이라 죽노라 셔러마라
춘향이 포악하되 유부 겁탈하난 거슨 죄 안이고 무어시요 사쏘 기가
막켜 엇지 분하시던지 연상을 쑤달일 졔 탕건이 버셔지고 상토고가
탁 풀리고 디마디여 목이 쉬여 이

111

연 자바니리라 호령하니 골방의 수청통인 예 하고 달여드러 춘향의
머리치을 주루ᄃ 쓰어니며 급창 예 이연 자바 니리라 춘향이 썰치며
노와라 즁게의 나려가니 급장이 달여드러 요년 〃〃 엇쩌하신 존젼이
라고 디답이 그러하고 살기을 바릴손야 디쓸 아리 니리친니 밍호갓턴
굴노사령 벌쩨갓치 달여드러 감티갓탄 춘향의 머리치를 젼졍시졀 연실
감듯 비사공의 닷줄감듯 사월팔일 등쎠감듯 휘〃친〃 감어쥐고 동당이
쳐 업질은니 불상타 춘향신세 빅옥갓탄 고흔 몸이 육자빅이로 업더져
쑤나 좌우 나졸 느러셔〃 능장 곤장 형장이며 주장 집고 알위라 형이
디령ᄒ라 예 수게라 형이요 사쏘 분이 엇지 낫던지 벌〃 썰며 기가
막켜 허푸〃〃하며 여보와라 그년의계 다짐이

112

웨 잇슬리 뭇도 말고 동틀의 올여미고 정치를 부수고 물고장를 올이
라 춘향을 동틀의 올여미고 사졍이 거동바라 형장이며 틱장이며 곤장
이며 한아람 담숙 안어다가 형틀 아리 좌르륵 부듯치난 소리 춘향의
정신이 혼미한다 집장사령 거동바라 이 놈도 잡고 능청〃〃 져 놈도
잡고셔 능청〃〃 등심조코 쌧〃하고 잘 부러지난 놈 골나 잡고 올은

억기 버셔 메고 형장 집고 디상 쳥영 기달릴 졔 분부 뫼와라 네 그연을
사졍두고 헛장하여셔난 당졍의 명을 밧칠 거시니 각별리 미우 치라
집장사령 엿자오되 사쏘 분부 지엄한듸 져만한 연을 무삼 사졍 두오릿
가 이연 다리을 짜짝 말라 만일 요동하다가든 쎄 부러지리라 호통하고
드러셔 〃 금장소리 발 맛츄워 셔면셔 가만이 하는 말

113

리 한두기만 젼듸소 엇졀 수가 엽네요 다리는 요리 틀고 져 다리는
져리 틀소 미우 치라 예잇 쩌리요 짝 부친니 부러진 형장가비는 푸루 〃
날라 공즁의 빙 〃 소사 상방 뎌뜰 아리 쩌러지고 춘향이는 아모쪼록
압푼 듸를 차무랴고 이를 복 〃 갈며 고기만 빙 〃 두루면셔 이고 이졔
웬이리여 곤장 틱장 치난 듸는 사령이 셔 〃 한나 둘 셰것만은 형장
벗텀은 법장이라 형이 와 통인이 닥쌈하는 모양으로 마조 업데셔 한나
치면 한나 긋고 둘 치면 둘 긋고 무식ㅎ고 돈 업는 놈 술집 벼람박의
술갑 긋듯 긋여노니 한 일 짜가 되야쑤나 춘힝이는 졔졀노 셔름 졔워
마지면셔 우난듸 일편단심 구든 마음 일부죵사 쓰시오니 일기형별 치
옵신들 일연이 다 못가셔 일각인들

114

변하릿가 ◐잇 쩌 남원부 할양이며 남여노소 업시 묘와 구경할 졔
좌우의 할양더리 모지구나 〃 〃 〃 우리골 원임이 모지구나 져런 형별
리 웨 잇시며 져런 미질리 웨 잇슬가 집장 사령놈 눈 익켜 두워라 삼문
밧 나오면 급살을 주리라 보고 듯난 사람이야 뉘가 안이 낙누하랴 ◐두
치낫 짝 부치니 이부졀을 아옵난듸 불경이부 이닉 마음 이 미 맛고

영 죽어도 이도령은 못잇것소 ❶셰치나셜 짝 부친이 삼종지 예지중한 법 삼강오륜 알어쓴이 삼치형문 정비을 갈지라도 삼천동 우리낭군 이도령은 못잇것소 ❶네치나셜 짝 부치니 사퇴부 사쏘임은 사민공ᄉ 살피잔코 우력공ᄉ 심을 쓰니 사십팔방 남원 빅셩 원망하물 모르시요 사지를 갈은디도 사싱동거 우리낭

115

군 사싱간의 못잇것소 ◆다셧낫치 짝 부치니 오륜 ᄃ기 끈치잔코 부ᄃ유별 오힝으로 미진 연분 올ᄃ리 찌져닌들 오미불망 우리 낭군 온젼이 싱각나네 오동추야 발근 달은 임 게신디 보련만은 오늘이ᄂ 편지올가 닐일이ᄂ 기별 올가 무죄한 이너 몸이 악ᄉ할 일 업ᄉ온이 오경자수 마옵소셔 익고ᄃᄃ 닌 신셰야 ◆여셧낫치 짝 부친이 육ᄃ은 삼십육으로 낫ᄃ치 고찰하여 육만번 죽인디도 육천마듸 얼인 사랑 미친 마음 변할 수 전이 업소 ◆일곱나셜 짝 부치니 칠거지악 범하엿소 칠거지악 안이여든 칠긔형문 웬일이요 칠척금 드는 칼노 동ᄃ이 장글너셔 이졔 밧비 죽여주오 치라 하는 져 형방아 칠 씨 마닥 고찰마소 칠보홍안 나 죽건네 ◆야달치낫 짝 부친이

116

팔자 조혼 춘항 몸이 팔도방빅 수령 중의 제일명관 맛나구나 팔도방빅 수령임네 치민하려 나려왓졔 악형하려 나려왓소 ◆아홉낫치 짝 부친이 구곡간장 구부셕어 이너 눈물 구년지수 되것구나 구ᄃ 청산 장송 베여 정강션 무어타고 한양셩중 급피 가셔 구중궁궐 셩상젼의 구ᄃ 원졍 주달하고 구졍 뜰의 물너나와 삼천동을 차자가셔 우리 사랑 반기

만나 구비 ㄷㄷ 및친 마음 져근듯 풀연마는 ◆열치낫셜 짝 부친이 십성 구사 할지라도 팔십연졍 한 쓰셜 십만번 죽인디도 가망업고 무가너지 십뉵셰 어린 츈양 장하원귀 가련하오 ◆열치고는 짐작할 줄 알어던이 ◆열다셧치 짝 부친이 십오야 발근 달은 씌구름의 무쳐잇고 셔울게신 우리

117

낭군 삼쳔동으 뭇쳐슨이 다리 ㄷㄷ 보는야 임 게신 곳 나는 어이 못보 는고 ◆시물치고 짐작할가 여겨던이 ◆시물다셧 짝 부친이 니십오현 탄야월으 불승쳥원 져 기룩이 너 가는듸 어듸미냐 가는 길으 호양셩 차자드러 삼쳔동 우리 임게 니 말 부듸 젼혀드고 니의 형상 자시보고 부듸ㄷㄷ 잇지 말아 ◆삼십 삼쳔 어린 마음 옥황젼의 알와고져 옥갓탄 츈향몸으 솟난이 유혈이요 흐르난이 눈물리라 피눈물 한티 흘너 무릉 도원 홍유수라 춘향이 졈ㄷ 포악하는 마리 소녀를 이리 말고 살지능지 하여 아조 박살 죽여주면 사후 원조라는 싀가 되야 초혼조 함기 우리 젹막공산 달 발근 밤의 우리 이도련임 잠든 후 파몽이나 하여지다 말 못하고 기졀ㅎ니 업졋던 형방 퇴인 고기 드러 눈물

118

쏫고 미질하든 져사령도 눈물 슷고 도라셔며 사람으 자식은 못하긴네 좌우의 구경하난 사람과 거힝ㅎ는 관속드리 눈물 쏫고 도라셔며 춘향 이 미 맛는 거동 사람 자식은 못보것다 모지도다 〃〃〃 춘향 졍졀리 모지도다 출쳔열여로다 남여노소 업시 셔로 낙누하며 도라셜 졔 사쏜 들 조흘이가 잇스랴 네 이연 관졍의 발악ㅎ고 마지니 조흔 게 무어신야

일후으 쏘 그런 거욕관장 할가 반성반사 져 춘향이 졈ㄷ 포악ㅎ는 마리
여보 사또 드르시요 일런 포한부지상사 어이 그리 모르시요 계집의
곡한 마음 온유월 셔리침네 혼비중천 단이다가 우리 셩군 좌정하의
이 원졍을 알외오면 사쏜들 무사할가 덕쑌의 죽여 쥬오 사쏘 기가 미켜
허ㄷ 그 연 말 못할 연이로고 큰 칼 쓰여 하옥하라 하니 큰 칼 쓰여
인봉하야 사졍이 등에 업고

119

삼문 밧 나올 졔 기싱더리 나오며 이고 셔울집아 졍신 차리게 이고
불상하여라 사지을 만지며 약을 가라 듸루며 셔로 보고 낙누할 졔 잇
써 키 크고 속 업난 낙춘이가 드러오며 얼시고 졀시고 조을씨고 우리
남원도 현판감이 싱겨구나 왈칵 달여드러 이고 셔울집아 불상하여라
이리 야단할 졔 춘향어모가 이 말을 듯고 졍신 업시드러오더니 춘향의
목을 안고 이고 이게 웬 이린냐 죄는 무삼 죄며 미는 무삼 미냐 장쳥의
집사임네 질쳥의 이방임너 쌀리 무삼 죄요 장군방 두목더라 집장하던
사졍이도 무슨 원수 미첫던야 이고ㄷㄷ 니 이리야 칠십당연 늘근 거시
으지업시 되야쑤나 무남독여 니 쌀 춘향 귀중의 은근이 질너니여 밤나
지로 셔칙만 노코 니칙편 공부 일삼무며 날보고 하는 마리 마오ㄷㄷ
셜어마오 아달 업디 셜워 마오 외손봉사 못하릿가 어미으게 지

120

극 졍셩 곽거한 밍종인들 니 쌀보단 더할손가 자식 사랑하난 볍이
상즁하가 다를손가 이니 마음 둘 쩌 업네 네 가삼의 부리 붓터 한숨이
연기로다 김번수야 이번수야 웃영이 지임타고 이더지 몹시 쳔는야 이

고 니 쌀 장쳐 보소 빙셜갓탄 두 다리의 연지갓탄피 빗쳔네 명문가
귀중부야 눈 먼 쌀도 원ᄒ더라 그런 듸가 못싱기고 기싱 월미 쌀리되야
이 경식이 웬 이리냐 춘향아 졍신 차러라 이고ᄃᄃ 니 신셰야 하며
상단아 문 박그 가셔 삭군 둘만 사오너라 셔울 쌍급주 보닐난다 춘향이
쌍급주 보닌단 말을 듯고 어만이 마오 그계 무삼 말삼이요 만일 급주가
셔울 올나가셔 도련임이 보시며는 칭ᄃ시하의 엇지 할 줄 몰나 심사
울젹ᄒ야 병이 되면 근들 안이 훼졀이요 그런 말삼 말르시고 옥으로
가사이다 사졍이 둥의

<h2 style="text-align:center">121</h2>

업퍼 옥으로 드러갈 제 상단이는 칼머리 들고 춘향모는 뒤을 짜라
옥문젼 당도하야 옥형방 문을 열소 옥형방도 잠 드러나 옥중의 드러가
셔 옥방형상 볼작시면 부셔진 죽창 틈의 살쏘난이 바람이요 문어진
헌 벽이며 헌 자리베록 빈듸 만신을 침노한다 잇 ᄯᅥ 춘향이 옥방의셔
장탄가로 우든 거시엿다 이니 죄가무삼 죄냐 국곡투식 안이거던 엄형
중장 무삼일고 살인죄인 안이여든 항쇄 족쇄 웬이리며 역율 강상 안이
여든 사지결박 웬이리며 음양도젹 안이여든 이 형벌리 웬이린고 삼강
수은 연수되야 청쳔일장지의 니의 셔름 원졍 지여 옥황젼의 올이고져
낭군 길워 가삼 답ᄃ 부리 붓네 한숨이 바람되야 붓난 불을 더 붓치니
속졀 업시 나 죽것네 홀노 셧는 져 국

<h2 style="text-align:center">122</h2>

화는 노푼 졀긔 거록하다 눈 속의 청송은 쳔고졀을 직켜쑤나 풀린
솔은 날과 갓고 누린 국화 낭군 갓치 실푼 싱각 뿌리나니 눈물이요

젹시난이 한숨이라 한숨은 쳥풍 삼고 눈물은 셰우 삼어 쳥풍이 셰우을
모라다가 불건이 뿌리건이 임의 잠을 깨우고져 견우직여셩은 칠셕 상
봉 하올 젹의 은하수 미켜시되 실기 한일 업셔건만 우리 낭군 겨신
고디 무삼 물리 믹켜난지 소식조차 못듯난고 사라 이리 기루난이 아조
죽어 잇고지거 차라리 이 몸 죽어 공산의 뒤건이 되야 이화월빅 삼경야
의 실피 우러 낭군 귀의들이고져 쳥깅의 원앙되야 짝을 불너 단이면셔
다졍코 유졍하물 임으 눈의 보이고져 삼춘의 호졉되야 힝기무인 두
나리로 춘광을 자랑ᄒ어 낭군 오스 붓고지거 쳥쳔으 명월되야 밤 당하
면 도다

123

올나 명ᄃ이 발근 빗셜 임으 얼골의 빗치고져 이 니 간장 셕난 피로
임으 화상 기러니여 방문 압푸 족자 삼아 거러두고 들며 나며 보고지거
수졀 졍졀 〃 디가인 차목하게 되야구나 문치 조흔 형산 빅옥 진퇴 중의
뭇쳐난듯 힝기로운 싱산초가 잡풀 속의 셕겨난듯 오동 속의 노든 봉황
형극 속의 길듸린듯 자고로 셩현네도 무죄하고 국계신이 요순우탕 인
군네도 걸주의 포악으로 함진옥의 갓쳐던이 도로 뇌야 셩군되시고 명
덕치민 주문왕도 상주의 희을 입어 우리옥의 갓쳐던이 도로 뇌야 셩군
되고 만고셩현 공부자도 양호의 얼을 입어 관야의 갓쳐더니 도로 뇌야
디셩되시니 이른 일로 볼작시면 죄 업난 니니 몸도 사라나셔 세상귀경
다시할가 답ᄃ하고 원통하다 날 살이리 뉘 잇슬가 셔울 게신 우리

124

낭군 벼살길노 나리와 이러타시 죽거갈 졔 니 목심을 못 살인가 하운

는 다기봉하니 산이 놉파 못오던가 금강산 상ㄷ봉이 평지되거든 오랴
신가 병풍의 기린 황게 두 나리를 툭ㄷ 치며 사경일졈으 날시라고 울거
던 오랴신가 이고ㄷㄷ 니 일리야 죽창문을 열짜리니 명졍월식은 방안
으 든다마는 어린 거시 홀노 안져 달다러 뭇는 마리 져 달아 보는야
임 게신듸 명기 빌여라 나도 보게야 우린 임이 누워던야 안즈던야 보는
듸로 만 네가 일러 너의 수심 푸러다고 이고이고 셜이 울다 호련이
잠이 든이 비몽사몽간으 호졉이 장주되고 장주가 호졉되야 세우갓치
나문 혼빅 바람인듯 구룸인듯 한곳슬 당도한이 천공지활ㅎ고 산영수려
한듸 은ㄷ한 죽임 간의 일층화각이 반공의 잠겨거늘 듸체 귀신 단이난
법은 듸풍기ㅎ고 승천입지ㅎ

125

니 침상편시 춘몽중의 힝진강남 수쳘이라 젼면를 살펴보니 황금듸자
로 만고졍열황능지묘라 두러시 붓쳐거늘 심신이 황홀하야 비회터니 쳔
연한 낭자 셔이 나오난듸 셕숭의 이쳡녹주 등농를 들고 진쥬기싱 논기
평양기싱 월션이라 츈향을 인도하야 니당으 드리가니 당상에 빅의 한
두 부인이 옥수를 드러 쳥하기늘 춘향이 사양하되 진셰간 쳔쳡이 엇지
황능묘을 오르잇가 부인이 기특이 네겨 직삼 쳥하거늘 사양치 못하야
올나가니 좌을 주워 안친 후의 네가 춘향인다 기특하도다 일젼의 조회
차로 요지연의 올나가니 네마리 낭자키로 간져리 보고시퍼 네를 쳥하여
시니 심이 불안토다 춘향이 직빅 주왈 쳡이 비록 무식하나 고셔를 보옵
고 사후의 나존안을 뵈올가 하여던니 이러틋 황능묘의 모시

126

이 황공비감하여니다 상군부인 말삼하되 우리순군 디순씨가 남순수
하시다가 창오산의 붕하시니 속졀업는 이 두 몸이 소상 죽임의 피눈물
을 쑤리노니 가지마닥 알롱ㄷㄷ 입ㄷ피 원한이라 창오산 붕상수졀리라
야 죽상지누 니가멸을 쳔추의 집푼 한을 하소할 곳 업셔써니 네 졀힝
기특기로 너다러 말하노라 송건기쳘연의 쳥빅은 어느 찌며 오현금 남
풍시를 이졔까지 젼하던야 이룻타시 말삼할 졔 엇던 부인 춘향아
나는 기주명월 음도셩의 화션하던 능옥일다 소사의 안히로셔 틱화산
이별 후의 승용비거 한이 되야 옥소로 원을 풀 졔 곡종비거부지쳐하니
산하벽도 춘지기라 이러할 졔 쏘 한 부인 말삼하되 나는 한궁여 소군이
라 호지의 오거하니 일부쳥춘 쑨이로다 마상피 파한 곡조의 화도셩식
춘풍면이요 화픠공귀월야혼이라 엇지 안이 원통하랴 한참 이리할 졔
음풍이 리러나며 촉불리 벌넝ㄷㄷ 하며 무어시 촉불 압푸 달여들거늘
춘향이 놀니여 살펴보니 사람도 아니요 귀신도 안인듸 의ㄷ한 가온듸

127

곡셩이 낭자하며 여바라 춘향아 네가 날을 모로이라 나는 넌고 한이
한고조 안희 쳑부인이로다 우리 황졔 용비 후에 여후의 독한 솜씨 니의
수족 끈어니여 두 귀여다 불지르고 두 눈 쎄여 암약 멱겨 칙간 속의
너허슨니 쳔추의 집푼 한을 언으 쩌나 풀러보랴 이리 울 졔 싱군부인
말삼하되 이 고시라 하난듸가 유명이 노수하고 항오지별하니 오리 유
치 못할지라 여등 불너 하직할시 동방 실솔셩은 시르렁 일쌍호졉은
펄ㄷ 춘향이 깜짝 놀니 찌여보니 꿈이로다 옥창 잉도화 쩌러져 보이고
거울 복판이 찌여져 뵈고 문 우의 허수이비 달여 보이거늘 나 죽을

꿈이로다 수심 걱정 밤을 실 제 기럭이 울고 가니 일편 셔강 달의 힝안
남비 네 아니냐 밤은 집퍼 삼경이요 구진 비는 퍼붓넌

128

되 돗치비 쎅ㄷ 밤시 소릭 붓ㄷ 문풍지는 펄넝ㄷㄷ귀신이 우난듸 난
장마자 죽은 귀신 형장 마자 죽은 귀신 결령 치사 딕롱ㄷㄷ 목 믹디러
죽은 귀신 사방의셔 우난듸 귀곡셩이 낭자로다 방안이며 춘여 곳시며
마루 이릭셔도 잇고ㄷㄷ 귀신 소릭의 잠들기리 젼이업다 춘향이가 쳐
음에난 귀신 소릭의 졍신이 업시 지닉더니 여러번을 드러난니 파급이
되야 쳥셩국거리 삼지비 셰악소릭로 알고 드르며 이 몹슬 귀신더라
나을 자바 갈나거던 조르지나 말엄무나 엄급ㄷ여율령 사파 쐬 진언치
고 안자 슬 쎠 옥박그로 봉사 한나 지닉가되 셔울 봉사 갓틀진디 문수하
오 웨련만넌 시골봉사라 문복하오 하며 외고 가니 춘향이 듯고 여보
어만이 져 봉사 좀 불너 주오 춘향어

129

모 봉사을 부르난듸 여보 져기 가난 봉사임 불너논이 봉사 디답하되
계 뉘기 계 뉘기니 춘향어모요 엇지 찻나 우리 춘향이가 옥중의셔 봉사
임을 잠간 오시라 흐오 봉사 한빈 우스면셔 날 찻기 으외로셰 가계
봉사 옥으로 갈 제 춘향어모 봉사의 집핀이을 잡고 질을 인도할 제
봉사임 이리 오시요 이거슨 독다리요 이거슨 기쳔이요 조심하여 건네
시요 입폐 기쳔이 잇셔 쮜여볼가 무한 이별 우다가 쮜난듸 봉사으 쮜염
이란 게 머리 쮜던 못하고 올나가기만 한지리나 올나가는 거시엿다
머리 쮜 단 거시 한가온디가 풍덩 쎄져 노왓나듸 기여 나오랴고 집난게

기똥을 집퍼졔 어풀사 이게 졍영 똥이졔 손을 드러 맛타 보니 무근 쌀밥 먹고 쎠근놈이로고 손을 닉쌀린 게 모진 도그다가 부듯치니 엇지 압푸던지 입부디기 홀

130

쓸러 너코 우난듸 먼 눈으셔 눈무리 쑥ㄷ 쩌러지며 이고ㄷㄷ 닉 팔자 야 조고민한 기쳔을 못건네고 이 봉변을 당하여스니 수원수구 뉘다러 흐리 닉 신셰을 싱각흐니 쳔지만물을 불견이라 주아을 닉가 알야 사시 을 짐작하며 춘져리 당희온들 도리화기 닉가 일며 추져리 당희온들 황국단풍 잇지 알며 부모을 닉 이는야 쳐자을 닉 아는야 친구 벗임을 닉 아는야 셰상쳔지 일월셩신과 후박장단을 모르고 밤중가치 지닉다가 이 지경이 되야쑤나 진소위 소경이 그르냐 기쳔이 그르냐 소경이 글체 아조 싱긴 기쳔이 그르라 이고ㄷ ㄷ 셜이 우니 춘향어모 위로흐되 고민 우시요 봉사을 모욕시계 옥으로 드러가니 춘향이 반기면셔 이고 봉사 임 어셔오 봉사 그중으 춘향이가 일식이란 말은 듯

131

고 반가흐며 음셩을 드르니 춘향 각씬가부다 예 기웁닉다 닉가 발셔 와셔 자닉을 한번이나 볼 터로되 빈직다사라 못오고 쳥하여 왓스니 닉쉰사가 안이로셰 그럴이가 잇소 안밍하웁고 노릭의 길역이 엇더흐시 요 닉 염예는 말게 디쳬 나을 엇지 쳥흐엿나 예 다름 안이라 간밤으 횡몽을 흐야삽기로 희몽도 흐고 우리 셔방임이 언으 씨나 나를 차질가 길흉 여부 졈을 흐랴고 쳥흐엿소 글허계 봉사 졈을 흐난듸 ◆졍이티셰 유상쳔 경이축 ㄷ왈 쳔흐언지심이요 지흐언지실이요만은 고지직웅허

시는이 신기여의신이 감이순통은하소셔 망지소고와 망셔궐이일 유심
유영이 망지소보하야 약가악비를 싱명고지직응허시는이 복히 문왕 무
왕 무공 주공 공자 오디셩현이 셜이

132

쳔 안 징 사 밍 셕문십쳘 졔갈공명션싱 이순풍 소강졀 졍명도 졍이쳔
주렴게 주효염 엄군평 사마군 귀곡 손빈 진의 왕부사 유훈장 졔디션싱
은 명찰명귀하옵소셔 마으도사 구쳔션여 육졍 육갑 신장여 연월일시
사지공조 비과동자 쳑괘 동남 허공유감 여왕봉기복사 달뇌상화 육신무
차보양 원사강임은허소셔 졀나좌도 남원부 쳔변이 거하는 임자싱신
곤명 열여 셩춘향이 하월하일의 방사옥중하오며 셔울 삼쳔동 거하난
이몽용은 하일하시의 도차본부하오릿가 복걸 졈신은 신명소시하옵소
셔 산통을 쳘겅ㄷㄷ 흔드던이 어듸 보자 일이삼사오륙칠 허ㄷ 좃타
상쾌로고 칠간산이로구나 어유피망헌이 소젹디셩이라 옛날 주무왕이
벼살할 졔

133

이 쾌을 어더 금의환힝 하야슨이 엇지 안이 조흘손가 쳘이상지한이
친인이 유명이라 자닉 셔방임이 불월간의 나러와셔 평싱한을 풀것네
걱졍마소 참조커든 춘향 디답하되 말뎌로 그러하면 오직 좃사오릿가
간밤 꿈 히몽이나 좀 하여주옵소셔 어듸 자상이 말을 하소 단장하든
쳬경이 찌겨 보이고 창젼의 잉도꼿시 쩌러져 보이고 문 우의 허수이비
달여뵈고 틱산이 문어지고 바딕물이 말나뵈인이 나 죽을 꿈 안이요
봉사 이윽키 싱각다가 양구의 왈 그 꿈 장이 좃타 화략한이 능셩실이요

◆파경한이 기무셩가 ◆능이 열미가 여러야 쪼시 쩌러지고 ◆거울이 씨여질 쩐 소리가 업슬손가 ◆문상의 현우인한니 만인이 기앙시라 ◆ 문우의 허수이비 달여씨면 사람마닥 우러러 볼거시요 ◆희갈흐

134

이 용안견이요 ◆산붕헌이 지텩평이라 ◆바더가 말으면 용으 얼골을 능히 볼거시요 산이 문어지면 평기가 될 거시라 좃타 쌍가미 탈 꿈으로 세 걱정마소 머지 안네 한참 이리 수작할 졔 쯧박기 가막구가 옥담의 와 안쩐이 짜옥짜옥 울거늘 춘향이 손을 드리 후여 날이며 방정마진 가막구야 날을 자버 갈나거든 졸으기나 말여무나 봉사가 이 말을 듯던 이 가만 잇소 그 가막구가 ㄷ옥 ㄷㄷ 그러케 울졔 예 그레요 좃타ㄷㄷ 가 쩌는 아름다울 가 쩌요 옥 쩌는 집 옥 쩌라 알음답고 길겁고 조흔 일이 불원간의 도라와셔 평싱으 밋친 한을 풀거신이 조금도 걱정마소 직금은 복치천양을 준디도 안니 바더 갈 거신이 두고 보고 영 ◇귀하게 되는 쩐의 괄셰나 부디 마소 나 도라가네 예 평

135

◇안이 가옵시고 후일 상봉흐옵씌다 춘향이 장탄수심으로 세월을 보 니니라 ●잇 쩐 한양셩 도련임은 주야로 시셔 빅가어를 숙독하야슷니 글노난 이빅이요 글씨는 왕흐지라 국가으 경사잇셔 티평과을 뵈이실시 서칙을 품으 품고 장중으 드러가 좌우을 둘너보니 억조창싱 허다 션비 일시의 숙비한다 어악풍유 청이셩의 잉무시가 춤을 춘다 디졔학 틱출 하야 어졔을 니리신이 도승지 모셔니여 홍장 우여 거러논니 글졔으 하어씨되 춘당춘식이 고금동이라 두러시 거러건늘 이도령 글졔을 살펴

보니 익키 보던 비라 시졔을 펼쳐노코 희졔을 싱각ㅎ야 용지연으 먹을
가라 당황모 무심필을 반중동 덥벅 푸러 왕히지 필법으로 조밍보 체을
바다 일필

136

휘지 션장하니 상시관이 글을 보고 자ㄷ이 비졈이요 귀ㄷ이 관주로다
용사비등ㅎ고 평사낙안이라 금셰으 디지로다 금방으 일홈을 불너 어주
삼비 권하신 후 장원급졔 휘장이라 실녀으 진퇴 나올 젹으 머리예는
어사화요 몸으난 잉삼이라 허리로예난 학ㄷ로다 삼일유과 한 연후의
산소으 소분하고 젼하게 숙비ㅎ니 젼하게옵셔 친이 불너보신 후의 경
의 지조 〃졍으 웃듬이라 하시고 도승지 입시하사 졀나도 어사을 졔수
하시니 평싱으 소원이라 수의 마픾 유쳑을 니주시니 젼하게 하직ㅎ고
본딕으로 ㄴ갈 졔 쳘관풍치는 심산밍호 갓탄지라 부모젼 하작ㅎ고 젼
나도로 힝할식 남디문 밧 셕나셔 〃 셔리 중방 역졸 등을 거나리고 쳥픾
역 말 자바타고 칠픾 팔픾 비다리 얼는 너머 밥젼거리 지니

137

농젹이를 얼풋 거네 남티령을 너머 과쳔읍의 중와ㅎ고 사그니 밀럭당
이 수원 숙소ㅎ고 디함괴 쩍젼거리 진기올 중밋 진의읍의 중와ㅎ고
칠원 소시 이고다리 셤환역의 숙소ㅎ고 상유쳔 하유쳔 시술막 쳔안읍
의 중와ㅎ고 삼거리 도리터 짐게역 말 가라타고 신구 덕평을 얼는 지니
원터의 숙소ㅎ고 팔풍졍 화란 광졍 모란 공주 금강을 건네 금영의 중와
ㅎ고 놉푼 힝질 소기문 어미널틔 졍쳔의 숙소ㅎ고 뇌셩 풋기 사다리
은진 간치당이 황화졍 장이미고기 여산읍의 숙소참ㅎ고 잇튼날 셔리

중방 불너 분부하되 곁나도 초읍 여산이라 막중국사 거힝불명직 죽기를 면치 못하리라 추상갓치 호령하며 셔리 불너 분부하되 니은 좌도로 드러 진산 금산 무주 용

138

담 진안 장수 운봉 구례로 이 팔읍를 순힝하여 아모날 남원읍의로 디령하고 즈 중방 역졸 네으 등은 우도로 용안 함열 임피 옥구 짐졔 간경 고부 부안 흥덕 고창 장셩 영광 무장 무안 함평으로 순힝하야 아모날 남원읍으로 디령하고 종사 불너 익산 금구 티린 졍읍 순창 옥과 광주 나주 창평 담양 동복 화순 강진 영암 장흥 보셩 흥양 낙안 순천 곡셩으로 순힝하여 아모날 남원읍으로 디령하라 분부하여 긱기 분발하신 후의 어사쏘 힝장을 치리난듸 모양보소 숫사람을 소기랴고 모자 업난 헌파립의 버레줄 총〃이 미여 초사 갓끈 다러 쓰고 당만 나문 헌 망근의 갑풀 관자 녹쓴 당줄 다라쓰고 으뭉하게 헌 도복의 무명실 씌를 흉중의 둘너 미고 살만 나문 헌붓치의 솔방울 션초 다러

139

일광을 가리고 나러올 졔 통신암 삼이 숙소하고 한니 주엽졍이 가린 니 싱금졍 귀경하고 숩졍이 공북누 셔문를 얼는지니 남문의 올나 사방을 둘너보니 소호강남 여기로다 ◆기린토월이며 ◆한벽쳥연 ◆남고모ㄷ ◆곤지망월 ◆다가사우 ◆덕진치련 ◆비부낙안 ◆위봉폭포 완산 팔경을 다 귀경하고 차〃으로 암힝하야 나리올 졔 각읍 수령더리 어사 낫짠 말을 듯고 민졍을 가다듬고 젼공사을 염예할 졔 하인〃들 편하리요 이방 호장 실혼하고 공사회계 하난 형방 셔기 얼는하면 도망차로

신발ᄒ고 수다한 각 쳥상이 넉실 이러 분주할 졔 잇 ᄯᅦ 어사ᄯᅩ난 임실 구화뜰 근쳐을 당도ᄒ니 차시 맛참 농졀리라 농부더리 농부가 ᄒ며 이러할 졔 야단이엿다 ◆어여로 상사뒤요 ◆쳔지건곤 티평시의 도덕 노푼 우리 셩

140

군 강구연월 동요듯던 욘임군 셩덕이라 어여로 상사뒤요 ◆순임군 놉푼 셩덕으로 니신 셩기 역산의 밧슬 갈고 ◆어여로 상사뒤요 ◆실농 씨 니신 ᄯᅡ부 쳔추만디 유젼ᄒ니 어이 안이 놉푸던가 ◆어여로 상사뒤 요 ◆하우씨 어진 임군 구연홍수 다사리고 ◆여〃라 상사뒤요 ◆은왕 셩탕 이진 임군 디한칠연 당하여네 ◆여〃라 상사뒤요 ◆이 농사를 지어니여 우리 셩군 공셰 후의 나문 곡식 작만ᄒ야 앙사부모 안이하며 하륙쳐자 안이할가 ◆이〃라 상사뒤요 ◆빅초를 심어 시시을 짐작하니 유신한 게 빅초로다 ◆여〃라 상사뒤요 ◆ 쳥운공명 조혼 호강 이 업을 당할소냐 ◆여〃라 상사뒤요 남젼북답 기경ᄒ야 함포고복 ᄒ여보시 ◆어널〃 상사뒤요 한참 이리할 졔 어사ᄯᅩ 주령 집고 이만하고 셔〃 농부가을 귀

141

경하다가 거기년 디풍이로고 ᄯᅩ 한편을 바리본이 〃상한 이리 잇다 즁씰한 노인더리 쎨〃리 뫼와 셔〃 등걸바슬 이루난듸 갈멍덕 수게 씨고 소실 양손으 들고 빅발가를 부르난듸 등장가자 〃〃〃〃 하날임 젼으 등장 가랴면 무슨 말을 하실난지 늘근이는 죽지말고 졀문 사람 늑지 말게 하난임 젼의 등장가시 원수로다 〃〃〃〃 빅발리 원수로다

오늘 빅발 막그랴고 우수의 도치 들고 좌수의 가시 들고 오는 빅발 쑤다리며 가는 홍안 거러당게 청사로 졀박ᄒᆞ야 단〃이 졸나 미되 가는 홍안 졀노 가고 빅발은 시드로 도라와 귀밋터 살 잡피고 거문 머리 빅발되니 조여청사모셩셜이라 무졍한 게 셰월이라 손연힝낙 집푼들 왕〃이 달나간이 〃 안니 광음인가 천금쥰마 자버타고 장안딕도 달이

142

고져 만고강산 조혼 경기 다시 한번 보고지거 졀딕가인 졋티두고 빅만 괴티 놀고지거 화초원식 사시가경 눈 어둡고 귀가 머거 볼 수 업고 들를 수 업셔 하릴업난 일리로셰 슬푸다 우리 벗임 어딕로 가게난고 구추단풍입 진다시 션아〃〃 덜어지고 시벽 하날 별진다시 삽오〃〃 시러진니 가넌 지리 어듸민고 어여로 가리질리야 아마도 우리 인성 일장춘몽인가 ᄒᆞ노라 한참 이리할 졔 한 농부 썩 나셔며 담부 먹시 〃〃 〃〃 갈멍덕 숙에 쓰고 두던의 나오더니 곱돌조던 넌짓드러 쏭뭉이 더듬쩌니 가죽쌈지 쎄여놋코 담비의 셰우침을 밧터 엄지가락이 잡바라지게 비빗〃〃 단〃이 너히 집불을 뒤져노코 화로의 푹 질너 담부를 먹난듸 농군이라 ᄒᆞ난 거시 디가 쌕〃ᄒᆞ면 쥐식기 소리가 나것다 양볼티기가

143

옴옥〃〃 코궁기가 발심〃〃 연기가 홀〃 나게 푸여 물고 나셔니 어사 또 반말ᄒᆞ기난 공셩이 낫졔 져 농부 말 좀 무러보면 조커꾸만 무삼 말 ◑이 골 춘향니가 본관의 수쳥 드러 뇌물을 만이 바더 묵고 민졍의 작폐한단 말이 올흔지 져 농부 열을 너여 게가 어딕 삽나 아무듸 사든지

아무듸 사든지란이 게난 눈콩알 귀꽁알리 업나 지금 춘향이를 수청 아니든다 하고 형장 맛고 갓쳐쓰니 창가의 그런 열여 세상의 드문지라 옥결 갓튼 춘향몸의 자니갓턴 동낭치가 누셜을 시치다는 비러 먹도 못ㅎ고 굴머 뒤여지리 올나간 이도령인지 삼도령인지 그 놈의 가식은 일거후 무소식하니 인사 그러코는 벼살은 컨이와 니 좃도 못하졔 어 그계 무슨 말인고 웨 엇지 됨나 되기야 엇지 되야마는 남의 말노 구십을 너머 고약키 하난고 자니가 쳘 모로난 말

144

을 하미 그러체 수작을 파하고 도라셔며 허〃 망신이로고 자 농부네 덜 일하오 예 하직하고 한 모롱이를 도라드니 아히 하나 오난듸 주령막 듸 쓰으면셔 시조 절반 시살 절반 셕거하되 오날이 몃칠인고 쳘이씰 한양셩을 몃칠 거러 올나가랴 조자룡의 월강하던 쳔총마가 잇거드면 금일노 가련마는 불향하다 츈향이난 이셔방을 싱각하야 옥즁의 갓치여 셔 명졔경각 불상하다 몹실 양반 이셔방은 일거소식 돈졀한이 양반의 도례난 그러헌가 어사쏘 그 말 듯고 이이 어듸 잇듸 남원읍의 사오 어듸를 가늬 셔울 가오 무삼 일노 가니 춘향의 편지 갓고 구관듸의 가오 이이 그 편지 좀 보자구나 그 양반 쳘 모로는 양반이네 웬 소린고 글시 드러보오 남아 편지 보기도 어렵거든 항 남의 늬간을 보잔단 말이 요 이 이 드러라 힝인이 임발우기봉이란 말이 잇난이라

145

좀 보면 관게ㅎ냐 근 양반 몰골은 숭악ㅎ구만 문자속은 기특ㅎ오 얼 풋 보고 주오 호로자식이로고 편지 바더 쩨여보니 사연의 ㅎ여쓰되

일차 이별 후 성식이 젹조흐니 도련임 시봉쳬후 만안흐옵쓴지 원졀복
모흐옵니다 쳔쳡 춘향은 장디노상의 관봉치피흐고 명지경각이라 지어
사경의 혼비황능지묘흐야 출몰귀관흐니 쳡신이 수유만사나 단지 열불
이경이요 쳡지 사싱과 노모 형상이 부지희경이오니 셔방임 심양쳐지
흐옵소셔 편지 꼿티 흐여쓰되 ◑기셰하시군별쳡고 ◑작이동혈우동추
라 ◑광풍반야우여셜흐니 ◑하위남원옥즁퇴라 ◑ 혈셔로 흐엿난듸 평
사낙안 기럭이 격으로 그져 툭〃 찌근 거시 모도 다 익고로다 어사
보던니 두 눈의 눈물이 듯건이 밋건이 방

146

올〃〃리 써러지니 져 아희 하난마리 남무 편지 보고 웨 우시요 엇다
이 이 남무 편지라도 셔룬 사연을 보니 자연 눈물리 나는구나 여보
인정 잇난 쳬흐고 나무 편지 눈물 무더 찌여지요 그 편지 한장 갑시
열단양이요 편지갑 무러너오 여바라 이도령이 날과 즁마고우 친고로셔
하힝의 볼 이티 잇셔 날과 힘기 니리오듸 완영의 들러쓴이 너일 남원으
로 만나자 언약흐여다 나를 짜라가 잇다가 그 양반을 뵈와라 그 아희
방식흐며 셔울를 져 건네로 아르시요 흐며 달여드러 편지 너오 상지할
졔 옷 압자락을 잡고 실난하며 살펴보니 명주젼디를 허리예 둘너난듸
졔기 집시 갓튼 거시 드러거늘 물너나며 이것 어듸셔 낫소 찬 바람이
나오 이놈 만일 쳔기 누셜하여셔난 셩명을 보젼치 못흐리라 당부흐고
남원

147

으로 드러올 졔 박셕틔를 올나셔ᄃ 사면을 둘너보니 산도 예 보던

산이요 물도 예 보던 물이라 남문 밧 썩 너다라 광한누야 잘 잇던야 오작교야 무사하냐 긱사쳥쳥 유식신는 나구 미고 노던 듸요 쳥운낙수 말근 물은 늬 발 싯던 쳥계수라 녹수진경 너룬 길은 왕늬하든 옛길이요 오작교 다리 밋던 빨늬하는 여인드른 계집 아히 셕겨 안져 야드 웨야 이고 〃 〃 불상터라 춘향이가 불상터라 모지더라 ㄷㄷㄷㄷ 우리 골 사 쏘가 모지더라 절긔 놉푼 춘향이을 우력 겁탈하려한들 쳘셕 갓튼 춘향 마음 죽난 거슬 셰아릴가 무졍터라 ㄷㄷㄷㄷ 이도령이 무졍터라 져의 쎨리 공논하며 추젹ㄷㄷ 빨늬하는 모양은 영양공주 난양공주 진치봉 계셤월 빅능파 격경홍 심회연 가춘운도 갓다마는 양소유가 업셔쓴이 뉘를 차자 안져난고 어사쏘 누의 올나 자상이 살펴본이

148

셕양은 지셔하고 숙조는 투림할 졔 져 건네 양유목은 우리 춘향근듸 미고 오락가락 노던 양을 어졔 본듯 반갑쏘다 동편을 바리보니 장임심 쳐 녹임간의 춘향집이 져기로다 져안의 늬 동원은 예 보던 고면이요 셕벽의 험한 옥은 우리 춘향 우니난듯 불상코 가긍하다 일낙셔산 황혼 시의 춘향문젼 당도하니 힝낭은 문어지고 몸치는 쐬을 버셔난듸 예 보던 벽오동은 숨풀 속으 웃쑥 셔드 바람을 못이기여 추례ㅎ고 셔잇거 늘 단장밋틔 빅누룸은 함부로 단이다가 긔한틔 물여난지 짓도 빠지고 달리을 징금 씰눅 쑤루룩 우름 울고 비창젼 누린긔는 기운 업시 조우다 가 구면긱을 몰나보고 쌍ㄷ 짓고 너다르니 요기야 짓지마라 주인갓튼 손임이 다 네의 주인 어듸 가고 네가 나와 반기는야 중문을 바리보니 늬손으로 쓴 글자가 츙셩 츙자 완연턴이 가온듸 중짜는 어듸가고

149

마음 심짜만 나미잇고 와룡강자 입춘셔는 동남풍의 펄넝 〃〃 이니 수심 도와닌다 그렁져렁 드러가니 니졍은 젹막흔듸 춘향의 모 거동보소 미음솟틔 불너으며 이고 〃〃 니 이리야 모지도다 〃〃〃〃 이셔방이 모지도다 위경 니쌀 아조 이져 소식조차 돈졀하네 이고 〃〃 셜운지거 상단아 이리와 불쳐어라ᄒ고 나오더니 울안으 게올물의 흰머리 감어빗고 졍화수 한동우를 단하의 밧쳐놋코 복지하야 축원하되 쳔지 〃 신 일월셩신은 화위동심하옵소셔 다만독여 춘향이를 금쪽가치 질너니여 외손봉사 바리더니 무죄한 미을 맛고 옥즁의 갓쳐스니 살일 기리 업삽니다 쳔지 〃 신은 감동하사 한양셩 이몽용을 쳥운의 놉피 올여 니 쌀 춘향 살여지다

150

빌기을 다한 후의 상단아 담부한듸 부쳐다구 춘향의 모 바다 물고 후유 흐숨 눈물질 졔 잇 씨 어사 춘향모 졍셩보고 니의 벼살한 게 션영음덕으로 아러던니 우리장모 덕이로다 ᄒ고 그안의 뉘잇나 뉘시요 니로셰 니라니 뉘신가 어사 드러가며 이셔방일셰 이셔방이란이 올체 이풍원 아들 이셔방인가 허 〃 장모 망영이로셰 날을 몰나 〃〃〃〃 자니가 뉘기여 사회는 빅연지객이라 하엿시니 엇지 날을 모르난가 춘향의 모 반기하야 이고 〃〃 이게 웬이린고 어듸 갓다 인자와 풍셰 듸작터니 바람결의 풍겨온가 봉운기봉던니 구름 속의 싸어온가 춘향의 소식듯고 살리랴고 와 게신가 어셔 〃〃 드러가시 손을 잡고 드러가셔 촉불 압푸 안쳐 놋코 자셔이 살펴

151

보니 거린 중의는 상거린이 되야구나 춘향의 모 기가 믹켜 이게 웬이
리요 양반이 그릇되미 셩언할 수 업네. 굿쩌 올나가셔 벼살길 끈어지고
탕진가산하야 부친게셔는 학장질 가시고 모친는 친가로 가시고 다 긱
기 갈이여셔 나는 춘향의게 나려와셔 돈쳔이나 어더갈가 흐엇더니 와
셔보니 양가이력 말안일셰 춘향의 모 이말 듯고 기가 막켜 무졍한 이
사람아 일차 이별 후로 소식이 업셔쓴이 그런 인수가 잇시며 후긴지
바리쩐니 이리 잘 되얏소 쏘와논 사리 되고 업찌러진 물이 되야 수원수
구을 할가마는 니쌀 춘향 엇졀남나 화쎔의 달여드러 코를 물어 쎌늑하
니 니타시졔 코 탓신가 장모가 날을 ● 몰나 보네 하날이 무심터도
풍운조화와 뇌셩젼기난 잇난이 춘향모 기가 차셔 양반이 그릇되미 갈
농조차 드

152

러쑤나 어사 짐짓 춘향모의 하는 거동을 보랴하고 시장하여 니 죽것
네 날 밥 한 술 주소 춘향모 밥달나는 ●말을 듯고 밥업네 엇지 밥
업실고마는 홰짐의 흐는 말이엿다 잇 쩌 상단이 옥의 갓다 나오더니
져의 아씨 야단소리의 가삼이 우둔〃〃 졍신이 월넝〃〃 졍쳐업시 드
러가셔 가만이 살펴보니 젼의 셔방임이 와겨쑤나 엇지 반갑던지 우루
룩 드러가셔 상단이 문안이요 더감임 문안이 엇더하옵시며 더부인 긔
후 안령하옵시며 셔방임계셔도 월노의 평안이 힝치하신잇가 오냐 고상
이 엇더하냐 소녀몸은 무탈하옵니다 앗씨〃〃 큰앗씨 마오〃〃 그리마
오 멀고 먼 쳘이 질의 뉘보랴고 와겨관더 이 괄셰가 웬이리요 인기씨가
아르시면 지러 야단이 날거시니 너머 괄셰 마옵소셔 부억으로 드러가

더니 먹던 밥의 풋곳초 져리짐치 양염 넛코 단간장의 닝수 가득 쩌셔
모반의 밧쳐 듸

153

리면셔 더운 진지 할 동안의 시장하신듸 우션 요구하옵소셔 어사쪼
반기하며 밥아 너 본 제 오릭로구나 여러가지를 한틔다가 붓던이 숙가
락 될것업시 손으로 뒤져셔 한편으로 모라치던이 맛파람의 게눈 감추
덧 하난구나 춘향모하는 말리 얼씨고 밥비러 먹기난 공셩이 낫구나
잇 쩌 상단이는 져의 익기씨 신셰를 싱각하여 크게 우든 못하고 체읍하
여 우는 말리 엇지할쏜아 〃 〃 〃 〃 도덕놉푼 우리 익기씨를 엇지하
여 살이시랴오 엇쎄쓰나요 〃 〃 〃 〃 요 실셩으로 우난 양을 어사쪼 보
시더니 기가 막켜 여바라 상단아 우지마라 〃 〃 〃 〃 너의 아기씨가 셜
마 살지 죽을소냐 힝실이 지극하면 사는 날리 잇난이라 춘향모 듯던이
이고 양반이라고 오기는 잇셔 〃 디체 자네가 웨 져 모양인가 상단이
하는마리 우리 큰 아씨하는 말을 조금도 과렴마옵소셔 나 만하야 노망
한 중의 이일을 당히노니 화짐의 하는 말

154

을 일분인들 노하릿가 더운 진지 잡수시요 어사쪼 밥상 ●밧고 싱각
하니 분기텅쳔하나 마음이 울젹 오장이 월넝 〃 〃 셕반이 맛시 업셔 상
단아 상 물여라 담부쩌 툭 〃 털며 여소 장모 춘향이나 좀 보와야졔
글허지요 셔방임이 춘향을 아니 보와셔야 인졍이라 흐오릿가 상단이
엿자오듸 지금은 문을 닷더쓰니 바릭치거든 가사니다 잇 쩌 맛참 바릭
를 뎅 〃 치난구느 상단이는 미음상 이고 등농 ●들고 어사쪼는 뒤를

짜러 옥문간 당도하니 인젹이 고요하고 사졍이도 간 곳 업네 잇 써 춘향이 비몽사몽간의 셔방임이 오셔난듸 머리에는 금관이요 몸의는 홍삼이라 상ᄉ일염의 목을 안고 만단졍회 하는 차라 춘향아 부른들 듸답이 닛쓸손야 어사ᄶᅩ 하는 말이 크게 한번 불너보소 모로는 말삼이요 예셔 동원이 마조치는듸 소리가 크게 나면

155

사쏘 염문할거시니 잠간 짓체하옵소셔 무에 잇써 염문이 무어신고 니가 부를게 가만잇소 춘향아 부르난 소리의 쌈쫙놀니여 이러느며 허〃 이 목소리 잠결인가 쭘결인가 그 목소리 고이하다 어사ᄶᅩ 긔가 막켜 니가 왓다고 말을 하소 왓단 말을 하거드면 긔졀 담낙 할 거스니 가마니 게옵소셔 춘향이 져의 모친 음셩 듯고 쌈쫙 놀니여 어만니 엇지 와겻소 몹쓸 짤자식을 싱각하와 천방지방 다니다가 낙상ᄒᆞ긔 쉽소 일홀낭은 오실느 마옵소셔 날낭은 염여말고 정신을 차리여라 왓다 오다니 뉘가 와요 그져 왓다 각갑하여 나 죽겟소 일너주오 쭘가온듸 임을 만나 만단졍회하여쩐이 혹시 셔방임게셔 긔별왓소 언졔오신단 소식왓소 벼살씌고 나려온단 노문 왓소 이고 답〃하여라 네의 셔방인지 남방인지 걸인 한나이 이려왓다 허〃 이계 웬

156

말인가 셔방임이 오시다니 몽즁의 보던 임을 싱시의 보단말가 문틈으로 손을 잡고 말못하고 긔식하며 이고 이게 뉘기시요 아미도 쭘이로다 상ᄉ불견 기룬 임을 이리 수이 맛날손가 이졔 죽어 한이 업네 엇지 그리 무졍한가 박명하다 닉의 모녀 셔방임 이별 후의 자나누나 임 기루

워 일구월심한일는 이니 신셰 이리되야 미의 감겨 죽게되니 날 살이랴
와겨시요 한참 이리 반기다가 임의 형상 자시보니 엇지 아니 한심하랴
여보 셔방임 니 몸하나 죽는 거슨 셔룬 마음 업소마는 셔방임 이 지경이
웬 일리요 온야 춘향아 셜어마라 인명이 지천인듸 셜만들 죽을손야
춘향이 져의 모친 불너 한양셩 셔방임을 칠연티한 가문날의 갈민디우
기두린들 날과갓치 자진턴가 신근남기 쩍거지고 공든 탑이 문어젓네
가련하다 이니 신셰 하릴업시 되야쑤나 어만임

157

나 죽은 후의라도 원이나 업게 하여주옵소셔 나 입던 비단 장옷 봉장
안의 드러쓰니 그옷 니여 파라다가 한산셰겨 박구워셔 물식 곱게 도포
짓고 빅방사주 진초미를 되는 디로 파라다가 관망신발 사 듸리고 졀병
쳔 은비니 밀화장도 옥지환이 함속의 드러쓰니 그것도 파라다가 한삼
고의 불초찬케 하여주오 금명간 죽을 연이 셰간 두어 무엇할가 용장봉
장 쎄다지를 되는 디로 팔러다가 별찬진지 디졉하오 나 죽은 후의라도
나업다 말으시고 날 본다시 셤기소셔 셔방임 니 말삼 드르시요 니일리
본관사쏘 셩신리라 취중의 주망나면 날을 올여 칠거시니 형문마진 달
리 장독이 낫시니 수족인들 놀일손가 만수우환 헌트러진 머리 이렁
져렁 거더 언쏘 이리 빗틀 져리 빗틀 드러가셔 장피하여 죽거들난 삭군
인체 달여드러 둘너업고 우리 두리 쳐음 만나 노던 부용

158

당의 젹막하고 요젹한듸 뉘여노코 셔방임 손조 염십ᄒ되 니의 혼빅
위로하여 입은 옷 벽기지 말고 양지 쏫티 무더짜가 셔방임 귀히되야

청운의 올의거던 일시도 둘느말고 육진장포 기렴ᄒᆞ야 조츌한 상예 우
의 덩글렷케 실은 후의 북망산쳔 차져갈 졔 압남산 뒤남산 다 바리고
한양으로 올여다가 션산발치의 무더주고 비문의 시기〃을 수졀원사
춘향지묘라 야달 자만 시겨주오 망부셕이 안니될가 셔산의 지난 희는
너일 다시 오련만는 불상한 춘향이는 한번 가면 언의 쩌 다시 올가
신원이나 하여주오 이고〃〃 니 신세야 불상한 니의 모친 날를 일코
가산을 탕진하면 하릴업시 거린되야 이집 져집 걸식다가 어덕밋퇴 조
속〃〃 조울면셔 자진하야 죽거드면 지리산 갈가 무기 두날기을 쩍
벌이고 둥덩실 나라드러 까옥〃〃 두 눈을 다 파먹근

159

들 언는 자식잇셔 후여ᄒᆞ고 날여주리 이고〃〃 셜이울 졔 어사쏘
우지마라 하나리 무어져도 소사날 궁기가 잇난이라 네가 날를 엇지
알고 이러타시 셔러한야 직별하고 춘향집으 도라왓졔 춘향이난 어둠
침〃 야삼경의 셔방임을 번기갓치 얼는 보고 옥방의 홀노 안져 탄식하
난 마리 명쳔은 사람을 닐졔 별노 후박이 업건만는 니의 신셰 무삼
죄로 이팔쳥춘의 임 보너고 모진 목숨 사라 이 형문 이 형장 무삼 일고
옥중고싱 삼사식의 밤낫업시 임오시기만 바리던이 〃졔난 임의 얼골
보와스니 광치업시 되야구나 죽어 황쳔의 도라간들 졔왕젼의 무삼 말
을 자랑하리 이고〃〃 셜리울 졔 자진ᄒᆞ야 반싱반사 ᄒᆞ난구나 어사쏘
춘향집의 나와셔 그날 밤을 시려ᄒᆞ고 문안문밧 염문할식 질쳥의 가
드르니 이방 승발 불너 ᄒᆞ난마리 여보소 드르니 수의쏘가 시문 밧 이씨
라던이

160

악가 삼경의 등농불 키여 들고 춘향모 압셰우고 폐의파관한 손임이
아미도 수상하니 니일 본관 잔치 씃터 일십을 귀별ㅎ여 싱탈업시 십분
조심ㅎ소 어사 그말듯고 그놈들 알기는 아난듸 ㅎ고 쏘 장청의 가 드르
니 힝수군관 거동보소 여러 군관임네 악가 옥거리 바장이난 거린실노
고이ㅎ데 아미도 분명 어사 듯ㅎ니 육모팔기 니여노코 자상이 보소
어사쏘 듯고 그놈들 긔 〃여신이로다 ㅎ고 현사의 가 드르니 호장 역시
그러한다 육방 염문 다흔 후의 춘향집 도라와셔 그밤을 신 연 ●후의
잇튼날 조사 긋터 근읍수령이 모와든다 운봉영장 구례 곡셩 순창 옥과
진안 장수 원임이 차례로 모와든다 좌편의 힝수군관 우편의 쳥영사령
한가온듸 본관은 주인이 되야 ㅎ인 불너 분부ㅎ되 관청식 불너 다담을
올이라 육고자 불너 큰소을 잡고 예방 불러 고인을 디령ㅎ고

161

승발불너 치일을 디령하라 사령 불너 잡인을 금하라 이럿타 요란할
졔 긔치 군물이며 육각풍유 반공의 쩌잇고 녹의 홍상 긔싱들은 빅수나삼
놉피 드러 춤을 추고 지야자 등덩실 하난 소리 어사쏘 마음이 심난ㅎ구나
여바라 사령드라 네의 원쩐의 엿주워라 먼듸 잇난 거린이 조흔 잔치의
당하여스니 주회 좀 어더먹자고 엿주어라 져 사령 거동 보소 언의 양반이
간듸 우리 안젼임 거린 혼금ㅎ니 그런 말은 니도 마오 등 밀쳐너니 엇지
아니 명관인가 운봉이 그 거동을 보고 본관의게 쳥하난 마리 져 거린의
〃관은 남누하나 양반의 후옌듯ㅎ니 말셕의 안치고 술잔이나 멱에 보니
미 엇더ㅎ뇨 본관 하난 마리 운봉 쇠견디로 ㅎ오만은 하니 만은 소리
훗입마시 사납것다 어사 속으로 온야 도적질은 니가 ㅎ마 오리는 네가져

라 운봉이 분부하야 져 양반 듭시리라 어사쏘 드러가

162

단좌하야 좌우를 살펴보니 단상의 모든 수령 다담을 압푸노코 진양조
가 양〃할졔 어사쏘 상을 보니 엇지 안니 통분하랴 못 쩌러진 기상판의
닥치 겨붐 ㅅ콩나물 싹쩌기 목걸이 한사발 노와구나 상을 발길노 ㅅ탁
차 던지며 운봉의 갈비을 직신 갈비 한듸 먹고지거 다라도 잡수시요
흐고 운봉이 하난 마리 이러한 잔치의 풍유로만 노라셔난 마시 젹사오
니 차운 한 수식하여 보면 엇더하오 그 마리 올타 흐니 운봉이 운을
닐 졔 노풀 고 짜 지름 고 쓰 두자을 니여노코 차례로 운을 달 졔 어사쏘
하난 마리 거린도 어려셔 추구권이나 일거던니 조은 잔치 당하여셔
주회을 포식하고 그져 가기 무렴하니 차운 한수 하사이다 운봉이 반겨
듯고 피련을 니어쥰니 좌즁이 다 못하야 글 두 귀를 지어쓰되 민졍을
싱각흐고 본관졍체를 싱각하야 지어것

163

다 ◐금준미주는 쳔인혈리요 ◐옥반가효는 만셩고라 ◐촉누낙시 밀
누낙이요 ◐가셩고쳐 원셩고라 ◐이 글 듯슨 금동우에 아롬다온 술은
일만빅셩의 피요 옥소반의 아롬다온 안주는 일만 빅셩의 지름이라 촉
불눈물 쩌러질 쩌 빅셩눈물 쩌러지고 노릐소리 놉푼 고듸 원망소리
놉파더라 이러타시 지어쓰되 본관는 몰라보고 운봉 이 글를 보며 니렴
의 업풀사 이리 낫다 잇 쩌 어사쏘 하직흐고 간 연후의 공형 불너 분부
하되 야〃 이리낫나 공방 불너 보젼 단속 병방 불너 역마 단속 관쳥식
불너 다담 단속 옥형이 불너 죄인 단속 집사불너 형고단속 형방 불너

문부단속 사령 불너 합번단속 한참 이리 요란할 졔 물식업난 져 본관이 여보 운봉은 어딘를 단이시요 소피호고 드러오 본관의 분

부 하되 춘향을 기피 올이라고 주광이난다 잇 딕에 어사쏘 군호할 졔 셔리보고 눈을 준이 셔리 즁방 거동 보소 역쫄 불너 단속할 졔 이리 가며 수군 져리 가며 수군 수군 셔리 역쫄 거동 보소 외올 망근 공단 씨기시 펴립 눌너쓰고 셕자감발 시집신의 한삼 고의 산뜻입고 육모방 치 녹피끈을 손목의 거러쥐고 예셔 번듯 졔셔 번듯 남원읍이 우군ㄷㄷ 쳥픽역쫄 거동 보소 달갓튼 마픽를 히빗갓치 번듯 드러 암힝어사 출도 야 웬난 소리 강산이 문어지고 천지가 뒤눕난듯 초목금순들 아니 썰야 남문의셔 출도야 북문으셔 출도아 동셔문 출도소리 쳥젼으 진동호고 공형들나 웬난 소리 육방이 넉슬이러 공형이요 등치로 휘닥짝 이고 즁다 공방 ㄷㄷ 공방이 보젼들고 드러오며 안할나넌 공방를 하라던이 져 불

속으 엇지들야 등치로 휘닥짝 이고 박 터졋네 좌수 별감 넉슬 일코 이방 호장 실혼호고 삼식나쫄 분주하네 모든 수령 드망할 졔 거동보소 인궤 일코 과졀 들고 병부 일코 송편 들고 탕근 일코 용수 쓰고 갓 일코 소반 쓰고 칼집 쥐고 오좀 뉘기 부셔진니 거문고요 씨지나니 북장 고라 본관이 똥을 싸고 멍셕 궁기 시양쥐 눈 쓰듯호고 니아로 드러가셔 어 추워라 문 드러온다 바람 다더라 물 마른다 목 듸려라 관청식은 상을 일코 문짝 니고 니다른니 셔리 역쫄 달여 드러 휘닥짝 이고 나

죽네 잇 ㅆ 수의사쏘 분부하되 이 골은 디감이 좌정하시던 고리라 헌와
을 금하고 긱사로 사쳐하라 좌정 후에 본관은 봉고파직하라 분부하니
본관은 봉고파직이요 사더문의 방 붓치고 옥형이 불너 분부하되 네
골 옥수을 다 올이라 호령하니 죄

166

인을 올이거늘 다 각〃 문죄 후에 무죄자 방송할시 져 계집은 무어신
다 형이 엿자오디 기싱월미 딸리온디 관정의 포악한 죄로 옥중의 잇삽
니다 무삼 죈다 형이 알외되 본관사쏘 수청으로 불너쩌니 수졀리 졍졀
리라 수쳥 안이 들야 ㅎ고 관젼에 포악한 춘향이로소이다 어사쏘 분부
하되 너만 연이 수졀한다고 관졍포악하여쓰니 살기을 바러소냐 죽어
맛당하되 니 수쳥도 거역할가 춘향이 기가 믹켜 니례오난 관장마당
기〃 이 명관이로고나 수의사쏘 듯조시요 칭암졀벽 놉푼 바우 바람 분
들 문어지며 청송녹죽 푸린 남기 눈이 온들 벤하릿가 그른 분부 마옵시
고 어셔 밥비 쥑여주오ㅎ며 상단아 셔방임 어더 계신가 보와라 어졔밤
에 옥문간의 와 겨쓸졔 천만당부 하엿더니 어디를 가셧난지 나 죽난
줄 모르난가 어사쏘 분부하되 얼골 드러 나를 보라 하시니

167

춘향이 고기 드러 디상을 살펴보니 걸긱으로 왓던 낭군 어사쏘로 두
러시 안져쑤나 반우슘 반우름의 얼시구나 조을시고 어사낭군 조을시고
남원읍니 추졀드러 쩌러지게 되야더니 긱사의 봄이 드러 이화춘풍 날
살인다 꿈이냐 싱시냐 꿈을 씰가 연여르다 한참 이리 질길 젹의 춘향모
드러와셔 갓업시 질거하난 마를 엇지 다 셜화하랴 춘향의 놉푼 졀긔

광치 잇게 되야스니 엇지 안이 조을손가 어사쏘 남원공사 닥근 후의
춘향모여와 상단이를 셔울노 치힝할 졔 위의 찰난ᄒᆞ니 셰상사람덜리
뉘가 안이 칭찬하랴 잇 쩌 춘향이 남원을 하직할ᄉᆡ 영귀하게 되야건만
고힝을 이별하니 일히일비가 안니되랴 놀고 자던 부용당아 너 부디
잘 잇거라 광한누 오작괴며 영주각도 잘 잇거라 춘초는 연〃 녹ᄒᆞ되
◆왕손은 귀불귀라 날노 두고 이르미

168

라 다 각기 이별할 졔 만셰무량 ᄒᆞ옵소셔 다시 보기 망년이라 잇 쩌
어사쏘는 좌우도 순읍하야 민졍을 살핀 후의 셔울노 올나가 어젼의
숙비하니 삼당상입시 ᄒᆞ사 문부를 사증 후의 상이 디찬하시고 직시
이조참의 디사셩을 봉하시고 춘향으로 졍열부인을 봉하시니 사은숙비
하고 물너나와 부모 젼의 뵈온디 셩은을 축사하시더라 잇 쩌 이판 호판
좌우 영상 다 지니고 퇴사 후의 졍열부인으로 더부려 빅연독낙할ᄉᆡ
졍열부인으게 삼남이녀을 두워시니 기〃이 총명ᄒᆞ야 그 부친을 압두하
고 계〃승〃하야 직거일품으로 만셰유젼하더라

完西溪書鋪

<판각본고소설전집 수록>

찾아보기

한국 고전문학의 의식지향

인쇄일 초판 1쇄   2005년 11월 25일
      2쇄   2015년 01월 15일
발행일 초판 1쇄   2005년 11월 30일
      2쇄   2015년 01월 18일

지은이 손 대 오
발행인 정 진 이
발행처 새미
등록일 1994.03.10, 제17-271호

서울시 강동구 성내동 447-11 현영빌딩 2층
Tel : 442-4623~4 Fax : 442-4625
www. kookhak.co.kr
E- mail : kookhak2001@hanmail.net
ISBN 978-89-5628-188-9 (93800)
가 격 18,000원